P9-CND-291

EL CÓDICE MAYA

DOUGLAS PRESTON

EL CÓDICE MAYA

Traducción de
Aurora Echevarría

Título original: *The Codex*

Primera edición: junio, 2005

Printed in Spain – Impreso en España

ISBN: 84-01-33559-0
Depósito legal: B. 25.757-2005

Fotocomposición: Comptex & Ass., S. L.

Impreso en Limpergraf
Mogoda, 29. Barberà del Vallès (Barcelona)

L 335590

Para Aletheia Vaune Preston
e Isaac Jerome Preston

Agradecimientos

Hay una persona en especial a quien hay que agradecer la existencia de esta novela y es mi buen amigo el inestimable Forrest Fenn, coleccionista, erudito y editor. Nunca olvidaré aquel día, hace muchos años, que comimos en la Sala del Dragón del Pink Adobe, donde me explicaste una curiosa historia que me dio la idea para escribir esta novela. Espero que te parezca que le he hecho justicia.

Una vez mencionado Forrest, creo necesario aclarar lo siguiente: el personaje de Maxwell Broadbent es pura invención. Desde el punto de vista de la personalidad, ética, carácter y valores familiares, los dos hombres no podrían ser más distintos, hecho que quiero subrayar para todo el que crea ver en esta novela un *roman à clef*.

Hace muchos años un joven editor recibió de un par de escritores desconocidos un manuscrito inacabado titulado *Relic*; lo compró y envió a los escritores una modesta carta en la que, en pocas palabras, les decía que en su opinión merecía la pena reescribir y terminar la novela; una carta que encaminó a esos dos autores hacia el *best seller* y hacia una película que ha sido un éxito de taquilla. Ese editor era Bob Gleason. Estoy en deuda con él por esos primeros tiempos y por haber guiado esta novela hasta su término. En la misma línea, me gustaría dar las gracias a Tom Doherty por haber acogido a un hijo pródigo.

Quisiera expresar mi gratitud al incomparable señor Lincoln Child, la mejor parte de nuestro equipo literario, por las críticas excelentes y sumamente sagaces que hizo al manuscrito.

Tengo una gran deuda con Bobby Rotenberg, no sólo por la perspicaz y concienzuda ayuda que me prestó con los personajes y el argumento, sino también por su sincera y duradera amistad.

Me gustaría expresar mi agradecimiento a mis agentes Eric Simonoff de Janklow & Nesbit de Nueva York y Matthew Snyder de Hollywood. Asimismo quiero dar las gracias a Marc Rosen por ayudarme a desarrollar algunas de las ideas de esta novela, y a Lynda Obst por su clarividencia al ver en apenas siete páginas sus posibilidades.

Estoy en deuda con Jon Couch, quien leyó el manuscrito y me hizo valiosas sugerencias, concretamente en todo lo relacionado con las armas de fuego. Niccolò Capponi ofreció, como es habitual en él, varias ideas brillantes en relación con algunas escenas peliagudas. Estoy asimismo en deuda con Steve Elkins, que está buscando la verdadera Ciudad Blanca de Honduras.

Para escribir *El códice maya* utilicé varios libros, en particular *In Trouble Again*, de Redmond O'Hanlons, y *Sastun: My Apprenticeship with a Maya Healer* de Rosita Arvigo, una obra excelente que recomendaría a todos los interesados en el tema de la medicina maya.

Mi hija Selene leyó varias veces el manuscrito y me hizo críticas clave por las que le estoy inmensamente agradecido. Por último, quiero dar las gracias a mi mujer, Christine, y a mis otros dos hijos, Aletheia e Isaac. Gracias por vuestro amor, generosidad y apoyo constantes, sin los cuales no existiría este libro ni todas las demás cosas maravillosas que hay en mi vida.

1

Tom Broadbent tomó la última curva del serpenteante camino de acceso y encontró a sus dos hermanos esperando frente a la gran verja de hierro de la residencia Broadbent. Philip, irritado, vaciaba su pipa dándole golpecitos contra uno de los pilares de la verja mientras Vernon tocaba el timbre un par de veces con vigor. Ante ellos se alzaba la casa, silenciosa y oscura, en lo alto de la colina como el palacio de algún bajá, sus chimeneas, torres y pináculos dorados a la intensa luz vespertina de Santa Fe, Nuevo México.

—No es propio de padre llegar tarde —dijo Philip.

Deslizó la pipa entre sus dientes blancos y los cerró alrededor de la boquilla con un chasquido. Tocó a su vez el timbre con brusquedad, consultó el reloj, se estiró el puño de la camisa. Philip apenas había cambiado, pensó Tom: pipa de brezo, mirada sardónica, mejillas bien rasuradas y rociadas con loción para después del afeitado, pelo liso peinado hacia atrás desde una frente alta, un reluciente reloj de oro en la muñeca, holgados pantalones de estambre grises y americana azul marino. Solo su acento parecía haberse vuelto un poco más ampuloso. Vernon, por otra parte, con sus pantalones de gaucho, sandalias, pelo largo y barba, tenía un extraordinario parecido con Jesucristo.

—Está jugando con nosotros —dijo, volviendo a tocar el timbre varias veces con rudeza. El viento susurraba a través de los pinos trayendo consigo el olor a resina caliente y a polvo. La enorme mansión estaba silenciosa.

El aroma del tabaco caro de Philip flotaba en el aire. Se volvió hacia Tom.

—¿Y qué tal te va todo allá entre los indios, Tom?

—Bien.

—Me alegro.

—¿Y a ti?

—Genial. No podría irme mejor.

—¿Vernon? —preguntó Tom.

—Todo bien. Estupendo.

La conversación languideció; se miraron y desviaron la vista, avergonzados. Tom nunca tenía gran cosa que decir a sus hermanos. Un cuervo los sobrevoló graznando. Sobre el grupo reunido frente a la verja se cernió un silencio incómodo. Al cabo de un momento Philip volvió a pulsar el timbre varias veces y miró ceñudo a través del hierro forjado, asiendo las barras.

—Su coche sigue en el garaje. Debe de haberse estropeado el timbre. —Tomó aire—. ¡Holaaaa! ¡Padre! ¡Holaaa! ¡Tus abnegados hijos están aquí!

Se oyó un chasquido cuando la verja se abrió ligeramente al apoyarse contra ella.

—La verja está abierta —dijo Philip, sorprendido—. Nunca la deja abierta.

—Nos espera dentro, eso es todo —dijo Vernon.

Arrimaron el hombro contra la pesada verja, que se abrió girando sobre sus chirriantes goznes. Vernon y Philip regresaron a sus coches para aparcarlos dentro del recinto mientras Tom entraba caminando. Se encontró frente a frente con la gran mansión, la casa de su niñez. ¿Cuántos años habían transcurrido desde la última vez que había estado de visita? ¿Tres? Le inundaron sentimientos extraños y conflictivos, los propios del adulto que vuelve al lugar que lo vio crecer. Era una mansión de Santa Fe en el sentido más suntuoso. El camino de gravilla describía un semicírculo frente a las dos enormes puertas que se abrían a un zaguán del siglo XVII, hechas de gruesas tablas de mezquite labradas a mano. La casa propiamente dicha era una estructura de adobe de suelo bajo, paredes curvas, arbotantes esculpidos, vigas y latas, hornacinas, portales y chimeneas con sombreretes auténticos: una obra escultórica en sí misma. Estaba rodeada de álamos de Virginia y de una explanada de césped verde esmeralda. Situada en lo alto de una colina, ofrecía amplias vistas de las montañas y del alto desierto, de las luces de la ciudad y de los truenos de las tormentas de verano que retumbaban sobre las montañas Jemez. La casa no había cambiado, pero parecía distinta. Tom pensó que tal vez era él quien había cambiado.

Una de las puertas del garaje estaba abierta y Tom vio aparcado dentro el Mercedes Gelaendewagen verde de su padre. Las otras dos plazas estaban cerradas. Oyó los coches de sus hermanos acercarse por el camino y detenerse junto al portal. Cerraron las portezuelas de golpe y se reunieron con él frente a la casa.

Fue entonces cuando en la boca del estómago de Tom empezó a formarse un nudo de inquietud.

—¿A qué estamos esperando? —preguntó Philip, subiendo los escalones y acercándose a grandes zancadas a las puertas del zaguán, donde apretó varias veces el timbre con firmeza. Vernon y Tom lo siguieron.

No hubo más respuesta que el silencio.

Philip, siempre impaciente, llamó por última vez. Tom oyó el grave sonido de las campanillas en el interior de la casa. Sonaban como los primeros compases de *Mame*, algo típico del sentido de humor irónico de padre, pensó.

—¡Holaaa! —gritó Philip haciendo bocina con las manos.

No pasó nada.

—¿Creéis que está bien? —preguntó Tom. La angustia iba en aumento.

—Por supuesto que sí —replicó Philip, irritado—. No es más que uno de sus juegos. —Golpeó con el puño la gran puerta mexicana haciéndola sonar y vibrar.

Al mirar alrededor, Tom vio que el jardín tenía un aspecto abandonado, el césped estaba sin cortar, en los parterres de tulipanes habían crecido las malas hierbas.

—Voy a mirar por la ventana —dijo.

Se abrió paso a través de una chamiza podada, cruzó de puntillas un arriate de flores y miró por la ventana de la sala. Había algo extraño, pero tardó unos momentos en darse cuenta de qué se trataba. La habitación estaba como siempre: los mismos sofás y orejeros de cuero, la misma chimenea de piedra, la misma mesa de centro. Pero el gran cuadro —no recordaba cuál— que antes había colgado sobre la chimenea había desaparecido. Se devanó los sesos. ¿Era el Braque o el Monet? A continuación se fijó en que la estatua romana de bronce de un muchacho que solía recibir a las visitas a la izquierda de la chimenea también había desaparecido. En los estantes se veían huecos donde habían retirado libros. Toda la estancia tenía un aspecto desordenado. Más allá de la puerta que daba al pasillo vio basura por el suelo, papel de embalar arrugado, una lámina de plástico con burbujas, un rollo de cinta adhesiva.

—¿Qué pasa, doctor? —La voz de Philip llegó flotando de la esquina.

—Será mejor que eches un vistazo.

Philip se abrió paso a través de los arbustos con sus Ferragamo con puntera y una expresión irritada. Vernon lo siguió.

Philip miró por la ventana y jadeó.

—El Lippi —dijo—. Encima del sofá. ¡Ha desaparecido! ¡Y el Braque colgado sobre la chimenea! ¡Se lo ha llevado todo! ¡Lo ha vendido!

—No te sulfures, Philip —dijo Vernon—. Probablemente solo ha embalado las cosas. Tal vez piensa mudarse. Llevas años diciéndole que esta casa es demasiado grande y aislada.

La cara de Philip se relajó de golpe.

—Sí. Por supuesto.

—Ese debe de ser el motivo de esta misteriosa reunión —dijo Vernon.

Philip asintió y se secó la frente con un pañuelo de seda.

—Debo de estar cansado por el vuelo. Tienes razón, Vernon. Por supuesto que han estado embalando. Pero qué follón han armado. A padre le va a dar un ataque cuando lo vea.

Se produjo un silencio mientras los tres hijos permanecían de pie entre los arbustos, mirándose. La inquietud de Tom había llegado a su grado máximo. Si su padre tenía previsto mudarse, esa era una forma extraña de hacerlo.

Philip se sacó la pipa de la boca.

—Escuchad, ¿creéis que es otro de sus desafíos? ¿Una especie de rompecabezas?

—Voy a entrar —dijo Tom.

—¿Y la alarma?

—Al infierno la alarma.

Tom rodeó la casa hasta la parte trasera seguido por sus hermanos. Trepó el muro de un pequeño jardín con una fuente. A la altura de los ojos tenía la ventana de un dormitorio. Arrancó una piedra del muro rodeado con un parterre de flores. La llevó a la ventana, se puso en posición y la levantó hasta el hombro.

—¿Vas a romper realmente la ventana? —preguntó Philip—. Qué intrépido.

Tom lanzó la piedra, que atravesó la ventana haciéndola añicos. Cuando dejó de oírse el ruido de cristales esperaron, a la escucha.

Silencio.

—No ha sonado ninguna alarma —dijo Philip.

Tom sacudió la cabeza.

—Esto no me gusta.

Philip se quedó mirando la ventana hecha añicos y Tom vio reflejarse en su cara un pensamiento repentino. Philip soltó una maldición, y en un abrir y cerrar de ojos había saltado por encima del marco de la ventana rota..., zapatos con puntera, pipa y todo.

Vernon miró a Tom.

—¿Qué le pasa?

Sin responder, Tom entró por la ventana. Vernon lo siguió.

Al igual que el resto de la casa, el dormitorio estaba desprovisto de todo objeto de arte. Reinaba el caos más absoluto: pisadas en la alfombra, escombros, trozos de cinta adhesiva, plástico con burbujas y bolitas de poliestireno junto con clavos y los extremos de unas tablas serradas. Tom salió al pasillo. Vio más paredes desnudas donde recordaba un Picasso, otro Braque y un par de estelas mayas. Todo había desaparecido.

Con creciente pánico se aventuró a recorrer el pasillo y se detuvo bajo el arco del salón. Philip estaba de pie en el centro de la estancia mirando alrededor, totalmente lívido.

—Se lo dije una y otra vez. Era tan imprudente, maldita sea, guardar aquí todas esas cosas. Tan imprudente.

—¿Cómo? —gritó Vernon, alarmado—. ¿Qué pasa, Philip? ¿Qué ha ocurrido?

Philip respondió, su angustiada voz apenas un susurro:

—¡Nos han robado!

2

El teniente detective Hutch Barnaby, del Departamento de Policía de Santa Fe, puso una mano en su pecho huesudo, se recostó en su silla e hizo alzarse las patas delanteras con el impulso de sus piernas. Se llevó a los labios una humeante taza de café de Starbucks, la décima del día. El aroma del torrefacto amargo penetró en su nariz aguileña mientras contemplaba por la ventana el solitario álamo de Virginia. Un bonito día de primavera en Santa Fe, Nuevo México, Estados Unidos, pensó mientras encajaba mejor sus largos miembros en la silla. El 15 de abril. Los idus de abril. El día de la declaración de la renta. Todo el mundo estaba en su casa contando su dinero, con pensamientos sobrios sobre la mortalidad y la penuria. Hasta los delincuentes se tomaban el día libre.

Bebió un sorbo de café con profunda satisfacción. Si no fuera por los débiles timbrazos de un teléfono en la oficina contigua, la vida sería agradable.

Oyó distraídamente la competente voz de Doreen responder el teléfono. Sus nítidas vocales cruzaron flotando la puerta abierta:

—Disculpe, ¿podría hablar un poco más despacio? Iré a buscar al sargento...

Barnaby ahogó la conversación con un ruidoso sorbo de café, alargó el pie hacia la puerta de la oficina y la cerró con un golpe suave. El bendito silencio regresó. Esperó. Y por fin llegó: la llamada a la puerta.

Maldito teléfono.

Dejó el café en el escritorio y se irguió ligeramente.

—¿Sí?

El sargento Harry Fenton abrió la puerta con una expresión arrebatada. No le gustaban los días de poco movimiento. A Barnaby le bastó con mirarlo para saber que acababan de denunciarles algo serio.

—¿Hutch?

—¿Hummmm?

—Han entrado en casa de los Broadbent —continuó Fenton sin aliento—. Era uno de sus hijos.

Hutch Barnaby no movió un solo músculo.

—¿Qué han robado?

—Todo. —Los ojos negros de Fenton brillaban de satisfacción.

Barnaby bebió otro sorbo de café, y otro; luego dejó que la silla se apoyara de nuevo en el suelo con un pequeño crujido. Maldita sea.

Mientras recorrían la vieja ruta de Santa Fe, Fenton habló a Barnaby del robo. La colección, según tenía entendido, valía quinientos millones de dólares. Si había algo de verdad en ello, añadió, saldría en primera plana del *New York Times*. Él, Fenton, en primera plana del *Times*. ¿Te lo imaginas?

Barnaby no podía imaginarlo, pero no dijo nada. Estaba acostumbrado al entusiasmo de Fenton. Detuvo el coche al final del serpenteante camino que conducía al nido de águilas de los Broadbent. Fenton se bajó por el otro lado, con el rostro radiante de expectación, la cabeza hacia delante, su enorme nariz delgada abriendo el camino. Mientras lo recorrían Hutch examinó el suelo. Vio las huellas borrosas de un camión articulado, en los dos sentidos. Habían llegado allí descaradamente. De modo que Broadbent no se encontraba en la casa o lo habían matado, lo más probable lo segundo. Seguramente encontrarían el cadáver en la casa.

El camino tomaba una curva y se nivelaba, y apareció una verja abierta custodiando una achaparrada mansión de adobe en medio de una vasta extensión de césped salpicada de álamos de Virginia. No había indicios de que la hubieran forzado, pero la caja de los mandos estaba abierta y en el interior vio una llave. Se arrodilló y la examinó. La llave estaba insertada en una cerradura y había sido girada para desactivar la verja.

Se volvió hacia Fenton.

—¿Qué opinas de esto?

—Llegaron aquí en un camión articulado, tenían una llave de la verja..., esos tipos eran profesionales. Es muy probable que encontremos el cadáver de Broadbent en la casa, ya sabes.

—Por eso me gustas, Fenton. Eres mi segundo cerebro.

Oyó un grito y levantó la vista, y vio a tres hombres cruzar la extensión de césped en dirección a él. Los hijos, cruzando el jardín.

Barnaby montó en cólera.

—¡Por Dios! ¡No saben que este es el escenario de un crimen!

Los demás se detuvieron, pero el que iba el primero, un hombre alto y trajeado, siguió andando.

—¿Y quién es usted? —El tono de su voz era frío, desdeñoso.

—Soy el teniente detective Hutchinson Barnaby, y este es el sargento Harry Fenton. Del Departamento de Policía de Santa Fe.

Fenton les dedicó una rápida sonrisa que apenas dejó entrever sus dientes.

—¿Ustedes son los hijos?

—Así es —respondió el hombre trajeado.

Fenton torció los labios en otra mueca feroz.

Barnaby dedicó unos momentos a examinarlos como sospechosos en potencia. El hippy vestido de lino tenía una expresión franca, honesta; tal vez no era una lumbrera, pero no era ningún ladrón. El de las botas de cowboy tenía excrementos de caballo en las botas, advirtió Barnaby con respeto. Y luego estaba el tipo del traje, que parecía de Nueva York. Por lo que respectaba a Hutch Barnaby, todo el que venía de Nueva York podía ser un asesino en potencia. Hasta las abuelas. Volvió a escudriñarlos; no podía imaginar tres hermanos más distintos. Era extraño que eso ocurriera en una sola familia.

—Este es el escenario del crimen, de modo que voy a pedirles, caballeros, que abandonen el recinto. Salgan por la verja y espérenme debajo de algún árbol. Saldré dentro de veinte minutos para hablar con ustedes. ¿De acuerdo? Por favor, no deambulen por aquí ni toquen nada, y no hablen unos con otros sobre el crimen o sobre lo que han visto.

Dio media vuelta y, como si hubiera tenido una idea repentina, se volvió de nuevo.

—¿Ha desaparecido toda la colección?

—Eso es lo que he dicho por teléfono —dijo el hombre del traje.

—¿Cuánto..., aproximadamente, vale?

—Unos quinientos millones.

Barnaby se llevó una mano al ala del sombrero y miró a Fenton. La expresión de visible placer en la cara de este habría bastado para ahuyentar a un chulo.

Mientras Barnaby se acercaba a la casa se dijo que debía andar con tiento: mucha gente iba a cuestionar a posteriori ese caso. Se meterían el FBI u otro organismo estatal, la Interpol y sabía Dios quién más. Decidió echar un vistazo antes de que llegaran los del laboratorio. Se metió los pulgares dentro del cinturón y miró hacia la casa. Se preguntó si la colección estaba asegurada. Eso requeriría ciertas averiguaciones. Si era así, tal vez Maxwell Broadbent no estaba muerto después de todo. Tal vez en esos momentos bebía margaritas con algún cabrón en la playa de Phuket.

—Me pregunto si Broadbent la tenía asegurada —aseveró Fenton.

Hutch sonrió a su compañero, luego volvió a mirar la casa. Vio la ventana rota, la confusión de huellas en la gravilla, el arbusto pisoteado. Las huellas recientes eran de los hijos, pero también había muchas más antiguas. Vio dónde se había detenido el camión de mudanzas, dónde había dado la vuelta con dificultad. Debían de haber transcurrido un par de semanas desde que se cometió el robo.

Lo importante era encontrar el cadáver, si lo había. Entró en la casa. Miró alrededor y vio cinta adhesiva, plástico de burbujas, clavos, trozos de madera desechados. En la alfombra había serrín y unas marcas débiles. Habían instalado una sierra. Habían hecho un trabajo excepcionalmente competente. También muy ruidoso. Esa gente no solo había sabido lo que hacía, sino que se lo había tomado con calma para hacerlo como era debido. Olió el aire. No flotaba el olor a pollo agridulce de un cadáver.

En el interior de la casa el robo también parecía haber ocurrido hacía cierto tiempo. Una semana, tal vez dos. Se agachó y olió el extremo de una madera que había en el suelo. No olía a madera recién serrada. Recogió del suelo unas briznas de césped que alguien había arrastrado hasta la casa y las apretó entre los dedos: estaban secas. Los trozos de barro que se habían desprendido de alguna bota también estaban secos. Barnaby hizo memoria: la última vez que había llovido había sido hacía dos semanas. Fue entonces cuando ocurrió: a poco menos de veinticuatro horas de que lloviera, cuando la tierra seguía embarrada.

Cruzó el enorme pasillo central abovedado. Había pedestales con placas de bronce en los que había habido estatuas. En las paredes revocadas se veían pálidos rectángulos con clavos de los que habían colgado cuadros. Había aros de paja trenzada y soportes de hierro en los que había habido macetas, y estantes vacíos con marcas de polvo donde había habido tesoros. En las estanterías se veían huecos donde habían retirado libros.

Llegó a la puerta del dormitorio y examinó el desfile de pisadas que entraban y salían. Más barro seco. Cielos, debieron de ser una docena de personas. Había sido una mudanza a lo grande, que debió de llevarles al menos un día, tal vez dos.

En el cuarto de baño había una máquina. Barnaby vio que se trataba de una máquina de embalaje de espuma inyectada in situ, de esas que veías en UPS. En otra habitación encontró una máquina de retractilar para las piezas más grandes. Vio un montón de maderas, rollos de fieltro, cinta metálica, tornillos y tuercas de mariposa, así como un par de sierras de mano. Unos dos mil dólares en equipo abandonado. No se habían molestado en llevárselo; en el salón habían dejado un televisor de diez mil dólares, junto con un reproductor de vídeo, un DVD y dos ordenadores. Pensó en el televisor y el vídeo birriosos de su casa, y en los plazos que todavía pagaba mientras su mujer y su nuevo novio sin duda veían en ellos películas porno cada noche.

Se acercó con cuidado a una cinta de vídeo que había en el suelo.

—Te apuesto tres contra cinco a que el tipo está muerto, y dos contra cinco a que es una estafa para cobrar el seguro.

—Quitas toda la diversión a la vida, Fenton.

Alguien debía de haber visto toda esa actividad. La casa, situada en lo alto de una montaña, se veía desde todo Santa Fe. Si él mismo se hubiera molestado en mirar por la ventana de su caravana del valle hacía dos semanas habría visto el robo, la casa con las luces encendidas toda la noche, los faros del camión al bajar por la colina. De nuevo se maravilló de la sangre fría de los ladrones. ¿Qué les había hecho estar tan seguros de tener éxito? Habían sido exageradamente descuidados.

Consultó el reloj. No disponía de mucho tiempo antes de que llegaran los investigadores de la escena del crimen.

Recorrió rápida y metódicamente las habitaciones, mirando pero sin tomar notas. La experiencia le había enseñado que las notas siempre se volvían contra uno. Habían saqueado todas las habitaciones. Habían terminado el trabajo. En una habitación habían vaciado unas cuantas cajas y por el suelo se veían papeles esparcidos. Cogió uno; era una especie de conocimiento de embarque, con fecha del mes anterior, por el envío de veinticuatro mil dólares en cacharros franceses y cuchillos alemanes y japoneses. ¿Se proponía el hombre montar un restaurante?

En el fondo de un armario empotrado del dormitorio encontró una enorme puerta de acero entreabierta.

—El fuerte Knox —dijo Fenton.

Barnaby asintió. En una casa llena de cuadros por valor de millones de dólares, no pudo evitar preguntarse qué era tan valioso para guardarlo en una cámara acorazada.

Sin tocar la puerta se metió en ella. Estaba vacía salvo por la basura esparcida por el suelo y unas cuantas cajas de madera para guardar mapas. Sacó su pañuelo y lo utilizó para abrir un cajón. Había marcas en el terciopelo donde había habido objetos. Lo cerró y se volvió hacia la puerta, y examinó rápidamente la cerradura. No había indicios de que la hubieran forzado. Tampoco habían forzado ninguna de las vitrinas cerradas con llave que había visto en las habitaciones.

—Los autores tenían todos los códigos y llaves —dijo Fenton.

Barnaby asintió. No había sido un robo.

Salió y dio una vuelta rápida por los jardines. Parecían abandonados. Habían crecido las malas hierbas. Nadie se había ocupado de él. Hacía un par de semanas que no se cortaba el césped. Todo el lugar tenía un aire descuidado. El abandono era, en su opinión, incluso anterior a las dos semanas que habían transcurrido desde el supuesto robo. Parecía que todo el lugar llevaba un par de meses de capa caída.

Si se trataba del seguro, tal vez los hijos también estaban involucrados.

3

Los encontró de pie a la sombra de un pino, con los brazos cruzados, callados y cabizbajos. Mientras Barnaby se acercaba, el tipo del traje preguntó:

—¿Ha encontrado algo?

—¿Como qué?

El hombre frunció el entrecejo.

—¿Tiene alguna idea de lo que han robado aquí? Estamos hablando de cientos de millones. Dios mío, ¿cómo ha podido alguien creer que saldría impune de algo así? Algunas de esas obras de arte son famosas mundialmente. Hay un Filippo Lippi que vale por sí solo cuarenta millones de dólares. Probablemente se dirigen a Oriente Próximo o a Japón. Tiene que llamar al FBI, contactar con la Interpol, cerrar los aeropuertos...

Se detuvo para tomar aire.

—El teniente Barnaby desea hacerles unas preguntas —dijo Fenton adoptando el papel que tan bien bordaba, con una voz curiosamente alta y suave al mismo tiempo, con una nota amenazadora—. Digan cómo se llaman, por favor.

El de las botas de cowboy se adelantó un paso.

—Yo soy Tom Broadbent, y estos son mis hermanos, Vernon y Philip.

—Mire, agente —dijo el llamado Philip—, es evidente que esas obras de arte se dirigen al dormitorio de algún jeque. No pueden esperar venderlas en el mercado libre; son demasiado conocidas. No es mi intención ofenderle, pero dudo que el Departamento de Policía esté preparado para llevar este caso.

Barnaby abrió su libreta y consultó su reloj. Todavía disponía de casi treinta minutos antes de que llegara el equipo del laboratorio de Albuquerque.

—¿Puedo hacerte unas preguntas, Philip? ¿Tenéis inconveniente en que os tutee?

—De acuerdo, acabe de una vez.

—¿Cuántos años tenéis?

—Yo tengo treinta y tres —dijo Tom.

—Treinta y cinco —dijo Vernon.

—Treinta y siete —dijo Philip.

—Decidme, ¿cómo es que habéis coincidido los tres aquí? —Clavó la mirada en el tipo estilo New Age, Vernon, el que parecía el menos capaz de mentir.

—Nuestro padre nos envió una carta.

—¿Sobre qué?

—Bueno... —Vernon miró nervioso a sus hermanos—. No lo dijo.

—¿Alguna sospecha?

—En realidad, no.

Barnaby desplazó la mirada.

—¿Philip?

—No tengo ni la más remota idea.

Se volvió hacia el tercero, Tom. Le agradó su cara. No estaba para tonterías.

—Bueno, Tom, ¿quieres colaborar?

—Creo que quería hablarnos de nuestra herencia.

—¿Herencia? ¿Cuántos años tenía vuestro padre?

—Sesenta.

Fenton se echó hacia delante para interrumpir, con voz áspera:

—¿Estaba enfermo?

—Sí.

—¿Grave?

—Se estaba muriendo de cáncer —respondió Tom fríamente.

—Lo siento —dijo Barnaby, conteniendo a Fenton con un brazo como para impedir que hiciera más preguntas sin tacto—. ¿Alguno de vosotros tiene aquí su copia de la carta?

Los tres sacaron la misma carta, escrita a mano en papel marfil. Interesante, pensó Barnaby, que cada uno la llevara encima. Demostraba la importancia que daban a ese encuentro. Cogió una y la leyó:

> Querido Tom:
>
> Quiero que vengas a mi casa de Santa Fe, el 15 de abril, a la una de la tarde, para tratar de un asunto muy importante relacionado con tu futuro. También se lo he pedido a Philip y Vernon. Adjunto fondos para cubrir los gastos del viaje. Por favor, sé puntual: a la una en punto. Ten esta última gentileza con tu viejo padre.
>
> Tu padre

—¿Había alguna posibilidad de que se recuperase del cáncer o estaba desahuciado? —preguntó Fenton.

Philip lo miró fijamente, luego miró a Barnaby.

—¿Quién es este hombre?

Barnaby lanzó una mirada de advertencia a Fenton, a quien a menudo se le iba la mano.

—Todos estamos en el mismo bando, tratando de resolver este delito.

—Según creo —dijo Philip de mala gana— no había posibilidad de que se recuperara. Nuestro padre se había sometido a tratamientos de radioterapia y quimioterapia, pero el cáncer había metastatizado y no había forma de eliminarlo. Se negó a recibir más tratamientos.

—Lo siento —dijo Barnaby, tratando sin éxito de aunar un mínimo de compasión—. Volviendo a la carta, menciona algo sobre fondos. ¿Cuánto dinero llegó con ella?

—Mil doscientos dólares en efectivo —dijo Tom.

—¿En efectivo? ¿En qué forma?

—Doce billetes de cien dólares. Era típico de padre enviar dinero en efectivo así.

Fenton volvió a interrumpir.

—¿Cuánto tiempo le quedaba de vida? —Hizo la pregunta directamente a Philip, sacando la cabeza hacia delante. Esta era poco atractiva, muy estrecha y puntiaguda, con cejas muy pobladas, ojos hundidos, una nariz enorme de cuyas fosas salía una mata de vello negro, dientes marrones y desiguales y barbilla hundida. Tenía la piel aceitunada; a pesar de su apellido de origen inglés, era un hispano de la ciudad de Truchas, en el corazón de las montañas Sangre de Cristo. Inspiraba terror si no sabías que era el hombre más bondadoso del mundo.

—Unos seis meses.

—¿Y para qué os hizo venir? ¿Para hacer un pito pito colorito?

Fenton podía ser horrible cuando se lo proponía. Pero obtenía resultados.

—Es una forma encantadora de expresarlo —dijo Philip con tono gélido—. Supongo que es posible.

Barnaby intervino con suavidad.

—Pero, Philip, con una colección de estas características, ¿no habría hecho gestiones para legarla a un museo?

—Maxwell Broadbent detestaba los museos.

—¿Por qué?

—Los museos habían sido los primeros en criticar las prácticas coleccionistas un tanto poco ortodoxas de nuestro padre.

—¿Cuáles eran estas?

—Comprar obras de arte de dudosa procedencia, tener tratos con ladrones y saqueadores de tumbas, pasar antigüedades de contrabando. Él mismo robó tumbas. Puedo comprender su antipatía.

Los museos son los bastiones de la hipocresía, la avaricia y la codicia. Critican a los demás por emplear los mismos métodos que han utilizado ellos para obtener sus colecciones.

—¿Qué hay de legar la colección a alguna universidad?

—Odiaba a los académicos. Pedantes vestidos de *tweed*, los llamaba. Los académicos, sobre todo los arqueólogos, acusaban a Maxwell Broadbent de haber saqueado templos en Centroamérica. No estoy contando ningún secreto de familia: todo el mundo lo sabe. Coja cualquier número de la revista *Archaeology* y leerá sobre cómo nuestro padre es su versión del mismísimo diablo.

—¿Tenía previsto vender la colección? —presionó Barnaby.

El labio superior de Philip se curvó con desdén.

—¿Venderla? Mi padre tuvo que lidiar toda su vida con casas de subasta y marchantes. Preferiría morir de una muerte violenta antes que confiarles a ellos un grabado mediocre para que lo vendieran.

—¿Entonces pensaba dejárosla a vosotros tres?

Hubo un silencio incómodo.

—Eso era lo que se suponía —dijo Phillip por fin.

Fenton intervino.

—¿La Iglesia? ¿Una esposa? ¿Alguna novia?

Philip se quitó la pipa de entre los dientes y, en una imitación perfecta del estilo sucinto de Fenton, respondió:

—Ateo. Divorciado. Misógino.

Los otros dos hermanos se echaron a reír. Hutch Barnaby hasta se sorprendió disfrutando de la incomodidad de Fenton. Era insólito que alguien le ganara la batalla en un interrogatorio. Ese tal Philip, a pesar de su ampulosidad, era un tipo duro. Pero en su cara alargada e inteligente había cierta tristeza, un aire perdido.

Barnaby les tendió el conocimiento de embarque por el envío de utensilios de cocina.

—¿Alguna idea de qué es esto o dónde podrían haberlo enviado?

Ellos lo examinaron, sacudieron la cabeza y se lo devolvieron.

—Ni siquiera sabía que le gustara cocinar —dijo Tom.

Barnaby se guardó el documento en el bolsillo.

—Habladme de vuestro padre. Físico, personalidad, carácter, negocios, todo eso.

Fue Tom quien volvió a hablar.

—Es... único en su especie.

—¿En qué sentido?

—Es un gigante de metro noventa y cuatro, bien parecido, ancho de espaldas, sin un gramo de grasa, con el pelo y la barba blancas, fuerte como un toro y con una voz atronadora a juego. La gente dice que se parece a Hemingway.

—¿Personalidad?

—Es la clase de hombre que nunca se equivoca, y que se lleva por delante a todos y todo lo que se interponga en su camino para conseguir lo que quiere. Vive de acuerdo con sus propias reglas. No acabó el instituto, pero sabe mucho más de arte y arqueología que la mayoría de los eruditos en esas materias. Coleccionar es su fe. Desdeña las creencias religiosas, y esa es una de las razones por las que obtiene tanto placer comprando y vendiendo objetos robados de las tumbas... o robándolas personalmente.

—Háblame más del robo de esas tumbas.

Esta vez habló Philip.

—Maxwell Broadbent nació en el seno de una familia de clase trabajadora. Fue a Centroamérica de joven y desapareció dos años en la selva. Hizo un gran hallazgo, robó un templo maya y se trajo consigo todo lo que encontró en él, pasándolo de contrabando. Así fue como empezó. Se dedicó a la compra y venta de arte y antigüedades de dudosa procedencia: todo, desde estatuas griegas y romanas sacadas de Europa de forma clandestina hasta relieves jemeres arrancados de los templos funerarios camboyanos pasando por cuadros renacentistas robados en Italia durante la guerra. Comerciaba con ello no tanto para hacer dinero como para financiar su colección privada.

—Interesante.

—Los métodos de Maxwell —continuó Philip— eran en realidad los únicos que permitían adquirir arte de verdad a un particular. Probablemente en toda su colección no había una sola pieza adquirida legalmente.

—Una vez robó una tumba sobre la que habían escrito una maldición —dijo Vernon—. Solía contarlo en las fiestas.

—¿Una maldición? ¿Qué decía?

—Algo así como: «El que toque estos huesos será desollado vivo y arrojado a las hienas enfermas. Y una manada de bueyes copularán con su madre». O algo por el estilo.

Fenton soltó una risotada.

Barnaby le lanzó una mirada de advertencia. Dirigió su siguiente pregunta a Philip, ahora que este se había lanzado a hablar. Era curioso cómo le gustaba a la gente quejarse de sus padres.

—¿Qué era lo que lo movía?

Philip frunció visiblemente el entrecejo y su ancha frente se surcó de arrugas.

—Verá, Maxwell Broadbent amaba su *Madonna* de Lippi más que a ninguna mujer de carne y hueso. Amaba su retrato de Bronzino de la pequeña Bia de Medicis más que a cualquiera de sus hijos. Amaba sus dos Braque, su Monet y sus cráneos de jade mayas más que a la gente de carne y hueso que había en su vida. Veneraba su colección de relicarios franceses del siglo XIII en los que supuestamente se encontraban los huesos de santos más de lo que veneraba a cualquier santo de verdad. Sus colecciones eran sus amantes, sus hijos, su religión. Eso era lo que lo movía: las cosas hermosas.

—Eso no es verdad —dijo Vernon—. Nos quería.

Philip soltó un pequeño resoplido burlón.

—¿Has dicho que se divorció de vuestra madre?

—Querrá decir de nuestras madres. Se divorció de dos de ellas y la tercera lo dejó viudo. También hubo otras dos esposas con las que no tuvo hijos y un montón de novias.

—¿Hubo conflictos con las pensiones? —preguntó Fenton.

—Naturalmente —dijo Philip—. Pensiones alimenticias a esposas, a ex concubinas..., nunca se terminaba.

—Pero ¿fue él quien os crió?

Philip guardó silencio, luego añadió:

—A su manera única, sí.

Las palabras quedaron suspendidas en el aire. Barnaby se preguntó qué clase de padre había sido. Era mejor ceñirse al tema principal: se le acababa el tiempo. Los investigadores de la escena del crimen llegarían en cualquier momento y entonces tendría suerte si volvía a poner los pies en la casa.

—¿Había alguna mujer en su vida?

—Solamente para cierta actividad física nocturna —respondió Philip—. Ella no recibirá nada, se lo aseguro.

Tom los interrumpió.

—¿Cree que nuestro padre está bien?

—Si os sois sincero, no hemos visto ningún indicio de asesinato. No hemos encontrado ningún cadáver en la casa.

—¿Podrían haberlo secuestrado?

Barnaby sacudió la cabeza.

—No es probable. ¿Para qué tenerlo como rehén? —Consultó su reloj. Quedaban cinco, tal vez siete minutos. El tiempo justo para formular la pregunta—. ¿Había un seguro? —Lo dijo con la mayor naturalidad posible.

En la cara de Philip apareció una expresión sombría.

—No.

Ni siquiera Barnaby logró disimular su sorpresa.

—¿No?

—El año pasado traté de hacerle un seguro. Ninguna compañía estaba dispuesta a cubrir la colección mientras la tuviera en su casa con estas medidas de seguridad. Puede ver usted mismo lo vulnerable que es este lugar.

—¿Por qué no aumentó su padre las medidas de seguridad?

—Nuestro padre era un hombre muy difícil. Nadie podía decirle lo que debía hacer. Tenía muchas armas en la casa. Supongo que creía que podía ahuyentarlos a tiros. Al estilo del viejo Oeste.

Barnaby consultó de nuevo el reloj. Estaba preocupado. Las piezas no encajaban. Estaba seguro de que no había sido un simple robo, pero sin seguro, ¿por qué iba a robarse a sí mismo? Luego estaba la coincidencia de la carta a los hijos, convocándolos a esa reunión en ese preciso momento. Recordó la carta... «un asunto muy importante relacionado con vuestro futuro... si no vienes me decepcionarás». Había algo provocativo en la manera de decirlo.

—¿Qué había dentro de la cámara acorazada?

—No me diga que también han entrado en ella. —Philip se llevó una mano temblorosa a su cara cubierta de sudor. Su traje se había ajado y su expresión desconsolada parecía sincera.

—Sí.

—Dios mío. Había piedras preciosas, joyas, oro de Sudamérica y Centroamérica, monedas y sellos insólitos, todo sumamente valioso.

—Parece ser que los ladrones tenían la combinación de la cámara así como las llaves de todo. ¿Alguna idea de cómo es posible?

—No.

—¿Tenía vuestro padre alguien de confianza, un abogado, por ejemplo, que pudiera tener otro juego de llaves o la combinación de la cámara?

—No se fiaba de nadie.

Eso era importante. La mirada de Barnaby fue de Vernon a Tom.

—¿Estáis de acuerdo?

Los dos asintieron.

—¿Tenía una criada?

—Iba una mujer cada día.

—¿Jardinero?

—Un hombre a tiempo completo.

—¿Otros empleados?

—Tenía un cocinero también a tiempo completo y una enfermera que pasaba tres días a la semana.

Esta vez Fenton los interrumpió, inclinándose y sonriendo con crueldad.

—¿Te importa si te hago una pregunta, Philip?

—Si es su deber.

—¿Cómo es que hablas de tu padre en pasado? ¿Sabes algo que nosotros no sabemos?

—¡Oh, por el amor de Dios! —estalló Philip—. ¿Nadie va a librarme de este Sherlock Holmes frustrado?

—¿Fenton? —murmuró Barnaby, advirtiéndolo con la mirada.

Fenton se volvió, vio la expresión de Barnaby y puso cara larga.

—Perdón.

—¿Dónde están ahora? —preguntó Barnaby.

—¿Quiénes?

—La criada, el jardinero, el cocinero. Este robo tuvo lugar hace dos semanas. Alguien los despidió.

—¿El robo ocurrió hace dos semanas? —preguntó Tom.

—Así es.

—Pero yo recibí la carta por Federal Express hace tres días. Eso era interesante.

—¿Alguien se fijó en el remite?

—Era de una especie de agencia de transporte, como Mail Boxes Etc. —dijo Tom.

Barnaby reflexionó un momento.

—Debo deciros —dijo— que este supuesto robo tiene todo el aspecto de tratarse de un fraude para cobrar el seguro.

—Ya le he dicho que la colección no estaba asegurada —dijo Philip.

—Así es, pero no me lo creo.

—*Conozco* el mercado de seguros de obras de arte, teniente..., soy historiador de arte. Esta colección valía casi quinientos millones de dólares, y se encontraba en una casa en el campo, protegida por un sistema de seguridad estándar. Mi padre ni siquiera tenía un perro. Créame, era imposible asegurar esta colección.

Barnaby miró a Philip largo rato y a continuación a los otros dos hermanos.

Philip dejó escapar un silbido y consultó su reloj.

—Teniente, ¿no cree que este caso es demasiado importante para el Departamento de Policía de Santa Fe?

Si no era un fraude para cobrar el seguro, entonces ¿qué era? No se trataba de un maldito robo. Una idea descabellada, todavía vaga, empezó a formarse. Una idea realmente disparatada. Pero empezaba a tomar forma casi contra su voluntad, articulándose en algo parecido a una teoría. Miró a Fenton. Fenton no se había percatado. A pesar de todas sus habilidades, carecía de sentido del humor.

Barnaby recordó entonces el televisor de pantalla grande, el reproductor de vídeo y la cinta que estaba en el suelo. No, no estaba en el suelo; la habían colocado en el suelo, junto al mando a distancia. ¿Cuál era el título escrito a mano? «Vedme».

Eso era. Como el agua al congelarse, todo encajó de pronto en su sitio. Sabía exactamente lo que había ocurrido. Se aclaró la voz.

—Venid conmigo.

Los tres hijos lo siguieron de nuevo al interior de la casa, hasta el salón.

—Sentaos.

—¿De qué se trata? —Philip se estaba agitando. Hasta Fenton miraba a Barnaby interrogante.

Barnaby cogió la cinta y el mando a distancia.

—Vamos a ver una cinta de vídeo. —Encendió el televisor y deslizó la cinta en el reproductor.

—¿Qué clase de broma es esta? —preguntó Philip negándose a sentarse, con la cara encendida. Los otros dos estaban de pie cerca de él, confusos.

—Estás tapando la pantalla —dijo Barnaby, instalándose en el sofá—. Siéntate.

—Esto es indignante...

Una repentina explosión de sonido procedente del vídeo hizo callar a Philip y a continuación apareció en la pantalla la cara de Maxwell Broadbent, más grande que en la vida real. Los tres hermanos se sentaron.

La voz, profunda y atronadora, reverberó en la habitación vacía.

«Saludos de parte de los muertos.»

4

Tom Broadbent miraba fijamente la imagen de tamaño natural de su padre que empezaba a definirse en la pantalla. La cámara retrocedía poco a poco, dejando ver a Maxwell Broadbent sentado ante el gigantesco escritorio de su despacho, con unas cuantas hojas de papel en sus grandes manos. La habitación aún no había sido desvalijada; el cuadro de Lippi de la Madonna colgaba aún en la pared detrás de él, los estantes seguían llenos de libros y los otros cuadros y estatuas estaban todos en su sitio. Tom se estremeció; hasta la imagen electrónica de su padre lo intimidaba.

Después del saludo su padre hizo una pausa, carraspeó y clavó sus ojos azul intenso en la cámara. Las hojas temblaron ligeramente en sus manos. Parecía estar haciendo un esfuerzo bajo una fuerte emoción.

Maxwell Broadbent bajó la mirada hacia los papeles y empezó a leer:

«Queridos Philip, Vernon y Tom:

»En pocas palabras: me he llevado mis posesiones conmigo a la tumba. Me he confinado a mí mismo y mi colección en una tumba. Esta tumba está escondida en alguna parte del mundo, en un lugar que solo yo conozco.»

Hizo una pausa, volvió a carraspear, levantó brevemente la mirada con un destello azul, la bajó de nuevo y siguió leyendo. La voz adoptó ese tono ligeramente pedante que Tom tan bien recordaba de la mesa de comedor.

«Durante más de cien mil años los seres humanos se han enterrado a sí mismos con sus posesiones más valiosas. Enterrar a los muertos con un tesoro tiene una historia venerable, empezando por el hombre de neandertal y pasando por los antiguos egipcios hasta casi la actualidad. La gente se enterraba a sí misma con sus objetos de oro y plata, obras de arte, libros, medicinas, muebles, comida, esclavos, caballos, y en ocasiones hasta con sus concubinas y esposas..., lo que fuera que pudiera serles de utilidad en la otra vida. Fue solo en los dos últimos siglos cuando los seres humanos dejaron de enterrar sus restos mortales con objetos funerarios, rompiendo así una larga tradición.

»Una tradición que es un placer para mí recuperar.

»El hecho es que casi todo lo que sabemos del pasado nos ha llegado a través de objetos funerarios. Algunos me han llamado ladrón de tumbas. No es cierto. Yo no robo, solo reciclo. He hecho mi fortuna a partir de las posesiones que unos necios creyeron llevarse consigo a la otra vida. He decidido hacer exactamente lo mismo que ellos y enterrarme con todos mis bienes materiales. La única diferencia entre ellos y yo es que yo no soy necio. Sé que no hay otra vida en la que pueda disfrutar de mis riquezas. A diferencia de ellos, muero sin ilusiones. Cuando estás muerto, estás muerto. Cuando mueres solo eres un amasijo de comida podrida, grasa, sesos y huesos..., nada más.

»Si me llevo mis posesiones a la tumba es por una razón completamente distinta. Una razón muy importante. Una razón que os concierne a vosotros tres.»

Hizo una pausa y levantó la mirada. Le seguían temblando ligeramente las manos y se le tensaron los músculos de la mandíbula.

—Dios mío —susurró Philip medio levantándose de su silla con los puños cerrados—. No me lo creo.

Maxwell Broadbent levantó las hojas para seguir leyendo, se

le trabó la lengua, titubeó, luego se puso bruscamente de pie y arrojó las hojas sobre el escritorio. «A la porra todo esto —dijo, empujando la silla hacia atrás con un movimiento violento—. Lo que tengo que deciros es demasiado importante para soltaros un maldito discurso.» Rodeó a grandes zancadas el escritorio llenando la cámara con su enorme presencia y, por extensión, la habitación donde estaban sentados ellos. Se paseó frente a la cámara agitado, acariciándose su barba corta.

«Esto no es fácil. No sé muy bien cómo explicároslo.»

Se volvió, retrocedió con aire resuelto.

«A vuestra edad yo no tenía nada. Nada. Llegué a Nueva York de Erie, Pensilvania, con solo treinta y cinco dólares y un viejo traje de mi padre. Sin familia, sin amigos, sin ningún título universitario. Nada. Mi padre era un buen hombre, pero trabajaba de albañil. Mi madre había muerto. Yo estaba prácticamente solo en el mundo.»

—Otra vez ese rollo no, por favor —gimió Philip.

«Era el otoño de 1963. Me pateé las calles hasta que encontré un trabajo, un trabajo de mierda lavando platos en Mama Gina, en la Ochenta y cuatro este con Lex. Un dólar y veintinueve centavos a la hora.»

Philip sacudía la cabeza. Tom estaba como atontado.

Broadbent dejó de pasear, se plantó frente al escritorio y miró a la cámara ligeramente encorvado, con el entrecejo fruncido. «Os estoy viendo. Philip, seguro que estás sacudiendo la cabeza con tristeza, y tú, Tom, probablemente estás de pie maldiciendo. Y, Vernon, tú crees que me he vuelto sencillamente loco. Dios, os estoy viendo a los tres. Lo siento por vosotros, de verdad. Esto no es fácil. —Volvió a pasearse—. El Gina no estaba muy lejos del Museo Metropolitano de Arte. Un día me dio por entrar y eso cambió mi vida. Me gasté hasta el último dólar que tenía en hacerme socio y empecé a ir cada día a ese museo. Me enamoré de ese lugar. ¡Qué revelación! Nunca había visto tanta belleza, tanta... —Agitó su manaza—. Dios, pero ya sabéis todo esto.»

—Desde luego que sí —dijo Philip secamente.

«El caso es que empecé con nada. *Nada*.* Trabajé duro. Tenía un objetivo en mi vida, una meta. Leí todo lo que cayó en mis manos. Schliemann y el descubrimiento de Troya, Howard Carter y la tumba del faraón Tut, John Lloyd Stephen y la ciudad de Copán, las excavaciones de la Villa de los Misterios de Pompeya. Soñaba con encontrar tesoros como esos, excavarlos y hacerlos míos. Hice averiguaciones: ¿dónde diablos estaban las tumbas y los templos perdidos que quedaban por descubrir? La respuesta estaba en Centroamérica. Allí podías encontrar aún una ciudad perdida. Todavía tenía una oportunidad.»

Esta vez hizo una pausa para abrir una caja que estaba en su escritorio. Cogió un puro, lo cortó y lo encendió.

—Por Dios —dijo Philip—. El viejo es incorregible.

Broadbent apagó la cerilla con un ademán, la arrojó sobre el escritorio y sonrió, dejando ver una bonita dentadura blanca.

«Voy a morir de todos modos, así que ¿por qué no disfrutar de mis últimos meses? ¿De acuerdo, Philip? Por cierto, ¿sigues fumando esa pipa? Yo de ti lo dejaría.»

Se volvió y empezó a dar vueltas, exhalando pequeñas bocanadas de humo azul.

«En fin, ahorré dinero hasta que tuve suficiente para ir a Centroamérica. Fui allí no porque quisiera hacerme rico (aunque había algo de eso, lo reconozco), sino obedeciendo a una pasión. Y la encontré. Encontré mi ciudad perdida.»

Dio la vuelta, siguió paseándose.

«Así empezó todo. Eso me inició en mi carrera. Compraba y vendía arte y antigüedades solo como una forma para financiar mi colección. Y mirad.»

Hizo una pausa para señalar con una mano abierta la colección que no se veía y que tenía alrededor en la casa.

«Mirad. Aquí está el resultado. Una de las colecciones priva-

* Las palabras en cursiva aparecen en castellano en el original. *(N. de la T.)*

das de arte y antigüedades más importantes del mundo. No son solo objetos. Cada pieza que hay aquí tiene una historia, un recuerdo para mí. Cómo la vi por primera vez, cómo me enamoré de ella, cómo la adquirí. Cada pieza forma parte de mí.»

Cogió un objeto de jade de su escritorio y lo sostuvo hacia la cámara.

«Como esta cabeza olmeca que encontré en una tumba de Piedra Lumbre. Recuerdo el día..., el calor, las serpientes... y recuerdo cuando la vi por primera vez, escondida en el polvo de la tumba, donde había permanecido durante dos mil años.»

Philip resopló.

—Los placeres del ladrón.

Maxwell bajó la pieza.

«Durante dos mil años había permanecido allí..., un objeto de belleza tan exquisita que te entran ganas de llorar. Ojalá pudiera describiros lo que sentí cuando vi esta perfecta cabeza de jade entre el polvo. No fue creada para que vegetara en la oscuridad. Yo la rescaté y le devolví la vida.»

La emoción le embargó la voz. Hizo una pausa, carraspeó, dejó la cabeza en el escritorio. Luego buscó a tientas el respaldo de su silla, se sentó y dejó el puro en el cenicero. Se volvió de nuevo hacia la cámara, inclinándose sobre el escritorio.

«Soy vuestro padre. Os he visto crecer. Os conozco mejor que vosotros mismos.»

—Lo dudo —dijo Philip.

«Como os he visto crecer, me ha horrorizado descubrir que os creéis con derechos. Con privilegios. Un síndrome de niño rico. Creéis que no tenéis que trabajar demasiado, ni estudiar demasiado, ni esforzaros demasiado..., porque sois los hijos de Maxwell Broadbent. Porque algún día, sin necesidad de levantar un maldito dedo, seréis ricos. —Volvió a levantarse nervioso, lleno de energía—. Mirad, sé que la culpa es sobre todo mía. He complacido vuestros caprichos, os he comprado todo lo que queríais, os he enviado a los mejores colegios privados, os he llevado a rastras por Europa. Me sentía culpable por los divorcios y demás. Supongo que no he nacido para estar casado. Pero ¿qué he hecho? He criado a tres hijos que, en lugar de vivir una vida magnífica, están esperando a heredar. Una nueva versión de *Grandes esperanzas*.»

—Tonterías —dijo Vernon enfadado.

«Philip, tú eres profesor adjunto de historia del arte en un centro universitario de Long Island. ¿Tom? Veterinario de caballos en Utah. ¿Y Vernon? Bueno, ni siquiera sé qué estás haciendo ahora, probablemente viviendo en algún ashram perdido, dando dinero a un gurú fraudulento.»

—¡Eso no es cierto! —dijo Vernon—. ¡No es cierto! ¡Vete al infierno!

Tom no dijo nada. Sentía un nudo nauseabundo en la boca del estómago.

«Y para colmo —continuó el padre—, no os lleváis bien entre vosotros. Nunca habéis aprendido a cooperar, a ser hermanos. Empecé a pensar: ¿qué he hecho? ¿Qué he hecho? ¿Qué clase de padre he sido? ¿Les he enseñado a mis hijos a ser independientes? ¿Les he enseñado el valor del trabajo? ¿Les he enseñado a ser autosuficientes? ¿Les he enseñado a cuidar unos de otros? —Hizo una pausa y casi gritó—: ¡No! Después de todos mis esfuerzos, de los colegios, Europa, las salidas a pescar y las acampadas, he criado a tres cuasifracasados. Dios mío, yo tengo la culpa de que haya terminado así, pero ahí está. Luego me enteré de que me estaba muriendo y me entró el pánico. ¿Cómo iba a enmendar las cosas?»

Hizo una pausa, se volvió. Respiraba de forma agitada y tenía el rostro encendido.

«No hay nada como tener a la muerte echándote su apestoso aliento en la cara. Tenía que decidir qué hacer con mi colección. Estaba más claro que el agua que no iba a legarla a un museo o alguna universidad para que un puñado de pedantes se recrearan contemplándola. Y no iba a dejar que una vil casa de subastas o un marchante se enriqueciera gracias a mi duro trabajo, y dividiera la colección y la desperdigara por todo el mundo después de haberme pasado toda mi vida reuniéndola. Rotundamente no.»

Se secó la frente con un pañuelo, lo estrujó y señaló con él la cámara.

«Siempre pensé que os la dejaría a vosotros. Pero cuando llegó el momento de hacerlo, me di cuenta de que era lo peor que os podía hacer. De ningún modo iba a dejaros quinientos millones de dólares que no os habías ganado.»

Volvió a rodear el escritorio, dejó caer su enorme mole en la silla y cogió otro puro de la caja de cuero.

«Miradme, sigo fumando. Ya es demasiado tarde.»

Cortó el extremo, lo encendió. La nube de humo confundió el enfoque automático de la cámara, y se movió de acá para allá tratando de enfocar de nuevo. Cuando el humo desapareció a la izquierda del encuadre, la atractiva cara cuadrada de Maxwell Broadbent apareció de nuevo enfocada.

«Y entonces se me ocurrió una idea. Era brillante. Toda mi vida había excavado tumbas y comerciado con objetos funerarios. Conocía todos los trucos para esconder tumbas, cada trampa, todo. De pronto me di cuenta de que yo también podía llevármelo todo conmigo. Y entonces haría algo por vosotros que sería un verdadero legado.»

Hizo una pausa, juntó las manos, se echó hacia delante.

«Os vais a ganar este dinero. Lo he arreglado todo para que me entierren con mi colección en una tumba en alguna parte del mundo. Os desafío a encontrarme. Si lo hacéis, podéis robar mi tumba y quedaros con todo. Este es el desafío que os hago a vosotros, mis tres hijos.»

Tomó aire, trató de sonreír.

«Os lo advierto: va a ser difícil y peligroso. Nada de lo que vale la pena en esta vida es fácil. Y aquí está el acicate: nunca lo conseguiréis a menos que cooperéis.»

Bajó su enorme puño hasta el escritorio.

«En pocas palabras: nunca he hecho gran cosa por vosotros en vida, pero por Dios que voy a enmendarlo con mi muerte.»

Se levantó de nuevo y se acercó a la cámara. Alargó una mano para apagarla, luego, como si se tratara de una ocurrencia tardía, se detuvo y su cara borrosa se alzó gigante en la pantalla:

«Nunca se me ha dado bien expresar mis sentimientos, de modo que solo os diré adiós. Adiós, Philip, Vernon y Tom. Adiós y buena suerte. Os quiero.»

La pantalla se quedó en blanco.

5

Tom se quedó sentado en el sofá, momentáneamente incapaz de moverse. Hutch Barnaby fue el primero en reaccionar. Se levantó y tosió con delicadeza para romper el perplejo silencio.

—¿Fenton? Parece ser que ya no nos necesitan aquí.

Fenton asintió y se levantó incómodo, ruborizándose en realidad.

Barnaby se volvió hacia los hermanos y se llevó educadamente una mano a la visera de la gorra.

—Como veis, esto no es asunto de la policía. Os dejamos para que, hummm, resolváis las cosas entre vosotros.

Empezaron a dirigirse hacia el arco de la puerta que conducía al vestíbulo. Estaban impacientes por marcharse.

Philip se levantó.

—¿Agente Barnaby? —Su voz sonó medio ahogada.

—¿Sí?

—Confío en que no comentará esto con nadie. No nos ayudaría que... todo el mundo empezara a buscar la tumba.

—Tienes razón. No hay motivos para mencionárselo a nadie. Ningún motivo. Avisaré a los investigadores de la escena de crimen para que no vengan. —Salió caminando hacia atrás y desapareció. Al cabo de un momento oyeron la gran puerta de la casa cerrarse ruidosamente.

Los tres hermanos se quedaron solos.

—El condenado —dijo Philip en voz baja—. No me lo puedo creer.

Tom miró la cara pálida de su hermano. Sabía que había estado viviendo bastante bien para su sueldo de profesor adjunto. Necesitaba el dinero. Y sin duda ya había empezado a gastárselo.

—¿Y ahora qué? —dijo Vernon.

Las palabras quedaron suspendidas en el silencio.

—No creo al malnacido —dijo Philip—. Llevarse una docena de obras maestras a la tumba así sin más, por no hablar de todo el jade y el oro maya invaluable. Estoy perplejo. —Sacó del bolsillo de su chaleco un pañuelo de seda y se secó la frente—. No tenía derecho.

—¿Y qué vamos a hacer? —repitió Vernon.

Philip se quedó mirándolo.

—Buscaremos la tumba, por supuesto.

—¿Cómo?

—Nadie puede enterrarse con quinientos millones de dólares en obras de arte sin ayuda. Encontraremos a quienes lo ayudaron.

—Lo dudo —dijo Tom—. No se ha fiado de nadie en toda su vida.

—No ha podido hacerlo él solo.

—Es tan... típico de él —dijo Philip de pronto.

—Puede que dejara pistas. —Vernon se acercó a los cajones del aparador, abrió uno de un tirón y hurgó en él maldiciendo. Abrió un segundo cajón, y un tercero, acalorándose de tal modo que el cajón se salió del mueble y todo su contenido cayó al suelo: naipes, parchís, ajedrez, damas chinas. Tom se acordaba de todos ellos, los viejos juegos de su niñez, ahora amarillentos y gastados por los años. Sintió un nudo frío en el pecho; a eso habían llegado. Vernon soltó una maldición y dio una patada al revoltijo desparramado, arrojando piezas por toda la habitación.

—Vernon, no conduce a nada destrozar la casa.

Vernon, ignorándolo, siguió abriendo cajones y arrojando lo que había en ellos al suelo.

Philip sacó la pipa del bolsillo de su pantalón y la encendió con una mano temblorosa.

—Estás perdiendo el tiempo. Propongo que vayamos a hablar con Marcus Hauser. Él es la clave.

Vernon se detuvo.

—¿Hauser? Padre no se ha puesto en contacto con él en cuarenta años.

—Es el único que conoce realmente a padre. Pasaron dos años juntos en Centroamérica. Si alguien sabe adónde fue padre es él.

—Padre odia a Hauser.

—Imagino que se han reconciliado, con padre enfermo y demás. —Philip abrió un mechero dorado y aspiró ruidosamente la llama dentro de la cazoleta de la pipa.

Vernon entró en el gabinete. Tom lo oyó abrir y cerrar armarios, arrojar libros de los estantes, tirar cosas al suelo.

—Os lo digo, Hauser está involucrado. Tenemos que actuar con rapidez. Tengo deudas..., obligaciones.

Vernon regresó del gabinete con una caja llena de papeles que dejó bruscamente en la mesa de centro.

—Es evidente que has empezado a dilapidar tu herencia.

Philip se volvió hacia él con frialdad.

—¿Quién aceptó veinte mil dólares de padre el año pasado?

—Fue un préstamo. —Vernon empezó a revolver los papeles, a vaciar carpetas y a desparramarlas por el suelo. Tom vio salir de un portafolios sus viejos boletines de notas de la escuela primaria. Le sorprendió que su padre se hubiera molestado en guardarlos, sobre todo cuando nunca había estado muy satisfecho con ellos.

—¿Se los has devuelto? —preguntó Philip.

—Lo haré.

—Ya lo creo que lo harás —dijo Philip con sarcasmo.

Vernon se ruborizó.

—¿Qué hay de los cuarenta mil que padre gastó en tu curso de posgrado? ¿Ya se los has devuelto?

—Fue un regalo. También pagó la escuela veterinaria de Tom,

¿verdad, Tom? Y si tú hubieras querido hacer un curso de posgrado te lo habría pagado. En lugar de ello te fuiste a vivir con ese gurú swami en la India.

Se produjo un silencio lleno de tensión.

—Vete a la mierda —dijo Vernon.

La mirada de Tom fue de un hermano a otro. Estaba ocurriendo, como había ocurrido mil veces antes. Por lo general él intervenía y trataba de conciliarlos. Con la misma frecuencia no servía de nada.

—Vete tú —dijo Philip. Volvió a ponerse la pipa entre los dientes y giró sobre sus talones.

—¡Espera! —gritó Vernon, pero era demasiado tarde. Cuando Philip se enfadaba, se marchaba, y esta vez volvió a hacerlo. La gran puerta se cerró con un sonido moribundo.

—Por el amor de Dios, Vernon, ¿no podías escoger un momento mejor para discutir?

—Que se vaya al infierno. Ha empezado él, ¿no?

Tom no recordaba siquiera quién había empezado.

Hutch Barnaby había regresado a su oficina; estaba sentado en su silla con una taza de café recién hecho sobre la panza, mirando por la ventana. Fenton estaba sentado en la otra silla, con su taza, mirando sombrío al suelo.

—Tienes que dejar de pensar en ello, Fenton. Estas cosas pasan.

—No puedo creerlo.

—Lo sé, es una locura que ese tipo se enterrara con quinientos millones de dólares. No te preocupes. Algún día alguien en esta ciudad cometerá un crimen que saldrá en primera plana en el *New York Times* y aparecerá tu nombre en ella. Esto no ha salido, eso es todo.

Fenton meció contra el pecho su taza... y su decepción.

—Lo sabía, Fenton, aun antes de ver el vídeo. Me lo imaginé. Cuando me di cuenta de que no se trataba de una estafa para cobrar el seguro, fue como si se me encendiera una bombilla en la cabeza. Eh, serviría de argumento para una gran película, ¿no crees? Un millonario se lleva todo consigo.

Fenton no dijo nada.

—¿Cómo crees que lo hizo el viejo? Piensa en ello. Necesitó ayuda. Eran un montón de cosas. No puedes trasladar varias toneladas de obras de arte por el mundo sin llamar la atención.

Fenton bebió un sorbo.

Barnaby levantó la vista hacia el reloj y luego la bajó hacia los papeles desparramados sobre su escritorio.

—Dos horas para almorzar. ¿Cómo es que nunca pasa nada interesante en esta ciudad? Mira esto. Drogas y más drogas. ¿Por qué esos chicos no roban un banco para variar?

Fenton apuró la taza.

—Está allí.

Silencio.

—¿Qué tratas de decir? ¿Qué quieres decir con eso? «Está allí.» ¿Y qué? Hay un montón de cosas allí fuera.

Fenton estrujó su taza.

—Estás insinuando algo, ¿verdad?

Fenton dejó caer la taza en la papelera.

—Has dicho «está allí». Quiero saber qué has querido decir con eso.

—Que vayamos a buscarlo.

—¿Y?

—Que nos lo quedemos.

Barnaby se echó a reír.

—Me sorprendes, Fenton. Por si no te has dado cuenta, somos agentes de policía. ¿Se te ha escapado este pequeño detalle? Se supone que somos honrados.

—Sí —dijo Fenton.

—Está bien —dijo Barnaby al cabo de un momento—. Honradez. Si no tienes eso, Fenton, ¿qué tienes?

—Quinientos millones de dólares —dijo Fenton.

6

El edificio no era una vieja casa de piedra rojiza como lo habría sido en una película de Bogart, sino una monstruosidad de cristal y acero que se tambaleaba hacia el cielo por encima de la calle Cincuenta y siete Oeste, un feo rascacielos de los años ochenta. Al menos, pensó Philip, el alquiler sería elevado. Y si el alquiler era elevado, eso significaba que Marcus Aurelius Hauser era un detective privado con éxito.

Entrar en el vestíbulo era como adentrarse en un cubo gigante de granito pulido. Apestaba a líquidos de limpieza. En una esquina había unos bambúes enfermizos. Un ascensor lo llevó rápidamente a la planta trece y no tardó en estar a las puertas de madera de cerezo de las oficinas de Marcus Hauser, detective privado.

Philip se detuvo en el umbral. Fuera cual fuese la imagen que tenía de la oficina de un detective privado, ese interior posmoderno incoloro de pizarra gris, alfombra industrial y granito negro pulido no coincidía con ella. ¿Cómo podía trabajar alguien en un ambiente tan aséptico? La habitación parecía vacía.

—¿Sí? —llegó una voz de detrás de una pared de ladrillos de cristal en forma de medialuna.

Philip se acercó y se encontró mirando la espalda de un hombre sentado ante un enorme escritorio en forma de riñón, que en lugar de estar colocado de cara a la puerta de la oficina miraba en sentido contrario, hacia una cristalera desde la que se dominaba el oeste por encima de la apagada capa de cinc del río Hudson. Sin volverse, el hombre señaló un sillón. Philip cruzó la oficina, tomó asiento y se acomodó para estudiar a Marcus Hauser: ex boina verde en Vietnam; ex ladrón de tumbas; ex teniente de la BATF,* oficina de campo de Manhattan.

En los álbumes de fotos de su padre había visto fotos de Hauser de joven, borroso y poco definido, vestido de caqui con un arma de fuego en la cadera. Siempre sonreía. Philip se sintió un poco desconcertado al verlo por fin en carne y hueso. Parecía aún más menudo de como lo había imaginado; iba demasiado bien vestido: traje marrón con una insignia en la solapa y chaleco con cadena de oro y bolsillito para el reloj. Un hombre de clase trabajadora remedando a la pequeña burguesía. Todo él emanaba un olor a colonia, y el poco pelo que le quedaba estaba excesivamente engominado y ondulado, cada mechón colocado de forma estudiada para cubrir al máximo la calva. En nada menos que cuatro de sus dedos destellaban anillos de oro. Tenía las manos bien cuidadas, las uñas limpias y arregladas, el vello de la nariz esmeradamente cortado. Hasta su calva, brillante bajo el cabello que la cubría, tenía todo el aspecto de haber sido encerada y abrillantada. Philip se sorprendió preguntándose si era el mismo Marcus Hauser que había recorrido a pie las selvas con su padre en busca de ciudades perdidas y tumbas antiguas. Tal vez había cometido un error.

Se aclaró la voz.

—¿Señor Hauser?

—Marcus —llegó la rápida respuesta, como una buena volea de tenis. Su voz era igualmente desconcertante: aguda, nasal, con acento de clase trabajadora. Sus ojos, sin embargo, eran verdes y fríos como los de un cocodrilo.

Philip se puso nervioso. Volvió a cruzar la pierna y, sin pedir permiso, sacó la pipa y empezó a llenarla. Al verlo, Hauser son-

* Oficina de Alcohol, Tabaco y Armas de Fuego. *(N. de la T.)*

rió, abrió un cajón del escritorio, sacó una caja y cogió de ella un Churchill enorme.

—Me alegro mucho de que fumes —dijo dando vueltas al puro entre sus dedos perfectos. Sacó de su bolsillo un cortador de oro con monograma y cortó el extremo—. No debemos permitir que los bárbaros se hagan los amos. —Cuando lo hubo encendido, se recostó en su butaca y, mirándolo a través de una espesura de humo, añadió—: ¿Qué puedo hacer por el hijo de mi viejo socio Maxwell Broadbent?

—¿Podemos hablar confidencialmente?

—Naturalmente.

—Hace unos seis meses diagnosticaron un cáncer a mi padre. —Philip hizo una pausa, observó la cara de Hauser para ver si estaba al corriente. Pero la cara de Hauser era tan opaca como su escritorio de caoba—. Cáncer de pulmón —continuó—. Lo operaron y recibió el habitual tratamiento de quimioterapia y radioterapia. Renunció a los puros y se produjo una remisión. Por un tiempo pareció tenerlo controlado, pero luego el cáncer volvió a arremeter. Empezó de nuevo con la quimioterapia, pero la odiaba. Un día se arrancó el gota a gota, tumbó a un enfermero y se largó. Compró una caja de cubalibres de camino a casa y nunca volvió. Le habían dado seis meses de vida, y eso fue hace tres.

Hauser escuchaba dando chupadas a su puro.

Philip hizo una pausa.

—¿Se ha puesto en contacto con usted?

Hauser sacudió la cabeza, dio otra chupada.

—No en cuarenta años.

—En algún momento del mes pasado —dijo Philip—, Maxwell Broadbent desapareció junto con su colección. Nos dejó un vídeo.

Hauser arqueó las cejas.

—Era una especie de última voluntad y testamento. En él decía que se la llevaba consigo a la tumba.

—¿Que hizo qué? —Hauser se echó hacia delante, repentinamente interesado. Por un instante la máscara había caído: estaba sinceramente atónito.

—Se llevó con él todo. Dinero, obras de arte, su colección. Como un faraón egipcio. Se enterró en una tumba en alguna parte del mundo y nos hizo un desafío: si encontrábamos la tumba, podíamos robarla. Verá, esa es su idea de hacer que nos ganemos la herencia.

Hauser se recostó y se rió con ganas mucho rato. Cuando por fin se recuperó, dio un par de chupadas al puro y alargó una mano para dejar caer una ceniza de cinco centímetros.

—Solo Max podría haber concebido un plan como ese.

—¿Entonces no sabe nada de esto? —preguntó Philip.

—Nada. —Hauser parecía decir la verdad.

—Usted es detective privado —dijo Philip.

Hauser pasó el puro de un lado al otro de la boca.

—Usted creció con Max. Pasó un año con él en la selva. Lo conoce y sabe mejor que nadie cómo trabajaba. Quería saber si estaría dispuesto, en calidad de detective privado, a ayudarme a encontrar su tumba.

Hauser exhaló una bocanada de humo azul.

—No me parece una misión difícil —añadió Philip—. Semejante colección de arte no pudo viajar sin llamar la atención.

—Lo haría dentro del Gulfstream IV de Max.

—Dudo que se enterrara a sí mismo en su avión.

—Los vikingos se enterraban en sus barcos. Tal vez Max metió su tesoro en un contenedor hermético resistente a la presión e hizo un amerizaje forzoso sobre la inmensa extensión del Pacífico Central, donde el avión se hundió a tres kilómetros de profundidad. —Extendió las manos y sonrió.

—No —logró decir Philip. Se secó la frente, tratando de apartar de su mente la imagen del Filippo Lippi, a tres kilómetros de profundidad, encallado en el lodo abisal—. No lo cree realmente, ¿verdad?

—No estoy diciendo que lo hiciera. Solo estoy mostrándote

lo que pueden dar de sí diez segundos de reflexión. ¿Vas a hacerlo con tus hermanos?

—Medio hermanos. No. He decidido buscar yo solo la tumba.

—¿Qué planes tienen ellos?

—No lo sé y, con franqueza, no me importa. Compartiré con ellos lo que encuentre, por supuesto.

—Háblame de ellos.

—Probablemente es a Tom a quien hay que vigilar. Es el más joven. Cuando éramos niños era el rebelde. Era el que primero saltaba del acantilado al agua, el primero que tiraba una piedra al nido de avispas. Lo expulsaron de un par de colegios, pero limpió su expediente en la universidad y desde entonces no se ha apartado del buen camino.

—¿Y el otro, Vernon?

—En estos momentos sigue un culto seudobudista que dirige un ex profesor de filosofía de Berkeley. Siempre ha andado desorientado. Lo ha probado todo: drogas, cultos, gurús, grupos de encuentro. De niño traía a casa gatos lisiados, perros atropellados, pajaritos que habían caído del nido empujados por sus hermanos mayores... Todo lo que traía se moría. En el colegio todos se metían con él. Abandonó sus estudios universitarios y no ha sido capaz de tener un empleo estable. Es un buen chico pero... incompetente en la edad adulta.

—¿Qué están haciendo ahora?

—Tom ha vuelto a su rancho de Utah. Lo último que he sabido de él es que ha renunciado a buscar la tumba. Vernon dice que va a buscarla él solo, no quiere que lo hagamos juntos.

—¿Alguien más sabe esto aparte de tus dos hermanos?

—Hay dos policías de Santa Fe que vieron la cinta y están al corriente de todo.

—¿Cómo se llaman?

—Barnaby y Fenton.

Hauser tomó nota. La luz del teléfono parpadeó una vez y Hauser descolgó el auricular. Escuchó largo rato y habló en voz baja y deprisa, luego hizo una llamada, y otra, y otra más. A Philip le irritó que Hauser se ocupara de otros asuntos delante de él, haciéndole malgastar su tiempo.

Hauser colgó.

—¿Alguna esposa o novia?

—Cinco ex esposas, cuatro vivas y una muerta. Ninguna novia de la que merezca la pena hablar.

El labio superior de Hauser se curvó ligeramente.

—A Max siempre le fueron las mujeres.

De nuevo se prolongó el silencio. Hauser parecía reflexionar. Luego, para irritación de Philip, hizo otra llamada y habló en voz baja. Finalmente colgó.

—Bien, Philip, ¿qué sabes de mí?

—Solo que fue socio de mi padre en la exploración, que recorrieron juntos Centroamérica durante un par de años. Y que riñeron.

—Así es. Pasamos juntos casi dos años en Centroamérica, buscando tumbas mayas por excavar. Eso fue a principios de los años sesenta, cuando era más o menos legal. Hicimos varios hallazgos, pero cuando Max dio el gran golpe y se hizo rico fue después que yo me marchara. Yo me fui a Vietnam.

—¿Y la riña? Padre nunca nos habló de ello.

Hubo una breve pausa.

—¿Max nunca os habló de ello?

—No.

—Casi no me acuerdo. Ya sabes lo que ocurre cuando dos personas pasan juntas tanto tiempo: se ponen mutuamente nerviosos. —Hauser apagó su puro en un cenicero de vidrio cortado.

El cenicero era del tamaño de una fuente y probablemente pesaba unos nueve kilos. Philip se preguntó si había cometido un error yendo allí. Hauser parecía un peso ligero.

El teléfono volvió a parpadear y Hauser lo contestó. Eso fue la gota que colmó el vaso; Philip se levantó.

—Volveré cuando esté menos ocupado —dijo cortante.

Hauser agitó un dedo con un anillo de oro hacia Philip para que esperara, escuchó durante un minuto y colgó.

—Dime, Philip. ¿Qué tiene tan especial Honduras?

—¿Honduras? ¿Qué tiene que ver con todo esto?

—Porque es allí donde fue Max.

Philip se quedó mirándolo.

—¡Entonces usted está involucrado!

Hauser sonrió.

—En absoluto. Es lo que me acaban de comunicar por teléfono. Hoy hace casi cuatro semanas que su piloto lo llevó a él y su cargamento a una ciudad de Honduras llamada San Pedro Sula. Allí subió a un helicóptero militar hasta un lugar llamado Laguna Brus. Y luego desapareció.

—¿Acaba de averiguarlo ahora mismo?

Hauser exhaló una nueva y densa nube de humo.

—Soy detective privado.

—Y no es malo, por lo que parece.

Hauser exhaló otra nube meditabundo.

—En cuanto hable con el piloto sabré más. Como qué clase de cargamento llevó y cuánto pesaba. Tu padre no hizo ningún esfuerzo por cubrir las pistas de que se iba a Honduras. ¿Sabías que estuvimos juntos allí? No me sorprende que se fuera allí. Es un país grande y el interior es el más inaccesible del mundo: selva inexpugnable, deshabitada, montañosa, atravesada por profundos cañones y aislada por la Costa de los Mosquitos. Allí es donde imagino que ha ido, al interior.

—Es plausible.

—Acepto el caso —añadió Hauser al cabo de un momento.

Philip se sintió irritado. No recordaba haberle ofrecido aún el trabajo. Pero el tipo ya había demostrado ser competente, y dado que ahora estaba al corriente de la situación, probablemente lo haría.

—No hemos hablado de sus honorarios.

—Necesitaré un anticipo. Los gastos de este caso serán elevados. Cada vez que haces tratos en un país tercermundista tienes que pagar a cada Tomás, Rico y Orlando.

—Había pensado en honorarios basados en imprevistos —se apresuró a decir Philip—. Y si recuperamos la colección, usted recibirá, digamos, una pequeño porcentaje. También debo mencionar que me propongo dividirlo con mis hermanos. Es justo.

—Los honorarios basados en imprevistos son para los abogados de accidentes de coches. Yo necesito un anticipo para empezar. Si tengo éxito, cobraré una cantidad fija adicional.

—¿Un anticipo? ¿De cuánto?

—Doscientos cincuenta mil dólares.

Philip casi se rió.

—¿Qué le hace pensar que dispongo de esa cantidad?

—Nunca pienso nada, señor Broadbent. Lo sé. Venda el Klee.

Philip sintió cómo se le paraba por un instante el corazón.

—¿Cómo dice?

—Venda la gran acuarela de Paul Klee que tiene, *Blau Kirk*. Es una maravilla. Podría conseguirle cuatrocientos por ella.

Philip estalló.

—¿Venderla? Jamás. Mi padre me regaló ese cuadro.

Hauser se encogió de hombros.

—¿Y cómo sabe que tengo ese cuadro, por cierto?

Hauser sonrió y abrió las palmas blancas y blandas de una mano, como dos lirios.

—Quiere contratar al mejor, ¿verdad, señor Broadbent?

—Sí, pero esto es chantaje.

—Déjeme que le explique cómo trabajo. —Hauser se echó hacia delante—. Mi primera lealtad es para el caso, no para el cliente. Cuando acepto un caso lo resuelvo, independientemente de las consecuencias que eso tenga para el cliente. Recibo un anticipo. Y si tengo éxito, cobro una cantidad adicional.

—Esta conversación no viene al caso. No pienso vender el Klee.

—A veces el cliente pierde el valor y quiere echarse atrás. A veces ocurren cosas malas a personas buenas. Yo beso a los niños, asisto a los funerales y no paro hasta que se resuelve el caso.

—No puede esperar de mí que venda ese cuadro, señor Hauser. Es lo único que tengo de valor de mi padre. Me encanta ese cuadro.

Philip sorprendió a Hauser mirándolo de un modo que le hizo sentir extraño. Los ojos eran inexpresivos, el rostro sereno, sin emoción.

—Mírelo así: ese cuadro es el sacrificio que debe hacer para recuperar su herencia.

Philip vaciló.

—¿Cree que tendremos éxito?

—Sí.

Philip lo miró. Siempre podría comprar de nuevo el cuadro.

—Está bien. Venderé el Klee.

Hauser entrecerró un poco más los ojos. Dio otra cuidadosa chupada al puro. Luego se lo sacó de la boca para hablar.

—Si tenemos éxito, recibiré un millón de dólares. —Luego añadió—: No disponemos de mucho tiempo, señor Broadbent. Ya he reservado billetes a San Pedro Sula para la semana que viene.

7

Cuando Vernon Broadbent terminó de recitar, permaneció unos momentos sentado en silencio con los ojos cerrados en la fresca habitación oscura, dejando que su mente volviera de nuevo a la superficie después de su larga meditación. A medida que recuperaba la conciencia empezó a oír el lejano estruendo del Pacífico y olió el aire salado que penetraba los confines fragantes de mirra del vihara. La luz de las velas sobre sus párpados llenó su visión interior de un resplandor rojizo y parpadeante.

Luego abrió los ojos, respiró hondo varias veces y se levantó, disfrutando aún de la frágil sensación de paz y serenidad que le había proporcionado la hora de meditación. Se acercó a la puerta y se detuvo a mirar por encima de las colinas de Big Sur, salpicadas de robles de Virginia y manzanita, el vasto Pacífico azul que se extendía más allá. El viento que llegaba del océano hinchó sus ropajes y los llenó de aire fresco.

Llevaba más de un año viviendo en el ashram y por fin, a sus treinta y cinco años, creía haber encontrado el lugar donde quería estar. Había recorrido un largo camino desde esos dos años en la India, a través de la meditación trascendental, la teosofía, los seminarios de crecimiento personal, Lifespring, e incluso un encontronazo con el cristianismo. Había rechazado el materialismo de su niñez y había tratado de descubrir alguna verdad más profunda en su vida. Lo que a los demás —sobre todo a sus hermanos— les parecía una vida malgastada había sido para él una existencia rica y esforzada. ¿Qué sentido tenía la vida si no era averiguar el porqué?

De pronto tenía la oportunidad, con su herencia, de hacer realmente el bien. No solo para sí mismo, sino para los demás. Era su oportunidad para hacer algo por el mundo. Pero ¿cómo? ¿Debía intentar encontrar él solo la tumba? ¿Debía llamar a Tom? Philip era un imbécil, pero tal vez Tom querría asociarse con él. Tenía que tomar una decisión, y pronto.

Se recogió su hábito de lino y echó a andar por el sendero hacia la cabaña del maestro, una estructura de secoya enclavada en un suave valle en medio de un bosquecillo de robles altos con vistas al Pacífico. Se cruzó con Chao, el alegre chico asiático de los recados, que daba botes por el sendero con un fajo de cartas. Era la vida que quería llevar: tranquila y simple. Lástima que saliera tan cara.

Al bordear la ladera de la colina apareció ante él la cabaña. Se detuvo —le intimidaba un poco el maestro—, pero luego siguió andando con resolución. Llamó a la puerta. Al cabo de un momento una voz baja y resonante gritó desde las profundidades del recinto:

—Pasa, eres bienvenido.

Él se quitó las sandalias en la galería y entró. La casa era de estilo japonés, sencilla y ascética, con pantallas correderas de papel de arroz, suelos cubiertos de esteras beis y extensiones de tablas de madera pulida. El interior olía a cera e incienso. Se oía un débil murmullo de agua. A través de una serie de rendijas Vernon alcanzó a ver el jardín japonés que había más allá, con rocas cubiertas de musgo entre gravilla rastrillada y un estanque con flores de loto. No vio al maestro.

Se volvió y miró hacia otro pasillo a su izquierda, a través de una sucesión de puertas que dejaban ver a una adolescente descalza y con hábito, con una larga trenza rubia entretejida de flores marchitas que le caía por la espalda. Cortaba verduras en la cocina del maestro.

—¿Está ahí, maestro? —preguntó él.

La joven siguió cortando.

—Por aquí —llegó la débil voz.

Vernon se encaminó hacia el sonido y encontró al maestro sentado en su sala de meditación, con las piernas cruzadas sobre una estera, los ojos cerrados. Los abrió pero no se levantó. Vernon se quedó de pie, esperando respetuoso. El cuerpo atractivo y en buena forma física del maestro estaba cubierto de un sencillo hábito de lino sin teñir. De una pequeña calva le caía un flequillo largo y gris, peinado recto, que le confería el aspecto de un Leonardo da Vinci. Unos ojos azules astutos se entrecerraban bajo unas crestas orbitales fuertemente arqueadas esculpidas en la amplia cúpula de su frente, y una barba entrecana y recortada completaba su rostro. Cuando habló, su voz sonó débil y resonante, con una agradable ronquera subyacente y un ligero acento de Brooklyn que lo señalaba como un hombre de origen humilde. Tenía unos sesenta años, aunque nadie sabía su edad con exactitud. Un ex profesor de filosofía en Berkeley llamado Art Brewer, había renunciado a su cátedra para dedicarse a una vida espiritual; allí en el ashram había encontrado una comunidad consagrada a la oración, la meditación y el crecimiento espiritual. El ashram era agradablemente aconfesional, vagamente basado en el budismo pero sin la excesiva disciplina, el intelectualismo, el celibato y el fatalismo que tendían a mancillar esa tradición religiosa; era más bien un bonito refugio en un lugar precioso, donde bajo la delicada orientación del maestro cada uno oraba a su manera a un coste de seiscientos dólares a la semana, comida y habitación incluidos.

—Siéntate —dijo el maestro.

Vernon se sentó.

—¿En qué puedo ayudarte?

—Es sobre mi padre.

El maestro escuchó.

Vernon se concentró y respiró hondo. Habló al maestro del cáncer de su padre, la herencia, el desafío de encontrar su tumba. Cuando terminó hubo un largo silencio. Vernon se preguntó si el maestro iba a decirle que renunciara a la herencia. Recordó los numerosos comentarios negativos del maestro sobre la mala influencia del dinero.

—Tomemos té —dijo el maestro con un tono de voz excepcionalmente suave, poniendo una delicada mano en el codo de Vernon. Permanecieron sentados y pidió té, que trajo la joven de la trenza. Lo bebieron en silencio, luego el maestro preguntó—: ¿Cuánto dinero exactamente vale esa herencia?

—Calculo que, después de pagar los impuestos, mi parte sería probablemente de cien millones.

El maestro pareció beber un largo sorbo de té, y luego otro. Si le sorprendió la cantidad no dio muestras de ello.

—Meditemos.

Vernon también cerró los ojos. Había tenido dificultades para concentrarse en su mantra, agitado por las cuestiones que se le planteaban y que solo parecían hacerse más complejas cuanto más pensaba en ellas. Cien millones. Cien millones. La cantidad, que no sonaba muy distinta del mantra, se embrolló con su meditación impidiéndole hallar paz o silencio interior. Cien millones. *Om mani padme hum*. Cien millones.

Fue un alivio cuando el maestro levantó la cabeza. Cogió las manos de Vernon y las sostuvo entre las suyas. Sus ojos azules brillaban de forma inusitada.

—A pocos se les da la oportunidad que se te ha dado a ti, Vernon. No debes dejar pasar esta oportunidad.

—¿Cómo?

El maestro se levantó y habló con voz potente y resonante:

—Necesitamos recuperar esa herencia. Debemos hacerlo ya.

8

Cuando Tom hubo terminado de examinar el caballo enfermo el sol se ponía sobre la meseta Toh Ateen proyectando largas sombras doradas a través de la extensión de artemisa y chamiza. Más allá se alzaba un muro de trescientos metros de arenisca esculpida que brillaba roja a la luz moribunda. Tom echó otro vistazo al animal y le dio unas palmadas en el cuello. Se volvió hacia la joven navajo dueña del caballo.

—Saldrá de esta. Solo es un pequeño cólico de arena.

Ella sonrió aliviada.

—En estos momentos tiene hambre. Hazle caminar un poco por el ruedo y dale una cucharada de psyllium con su avena. Deja que beba agua después. Espera una hora y dale un poco de heno. Se pondrá bien.

La abuela navajo que había recorrido a caballo ocho kilómetros hasta la consulta del veterinario para ir a buscarlo —la carretera estaba inundada, para variar— le cogió la mano.

—Gracias, doctor.

Tom hizo una pequeña inclinación.

—Para servirla. —Estaba impaciente por emprender el regreso a Bluff a caballo. Se alegraba de que la carretera estuviera inundada, dándole un pretexto para dar un largo paseo a caballo. Le había hecho perder la mitad del día, pero el sendero lo había llevado a través del paisaje de roca roja más bonito del sudoeste, a través de los estratos jurásicos de arenisca conocidos como formación Morrison, llenos de fósiles de dinosaurios. Había un montón de cañones remotos en la meseta Toh Ateen, y Tom se preguntó si los habría explorado algún paleontólogo. Probablemente no. Algún día, pensó, subiría uno de esos cañones...

Sacudió la cabeza y sonrió para sí. El desierto era un buen lugar para aclararse las ideas, y buena falta le hacía. Ese descabellado asunto de su padre había sido el mayor golpe de su vida.

—¿Cuánto le debemos, doctor? —preguntó la abuela, arrancándolo de su ensimismamiento.

Tom echó un vistazo al destartalado *hogan* hecho de cartón alquitranado, el coche averiado medio hundido entre plantas rodadoras, las escuálidas ovejas que pululaban en el redil.

—Cinco dólares.

La mujer deslizó una mano por debajo de su blusa de pana, sacó varios billetes de dólar sucios y separó cinco.

Tom se había llevado una mano al sombrero y se había vuelto hacia su caballo cuando advirtió una pequeña nube de polvo en el horizonte. Las dos navajo también la habían visto. Un jinete se acercaba rápidamente por el norte, por donde él había venido, y la oscura mancha aumentaba de tamaño en la gran cuenca dorada del desierto. Se preguntó si era Shane, su colega veterinario. Se alarmó. Tenía que ser algo realmente urgente para que Shane fuera hasta allí a buscarlo.

Cuando la figura se materializó, cayó en la cuenta de que no era Shane sino una mujer. Y cabalgaba su caballo Knock.

La mujer entró a trote en el poblado cubierta del polvo del camino, el caballo empapado de sudor y resoplando. Se detuvo y desmontó. Había cabalgado a pelo sin una brida siquiera a través de casi doce kilómetros de desierto vacío. Una verdadera locura. ¿Y qué hacía con su mejor caballo en lugar de con uno de los inútiles de Shane? Iba a matar a Shane.

Ella se acercó a grandes zancadas a él.

—Soy Sally Colorado —dijo—. He ido a buscarlo a su consulta, pero su colega me ha dicho que estaba aquí. De modo que aquí me tiene. —Con una sacudida de su pelo color miel tendió una mano a Tom, quien, tomado desprevenido, se la estrechó. El pelo de la mujer se había derramado por sus hombros sobre una camisa de algodón blanco, ahora cubierta de polvo. Llevaba la camisa metida por dentro de unos vaqueros que ceñían una cintura esbelta. Emanaba un suave olor a menta. Cuando sonrió, el color de sus ojos pareció cambiar de verde a azul, tan radiante fue el efecto. Llevaba un par de pendientes de turquesa, pero el color de sus ojos era aún más intenso que el de la piedra.

Al cabo de un momento Tom se dio cuenta de que seguía sosteniéndole la mano y se la soltó.

—Tenía que encontrarle —dijo ella—. No podía esperar.

—¿Una emergencia?

—No es una emergencia veterinaria, si se refiere a eso.

—Entonces ¿qué clase de emergencia es?

—Se lo diré mientras volvemos.

—Maldita sea —estalló Tom—. No puedo creer que Shane le haya prestado mi mejor caballo y le haya dejado montarlo así, sin silla ni bridas. ¡Podría haberse matado!

—Shane no me lo ha ofrecido. —La joven sonrió.

—¿Cómo lo ha conseguido entonces?

—Lo he robado.

Hubo un instante de consternación antes de que Tom se echara a reír.

Se había puesto el sol cuando se encaminaron al norte, cabalgando uno al lado del otro, en dirección a Bluff. Avanzaron un rato en silencio, luego Tom dijo por fin:

—Está bien. Oigamos qué es tan importante para que haya robado un caballo y arriesgado el pellejo.

—Bueno... —Ella vaciló.

—Soy todo oídos, señorita... Colorado. Si es así como se llama.

—Es un nombre extraño, lo sé. Mi tatarabuelo era artista de variedades. Recorrió el país entero vestido de indio y adoptó el nombre profesional de Colorado. Era mejor que su nombre verdadero, Smith, de modo que se quedó con él. Llámame Sally.

—Está bien, Sally. Oigamos qué tienes que decir. —Tom se sorprendió a sí mismo observándola con placer. Parecía haber nacido sobre un caballo. Debía de haber una fortuna invertida en esa forma de montar, erguida, desenvuelta y centrada.

—Soy antropóloga —empezó Sally—. Concretamente, etnofarmacóloga. Estudio la medicina indígena con el profesor Julian Clyve en Yale. Es el hombre que descifró los jeroglíficos mayas hace unos años. Un trabajo realmente brillante. Salió en todos los periódicos.

—No lo dudo.

Ella tenía unas facciones muy marcadas y bien definidas, la nariz pequeña, y una extraña forma de sacar el labio inferior. Se le hacía un pequeño hoyuelo cuando sonreía, pero solo en una mejilla. Su pelo dorado oscuro describía una brillante curva sobre sus esbeltos hombros antes de caerle por la espalda. Era una mujer despampanante.

—El profesor Clyve ha reunido la mayor colección de escritos mayas existente, una biblioteca de cada inscripción conocida en maya antiguo. Está compuesta de calcos de inscripciones en piedra, páginas de códices mayas y copias de inscripciones en cerámica y tablas. Eruditos de todo el mundo consultan su biblioteca.

Tom visualizó al viejo pedagogo tambaleante revolviendo entre sus montones de manuscritos polvorientos.

—La mayor parte de las inscripciones mayas estaban contenidas en lo que llamamos códices. Eran los libros originales de los mayas, escritos en jeroglíficos en papel de amate. Los españoles quemaron la mayoría creyendo que eran libros del diablo, pero unos cuantos códices incompletos lograron sobrevivir aquí y allá. Nunca han encontrado uno completo. El año pasado el profesor

Clyve encontró esto en el fondo de un archivador que pertenecía a uno de sus colegas difuntos.

Sacó del bolsillo de su pecho una hoja de papel doblada y se la tendió. Tom la cogió. Era una vieja fotocopia amarillenta de una página de un manuscrito escrito en jeroglíficos, con varios dibujos de hojas y flores en los márgenes. Le resultó vagamente familiar y se preguntó dónde lo había visto antes.

—En la historia de la raza humana solo se ha inventado la escritura tres veces de forma independiente. Los jeroglíficos mayas fueron una de ellas.

—Tengo el maya un poco olvidado. ¿Qué pone?

—Describe las propiedades medicinales de cierta planta encontrada en la selva de Centroamérica.

—¿Para qué sirve? ¿Cura el cáncer?

Sally sonrió.

—Ojalá. La planta se llama el *k'ik'-te* o árbol de la sangre. Esta página explica cómo hay que hervir la corteza, echar cenizas como álcali y aplicar la pasta sobre una herida como si fuera una cataplasma.

—Muy interesante. —Tom le devolvió la hoja.

—Es más que interesante: es correcto desde el punto de vista médico. En su corteza hay un antibiótico suave.

Habían llegado a la meseta de roca lisa. En un cañón lejano aullaban un par de coyotes. Tuvieron que ir en fila india por allí. Sally iba detrás mientras Tom la escuchaba.

—Esa página pertenece a un códice de medicina maya. Probablemente se escribió hacia el ochocientos antes de Cristo, en el momento álgido de la civilización maya clásica. Contiene dos mil recetas y preparados médicos, no solo de plantas sino de todo lo que hay en la selva: insectos, animales, hasta minerales. De hecho en él podría haber una cura para el cáncer, o al menos ciertos tipos de cáncer. El profesor Clyve me ha pedido que localice al propietario y vea si puedo negociar que él traduzca y publique el códice. Es el único códice maya completo que se conoce. Sería una forma asombrosa de coronar su carrera ya distinguida.

—Y también la tuya, imagino.

—Sí. Se trata de un libro que contiene todos los secretos médicos de la selva acumulados a lo largo de los siglos. Estamos hablando de la selva más rica del mundo, con cientos de miles de especies vegetales y animales..., muchas desconocidas aún por la ciencia. Los mayas conocían todas las plantas, todos los animales, todo lo que había en la selva. Y todos sus conocimientos fueron a parar a ese libro.

Hizo trotar el caballo hasta colocarse a su lado. Su pelo suelto ondeó mientras lo alcanzaba.

—¿Te das cuenta de lo que eso significa?

—Seguramente —dijo Tom— la medicina ha avanzando mucho desde los tiempos de los mayas antiguos.

Sally Colorado resopló.

—El veinticinco por ciento de todos nuestros fármacos viene originalmente de plantas. Y sin embargo solo la mitad del uno por ciento de las doscientas sesenta y cinco mil plantas que existen en el mundo han sido evaluadas en busca de sus propiedades medicinales. ¡Piensa en el potencial! El fármaco más exitoso y efectivo de la historia, la aspirina, se descubrió originalmente en la corteza de un árbol que los nativos utilizaban para tratar achaques y dolores. El taxol, un importante medicamento contra el cáncer, también se extrae de corteza de árbol. La cortisona viene del ñame, y la medicina para el corazón, la digitalina, de la dedalera. La penicilina se extrajo en un primer momento de mantillo. Tom, ese códice podría ser el mayor descubrimiento médico que se ha hecho nunca.

—Veo lo que quieres decir.

—Cuando el profesor Clyve y yo lo hayamos traducido y publicado, ese códice revolucionará la medicina. Y si eso no te convence, aquí tienes otro argumento. La selva de Centroamérica está desapareciendo bajo las sierras de los leñadores. Ese libro la salvaría. La selva valdría de pronto mucho más intacta que talada. Las compañías farmacéuticas pagarían a esos países miles de millones en derechos.

—Quedándose sin duda con un buen pellizco. ¿Y qué tiene que ver ese libro conmigo?

—El códice pertenece a tu padre.

Tom detuvo el caballo y la miró.

—Maxwell Broadbent lo robó de una tumba maya hace casi cuarenta años. Escribió a Yale pidiendo ayuda para traducirlo, pero la escritura maya aún no había sido descifrada. El hombre que recibió la carta supuso que era una falsificación y la guardó en una vieja carpeta sin responder siquiera. El profesor Clyve la encontró cuarenta años después. Supo inmediatamente que era auténtica. Nadie habría podido falsificar la escritura maya hace cuarenta años por la simple razón de que nadie sabía leerla. Pero el profesor Clyve sabía leerla: es el único hombre en la tierra, de hecho, que puede leer la escritura maya con fluidez. Llevo semanas tratando de ponerme en contacto con tu padre, pero parece ser que ha desaparecido de la faz de la tierra. De modo que, desesperada, te he localizado a ti.

Tom se quedó mirándola en la creciente luz crepuscular y luego se echó a reír.

—¿Qué es tan gracioso? —preguntó ella acalorada.

Tom respiró hondo.

—Sally, tengo malas noticias para ti.

Cuando hubo terminado de contarle todo, se produjo un largo silencio.

—Tiene que ser una broma —dijo Sally.

—No.

—¡No tenía derecho!

—Lo tuviera o no, eso es lo que hizo.

—¿Y qué vas a hacer al respecto?

Tom suspiró.

—Nada.

—¿Nada? ¿Qué quieres decir con nada? No vas a renunciar a tu herencia, ¿no?

Tom no respondió enseguida. Habían llegado a lo alto de la meseta e hicieron una pausa para contemplar la vista. Los miles de cañones que descendían hasta el río San Juan se recortaban como pequeños fractales oscuros sobre el paisaje iluminado por la luna; más allá se veían las luces amarillas de la ciudad de Bluff y, en los límites de esta, el conjunto de edificios que componían su modesta consulta veterinaria. A la izquierda se alzaban las inmensas vértebras de piedra de la cordillera Comb Ridge, huesos fantasmales a la luz de la luna. Volvió a recordarle por qué estaba allí. Pocos días después de la estupefacción de enterarse de lo que había hecho su padre con su herencia, había cogido uno de sus libros favoritos: *La república* de Platón. Una vez más había leído los pasajes sobre el mito de Er, en el que se le preguntaba a Odiseo qué clase de existencia escogería en su próxima vida. ¿Qué había querido ser el gran Odiseo, guerrero, amante, marinero, explorador y rey? Un hombre anónimo que viviera en algún lugar remoto, «ignorado por los demás». Todo lo que quería era una vida tranquila y simple.

Platón lo había aprobado. Lo mismo que Tom.

Esa era la razón por la que había ido a Bluff, se recordó. La vida con un padre como Maxwell Broadbent era imposible: un drama interminable de exhortaciones, desafíos, rivalidad, críticas e instrucciones. Había ido allí para huir, hallar paz y dejar todo eso atrás. Eso y, por supuesto, a Sarah. Sarah. Su padre incluso había tratado de buscarles novias... de forma desastrosa.

Miró de reojo a Sally. La fría brisa nocturna agitaba su pelo y tenía la cara vuelta hacia la luz de la luna, los labios ligeramente entreabiertos de asombro y placer ante esa vista maravillosa. Su esbelto cuerpo descansaba ligeramente sobre el caballo, con una mano en el muslo. Dios mío, qué guapa era.

Apartó ese pensamiento de su mente, enfadado. Su vida por fin era bastante parecida a la que quería llevar. No había conseguido ser paleontólogo —su padre había echado por tierra sus planes—, pero ser veterinario en Utah era la segunda mejor opción. ¿Por qué estropearlo todo? Ya había pasado antes por eso.

—Sí —respondió por fin—. Renuncio a ella.

—¿Por qué?

—No estoy seguro de poder explicártelo.

—Inténtalo.

—Tienes que comprender a mi padre. Siempre ha tratado de controlar todo lo que hacíamos mis dos hermanos y yo. Nos ha manejado. Tenía grandes planes para nosotros. Pero hiciéramos lo que hiciésemos cualquiera de los tres, nunca era lo bastante bueno. Nunca éramos lo bastante buenos para él. Y ahora esto. No voy a seguir haciéndole el juego. Ya basta.

Hizo una pausa, preguntándose por qué se estaba sincerando tanto con ella.

—Sigue —dijo ella.

—Él quería que yo fuera médico. Yo quería ser paleontólogo, para buscar fósiles de dinosaurio. A mi padre le pareció ridículo, lo calificó de «pueril». Al final convenimos en que iría a la escuela de veterinaria. Naturalmente, él esperaba que fuera a Kentucky y curara caballos de carreras de un millón de dólares y me convirtiera tal vez en un experto investigador en medicina equina e hiciera grandes descubrimientos logrando que el apellido Broadbent pasara a integrar los libros de historia. En lugar de ello me vine aquí a la reserva navaja. Esto es lo que quiero hacer: esto es lo que me gusta hacer. Estos caballos y esta gente me necesitan. Y el paisaje del sur de Utah es el más bonito del mundo, con algunos de los mayores estratos jurásicos y cretácicos de fósiles. Pero que me viniera a la reserva fue para mi padre un gran fracaso y una decepción. No iba a ganar dinero ni prestigio, no había en ello nada grandioso. Había aceptado su dinero para ir a la escuela de veterinaria y lo había traicionado viniendo aquí.

Se interrumpió. Había hablado demasiado.

—¿Y eso es todo? ¿Vas a dejar escapar toda la herencia, el códice y demás?

—Exacto.

—¿Así sin más?

—La mayoría de la gente vive la vida sin heredar nada. No me gano mal la vida con mi consulta. Me gusta este estilo de vida, este paisaje. Mira a tu alrededor. ¿Qué más puedes pedir?

Sorprendió a Sally mirándolo a él en lugar de al paisaje, con el pelo ligeramente luminoso a la plateada luz de la luna.

—¿A cuánto vas a renunciar si se puede saber?

Él sintió una punzada, no por primera vez, ante la elevada suma.

—Cien millones, más o menos.

Sally silbó. Se produjo un largo silencio. En alguna parte de los cañones, por debajo de ellos, aulló un coyote, y lo respondió otro aullido.

—Dios mío, estás loco —dijo ella por fin.

Él se encogió de hombros.

—¿Y tus hermanos?

—Philip se ha unido al ex socio de mi padre para ir a buscar la tumba escondida. Vernon tengo entendido que va a hacerlo solo. ¿Por qué no te unes a uno de ellos?

La sorprendió mirándolo con bastante intensidad en la oscuridad.

—Ya lo he intentado —respondió ella por fin—. Vernon salió del país hace una semana y Philip también ha desaparecido. Han ido a Honduras. Tú eres mi última opción.

Tom sacudió la cabeza.

—¿Honduras? Qué rapidez. Cuando vuelvan con el botín podrás obtener de ellos el códice. Yo te daré mi bendición.

Otro largo silencio.

—No puedo arriesgarme. No tienen ni idea de lo que es ni del valor que tiene. Podría pasar cualquier cosa.

—Lo siento, Sally, no puedo ayudarte.

—El profesor Clyve y yo necesitamos tu ayuda. El mundo necesita tu ayuda.

Tom miró hacia los oscuros bosques de álamos de Virginia en las inundadas tierras del río San Juan. En un lejano enebro ululó un búho.

—Ya he tomado una decisión —dijo.

Ella seguía mirándolo, con el pelo cayéndole desordenado por los hombros y la espalda, el labio inferior sobresaliendo con firmeza. Los álamos de Virginia proyectaban sombras sobre su cuerpo iluminado por la luna y las difusas manchas plateadas de luz se ondulaban y movían con la brisa.

—¿De verdad?

Él suspiró.

—De verdad.

—Al menos échame una mano. No te pido mucho, Tom. Solo que vengas conmigo a Santa Fe. Puedes presentarme a los abogados de tu padre, a sus amigos. Puedes hablarme de sus viajes, sus costumbres. Dedícame dos días. Ayúdame a hacer esto. Solo dos días.

—No.

—¿Alguna vez se te ha muerto un caballo?

—Continuamente.

—¿Un caballo que querías?

Tom pensó inmediatamente en su caballo Pedernal, que había muerto de una infección resistente a los antibióticos. Nunca tendría un caballo más bonito.

—¿Lo habrían salvado unos medicamentos mejores? —preguntó Sally.

Tom miró hacia las lejanas luces de Bluff. Dos días no era gran cosa, y ella tenía algo de razón.

—Está bien. Tú ganas. Dos días.

9

Lewis Skiba, director general de Lampe-Denison Pharmaceuticals, estaba sentado inmóvil ante su escritorio, contemplando la hilera de rascacielos grises que se sucedían a lo largo de la avenida de las Américas, en la periferia del centro de Manhattan. Una lluvia de última hora de la tarde había envuelto la ciudad en un manto de oscuridad. El único ruido que se oía en la oficina revestida de paneles era el chisporroteo del fuego de leña que ardía en una chimenea de mármol de Siena del siglo XVIII, un triste recordatorio de tiempos más prósperos. No hacía frío, pero Skiba había puesto más fuerte el aire acondicionado para tener la chimenea encendida. Le parecía relajante. Le recordaba por alguna razón a su niñez, la vieja chimenea de piedra de la cabaña de madera junto al lago, con las raquetas de nieve cruzadas sobre la repisa y los somorgujos que chillaban en la orilla. Dios mío, si pudiera estar allí...

Casi sin darse cuenta, abrió el pequeño cajón delantero de su escritorio y cerró la mano alrededor de un frío bote de plástico. Lo destapó con la uña del pulgar, sacó un pequeño comprimido ovoide, se lo llevó a la boca y lo masticó. Amargo, pero acortaba la espera. Eso y un trago de whisky a continuación. Abrió un panel de la pared a su izquierda, sacó una botella de Macallan de sesenta años y un vaso ancho y bajo, y se sirvió un generoso trago. Era de color caoba intenso. Un chorrito de agua Evian suavizó el sabor; se lo llevó a los labios y bebió un buen trago, disfrutando del sabor de la turba, el lúpulo, el mar frío, los páramos de las tierras altas de Escocia, el buen amontillado español.

A medida que le invadía una sensación de paz, pensó con anhelo en el gran baño, en alejarse flotando en un mar de luz. Si llegaba el caso, solo necesitaría tragarse dos docenas más de esas pastillas junto con el resto del Macallan, y se sumergiría para siempre en las profundidades del mar azul. Él no se negaría a dar testimonio ante el Congreso acogiéndose a la quinta enmienda, ni declararía ante la Comisión de Valores y Cambio que solo era otro director general incompetente inducido a error, ni haría ninguna de las estupideces que había hecho Kenneth Lay. Sería su propio juez, jurado y verdugo. Su padre, sargento del ejército, le había inculcado el sentido del honor.

Lo único que podría haber salvado la compañía, pero que en lugar de ello la había hundido, era ese gran fármaco revolucionario que creyeron haber descubierto. El Phloxatane. Con él en la mano, los comenúmeros creyeron que era seguro empezar a recortar el presupuesto de investigación y desarrollo a largo plazo para aumentar los beneficios del momento. Dijeron que los analistas nunca se darían cuenta, y al principio no lo hicieron. Funcionó como un sueño, y el precio de las acciones se disparó. Luego empezaron a contabilizar los costes de marketing como investigación y desarrollo amortizable; los analistas siguieron sin percatarse y el valor de las acciones continuó subiendo. A continuación atribuyeron las pérdidas a sociedades no oficiales con sede en las islas Caimán y las Antillas Holandesas, registraron los préstamos como beneficios y emplearon todo el dinero en efectivo restante en comprar de nuevo acciones de la compañía e inflar aún más el precio, inflando también (lógicamente) el valor de las acciones con opción de compra para los ejecutivos. Las acciones subieron vertiginosamente; las hicieron efectivas y ganaron millones. Cielos, había sido un juego emocionante. Infringieron cada ley, regla y norma existentes, y tuvieron como director financiero a un genio creativo que inventó otras nuevas que infringir. Y todos esos seleccionadores de acciones de altos vuelos resultaron ser todos tan perspicaces como el hermano oso.

Habían llegado al final del trayecto. No había más reglas que infringir o adaptar a su beneficio. Por fin el mercado despertó, las acciones se fueron a pique y no les quedaban más trucos en la manga. Las cornejas daban vueltas sobre el edificio Lampe, en el número 725 de la avenida de las Américas, graznando su nombre.

Una mano temblorosa introdujo la llave en la cerradura; el cajón se abrió. Skiba masticó otra pastilla amarga y bebió un segundo trago de whisky.

Sonó un timbre, anunciando a Graff.

Graff, el director financiero genial que los había llevado a esa situación.

Skiba bebió un poco de agua, hizo gárgaras, tragó, bebió un par de sorbos más. Se pasó una mano por el pelo, se recostó en la silla y recobró la compostura. Ya empezaba a experimentar esa sensación de ligereza que le empezaba en el pecho y se extendía hasta las puntas de los dedos, levantándole el ánimo, llenándolo de una sensación de bienestar.

Giró la silla, deteniendo brevemente la mirada en las fotografías de sus tres hijos pequeños que le sonreían radiantes desde sus marcos plateados. Luego la desplazó de mala gana hasta la cara de Mike Graff, que acababa de entrar en la habitación. El hombre se detuvo ante Skiba, extrañamente delicado, enfundado de la cabeza a los pies de impecable estambre, seda y algodón. Graff había sido el joven protegido en alza de Lampe, elogiado en un artículo de *Forbes*, buscado por analistas y banqueros de inversión, con una bodega y una casa que habían aparecido en *Bon Appetit* y en *Architectural Digest*, respectivamente. Pero el protegido ya no ascendía: le cogía la mano a Skiba mientras caían juntos por el borde del Gran Cañón.

—¿Qué es tan importante, Mike, que no podía esperar hasta nuestra reunión de la tarde? —preguntó Skiba con tono afable.

—Tengo fuera a un tipo que te conviene conocer. Tiene una propuesta interesante que hacernos.

Skiba cerró los ojos. De pronto se sintió mortalmente cansado. Toda la sensación de bienestar desapareció.

—¿No crees que ya hemos tenido suficientes «propuestas» tuyas, Mike?

—Esta es diferente. Confía en mí.

«Confía en mí.» Skiba hizo un gesto de impotencia. Oyó cómo se abría la puerta y levantó la mirada. Ante sí tenía a un estafador barato con un traje de solapa amplia y demasiado oro encima. Era uno de esos tipos que se peinaba cinco pelos a través de medio continente de cráneo calvo y creía resolver el problema con eso.

—Por Dios, Graff...

—Lewis —dijo Graff adelantándose—, este es el señor Marcus Hauser, un detective privado que ha trabajado anteriormente en la Oficina de Alcohol, Tabaco y Armas de Fuego. Tiene algo que quiere enseñarnos. —Cogió una hoja de papel de las manos de Hauser y se la tendió a Skiba.

Skiba bajó la vista hacia la hoja. Estaba cubierta de extraños símbolos y en los márgenes había dibujadas parras enroscadas y hojas. Eso era una locura. Graff estaba sucumbiendo a la presión.

Graff insistió.

—Es una página de un manuscrito maya del siglo IX antes de Cristo. Se llama códice. Es un catálogo de doscientas páginas de medicamentos de la selva, cómo extraerlas y utilizarlas.

Skiba experimentó una sensación de calor en la piel mientras asimilaba la información. No podía ser cierto.

—Así es. Miles de recetas farmacéuticas indígenas identificando sustancias médicamente activas encontradas en plantas, animales, insectos, arañas, mantillo, hongos..., lo que quieras. Los conocimientos médicos de los mayas antiguos en un solo volumen.

Skiba levantó la vista, primero hacia Graff, luego hacia Hauser.

—¿De dónde la ha sacado?

Hauser permanecía de pie con sus manos regordetas juntas ante él. Skiba estaba seguro de oler una especie de colonia o loción para después del afeitado. Barata.

—Pertenecía a un viejo amigo mío —dijo Hauser. Su voz era aguda e irritante, con un acento que parecía de Brooklyn. Un Pacino prepubescente.

—Señor Hauser —dijo Skiba—, serán necesarios diez años y quinientos millones de dólares en investigación y desarrollo para que cualquiera de esas drogas salga a la luz.

—Es cierto. Pero piense en lo que significaría ahora para el valor de sus acciones. Tengo entendido que por su pequeño río baja un barco cargado de mierda. —Movió una mano regordeta en un círculo abarcando la habitación.

Skiba lo miró fijamente. Cabrón insolente. Debería echarlo inmediatamente.

—Las acciones de Lampe se cotizaban esta mañana a catorce y tres octavos —continuó Hauser—. El pasado mes de diciembre lo hacían a cincuenta. Usted, personalmente, tiene dos millones de acciones con opción de compra a un precio de ejercicio de entre treinta y treinta y cinco que expirarán en los dos próximos años. Todas ellas carecen de valor a menos que vuelva a subir el precio de las acciones. Por si eso fuera poco, su principal fármaco nuevo contra el cáncer, el Phloxatane, es un bodrio y el FDA está a punto de rechazarlo.

Skiba se levantó de la silla con la cara encendida.

—¿Cómo se atreve a soltarme estas mentiras en mi oficina? ¿De dónde ha sacado esta información falsa?

—Señor Skiba —dijo Hauser con suavidad—, dejémonos de tonterías. Soy detective privado, y ese manuscrito estará en mi poder en unas cuatro o seis semanas. Quiero vendérselo. Y me consta que usted lo necesita. Podría llevarlo a GeneDyne o a Cambridge Pharmaceuticals.

Skiba tragó saliva con esfuerzo. Era asombroso lo deprisa que uno podía recuperar la lucidez.

—¿Cómo sé que no es una falsificación?

—Lo he comprobado. Es auténtico, Lewis —dijo Graff.

Skiba miró fijamente a ese charlatán con traje de mal gusto. Volvió a tragar saliva, sintiendo la boca seca. Hasta ese extremo se habían hundido.

—Explíqueme su propuesta, señor Hauser.

—El códice está en Honduras —dijo Hauser.

—De modo que me está dando gato por liebre.

—Para conseguirlo necesito dinero, armas y equipo. Estoy corriendo un gran riesgo personal. Ya he tenido que ocuparme de un asunto urgente. No va a salir barato.

—No me atosigue, señor Hauser.

—¿Quién es el que atosiga aquí? Usted está hasta el cuello de irregularidades financieras. Si la Comisión de Valores y Cambio se enterara de cómo usted y el señor Graff han estado contabilizando los costes de marketing como investigación y desarrollo amortizable a largo plazo los pasados trimestres, abandonarían el edificio esposados.

Skiba miró fijamente al hombre, luego a Graff. El director financiero estaba pálido. En el largo silencio que siguió, crepitó un leño de la chimenea. Skiba sintió que se le tensaba un músculo de su corva izquierda.

—Cuando le entregue el códice y usted haya comprobado su autenticidad —continuó Hauser—, como insistirá lógicamente en hacer, hará una transferencia de cincuenta millones de dólares a una cuenta del paraíso fiscal que yo escoja. Ese es el trato que le ofrezco. Nada de regateos..., basta con un sí o un no.

—¿Cincuenta millones? Eso es totalmente disparatado. Olvídelo.

Hauser se levantó y se acercó a la puerta.

—Espere —gritó Graff, levantándose de un salto—. ¿Señor Hauser? Nada de esto es definitivo. —El sudor le caía por su calva bien peinada mientras perseguía al hombre de traje barato.

Hauser siguió andando.

—Siempre estamos abiertos a... ¡señor Hauser!

La puerta se cerró en la cara de Graff. Hauser había desaparecido.

Graff se volvió hacia Skiba. Le temblaban las manos.

—Tenemos que detenerlo.

Por un momento, Skiba no dijo nada. Lo que Hauser había dicho era cierto. Si se hacían con el manuscrito, solo la noticia pegaría un vuelco en sus acciones. Sin embargo, pedir cincuenta millones era chantaje. Era odioso tratar con un hombre así. Pero había ciertas cosas que no podían evitarse.

—Solo hay una manera de pagar una deuda mientras que hay un millón de maneras de no pagarla. Como tú bien sabes, Mike —dijo Skiba.

Graff apenas logró esbozar una sonrisa a través de la capa de sudor que le cubría la cara.

Skiba habló por el interfono.

—Ese hombre que acaba de estar aquí, no le deje salir del edificio. Dígale que estamos de acuerdo con sus condiciones y vuelva a acompañarlo aquí arriba.

Colgó el auricular y se volvió hacia Graff.

—Espero por el bien de nosotros dos que ese tipo no sea un farsante.

—No lo es —dijo Graff—. Créeme. He estudiado el asunto a fondo. El códice existe y la página de muestra es auténtica.

Al cabo de un momento Hauser apareció en el umbral.

—Recibirá sus cincuenta millones —dijo Skiba con brusquedad—. Ahora siéntese y exponga su plan.

10

Charlie Hernandez estaba agotado. El funeral había sido largo y el sepelio aún más largo. Todavía notaba el polvo de la tierra en la mano derecha. Siempre era un infierno que enterraran a uno de los suyos, por no hablar de dos. Y todavía tenía un tribunal ante el que comparecer y medio turno que terminar. Echó un vistazo a su compañero, Willson, ocupado en poner al día el trabajo administrativo. Un tipo listo; lástima que tuviera la letra de un párvulo.

Sonó el interfono.

—Dos personas quieren ver a, hummm, Barnaby y Fenton —dijo Doreen.

Dios, justo lo que necesitaba.

—¿Sobre qué?

—No lo han dicho. Se niegan a hablar con nadie que no sea Barnaby y Fenton.

Suspiró hondo.

—Que pasen.

Willson había dejado de escribir y levantó la vista.

—¿Quieres que...?

—Quédate.

Aparecieron en el umbral: una rubia despampanante y un tipo alto con botas de cowboy. Hernandez gruñó, se irguió en su silla, se pasó una mano por el pelo.

—Siéntense.

—Estamos aquí para ver al teniente Barnaby, no...

—Sé a quién quieren ver. Por favor, tomen asiento.

Ellos se sentaron de mala gana.

—Soy el agente Hernandez —dijo, dirigiéndose a la rubia—. ¿Puedo preguntarles qué asunto quieren tratar con el agente Barnaby? —Habló con el estudiado tono del burócrata, lento, imperturbable y rotundo.

—Preferiríamos tratarlo directamente con él —dijo el hombre.

—No pueden.

—¿Por qué no? —El hombre se acaloró.

—Porque ha fallecido.

Le sostuvieron la mirada.

—¿Cómo?

Dios, Hernandez se sentía cansado. Barnaby había sido un buen hombre. Qué gran pérdida.

—Un accidente de coche. —Suspiró—. Tal vez si me dijeran quiénes son ustedes y en qué puedo ayudarles...

Ellos se miraron.

—Soy Tom Broadbent —dijo el hombre— y hace unos diez días el teniente Barnaby investigó un posible robo en nuestra casa, junto a la vieja ruta de Santa Fe. Barnaby atendió la llamada y quería saber si hizo un informe.

Hernandez miró a Willson.

—No hizo ningún informe —dijo Willson.

—¿Dijo algo?

—Dijo que había sido una especie de malentendido, que el señor Broadbent había trasladado varias obras de arte y que sus hijos habían creído erróneamente que las habían robado. Como le explique a su hermano la semana pasada, no se había cometido ningún delito, de modo que no hubo motivos para abrir un expediente.

—¿Mi hermano? ¿Cuál de ellos?

—Vernon.

—Ya.

—¿Podemos hablar con su compañero, Fenton?

—Él también murió en el accidente.

—¿Qué pasó?

—Su coche se salió de la carretera de Ski Basin, en la Curva de la Monja.

—Lo siento.

—Nosotros también.

—¿De modo que no hay ningún informe ni nada sobre la investigación que se llevó a cabo en la casa de los Broadbent?

—Nada.

Hubo un silencio, luego Hernandez añadió:

—Si puedo hacer algo más por ustedes...

11

Ardía basura en una hilera de barriles de doscientos litros a lo largo de la inmunda playa de Puerto Lempira y de cada uno de ellos se elevaba una columna de humo acre que flotaba hacia la ciudad. Una mujer gruesa cocinaba en un comal sobre uno de los barriles; el olor a chicharrones friéndose llegó en una brisa maloliente hasta Vernon. Caminaba con el maestro por el camino de tierra que corría paralelo a la playa, seguido y zarandeado por una multitud de niños con una manada de perros implorantes a la zaga. Los niños llevaban casi una hora siguiéndolos, gritando: «¡Dame caramelo!» y «¡Dame dólar!». Vernon había repartido varias bolsas de caramelos y les había dado todos sus billetes de un dólar en un intento de aplacarlos, pero la generosidad solo había conseguido aumentar la multitud a unas proporciones casi incontrolables.

Vernon y el maestro llegaron a un destartalado embarcadero de madera que sobresalía en la laguna enlodada, al final del cual había un grupo de canoas con motor fueraborda. Unos hombres holgazaneaban en hamacas, y desde los umbrales los observaban unas mujeres de ojos negros. Se abrió paso a codazos hasta ellos un hombre con una boa alrededor del cuello.

—Serpiente —dijo—. Cincuenta dólares.

—No queremos una serpiente —dijo el maestro—. Queremos un bote. *Barca*. Estamos buscando a Juan Freitag Charters. ¿Usted *sabe* Juan Freitag?

El hombre empezó a desenrollarse la serpiente y se la ofreció como si fuera una ristra de salchichas.

—Serpiente. Treinta dólares.

El maestro pasó por su lado rozándolo.

—¡Serpiente! —gritó el hombre persiguiéndolo—. ¡Veinte dólares! —La camisa casi se le caía de los hombros de tantos agujeros que tenía. Sujetó a Vernon con sus largos dedos marrones cuando pasó por su lado.

Vernon, que hurgaba en su bolsillo en busca de calderilla y billetes de un dólar, solo encontró uno de cinco. Se lo dio al hombre. Los niños se abalanzaron hacia delante, gritando aún más fuerte, bajando en tropel al embarcadero desde los poblados barrios que había más arriba.

—Maldita sea, deja de dar dinero —dijo el maestro—. Nos van a robar.

—Lo siento.

El maestro cogió a un chico por el cogote.

—¡Juan Freitag Charters! —gritó con impaciencia—. ¿Dónde? *¿Dónde?* —Se volvió hacia Vernon—. Dime otra vez cómo se dice bote en español.

—*Barca.*

—*¡Barca! ¿Dónde barca?*

El niño, asustado, señaló con un dedo sucio un edificio de bloques de hormigón ligero que había en el otro extremo del embarcadero.

El maestro lo soltó y se apresuró a cruzar el embarcadero polvoriento; Vernon lo siguió, perseguido por niños y perros. La puerta de la oficina estaba abierta y entraron. Un hombre sentado detrás de un escritorio se levantó y se acercó a la puerta con un matamoscas, ahuyentó con él a los niños de la puerta y la cerró de golpe. Cuando se hubo sentado de nuevo en su silla, era todo sonrisas. Tenía la cabeza y el cuerpo pequeños y bien proporcionados, facciones arias y tez clara. Pero cuando habló, lo hizo con acento español.

—Por favor, acomódense.

Se sentaron en un par de sillas de mimbre, junto a una mesa donde había un montón de revistas sobre submarinismo.

—¿Qué puedo hacer por ustedes, caballeros?

—Queremos alquilar un par de botes con guías —contestó el maestro.

El hombre sonrió.

—¿Submarinismo o pesca de tarpón?

—Ninguna de las dos cosas. Queremos ir río arriba.

La sonrisa pareció congelarse en la cara del hombre.

—¿Hasta Patuca?

—Sí.

—Comprendo. ¿Van en busca de aventura?

El maestro miró a Vernon.

—Sí.

—¿Hasta dónde quieren llegar?

—Aún no lo sabemos. Lejos. Tal vez hasta las montañas.

—Deben alquilar canoas motorizadas porque el río no es lo bastante profundo para una barca corriente. ¡Manuel!

Al cabo de un momento salió un joven de la parte trasera de la oficina. Parpadeó bajo la luz. Tenía las manos cubiertas de sangre y escamas de pescado.

—Este es Manuel. Él y su primo Ramón serán sus guías. Conocen bien el río.

—¿Hasta dónde podremos llegar río arriba?

—Pueden ir hasta Pito Solo. En una semana. Más allá está el pantano Meambar.

—¿Y más allá?

El hombre lo rechazó con un ademán.

—No quieren cruzar el pantano Meambar.

—Al contrario —dijo el maestro—, es muy posible que lo hagamos.

El hombre inclinó la cabeza, como si seguir la corriente a norteamericanos locos fuera el pan nuestro de cada día.

—Como quieran. Más allá del pantano hay montañas y más montañas. Necesitarán llevar suministros y provisiones al menos para un mes.

Una avispa entró zumbando en la habitación encalada, golpeteó la ventana resquebrajada, dio la vuelta y se estrelló de nuevo contra ella. Con un ligero movimiento el hombre la aplastó con el matamoscas. Cayó al suelo, retorciéndose agonizante y clavándose a sí misma su aguijón. De debajo del escritorio salió un zapato bien lustrado que acabó de un pisotón con su vida.

—¡Manuel! Ve a buscar a Ramón. —Se volvió hacia el maestro—. Pueden equiparse aquí, *señor*, con todo lo que necesiten. Tiendas, sacos de dormir, mosquiteras, gasolina, provisiones, un GPS, equipo de caza..., todo. Podemos cargarlo todo a su tarjeta de crédito. —Puso una mano con reverencia sobre una flamante máquina de tarjetas de crédito conectada a una reluciente toma de corriente en la pared—. No tienen que preocuparse por nada porque nosotros nos encargaremos de todo. Somos una empresa moderna. —Sonrió—. Les proporcionaremos aventura, pero no demasiada.

12

El coche avanzaba a toda velocidad en dirección norte a través del desierto de la cuenca de San Juan Basin hacia la frontera de Utah, a lo largo de una vasta y solitaria carretera que discurría entre interminables prados de artemisa y chamiza. A lo lejos se veía Shiprock, un oscuro tótem de piedra que se elevaba hacia el cielo azul. Tom, que iba al volante, se sentía aliviado de que hubiera terminado. Había cumplido su promesa, había ayudado a Sally a averiguar adónde había ido su padre. Lo que ella hiciera a continuación era cosa suya. Podía esperar a que regresaran sus hermanos de la selva con el códice —siempre y cuando encontraran la tumba— o intentar alcanzarlos. Él, al menos, se desentendía. Volvería a su vida tranquila y simple en el desierto.

La miró furtivamente, sentada en el asiento de pasajeros. Había estado callada durante la última hora. No había dicho cuáles eran sus planes, y Tom no estaba seguro de querer saberlos. Todo lo que deseaba era volver a sus caballos, a la rutina de la consulta, a su fresca casa de adobe a la sombra de los álamos de Virginia. Había trabajado duro para conseguir la vida cómoda que tenía, y estaba más resuelto que nunca a no permitir que su padre y sus planes disparatados la trastocaran. Que sus hermanos tuvieran la aventura y, si querían, que se quedaran incluso con la herencia. Él no tenía nada que demostrar. Después de Sarah, no iba a volver a meterse en camisa de once varas.

—De modo que se fue a Honduras —dijo ella—. ¿Sigues sin tener alguna idea, una hipótesis, sobre adónde fue?

—Ya te he dicho todo lo que sé, Sally. Hace cuarenta años pasó un tiempo en Honduras con su viejo socio, Marcus Hauser, buscando tumbas y recogiendo plátanos para ganar dinero. Los timaron, o eso oí decir, vendiéndoles alguna clase de mapa del tesoro falso, y pasaron varios meses recorriendo a pie la selva donde casi murieron. Luego se pelearon y eso fue todo.

—¿Y estás seguro de que no encontró nada?

—Eso es lo que siempre dijo. Las montañas del sur de Honduras están deshabitadas.

Ella asintió, mirando al frente hacia el desolado desierto.

—¿Qué piensas hacer? —preguntó Tom por fin.

—Ir a Honduras.

—¿Tú sola?

—¿Por qué no?

Tom no dijo nada. Lo que ella hiciera no era asunto suyo.

—¿Se metió alguna vez tu padre en un lío por saquear tumbas?

—El FBI lo investigó de forma intermitente a lo largo de los años. No salió nada. Mi padre era demasiado listo. Recuerdo una vez que los agentes registraron nuestra casa y confiscaron unas figurillas que mi padre acababa de traer de México. Yo tenía diez años entonces y me asusté mucho cuando los agentes aporrearon la puerta antes del amanecer. Pero no pudieron demostrar nada y tuvieron que devolver todo lo confiscado.

Sally sacudió la cabeza.

—La gente como tu padre es una amenaza para la arqueología.

—No estoy seguro de que haya una gran diferencia entre lo que hacía mi padre y lo que hacen los arqueólogos.

—Hay una gran diferencia —dijo Sally—. Los saqueadores destrozan el emplazamiento. Sacan los objetos de su contexto. Un buen amigo del profesor Clyve recibió una paliza en México cuando trató de impedir que unos aldeanos saquearan un templo.

—Lo siento, pero es normal que gente que se muere de hambre intente dar de comer a sus hijos..., y se ofenda cuando un *norteamericano* llega y les dice qué hacer.

Sally sacó el labio inferior y Tom vio que estaba enfadada. El coche avanzaba por el brillante asfalto. Puso más fuerte el aire acondicionado. Se alegraría cuando todo terminara. No necesitaba una complicación como Sally Colorado en su vida.

Sally se apartó de la cara su abundante pelo rubio desprendiendo un débil aroma a perfume y champú.

—Hay algo que sigue preocupándome. No consigo quitármelo de la cabeza.

—¿Qué es?

—Barnaby y Fenton. ¿No te parece extraño que murieran inmediatamente después de haber investigado el supuesto robo de tu padre? Hay algo en la fecha escogida para tener un «accidente» que no me gusta.

Tom sacudió la cabeza.

—Solo es una de esas casualidades, Sally.

—No me parece normal.

—Conozco la carretera de Ski Basin, Sally. La Curva de la Monja es infernal. No son los primeros que se matan allí.

—¿Qué hacían en la carretera de Ski Basin? La temporada de esquí ha terminado.

Tom suspiró.

—Si tan preocupada estás, ¿por qué no llamas a ese policía, Hernandez, y lo averiguas?

—Eso voy a hacer. —Sally sacó su móvil del bolso y marcó. Tom escuchó mientras a ella le pasaban una docena de veces de un recepcionista torpe al siguiente, hasta que finalmente dio con Hernandez—. Soy Sally Colorado —dijo—. ¿Me recuerda?

Una pausa.

—Quería hacerle una pregunta sobre la muerte de Barnaby y Fenton.

Otra pausa.

—¿Por qué subieron a la estación de esquí?

Una espera muy larga. Tom se sorprendió a sí mismo aguzando el oído, aun cuando creía que era una pérdida de tiempo.

—Sí, fue trágico —dijo Sally—. ¿Y adónde pensaban ir en ese viaje de pesca?

Un último silencio.

—Gracias.

Sally cerró despacio el móvil y miró a Tom. Este sintió un nudo en el estómago; ella se había quedado pálida.

—Subieron a la estación de esquí para investigar una denuncia de vandalismo. Resultó ser falsa. Al bajar les fallaron los frenos. Trataron de frenar rozando los quitamiedos, pero la carretera era demasiado pendiente. Cuando llegaron a la Curva de la Monja iban casi a ciento cuarenta por hora.

—Dios mío.

—No quedó gran cosa del coche después de la caída de ciento veinte metros y de la explosión. No hay sospechas de que fuera provocado. Fue especialmente trágico porque ocurrió el día antes de que Barnaby y Fenton emprendieran el viaje de su vida a pescar tarpón.

Tom tragó saliva y formuló la pregunta que no quería formular.

—¿Adónde?

—A Honduras. Un lugar llamado Laguna Brus.

Tom disminuyó la velocidad, miró por el retrovisor y, con un chirrido de neumáticos, manipulando los frenos y el acelerador al mismo tiempo, dio un giro de ciento ochenta grados.

—¿Estás loco? ¿Qué estás haciendo?

—Ir al aeropuerto más próximo.

—¿Por qué?

—Porque quien ha matado a los agentes de policía podría matar a mis dos hermanos.

—¿Crees que alguien ha averiguado lo de la herencia escondida?

—Sin lugar a dudas. —Tom aceleró hacia el punto de fuga sobre el horizonte—. Parece ser que nos vamos a Honduras. Juntos.

13

Philip Broadbent cambió de postura tratando de ponerse cómodo en el suelo de la canoa y colocando debajo de él por cuarta y quinta vez varios de los fardos más blandos del equipo para hacer una especie de asiento. La embarcación se deslizaba río arriba entre dos silenciosos muros de vegetación verde, con el motor zumbando y la proa surcando las aguas negras y tranquilas. Era como viajar a través de una cueva verde y caliente, donde resonaban los espeluznantes alaridos, ululatos y silbidos de los animales de la selva. Los mosquitos formaban una permanente nube que zumbaba alrededor de la barca. El aire era pesado, bochornoso, pegajoso. Era como respirar sopa de mosquitos.

Sacó la pipa de su bolsillo, vació la cazoleta, la golpeó contra el costado de la barca y volvió a llenarla con la lata de tabaco Dunhill que llevaba en uno de los bolsillos de sus pantalones de safari Barbour. La encendió con calma, luego exhaló una bocanada de humo hacia la nube de mosquitos y observó cómo abría una brecha en la masa zumbadora que se cerró al instante al desvanecerse el humo. La Costa de los Mosquitos hacía honor a su nombre, y el repelente que se había aplicado sobre la piel y la ropa proporcionaba una protección menos que adecuada. Para colmo era aceitoso y olía fatal, y probablemente se mezclaba con su flujo sanguíneo y lo envenenaba.

Murmuró una maldición y dio otra calada a su pipa. «Padre y sus ridículas pruebas.»

Se rindió, incapaz de encontrar la postura. Hauser, que llevaba un discman, volvió de la proa de la canoa y se instaló a su lado. Olía a colonia en lugar de a repelente, y se le veía tan fresco y renovado como acalorado y pegajoso se sentía Philip. Se quitó los auriculares para hablar.

—Gonz lleva todo el día encontrando pistas de por dónde pasó Max. Sabremos más cuando lleguemos a Pito Solo mañana.

—¿Cómo pueden seguir un rastro por el río?

Hauser sonrió.

—Es un arte, Philip. Una trepadora cortada aquí, un lugar utilizado como desembarcadero allá, la huella de una pértiga en un banco de arena sumergido. El río corre tan despacio que las marcas perduran semanas en el fondo.

Philip dio una calada a su pipa, irritado. Soportaría esa última tortura de su padre y luego sería libre. Libre, por fin, para llevar la vida que quería sin que ese cabrón se entrometiera, criticara y repartiera mezquinamente el dinero como Tío Gilito. Quería a su padre y a cierto nivel lamentaba su cáncer y su muerte, pero eso no cambiaba lo que pensaba de ese plan. Su padre había hecho muchas necedades en su vida, pero esta se llevaba la palma. Un *beau geste* de despedida típico de Maxwell Broadbent.

Fumó y observó cómo los cuatro soldados sentados en la parte delantera de la barca jugaban con una grasienta baraja. La otra embarcación, con su tripulación de ocho soldados, iba cincuenta metros por delante de ellos, dejando una hedionda estela de humo azul por encima del agua. Gonz, el principal rastreador, estaba tumbado boca abajo en la proa, mirando el agua oscura y metiendo de vez en cuando un dedo en ella para probarla.

De pronto se alzó un grito de uno de los soldados sentados en la parte delantera de su canoa. Se había levantado y señalaba emocionado algo que nadaba en el agua. Hauser guiñó un ojo a Philip y se levantó de un salto, desenfundando el machete que llevaba en la cintura, y se acercó con dificultad a la proa. La barca se dirigió hacia el animal mientras Hauser se colocaba con las piernas abiertas en la proa. Cuando la barca se deslizó a lo largo del animal, que nadaba desesperado, clavó el machete en el agua y sacó una especie de rata de más de medio metro de largo. Casi lo había decapitado con el golpe y la cabeza le colgaba de un trozo de piel. Dio una sacudida convulsiva y se quedó inmóvil.

Con una vaga sensación de horror Philip vio cómo Hauser le arrojaba el animal muerto. Aterrizó con ruido sordo en el suelo, y la cabeza se desprendió y rodó hasta detenerse junto a los pies de Philip, con la boca abierta, los dientes de rata brillando amarillos, la sangre todavía manando.

Hauser limpió el machete en el río, volvió a metérselo en el cinturón y regresó al lado de Philip, pasando por encima del animal muerto. Sonrió.

—¿Has comido alguna vez agutí?

—No y no estoy seguro de si quiero empezar ahora.

—Despellejado, destripado, abierto y asado a las brasas, era uno de los platos favoritos de Maxwell. Sabe un poco a pollo.

Philip no dijo nada. Eso es lo que decía Hauser de toda la carne repugnante que se habían visto obligados a comer: que sabía a pollo.

—¡Oh! —exclamó Hauser, mirando la camisa de Philip—. Lo siento.

Philip bajó la vista. Le había caído una gota de sangre que empapaba la tela. Trató de limpiarla, y solo logró extenderla.

—Le agradecería que tuviera un poco más de cuidado arrojando animales decapitados por ahí —dijo, sumergiendo su pañuelo en el agua y frotando la mancha.

—Es tan difícil mantener la higiene personal en la selva... —dijo Hauser.

Philip frotó un poco más y se rindió. Deseó que Hauser lo dejara en paz. Ese hombre empezaba a ponerle los pelos de punta.

Hauser sacó de su bolsillo un par de discos compactos.

—Y ahora, para aislarnos del creciente salvajismo que nos rodea, ¿te gustaría escuchar algo de Bach o de Beethoven?

14

Tom Broadbent estaba arrellanado en un mullido sofá de la «suite para ejecutivos» del Sheraton Royale de San Pedro Sula, estudiando un mapa del país. Maxwell había volado con todo su cargamento a la ciudad Laguna Brus, en la Costa de los Mosquitos, en la desembocadura del río Patuca. Una vez allí, había desaparecido. Decían que se había dirigido río arriba, que era la única ruta que conducía al vasto, montañoso e inexplorado interior del sur de Honduras.

Recorrió con el dedo la sinuosa línea azul del río en el mapa, a través de pantanos, colinas y mesetas, hasta que desaparecía en una red de afluentes que nacían en una escarpada hilera de cordilleras paralelas. En el mapa no se veían carreteras ni ciudades; era realmente un mundo perdido.

Tom había averiguado que llevaban por lo menos una semana de retraso con respecto a Philip y casi dos con respecto a Vernon. Estaba profundamente preocupado por sus hermanos. Se necesitaba tenerlos bien puestos para matar a dos policías, y hacerlo tan deprisa y con éxito. Saltaba a la vista que quien lo había hecho era un asesino profesional. Seguramente sus dos hermanos eran los siguientes en su lista.

Sally, envuelta en una toalla, salió del cuarto de baño tarareando para sí y cruzó la sala de estar, con su brillante pelo mojado cayéndole por la espalda. Tom la siguió con la mirada mientras desaparecía en su dormitorio. Era aún más alta que Sarah...

Apartó ese pensamiento de su mente.

Al cabo de diez minutos ella volvió, con unos pantalones caqui ligeros, una camisa de manga larga, un sombrero de lona con una mosquitera desenrollada alrededor de la cara y un par de guantes resistentes, todo comprado esa mañana en una visita a las tiendas.

—¿Qué tal estoy? —preguntó, dándose la vuelta.

—Parece que estés en cuarentena.

Ella enrolló la mosquitera y se quitó el sombrero.

—Así está mejor.

Arrojó el sombrero y los guantes a la cama.

—He de reconocer que tu padre me tiene muy intrigada. Debió de ser un auténtico excéntrico.

—Lo era.

—¿Cómo era? Si no te importa que te lo pregunte.

Tom suspiró.

—Cuando entraba en una habitación, todas las cabezas se volvían. Irradiaba algo..., autoridad, poder, confianza en sí mismo. No estoy seguro de qué era. La gente se sentía intimidada por él, aun cuando no sabían quién era.

—Conozco esa clase de persona.

—Fuera donde fuese, hiciera lo que hiciese, los periodistas lo seguían. A veces había paparazzi esperando fuera de la verja de nuestra casa. Quiero decir que allí estábamos nosotros yendo al colegio y los malditos paparazzi nos perseguían por la vieja ruta de Santa Fe como si fuéramos la princesa Diana o algo parecido. Era ridículo.

—Qué carga para ti.

—No siempre era una carga. A veces era hasta divertido. Los matrimonios de mi padre siempre eran una gran noticia; cuando te enterabas, sacudías la cabeza y chasqueabas la lengua. Se casó con mujeres increíblemente guapas que nadie había visto antes..., no quería saber nada de modelos ni actrices. Mi madre, antes de que él la conociera, era recepcionista en una clínica dental. A él le encantaba ser el centro de atención. De vez en cuando, solo para divertirse, pegaba un puñetazo a uno de los paparazzi y tenía que pagar los daños. Se sentía orgulloso de sí mismo. Era como Onassis, una persona que se sale de lo corriente.

—¿Qué fue de tu madre?

—Murió cuando yo tenía cuatro años. Un caso raro y repentino de meningitis. Fue la única de sus mujeres de la que no se divorció..., no le dio tiempo, supongo.

—Lo siento.

—Casi no la recuerdo, salvo, bueno, como sensaciones. Calor y cariño, esa clase de cosas.

Ella sacudió la cabeza.

—Sigo sin entenderlo. ¿Cómo pudo tu padre hacer esto a sus hijos?

Tom bajó la mirada hacia el mapa.

—Todo lo que hacía y todo lo que poseía tenía que ser extraordinario. Eso también se aplicaba a nosotros. Pero nosotros no éramos como él quería. Huir y enterrarse con su dinero fue su último intento de obligarnos a hacer algo que pasara a la historia. Algo que le hiciera sentirse orgulloso. —Se rió con amargura—. Si la prensa se enterara de esto, sería increíble. Colosal. Un tesoro de quinientos millones de dólares, enterrado en una tumba escondida en alguna parte de Honduras. El mundo entero vendría aquí a buscarlo.

—Debió de ser difícil tener un padre así.

—Lo fue. No sé cuántos partidos de tenis jugué en los que él se marchó antes de tiempo porque no quería verme perder. Era un jugador de ajedrez despiadado, pero si se daba cuenta de que iba a ganarnos, dejaba la partida. No podía soportar vernos perder, ni siquiera contra él. Cuando llegaban los boletines de notas nunca decía nada, pero veías la decepción en su mirada. Si no eran todo sobresalientes significaba una catástrofe tal que no era capaz de hablar de ello.

—¿Sacaste alguna vez todo sobresalientes?

—Una. Me puso una mano en el hombro y me dio un apretón afectuoso. Eso fue todo. Pero dijo muchísimo.

—Lo siento. Qué horrible.

—Cada uno de nosotros nos refugiamos en algo. Yo lo hice en los fósiles, quería ser paleontólogo, y luego en los animales. Ellos no te juzgan. No te piden que seas otra persona. Un caballo te acepta tal como eres.

Guardó silencio. Era asombroso lo mucho que le dolía pensar en su niñez, aun a sus treinta y tres años.

—Lo siento —dijo Sally—. No era mi intención entrometerme.

Tom le restó importancia con un ademán.

—No quiero cargármelo. Fue un buen padre a su manera. Tal vez nos quería demasiado.

—Bueno —dijo Sally al cabo de un momento, levantándose—. En este momento necesitamos encontrar un guía que nos lleve al río Patuca, y no tengo ni idea de por dónde empezar. —Cogió la guía telefónica y empezó a hojearla—. Nunca he hecho esta clase de cosa. Me pregunto si hay una lista aquí debajo de «Viajes de aventura» o algo por el estilo.

—Se me ocurre una idea mejor. Necesitamos encontrar el abrevadero de los periodistas extranjeros. Son los viajeros más inteligentes del mundo.

—Apúntate un tanto.

Ella se inclinó, sacó unos pantalones y se los tiró junto con una camisa, unos calcetines y un par de zapatos ligeros para caminar. Todo terminó en un montón frente a él.

—Ahora puedes quitarte esas botas de cowboy macho.

Tom recogió la ropa y fue a su habitación a cambiarse. Parecía no tener más que bolsillos. Cuando salió, Sally lo miró de reojo y dijo:

—Después de unos días en la selva puede que dejes de tener ese aspecto tan ridículo.

—Gracias. —Tom se dirigió al teléfono y llamó a la recepción.

Al parecer los periodistas frecuentaban un bar llamado Los Charcos.

—Déjame hablar a mí —dijo Sally—. Mi español es mejor que el tuyo.

—También eres más guapa.

Sally frunció el entrecejo.

—Las bromas sexistas no me hacen gracia.

Se sentaron a la barra.

—Hola —dijo Sally alegremente al camarero, un hombre de párpados caídos—. Estoy buscando al corresponsal del *New York Times*.

—¿El señor Sewell? No le he visto desde el huracán, *señorita*.

—¿Qué me dice del reportero del *Wall Street Journal*?

—No tenemos ningún reportero del *Wall Street Journal* aquí. Somos un país pobre.

—Bueno, ¿y qué periodistas tienen?

—Allí está Roberto Rodríguez de *El Diario*.

—No, no, estoy buscando a un norteamericano. Alguien que conozca el país.

—¿Se contentaría con un inglés?

—De acuerdo.

—Allí tiene a Derek Dunn —murmuró, señalando con los labios—. Está escribiendo un libro.

—¿Sobre qué?

—Viajes y aventuras.

—¿Ha escrito otros libros? Deme un título.

—El último fue *Slow Water*.

Sally dejó un billete de veinte dólares en la barra y se acercó a Dunn. Tom la siguió. «Esto va a ser divertido», pensó. Dunn estaba sentado solo en una sala pequeña dando cuenta de una copa; era un hombre con una mata de pelo rubio sobre una cara regordeta y roja. Sally se detuvo, señaló y exclamó:

—Oh, usted es Derek Dunn, ¿verdad?

—Tengo fama de responder por ese nombre, sí —dijo él. Tenía la nariz y las mejillas de un rosa permanente.

—¡Oh, qué emocionante! ¡*Slow Water* es uno de mis libros preferidos! ¡Me encantó!

Dunn se levantó, dejando ver un cuerpo robusto, esbelto y en forma, vestido con unos pantalones caqui gastados y una sencilla camisa de algodón de manga corta. Era un hombre atractivo al estilo del Imperio británico.

—Muchas gracias —dijo—. ¿Y usted es?

—Sally Colorado. —Ella le bombeó la mano.

«Ya lo tiene sonriendo como un idiota», pensó Tom. Se sentía estúpido con su ropa nueva que olía a tienda. A su lado Dunn parecía haber regresado de los confines de la tierra.

—¿Se tomarían una copa conmigo?

—Sería un honor —dijo Sally.

Dunn le señaló una banqueta a su lado.

—Tomaré lo mismo que usted —dijo ella.

—Un gin-tonic. —Dunn llamó al camarero con un ademán, luego levantó la mirada hacia Tom—. Usted también puede sentarse si quiere.

Tom tomó asiento sin decir nada. Empezaba a perder su entusiasmo por esa idea. No le gustaba el señor Dunn, de rostro colorado, que miraba intensamente a Sally, y no solo la cara.

El camarero se acercó. Dunn habló en español.

—Un gin-tonic para mí y para la señora. ¿Y...? —Miró a Tom.

—Limonada —dijo Tom con amargura.

—*Y una limonada* —añadió Dunn, dando a entender con su tono lo que pensaba exactamente del brebaje escogido por Tom.

—¡Me alegro tanto de haberle encontrado! —dijo Sally—. ¡Qué casualidad!

—De modo que ha leído *Slow Water* —dijo Dunn sonriente.

—Uno de los mejores libros de viajes que he leído nunca.

—Ya lo creo —dijo Tom.

—¿Usted también lo ha leído? —Dunn se volvió hacia él expectante.

Tom se fijó en que Dunn ya se había zampado la mitad de su copa.

—Desde luego que lo leí —respondió Tom—. Me gustó sobre todo la parte en que se cae en una mierda de elefante. Me partí de risa.

Dunn vaciló.

—¿Mierda de elefante?

—¿No había mierda de elefante en su libro?

—En Centroamérica no hay elefantes.

—Oh. Debo de estar confundiéndome con otro libro. Le pido disculpas.

Tom vio los ojos verdes de Sally clavados en él. No sabía si estaba furiosa o contenía una carcajada.

Dunn se volvió en su silla, dándole la espalda a Tom y dedicando toda su atención a Sally.

—Puede que le interese saber que estoy trabajando en un nuevo libro.

—¡Qué emocionante!

—Lo voy a titular *Noches en Mosquitia* y trata de la Costa de los Mosquitos.

—¡Oh, allí es adonde vamos a ir nosotros! —Sally aplaudió emocionada como una niña. Tom bebió un sorbo, arrepintiéndose de lo que había pedido. Iba a necesitar algo más fuerte para soportar eso. No debería haber dejado a Sally tomar la batuta.

—En el este de Honduras hay más de doce mil kilómetros cuadrados de pantanos y selva montañosa que siguen totalmente inexplorados. Parte de ellos ni siquiera han sido cartografiados desde un avión.

—¡No tenía ni idea!

Tom dejó a un lado la limonada y buscó al camarero con la mirada.

—Mi libro describe un viaje que hice a lo largo de la Costa de los Mosquitos, cruzando el laberinto de lagunas que señalan el encuentro de la selva con el mar. Fui el primer hombre blanco que realizó ese viaje.

—Increíble. ¿Cómo demonios lo hizo?

—En canoa con motor. Es el único medio de transporte por aquí aparte de los pies.

—¿Cuándo hizo ese asombroso viaje?

—Hace unos ocho años.

—¿Ocho años?

—He tenido unos problemillas con la editorial. No se puede meter prisas a un buen libro, ya sabe. —Apuró la bebida y pidió otra ronda con la mano—. Es una región dura.

—¿En serio?

Dunn pareció creer que le daba pie para contar cosas. Se recostó.

—Para empezar, están los mosquitos corrientes, los gusanos aradores, las garrapatas, los jejenes, las moscas estro. No te matan, pero pueden hacerte la vida bastante desagradable. Una vez me picó una mosca estro en la frente. Al principio fue como una picadura de mosquito, pero empezó a hincharse y a ponerse roja. Me dolía como el demonio. Un mes después hizo erupción y empezaron a salir larvas de un par de centímetros de longitud. Una vez que te pican, lo mejor que puedes hacer es dejar que sigan su curso. Si tratas de sacarlas sólo logras hacer una escabechina.

—Espero sinceramente que esa experiencia no le afectara el cerebro —dijo Tom.

Dunn pasó por alto el comentario.

—Luego está la enfermedad de Chagas.

—¿La enfermedad de Chagas?

—El *Trypanosoma cruzi*. Un insecto que transporta la enfermedad te pica y caga al mismo tiempo. El parásito vive en la mierda, y cuando te rascas la picadura, te infectas. No te das cuenta de nada hasta diez o veinte años después. Primero notas que se te hincha la barriga. Luego te falta el resuello, no puedes tragar saliva. Finalmente el corazón se te hincha... y estalla. No tiene cura.

—Encantador —dijo Tom. Por fin había atraído la atención del camarero—. Un whisky. Que sea doble.

Dunn se quedó mirando a Tom con una sonrisa en los labios.

—¿Está familiarizado con la fer-de-lance?

—No puedo decir que lo esté. —Las espeluznantes historias de la selva parecían ser la especialidad de Derek Dunn.

—Es la serpiente más venenosa conocida por el hombre. Una cabrona marrón y amarilla; los lugareños la llaman *barba amarilla*. Cuando son jóvenes viven en los árboles y las ramas. Caen sobre ti cuando las molestas. La mordedura te paraliza el corazón en treinta segundos. Luego está el señor de la selva, la serpiente venenosa más grande del mundo. Tres metros y medio de longitud y el grosor de un muslo. No es ni mucho menos tan mortífera como la fer-de-lance..., con una mordedura del señor de la selva podrías vivir, digamos, veinte minutos.

Dunn soltó una risita y bebió otro trago.

Sally murmuró algo sobre lo horrible que sonaba eso.

—Naturalmente no han oído hablar del pez palillo. Pero no es una historia para las señoras. —Dunn miró a Tom y le guiñó un ojo.

—Cuéntela —dijo Tom—. Sally está familiarizada con lo obsceno.

Sally lo fulminó con la mirada.

—Vive en los ríos de por aquí. Digamos que una bonita mañana te das un chapuzón. El pez palillo se te mete por el pene, despliega una serie de púas y ancla en tu uretra.

La copa de Tom se detuvo a mitad de camino de su boca.

—Te bloquea la uretra. Si no encuentras inmediatamente a un cirujano, te estalla la vejiga.

—¿Un cirujano? —preguntó Tom débilmente.

Dunn recostó la cabeza.

—Eso es.

A Tom se le había secado la garganta.

—¿Qué clase de cirugía se necesita?

—Amputación.

La copa llegó por fin a la boca de Tom, donde bebió un sorbo y luego otro.

Dunn rió con ganas.

—Estoy seguro de que han oído hablar de las pirañas, la leishmaniosis, las anguilas eléctricas, las anacondas y demás. —Les quitó importancia con un ademán—. Se han exagerado mucho los peligros que entrañan. Las pirañas solo van por ti si estás sangrando, y las anacondas son poco frecuentes en estas latitudes y no se comen a las personas. Los pantanos de Honduras tienen una ventaja: no hay sanguijuelas. Pero estén atentos a las arañas mono...

—Perdone, pero tendremos que dejar las arañas mono para otro día —dijo Tom consultando su reloj. Se dio cuenta de que el señor Derek Dunn tenía la mano debajo de la mesa, sobre la rodilla de Sally.

—No se lo estará pensando mejor, ¿eh, amigo? Este no es un país para gallinas.

—De ningún modo —dijo Tom—. Es que prefiero oír su encuentro con el pez palillo.

Derek Dunn miró fijamente a Tom sin sonreír.

—Es una broma bastante vieja, amigo.

—¡Bueno! —dijo Sally animadamente—. ¿Hizo el viaje solo? Estamos buscando un guía y nos preguntábamos si podría recomendarnos a alguno.

—¿Adónde se dirigen?

—A Laguna Brus.

—Se sale de la ruta turística. —Dunn entornó de pronto los ojos—. ¿No será escritora?

Sally se rió.

—Oh, no, soy arqueóloga, y él es veterinario. Pero estamos aquí como turistas. Nos gusta la aventura.

—¿Arqueóloga? No hay muchas ruinas por aquí. No se puede construir sobre pantano. Y ningún pueblo civilizado viviría en esas montañas del interior. Allá arriba en la Sierra Azul está la selva tropical más densa de la tierra, y las colinas son tan escarpadas que apenas puedes subirlas y bajarlas. No hay un rincón llano donde montar una tienda en cien kilómetros a la redonda. Has de abrirte paso a machetazos, y tienes suerte si recorres un kilómetro y medio en un día duro de viaje. Un camino abierto con machete se cerrará de tal modo en una semana que nunca dirías que ha existido. Si lo que busca son ruinas, ¿por qué no se dirige a Copán? Tal vez podría hablarle más sobre ello mientras cenamos.

La mano seguía en su rodilla, apretando y frotando.

—Bueno —dijo Sally—. Quizá. Volviendo a lo del guía, ¿podría recomendarnos alguno?

—¿Un guía? Ah, sí. El hombre que buscan es don Orlando Ocotal. Un indio tawahka. De toda confianza. No les estafará como los demás. Conoce la región como la palma de su mano. Me acompañó en mi último viaje.

—¿Cómo podemos encontrarlo?

—Vive en el río Patuca, en un lugar llamado Pito Solo, el único poblado de verdad junto al río antes de que empiecen los grandes pantanos del interior. Eso está a unos sesenta, tal vez ochenta kilómetros río arriba desde Brus. No se aparten del cauce principal del río o nunca saldrán con vida. En esta época del año los bosques están inundados y hay montones de ramales en todas direcciones. Esa parte del país está prácticamente inexplorada, desde los pantanos hasta la Sierra Azul y el río Guayambré. Cuarenta mil kilómetros cuadrados de *terra incognita*.

—No hemos decidido adónde vamos a ir.

—Don Orlando. Ese es el hombre que buscan. —Después Derek Dunn se volvió en su asiento y miró a Tom con su gran cara sudorosa—. Hummm, ando un poco mal de fondos..., el talón de la editorial está en camino y demás. Tal vez podría usted pedir otra ronda, ¿qué dice?

15

En la pantalla de ordenador colocada discretamente entre los paneles de cerezo de su oficina, Lewis Skiba observaba los progresos de Lampe-Denison Pharmaceuticals en la Bolsa de Nueva York. Los inversores llevaban todo el día castigando y en esos momentos las acciones cotizaban a diez con algo. Aun mientras observaba bajaron otro octavo de punto quedándose en diez exactos.

Skiba no quería ver cómo su compañía pasaba a un solo dígito. Apagó la pantalla. Sus ojos se posaron en el panel que escondía el Macallan, pero era demasiado pronto para eso. Demasiado pronto. Necesitaba estar despejado para la llamada.

Corrían rumores de que Phloxatane tenía dificultades con la FDA. Los vendedores al descubierto se abalanzaban sobre las acciones como gusanos sobre un cadáver. Doscientos millones de dólares de Investigación y Desarrollo habían ido a parar a ese fármaco. Lampe había trabajado con los mejores científicos e investigadores médicos de tres universidades de la Ivy League. Los experimentos de doble ciego habían sido bien diseñados, los datos maquillados de la mejor forma posible. Sus amigos de la FDA habían sido agasajados con cenas. Pero al final nada salvaría Phloxatane. Miraras como mirase los datos, Phloxatane era un fracaso. Y allí estaba él, sentado sobre seis millones de acciones de Lampe de las que no podía desembarazarse (nadie había olvidado lo que le había ocurrido a Martha Stewart), así como dos millones de acciones con opción de compra cuyo valor estaba tan por debajo del precio de ejercicio que serían más útiles como papel higiénico en su cuarto de baño de mármol de Carrara.

No odiaba tanto a nadie en el mundo como a los vendedores al descubierto. Eran los buitres, los gusanos, las moscas carroñeras del mercado. Daría cualquier cosa por ver cómo las acciones de Lampe se volvían contra ellos y empezaban a subir; le encantaría ver su pánico cuando se vieran obligados a asegurar sus posiciones. Disfrutaba imaginando todas las solicitudes de garantía extraordinaria que recibirían. Sería un bonito espectáculo. Y cuando se hiciera con el códice y lo anunciara públicamente, ese bonito espectáculo se haría realidad. Los vendedores al descubierto se pillarían los dedos de tal modo que tardarían meses, tal vez años, en volver.

El teléfono de su escritorio sonó débilmente. Consultó el reloj. La llamada vía satélite llegaba puntual. Odiaba hablar con Hauser; odiaba a ese hombre y sus principios. Pero tenía que tratar con él. Hauser había insistido en «mantenerlo informado»; aunque Skiba era por lo general un director general práctico, había titubeado. Era mejor no enterarse de ciertas cosas. Pero al final había accedido, aunque solo fuera para impedir que Hauser hiciera algo estúpido o ilegal. Si obtenía el códice quería que fuera limpiamente.

Contestó el teléfono.

—Skiba al habla.

Por el hilo llegó la voz de Hauser, que sonaba como la del Pato Donald a causa del codificador de voz. Como siempre, el detective privado no perdió el tiempo con palabras de cortesía.

—Maxwell Broadbent subió el río Patuca con un puñado de indios de las montañas. Estamos sobre su pista. Aún no sabemos adónde se dirigió, pero sospecho que fue a alguna parte de las montañas del interior.

—¿Algún problema?

—Uno de los hijos, Vernon, salió antes de lo previsto y se nos ha adelantado río arriba. Pero parece que la selva podría ocuparse de ese problema.

—No le entiendo.

—Contrató a dos guías borrachos en Puerto Lempira y se han perdido en el pantano Meambar. Es poco probable que, hummm, vuelvan a ver la luz del sol.

Skiba tragó saliva. Eso era mucha más información de la que necesitaba saber.

—Mire, señor Hauser, cíñase a los hechos y deje que los demás saquemos las conclusiones.

—Tenemos un pequeño contratiempo con el otro, Tom. Lo acompaña una mujer, una licenciada en etnofarmacología de Yale.

—¿Etnofarmacología? ¿Está al corriente de la existencia del códice?

—Puede estar seguro.

Skiba hizo una mueca.

—Eso es bastante inoportuno.

—Sí, pero no es nada que no pueda controlar.

—Mire, señor Hauser —dijo Skiba bruscamente—. Lo dejo todo en sus capaces manos. Tengo que ir a una reunión.

—Habrá que ocuparse de esa gente.

A Skiba no le gustó el modo en que la conversación volvía sobre ese tema.

—No tengo ni idea de a qué se refiere ni quiero saberlo. Me conformo con que usted se ocupe de los detalles.

Se oyó una risita al otro extremo del hilo.

—Skiba, ¿cuántas personas están muriendo en África en estos momentos porque usted insistió en cobrar veintitrés mil dólares al año por ese nuevo fármaco para la tuberculosis que solo le costó ciento diez dólares fabricar? De eso estoy hablando. Cuando digo que voy a ocuparme de ellos me refiero a sumar unas cifras al total.

—Maldita sea, Hauser, esto es indignante... —Skiba se interrumpió y tragó saliva. Estaba dejando que Hauser lo atormentara. Solo eran palabras, nada más.

—Muy bonito, Skiba. Usted quiere conseguir el códice de forma limpia y legal, no quiere que nadie venga luego reclamándolo y no quiere que nadie salga mal parado. No se preocupe, no morirá ningún blanco sin su autorización.

—Escuche, no pienso dar mi autorización para que mate a nadie, blanco o no. Esta descabellada conversación tiene que terminar. —Skiba sentía cómo el sudor le corría por el cuello. ¿Cómo había permitido que Hauser se hiciera cargo de la situación? Manejó la llave con torpeza. El cajón se abrió.

—Comprendo —dijo Hauser—. Como he dicho...

—Tengo una reunión. —Skiba cortó la comunicación con el corazón latiéndole con fuerza.

Hauser estaba allá lejos, fuera de su control, de su supervisión, capaz de hacer cualquier cosa. Ese tipo era un psicópata. Masticó y se quitó el sabor amargo con un trago de Macallan, y se recostó respirando hondo. El fuego ardía alegremente en la chimenea. La conversación lo había acalorado, dejándole el estómago revuelto. Miró las llamas buscando su influencia relajante. Hauser había prometido pedirle autorización y él nunca se la daría. Ni la compañía ni su fortuna personal justificaban semejante medida. Su mirada vagó por la hilera de fotografías de su escritorio; tres niños rubios que le sostenían la mirada sonriendo. Se le acompasó la respiración. Hauser estaba lleno de palabras agresivas, pero no eran más que eso: palabras. Nadie iba a morir. Hauser se haría con el códice, Lampe se recuperaría y en dos o tres años todo Wall Street le aclamaría a él por haber salvado su compañía de la bancarrota.

Consultó su reloj: habían cerrado los mercados. Con ansiedad y renuencia encendió la pantalla del ordenador. La caza de ofertas de última hora había hecho subir las acciones los últimos veinte minutos. Había cerrado a diez y medio.

Sintió una oleada de alivio. No había sido un día tan terrible, después de todo.

16

Sally miró con escepticismo el destartalado avión que salía rodando del desvencijado hangar empujado por dos mecánicos.

—Tal vez deberíamos haber echado un vistazo al avión antes de comprar los billetes —dijo Tom.

—Estoy segura de que funciona —dijo Sally, como si tratara de convencerse a sí misma.

El piloto, un delgado norteamericano expatriado con una camiseta en jirones, vaqueros cortados, dos largas trenzas y barba, se acercó con mucha calma a ellos y se presentó a sí mismo como John. Tom lo escudriñó y a continuación miró con amargura el avión.

—Lo sé, lo sé. Parece un trasto —dijo John sonriendo, dando al fuselaje un golpe con los nudillos que lo hizo vibrar—. Lo que importa es lo que hay debajo. Me ocupo personalmente de todo el mantenimiento.

—No sabes cómo me tranquiliza oírlo —dijo Tom.

—¿Vais a Brus?

—Así es.

John miró el equipaje con los ojos entrecerrados.

—¿A pescar tarpón?

—No.

—Es el mejor lugar del mundo para pescar tarpón. Pero no hay mucho más. —John abrió un compartimiento en el lado del avión y empezó a meter en él el equipaje con sus brazos delgaduchos—. ¿Y qué vais a hacer allí?

—No estamos seguros —se apresuró a decir Sally. Cuanto menos información le dieran, mejor. No tenía sentido provocar una desbandada río arriba en busca del tesoro.

El piloto metió la última bolsa, le dio unos golpes para asegurarla y cerró la escotilla con gran estruendo de hojalata barata. No lo logró hasta el tercer intento.

—¿Dónde vais a quedaros en Brus?

—Tampoco lo hemos decidido aún.

—No hay nada como hacer planes con antelación —dijo John—. De todos modos solo hay un lugar y es La Perla.

—¿Cuántas estrellas le da la guía Michelin?

John soltó una risotada. Abrió la puerta para los pasajeros, bajó la escalera y Tom y Sally subieron al avión. Él los siguió; en cuanto entró, Tom creyó detectar un olorcillo a marihuana. Estupendo.

—¿Cuánto hace que pilotas? —preguntó.

—Veinte años.

—¿Has tenido algún accidente?

—Uno. Choqué contra un cerdo en Paradiso. Los idiotas no habían segado la pista y el maldito animal dormía entre la hierba alta. Y era un pedazo de cerdo.

—¿Has pasado algún examen?

—Digamos que sé pilotarlo. Por aquí no hay mucha demanda de exámenes oficiales para vuelos a la selva.

—¿Has preparado una carta de vuelo?

John sacudió la cabeza.

—Todo lo que tengo que hacer es seguir la costa.

El avión despegó. Hacía un día espléndido. Sally se emocionó cuando el avión se ladeó y el sol brilló sobre el Caribe. Giraron para seguir el litoral, llano, bajo y con muchas lagunas e islas cercanas a la costa que parecían pedazos verdes de selva que se habían desprendido y flotaban hacia alta mar. Sally veía los caminos que ascendían hacia el interior, bordeados de campos irregulares o claros desiguales donde habían talado árboles recientemente. En lo más profundo del interior alcanzó a ver una hilera desigual de montañas azules cuyas cimas estaban envueltas en nubes.

Miró a Tom. El sol había aclarado su pelo castaño claro cubriéndolo de vetas doradas; su forma de moverse con su aire de cowboy delgado, alto y fuerte le gustaba. Se preguntó cómo alguien era capaz de despedirse de cien millones de dólares. Eso le había impresionado más que ninguna otra cosa. Había vivido lo suficiente para darse cuenta de que la gente que tenía dinero daba más importancia a este que la que no tenía.

Tom se volvió hacia ella, y ella se apresuró a sonreír y a mirar por la ventana. A medida que la costa se extendía hacia el este, el paisaje a sus pies se volvió más agreste, las lagunas más grandes y más intrincadas. Por fin apareció ante ellos el lago más extenso, con cientos de islas diminutas desperdigadas. En el otro extremo vertía sus aguas un río largo. Cuando el avión se ladeó para acercarse, Sally alcanzó a ver donde el río se fundía con el lago una ciudad, un grupo de brillantes tejados de cinc rodeados de campos irregulares que se extendían por el paisaje como trozos arrancados de alfombras. El piloto dio una vuelta y se dirigió a un campo que, según se acercaban, se convirtió en una pista de aterrizaje de hierba. Empezó a descender, pero a Sally le pareció que iba terriblemente deprisa. Cada vez estaban más cerca del suelo y sin embargo solo parecían acelerar. Se asió con fuerza a los brazos del asiento. La pista apareció debajo de ellos, pero el avión seguía sin disminuir de velocidad. Ella observó cómo el muro de follaje del otro extremo se aproximaba a gran velocidad.

—¡Por Dios —gritó—, se está pasando la pista de largo!

El avión hizo un rápido ascenso y la selva pasó por su lado, las copas de los árboles cinco metros escasos más abajo. Mientras se elevaban, Sally oyó por los auriculares la risa seca de John.

—Relájate, Sal, solo estoy llamando para que me despejen la pista. He escarmentado.

Mientras el avión se ladeaba y volvía a dar la vuelta para aterrizar, Sally se recostó, secándose la frente.

—Muchas gracias por advertírnoslo.

—Ya os he hablado del cerdo, tíos.

Dejaron su equipaje en La Perla, unas barracas de bloques de hormigón ligero a las que daban el nombre de hotel, y se encaminaron hacia el río para intentar alquilar una embarcación. Deambularon por los caminos embarrados de Brus. Era por la tarde y el calor había dejado el aire inmóvil. Todo estaba silencioso, y en el suelo había charcos de los que se elevaba vaho. A Sally le caían gotas de sudor de las mangas, y le corrían por la espalda y entre los pechos. Toda la gente sensata dormía la siesta, o eso le pareció.

Encontraron el río en el otro extremo de la ciudad. Se extendía entre empinados montículos de tierra de color caoba de unos doscientos metros de ancho. El río describía una curva entre dos espesos muros de vegetación; olía a barro. El agua espesa corría despacio, y en su superficie se formaban espirales y remolinos. Aquí y allá una gran hoja o una ramita se abría paso lentamente corriente abajo. Un sendero hecho de troncos descendía por el empinado terraplén y terminaba en una plataforma de cañas de bambú construida sobre el agua que formaba un embarcadero desvencijado. Había cuatro canoas atracadas. Cada una era de nueve metros de largo por uno veinte de ancho, cortada de un solo árbol gigante; se estrechaba por la parte delantera en una proa en forma de lanza. La popa había sido cortada plana y tenía una tabla montada para acomodar un pequeño motor fueraborda. De proa a popa había tablas colocadas de través que hacían las veces de asientos.

Bajaron con cuidado el terraplén para mirarlas más de cerca. Ella se fijó en que tres de las canoas tenían en la popa un motor Evinrude de seis caballos. La cuarta, más larga y más pesada, tenía uno de ocho caballos.

—Aquí está el bólido del lugar —dijo Sally señalándolo—. Es el que queremos.

Tom miró alrededor. El lugar parecía desierto.

—Allá hay alguien. —Sally señaló una cabaña de bambú abierta por los lados que había junto a la orilla quince metros más adelante. Junto a un montón de latas vacías humeaba un pequeño fuego. Habían colgado una hamaca entre dos árboles en un lugar a la sombra y en ella dormía un hombre.

—*Hola* —dijo Sally acercándose.

Al cabo de un momento el hombre abrió un ojo.

—*¿Sí?*

—Queremos hablar con alguien sobre alquilar un bote —dijo ella en español.

Con un torrente de murmullos y gruñidos el hombre se incorporó hasta quedarse sentado en la hamaca, se rascó la cabeza y sonrió.

—Hablo bien inglés. Hablamos inglés. Algún día voy a América.

—Eso está muy bien. Nosotros vamos a Pito Solo —dijo Tom.

Él asintió, bostezó, se rascó.

—De acuerdo. Les llevaré.

—Nos gustaría alquilar el bote grande. El del motor de ocho caballos.

Él sacudió la cabeza.

—Ese bote estúpido.

—No nos importa si es estúpido —dijo Tom—. Es el que queremos.

—Les llevaré en el mío. Ese bote estúpido pertenece a hombres del ejército. —Alargó la mano—. ¿Tienen caramelo?

Sally sacó una bolsa que había comprado poco antes, expresamente con ese propósito.

La cara del hombre se iluminó con una sonrisa. Introdujo una mano curtida en ella, revolvió los caramelos y escogió cinco o seis, los desenvolvió y se los metió todos a la vez en la boca. Formaron un gran bulto en su mejilla.

—*Bueno* —dijo con voz apagada.

—Nos gustaría salir mañana mismo —dijo Tom—. ¿Cuánto se tarda?

—Tres días.

—¿Tres días? Creía que estaba a setenta u ochenta kilómetros.

—El agua bajando. Quizá encallamos. Tenemos que impulsar con vara. Caminar mucho por agua. No podemos utilizar motor.

—¿Caminar por el agua? —preguntó Tom—. ¿Qué hay del pez palillo?

El hombre lo miró sin comprender.

—No te preocupes, Tom —dijo Sally—, siempre puedes ponerte ropa interior ceñida.

—¡Ah, sí! —El hombre rió—. La historia preferida de los gringos. Candiru. Cada día nado en río y todavía tengo mi *chucchuc*. ¡Funciona bien! —Balanceó las caderas sensualmente, guiñando un ojo a Sally.

—Olvídeme —dijo Sally.

—¿De modo que lo de ese pez es mentira? —preguntó Tom.

—¡No, existe! Pero primero tienes que mear en río. Candiru huele meada en río, se acerca y ¡chop! ¡Si no meas cuando nadas no hay problema!

—¿Ha venido alguien más últimamente? Me refiero a algún gringo.

—Sí. Muy ocupados. El pasado mes viene hombre con muchas cajas e indios de montañas.

—¿Qué indios? —preguntó Tom excitado.

—Indios desnudos de montañas. —El hombre escupió.

—¿De dónde sacó los botes?

—Trae muchas canoas nuevas de La Ceiba.

—¿Y han vuelto?

El hombre sonrió, hizo el gesto universal de frotarse los dedos y alargó la mano. Sally puso en ella un billete de cinco dólares.

—No vuelven botes. Hombres van río arriba, nunca vuelven.

—¿Ha venido alguien más?

—*Sí*. La semana pasada viene Jesucristo con guías borrachos de Puerto Lempira.

—¿Jesucristo? —preguntó Sally.

—Sí. Jesucristo con pelo largo, barba, túnica y sandalias.

—Tiene que ser Vernon —dijo Tom sonriendo—. ¿Iba con alguien más?

—Sí. Con san Pedro.

Tom cerró los ojos.

—¿Y alguien más?

—Sí. Luego vienen dos gringos con doce soldados en dos canoas también de La Ceiba.

—¿Qué aspecto tenían los gringos?

—Uno muy alto, fuma pipa, tiene expresión enfadada. El otro más bajo con cuatro anillos de oro.

—Philip —dijo Tom.

Llegaron rápidamente a un trato para alquilar un bote hasta Pito Solo, y Tom le pagó un anticipo de diez dólares.

—Saldremos mañana con la primera luz.

—¡*Bueno*! ¡Estoy preparado!

Mientras volvían del río a las barracas de hormigón ligero que pasaban por el hotel del pueblo, se sorprendieron al ver aparcado un jeep con un oficial del ejército y dos soldados. Alrededor había una multitud de niños que se empujaban y cuchicheaban, esperando que pasara algo. A un lado estaba la casera con las manos juntas, la cara pálida del susto.

—Esto no pinta bien —dijo Sally.

Se acercó el oficial, un hombre con la espalda muy erguida, uniforme impecable y botas pequeñas y relucientes. Hizo una inclinación brusca.

—¿Tengo el honor de saludar al señor Tom Broadbent y a la

señorita Sally Colorado? Soy el teniente Vespán. —Les estrechó la mano, a uno después del otro, y retrocedió. El viento cambió, y Tom de pronto olió una mezcla de Old Spice, puros y ron.

—¿Qué problema hay?

El hombre sonrió de oreja a oreja, dejando ver una hilera de dientes de plata.

—Lamento informarles que están arrestados.

17

Tom miró fijamente al menudo oficial. Un perro pequeño, que había cogido ojeriza a uno de los soldados, estaba agazapado frente a él enseñando los dientes y ladrando. El oficial lo apartó de una patada con una elegante bota y los soldados se rieron.

—¿De qué se nos acusa? —preguntó Tom.

—Hablaremos de eso en San Pedro Sula. Ahora, si hacen el favor de acompañarme...

Se produjo un silencio incómodo.

—No —dijo Sally.

—*Señorita*, no nos lo ponga difícil.

—No se lo pongo difícil. Sencillamente no voy a ir con usted. No puede obligarme.

—Sally —dijo Tom—, ¿puedo señalarte que estos hombres van armados?

—Bueno. Que me disparen y luego respondan de ello al gobierno de Estados Unidos. —Ella extendió los brazos para hacer de blanco.

—*Señorita*, se lo ruego —dijo el oficial.

Los dos soldados que lo acompañaban se movieron nerviosos.

—¡Adelante, háganme feliz!

El oficial hizo una señal con la cabeza a los dos hombres y estos bajaron las armas, dieron un paso brusco hacia delante y sujetaron a Sally. Ella gritó y forcejeó.

Tom se adelantó.

—Quítenle las manos de encima.

Los dos hombres la levantaron del suelo y empezaron a llevarla, forcejeando, al jeep. Tom dio al primero un puñetazo que hizo que saliera despedido. Sally se zafó del otro hombre mientras Tom se ocupaba de él.

Cuando quiso darse cuenta, Tom estaba tumbado de espaldas mirando el implacable cielo azul. El oficial lo vigilaba con el rostro encendido y furioso. Tom sentía que le palpitaba la parte inferior del cráneo, donde el hombre le había golpeado con la culata de su arma.

Los soldados lo levantaron bruscamente. Sally había dejado de forcejear y estaba pálida.

—Cabrones machistas —dijo—. Vamos a denunciar este atropello a la embajada americana.

El oficial sacudió la cabeza con tristeza, como si lamentara la estupidez de todo ello.

—Ahora, ¿podemos irnos pacíficamente?

Dejaron que los llevaran hasta el jeep. El oficial hizo subir a Tom al asiento trasero y empujó a Sally a su lado. Ya habían recogido del hotel sus mochilas y bolsas, y estaban amontonadas en la parte trasera. El jeep empezó a bajar por la carretera hacia la pista de aterrizaje. Allí esperaba sobre la hierba un destartalado helicóptero militar. Tenía un panel metálico lateral desmontado y un hombre con una llave inglesa toqueteaba el motor. El jeep se detuvo suavemente.

—¿Qué están haciendo? —preguntó el oficial bruscamente en español.

—Lo siento, teniente, pero hay un pequeño problema.

—¿Qué problema?

—Nos falta una pieza.

—¿Puede volar sin ella?

—No, *teniente*.

—¡Virgen santísima! ¿Cuántas veces tiene que estropearse este helicóptero?

—¿Llamo por radio para que nos envíen un avión con la pieza?

—¡Por los clavos de Cristo! ¡Sí, subnormal, pide la pieza por radio!

El piloto subió al helicóptero, llamó por radio y volvió a bajar.

—La tendremos aquí mañana por la mañana, *teniente*. Como muy pronto.

El teniente los encerró en una cabaña de madera que había junto a la pista de aterrizaje y apostó fuera a los dos soldados para que los vigilaran. Cuando se cerró la puerta, Tom se sentó en un barril vacío y apoyó su cabeza dolorida en las manos.

—¿Cómo te encuentras? —preguntó Sally.

—Como si mi cabeza fuera un gong que acabaran de tocar.

—Te han dado un golpe horrible.

Tom asintió.

Se oyó un estrépito y la puerta volvió a abrirse de par en par. El teniente estaba a un lado de esta mientras uno de los soldados les tiraba unos sacos de dormir y una linterna.

—Lamento sinceramente las molestias.

—Lamentará sinceramente las molestias cuando le denuncie —dijo Sally.

El teniente pasó por alto el comentario.

—Les aconsejo que no hagan ninguna tontería. Sería decepcionante que alguien recibiera un disparo.

—No os atreveréis a dispararnos, nazi fanfarrón —dijo Sally.

Los dientes del teniente brillaron amarillos y plateados a la débil luz.

—Es bien sabido que ocurren accidentes, sobre todo a americanos que vienen a Mosquitia poco preparados para los rigores de la selva.

Salió por la puerta y el soldado la cerró de golpe. Tom oyó la voz apagada del teniente diciendo a los soldados que si se dormían o bebían estando de guardia les cortaría personalmente los testículos, los dejaría secar y los colgaría como aldabones.

—Malditos nazis —dijo Sally—. Gracias por defenderme.

—No ha servido de mucho.

—¿Te ha golpeado muy fuerte? —Ella le miró la cabeza—. Tienes un chichón horrible.

—Estoy bien.

Sally se sentó a su lado. Él sintió el calor de su presencia. La miró y vio su perfil apenas esbozado en la penumbra de la cabaña. Ella lo miró. Estaban tan cerca el uno del otro que él sentía el calor de su cara en la suya, veía la curva de sus labios, el pequeño hoyuelo de su mejilla, las pecas desperdigadas por su nariz. Seguía oliendo a menta. Sin pensar en lo que hacía, se inclinó y le rozó los labios con los suyos. Por un momento se quedaron inmóviles, luego ella se apartó bruscamente.

—No es buena idea.

¿En qué demonios estaba pensando? Tom se apartó, furioso y humillado.

El instante de incomodidad se vio interrumpido por una repentina llamada a la puerta.

—La cena —gritó uno de los soldados. La puerta se abrió brevemente dejando entrar luz, luego se cerró de golpe. Tom oyó al soldado echar de nuevo el cerrojo.

Encendió la linterna y cogió la bandeja. La cena consistía en dos Pepsis calientes, unas tortillas de judías y un montón de arroz tibio. Ninguno de los dos tenía hambre. Por un momento se quedaron sentados en la oscuridad. El dolor en la cabeza de Tom disminuía, y a medida que lo hacía empezó a enfadarse. Los soldados no tenían derecho. Él y Sally no habían hecho nada. Tenía el presentimiento de que esa farsa de arresto era obra del enemigo anónimo que había matado a Barnaby y Fenton. Sus hermanos corrían aún más peligro del que creía.

—Dame la linterna.

Él la apuntó alrededor. La cabaña no podía ser más endeble, apenas una estructura de postes y vigas con tablones claveteados encima y tejado de cinc. Una idea empezó a tomar forma: un plan de fuga.

18

A las tres de la madrugada ocuparon sus puestos, Sally al lado de la puerta y Tom preparado junto a la pared del fondo. Contó en un susurro hasta tres y empezaron a dar patadas a la vez. El asalto de Sally a la puerta enmascaraba el ruido de las patadas de Tom a los tablones de la pared trasera. Los golpes combinados sonaban como uno solo, retumbando con fuerza en el espacio cerrado. El deteriorado tablón se desprendió, como Tom había esperado.

Los perros del pueblo empezaron a ladrar, y uno de los soldados soltó una maldición.

—¿Qué están haciendo?

—Necesito ir al lavabo —dijo Sally.

—No, no, debe hacerlo allí dentro.

Tom volvió a contar en un susurro, uno, dos, tres, patada. Sally dio otro golpe a la puerta mientras él desprendía de una patada un segundo tablón.

—¡Paren! —dijo el soldado.

—¡Pero necesito ir, *cabrón*!

—Lo siento, *señorita*, pero debe hacerlo allí dentro. Tengo órdenes de no abrir la puerta.

¡Uno, dos, tres, patada!

Se desprendió el tercer tablón. El boquete era lo bastante grande para pasar por él. Los perros del pueblo ladraban histéricos.

—¡Una patada más y llamo al teniente!

—¡Pero tengo que ir!

—No puedo hacer nada.

—Todos los soldados sois unos bárbaros.

—Son las órdenes, *señorita*.

—Eso es exactamente lo que dijeron los soldados de Hitler.

—Vamos, Sally —susurró Tom, haciéndole gestos en la oscuridad.

—Hitler no era un hombre tan malo, señorita. Hizo los trenes que ahora circulan.

—Ese fue Mussolini, idiota. Acabaréis en las mazmorras y que os pudráis en ellas.

—¡Sally! —gritó Tom.

Sally se acercó al fondo.

—¿Has oído lo que acaban de decir esos nazis?

Él la empujó por el boquete y le pasó los sacos de dormir. Corrieron agachados por el sendero entre la selva que conducía al pueblo. En el pueblo no había electricidad, pero el cielo estaba despejado y la luz de la luna iluminaba las calles vacías. Los perros ya ladraban, de modo que lograron cruzarlo sin levantar más alarmas. A pesar del ruido nadie se inmiscuyó.

«Esta gente ha aprendido a ocuparse de sus asuntos», pensó Tom.

Al cabo de cinco minutos estaban junto a los botes. Tom apuntó la linterna hacia la canoa del ejército, la del motor de ocho caballos. Estaba en buenas condiciones, con dos grandes depósitos de gasolina de plástico, los dos llenos. Empezó a desamarrar la proa. De pronto oyó una voz que habló en un susurro desde la oscuridad.

—No quieren ese bote.

Era el hombre al que habían contratado poco antes ese día.

—Por supuesto que lo queremos —siseó Tom.

—Dejen que estúpidos hombres del ejército cojan ese bote. El agua está bajando. Ellos se quedan encallados en cada curva de río. Cojan mi bote. Ustedes no se quedan encallados. Así escapan. —Saltó como un gato sobre la cubierta y desamarró una esbelta canoa con un motor de seis caballos—. Suban.

—¿Viene con nosotros? —preguntó Sally.

—No. Digo a estúpidos hombres del ejército que ustedes me roban. —Empezó a desenganchar los depósitos de gasolina del bote del ejército y a cargarlos en la parte trasera de su canoa. Cargó también el depósito del otro bote. Tom y Sally subieron. Tom metió una mano en el bolsillo y ofreció dinero al hombre.

—Ahora no. Si me registran, encuentran dinero y me pegan tiro.

—¿Cómo podemos pagarle? —preguntó Tom.

—Me pagan un millón de dólares más tarde. Me llamo Manuel Waono. Siempre estoy aquí.

—Un momento. ¡Un millón de dólares!

—Usted es americano rico, para usted es fácil pagarme un millón de dólares. Yo, Manuel Waono, les salvo la vida. Ahora váyanse. Deprisa.

—¿Cómo encontraremos Pito Solo?

—Es el último pueblo junto al río.

—Pero no sabemos...

El indio no estaba interesado en dar más explicaciones. Empujó con un gran pie descalzo la embarcación y esta se adentró en la negrura.

Tom bajó el motor al agua, metió el estárter y lo puso en marcha de un tirón. Al instante cobró vida con un rugido. En el silencio, el ruido sonó agudo y fuerte.

—¡Váyanse! —dijo Manuel desde la orilla.

Tom dirigió el bote hacia delante. Aceleró el motor al máximo y este gimió y se estremeció; la larga canoa de madera empezó a moverse por el agua. Tom la condujo mientras Sally permanecía en la popa, enfocando con la linterna el río que tenían ante sí.

No había pasado ni un minuto cuando Manuel empezó a gritar en español en el embarcadero.

—¡Socorro! ¡Me han robado! ¡La canoa, me han robado la canoa!

—Dios mío, no ha esperado mucho —murmuró Tom.

Por encima del río oscuro no tardó en llegar flotando hasta ellos una algarabía de voces excitadas. Por el terraplén bajaba oscilando la intensa luz de una lámpara de gas junto con varias linternas, iluminando a una muchedumbre que se congregaba en el embarcadero provisional. Se alzaron gritos furiosos y confusos, y de pronto se produjo un silencio. Una voz retumbó en inglés: la voz del teniente Vespán.

—¡Den media vuelta, por favor, u ordenaré a mis hombres que disparen!

—Está fanfarroneando —dijo Sally.

Tom no estaba tan seguro.

—No crean que bromeo —gritó el teniente.

—No disparará —dijo Sally.

—Una... dos...

—Es un farol.

—Tres...

Hubo un silencio.

—¿Qué te he dicho?

De pronto una repentina ráfaga de armas automáticas cruzó el agua, sorprendentemente fuerte y cercana.

—¡Mierda! —gritó Tom arrojándose al suelo de la canoa. Cuando esta empezó a dar bandazos, se apresuró a estabilizar la palanca del motor.

Sally seguía sentada en la proa, indiferente.

—Están disparando al aire, Tom. No van a arriesgarse a alcanzarlos. Somos americanos.

Hubo una segunda ráfaga. Esta vez Tom oyó claramente cómo los disparos rozaban el agua que los rodeaba. Sally se tiró al instante al suelo a su lado.

—¡Por Dios, nos están disparando! —gritó.

Tom alargó una mano y empujó la palanca hacia un lado, haciendo virar la canoa en una brusca maniobra evasiva. Hubo dos breves ráfagas más y esta vez oyeron el zumbido de las balas por encima de sus cabezas y a su izquierda, como abejas. Les disparaban descaradamente guiándose por el ruido del motor, paseando sus armas automáticas de una orilla a otra. Y estaba fuera de toda duda que disparaban a matar.

Tom hizo avanzar el bote en zigzag, tratando de despistar a los tiradores. Sally aprovechaba cada pausa para levantar la cabeza y apuntar la linterna hacia delante para ver adónde iban. Estarían a salvo, al menos por el momento, una vez que tomaran la curva del río.

Hubo otra ráfaga, y esta vez rozaron la borda varias balas, haciendo llover astillas sobre ellos.

—¡Mierda!

—¡Iremos por vosotros! —se alzó la voz del teniente, más débil ahora—. Os encontraremos y lo lamentaréis el breve resto de vuestras tristes vidas.

Tom contó hasta veinte y se aventuró a mirar de nuevo hacia delante. Tomaban despacio la curva, alejándose de la línea de fuego. Condujo la canoa todo lo cerca que se atrevió de la pared de vegetación. A medida que salían de la curva, las luces del pequeño embarcadero que brillaban a través del follaje dejaron de verse.

Lo habían conseguido.

Hubo otra tímida ráfaga de disparos. Tom oyó a su izquierda crujidos y ruido de ramas partiéndose a medida que los árboles detenían las balas. Los ruidos resonaron a lo lejos y el río quedó en silencio.

Ayudó a levantarse a Sally, que tenía la cara pálida, casi fantasmal, a la tenue luz. Luego apuntó la linterna alrededor. A cada lado del río oscuro se alzaban dos muros de árboles. Una sola estrella brilló brevemente en un pedazo de cielo abierto, luego titiló y parpadeó a través del dosel sobre sus cabezas. El pequeño motor gemía conforme avanzaban. De momento estaban solos en el río. La noche oscura y húmeda los envolvió.

Tom cogió la mano de Sally. Notó que temblaba, luego se dio cuenta de que la suya también lo hacía. Los soldados habían disparado a matar. Lo habían visto un millón de veces en el cine, pero que te dispararan de verdad era algo totalmente distinto.

La luna se escondía detrás del muro de selva y la oscuridad ahogó el río. Tom apuntó la linterna para ver qué había más adelante, y condujo el bote alrededor de los tocones y las partes rocosas o poco profundas. Alrededor de ellos zumbaba una creciente nube de mosquitos, que parecían multiplicarse a medida que avanzaban.

—Supongo que no llevas repelente en uno de tus bolsillos —preguntó Tom.

—La verdad es que logré coger mi riñonera del jeep. Me la guardé en los pantalones. —Ella sacó la pequeña bolsa de un enorme bolsillo en su muslo y abrió la cremallera. Empezó a rebuscar entre toda clase de objetos: un bote de pastillas para purificar el agua, varias cajas de cerillas resistentes al agua, un fajo de billetes de dólar enrollados, un mapa, una tableta de chocolate, un pasaporte, varias tarjetas de crédito inútiles.

—Ni siquiera sé lo que llevo.

Empezó a revisar la mezcolanza de objetos mientras Tom le sostenía la linterna. No había repelente. Soltó una maldición y volvió a guardarlo todo. Al hacerlo, se cayó una fotografía. Tom la enfocó con la linterna. Era de un joven extraordinariamente atractivo de cejas negras y barbilla marcada. La expresión grave que le fruncía el entrecejo, el gesto firme de los labios, la chaqueta de *tweed* y la forma de ladear la cabeza lo mostraban como un hombre que se tomaba a sí mismo muy en serio.

—¿Quién es? —preguntó Tom.

—Oh —dijo Sally—. El profesor Clyve.

—¿Ese es Clyve? ¡Si es jovencísimo! Me imaginaba un viejo con cardigan fumando pipa.

—¡No le gustaría oírte decir eso! Es el profesor más joven de la historia del departamento. Entró en Stanford a los dieciséis, se licenció a los diecinueve y se doctoró a los veintidós. Es un verdadero genio. —Ella se guardó con cuidado la foto en el bolsillo.

—¿Por qué llevas una foto de tu profesor?

—Vaya, porque estamos prometidos —dijo Sally alegremente—. ¿No te lo había dicho?

—No.

Sally lo miró con curiosidad.

—No tienes ningún problema con eso, ¿verdad?

—Por supuesto que no. —Tom sintió que se ruborizaba y confió en que la oscuridad lo ocultara. Era consciente de que ella lo miraba fijamente a la tenue luz.

—Pareces sorprendido.

—Bueno, lo estoy. Después de todo no llevas ningún anillo de compromiso.

—El profesor Clyve no cree en esas convenciones burguesas.

—¿Y le pareció bien que hicieras este viaje conmigo...? —Tom se interrumpió, dándose cuenta de que acababa de meter la pata.

—¿Crees que necesito tener permiso de «mi hombre» para hacer un viaje? ¿O estás insinuando que no puede fiarse de mí en el terreno sexual? —Ladeó la cabeza, mirándole con los ojos entrecerrados.

Tom desvió la mirada.

—Siento haberlo preguntado.

—Yo también. Por alguna razón creía que eras más liberal que eso.

Tom se concentró en conducir la canoa, ocultando su embarazo y su confusión. El río estaba silencioso; el calor nocturno y cenagoso los envolvía. Un pájaro chilló en la oscuridad. En el silencio que siguió, Tom oyó un ruido.

Apagó inmediatamente el motor, con el corazón palpitándole con fuerza. Volvió a oírse el ruido: el chisporroteo de un fueraborda puesto en marcha. Se hizo un silencio sobre el río. El bote bordeaba la orilla.

—Han encontrado gasolina. Vienen por nosotros.

La canoa empezó a moverse empujada por la corriente. Tom cogió la pértiga y la sumergió en el agua. La canoa se balanceó ligeramente hacia la corriente y se estabilizó. Intentando que no se moviera, escucharon. Hubo otro chisporroteo seguido de un rugido. El rugido se convirtió en un murmullo. No había ninguna duda: era el ruido de un fueraborda.

Tom se dispuso a encender de nuevo el motor.

—No —dijo Sally—. Lo oirán.

—No podremos sacarles ventaja solo con la pértiga.

—Tampoco podremos hacerlo con el motor. Los tendremos encima dentro de cinco minutos con ese ocho caballos. —Sally iluminó con la linterna el muro de selva que los rodeaba a ambos lados. El agua se adentraba entre los árboles, inundando la selva—. Nos esconderemos.

Tom impulsó la canoa con la pértiga hacia el borde de la selva inundada. Había una pequeña abertura: un estrecho ramal que parecía haber sido un riachuelo en la estación seca. Dirigió la canoa hacia él con la pértiga y chocaron de pronto con algo: un tronco hundido.

—Baja —dijo.

El agua solo tenía treinta centímetros de profundidad, pero debajo había medio metro de barro en el que se hundieron con un remolino de burbujas. Se elevó un desagradable hedor a metano. La parte trasera de la canoa seguía sobresaliendo hacia el río, donde la verían al instante.

—Levanta y empuja.

Levantaron con dificultad la proa por encima del tronco y, empujándola entre los dos, pasaron la canoa al otro lado. A continuación volvieron a subirse a ella. El ruido del Evinrude aumentó. La embarcación de los soldados se acercaba a toda velocidad por el río.

Sally cogió la segunda pértiga y juntos impulsaron la canoa hacia delante, internándose más en la selva inundada. Tom apagó la linterna y al cabo de un momento vieron un potente foco a través de los árboles.

—Seguimos estando demasiado cerca —dijo Tom—. Nos verán.

Trataron de utilizar las pértigas, pero se hundían en el barro y se encallaban. Él sacó bruscamente la suya del agua y, dejándola en el suelo de la canoa, agarró unas lianas y se dio impulso con ellas para adentrarse más en la selva a través de una maraña de helechos y arbustos. El Evinrude estaba casi sobre ellos. El foco brilló a través de la selva en el preciso momento en que Tom asía a Sally y la arrojaba al suelo. Se quedaron tumbados uno al lado del otro, él rodeándola con el brazo, rezando para que los soldados no vieran su motor.

El ruido del fueraborda se hizo más intenso. Había aminorado la velocidad y el foco exploraba la selva en la que se hallaban escondidos. Tom oyó las interferencias de un walkie-talkie, el murmullo de voces. El foco iluminó la selva que los rodeaba como si se tratara de un plató cinematográfico, luego siguió avanzando despacio. Regresó la bendita oscuridad. El ruido del motor pasó de largo y se hizo más débil.

Tom se irguió a tiempo para ver destellar el foco más adelante en la selva a medida que la embarcación tomaba la curva.

—Se han ido —dijo.

Sally se incorporó hasta quedar sentada, apartándose el pelo enmarañado de la cara. Los mosquitos se habían congregado alrededor de ellos en una espesa nube que zumbaba. Tom los sentía por todas partes, en el pelo, metiéndosele por las orejas y las fosas nasales, bajándole por la nuca. Con cada manotazo mataba una docena que era reemplazada al instante. Cuando trataba de respirar inhalaba mosquitos.

—Tenemos que salir de aquí —dijo Sally dando manotazos.

Tom empezó a arrancar ramitas secas de los arbustos que los rodeaban.

—¿Qué estás haciendo?

—Un fuego.

—¿Dónde?

—Ya lo verás. —Cuando hubo recogido un montón de ramitas, se inclinó por encima del borde y cogió un puñado de barro del pantano. Lo esparció por el suelo de la canoa y lo cubrió de hojas, y construyó encima un pequeño tipi con ramitas y hojas secas—. Una cerilla.

Sally le pasó la caja y él encendió el fuego. En cuanto prendió, arrojó hojas verdes y ramitas. Se elevó una espiral de humo que se concentró en el aire inmóvil. Arrancó una hoja enorme de un arbusto cercano y la utilizó como abanico para dirigir el humo hacia Sally. La furiosa nube de mosquitos retrocedió. El humo tenía un agradable olor a especias.

—Un buen truco —dijo Sally.

—Me lo enseñó mi padre en una excursión en canoa al norte de Maine. —Arrancó unas cuantas hojas más del arbusto y las echó al fuego.

Sally sacó el mapa y empezó a estudiarlo a la luz de la linterna.

—Parece ser que hay un montón de ramales en este río. Creo que deberíamos seguir por ellos hasta Pito Solo.

—Buena idea. Y a partir de ahora creo que tendremos que utilizar la pértiga. No podemos arriesgarnos a encender el motor.

Sally asintió.

—Tú ocúpate del fuego mientras yo le doy a la pértiga —dijo Tom—. Nos iremos turnando. No pararemos hasta que lleguemos a Pito Solo.

—De acuerdo.

Tom volvió a poner la canoa en el agua y la hizo avanzar a lo largo de la selva inundada, atento a ver si oía el fueraborda. No tardaron en llegar a un pequeño ramal que se alejaba serpenteante del cauce principal. Se adentraron por él.

—No sé por qué, pero me parece que el teniente Vespán no tenía la menor intención de llevarnos de nuevo a San Pedro Sula —dijo Tom—. Creo que pensaba tirarnos del helicóptero. Si no fuera por esa pieza que faltaba, estaríamos muertos.

19

Vernon levantó la vista hacia el enorme dosel que formaba un arco sobre su cabeza y advirtió que se hacía de noche sobre el pantano Meambar. Con la noche llegaron el zumbido de insectos y un humeante efluvio de putrefacción que se elevaba de las trémulas hectáreas de barro que los rodeaban, flotando como gas venenoso entre los gigantes troncos de los árboles. De alguna parte en lo más profundo del pantano llegó el aullido lejano de un animal, seguido por el rugido de un jaguar.

Era la segunda noche seguida que no encontraban un rincón en tierra firme donde acampar. En lugar de ello habían atado la canoa bajo un grupo de bromelias gigantes con la esperanza de que sus hojas los protegieran de la lluvia constante. Lejos de hacerlo, las hojas canalizaban la lluvia en torrentes que era imposible esquivar.

El maestro estaba tumbado bajo la lluvia en el suelo de la canoa, acurrucado junto al montón de provisiones, envuelto en una manta mojada y tiritando a pesar del calor sofocante. La nube de mosquitos que los envolvía era especialmente densa alrededor de su rostro. Vernon los veía moverse alrededor de su boca y de sus ojos. Le roció más repelente en la cara, pero era inútil. Si no lo disolvía la lluvia lo hacía el sudor.

Levantó la vista. Los dos guías estaban en la parte delantera de la embarcación, bebiendo y jugando a las cartas a la luz de una linterna. Apenas habían estado un momento sobrios desde que habían emprendido el viaje, y Vernon se quedó horrorizado al descubrir que una de las garrafas de plástico de cuarenta litros que había creído llena de agua era en realidad *aguardiente* casero.

Se encorvó, balanceándose y abrazándose. Aun no se había hecho del todo oscuro: la noche parecía llegar muy despacio. En el pantano no había atardecer. La luz cambiaba de verde a azul, morado y finalmente negro. Al amanecer era al revés. Ni siquiera los días soleados veían el sol, solo una profunda penumbra verde. Estaba desesperado por un poco de luz, un soplo de aire puro.

Al cabo de cuatro días de deambular por el pantano, los guías habían admitido por fin que estaban perdidos, que tenían que dar media vuelta. Y habían dado la vuelta a los botes. Pero solo parecían adentrarse aún más en el pantano. Ese sin duda no era el camino por el que habían venido. Era imposible hablar con ellos; aunque Vernon hablaba español bastante bien y los guías sabían un poco de inglés, a menudo estaban demasiado borrachos para hablar cualquier idioma. Los días pasados, cuanto más perdidos habían parecido estar, más a voz en grito lo habían negado ellos y más habían bebido. Luego el maestro había caído enfermo.

Vernon oyó una maldición en la parte delantera. Uno de los guías arrojó las cartas y se levantó tambaleándose, con el rifle en la mano. El bote osciló.

—*¡Cabrón!* —El otro se había puesto en pie inseguro y había cogido un machete.

—¡Basta! —gritó Vernon, pero como siempre lo ignoraron. Maldijeron y se enzarzaron en una pelea ebria; el rifle se disparó sin causar daños, hubo más gruñidos y movimiento de pies, y luego los dos guías, que no tenían peor aspecto a causa del altercado, volvieron a acomodarse, recogieron sus cartas desparramadas y las repartieron de nuevo como si no hubiera pasado nada.

—¿Qué ha sido ese disparo? —preguntó el maestro con retraso, abriendo los ojos.

—Nada —respondió Vernon—. Han vuelto a beber.

El maestro se estremeció y se tapó mejor con la manta.

—Deberías quitarles esa arma.

Vernon no dijo nada. Sería estúpido tratar de quitarles esa arma aunque estuvieran ebrios. Sobre todo si estaban ebrios.

—Los mosquitos —susurró el maestro con voz temblorosa.

Vernon se roció las manos de repelente y las pasó con delicadeza por la cara y alrededor del cuello del maestro. Este suspiró aliviado, tuvo un escalofrío y cerró los ojos.

Vernon se cerró la camisa mojada sintiendo en la espalda la recia lluvia, escuchando los sonidos de la selva, los extraños gritos de apareamiento y violencia. Pensó en la muerte. Parecía que la pregunta cuya respuesta llevaba buscando toda la vida estaba a punto de desvelarse, de una forma inesperada y bastante horrible.

20

Durante dos días, un profundo manto protector de niebla cubrió el río. Tom y Sally impulsaron la canoa río arriba con la pértiga, siguiendo los sinuosos ramales y observando una norma estricta de silencio. Viajaban de día y de noche, turnándose para dormir. Tenían poco que comer aparte de las dos barras de chocolate de Sally, que racionaron, y alguna fruta que Sally cogió por el camino. No había rastro de los soldados que los seguían. Tom empezó a confiar en que se hubieran rendido y vuelto a Brus, o se hubieran quedado encallados en alguna parte. El río estaba plagado de bancos de arena y barro, así como de troncos hundidos en los que podía encallar una embarcación. Waono había tenido razón.

Por la mañana del tercer día la niebla empezó a disiparse dejando ver dos húmedos muros de selva a ambos lados de las aguas negras del río. Poco después vieron una casa construida sobre pilotes en el agua, con paredes de adobe y cañas y tejado de paja. Más allá apareció una orilla, con rocas de granito y un terraplén empinado: la primera vez que veían tierra firme en días. En la orilla había un embarcadero como el de Brus: una desvencijada plataforma de cañas de bambú atadas a esbeltos troncos hundidos en el barro.

—¿Qué crees? —preguntó Tom—. ¿Paramos?

Sally se irguió. En la plataforma pescaba un chico con un pequeño arco y una flecha.

—¿Pito Solo?

Pero el chico los había visto y ya había echado a correr, dejando su caña.

—Intentémoslo —dijo Tom—. Si no conseguimos algo de comer estamos acabados. —Introdujo la barca con la pértiga en el embarcadero.

Sally y Tom bajaron de un salto, y la plataforma crujió y osciló de forma alarmante. Más allá, una plancha destartalada conducía a un empinado montículo de tierra que se elevaba por encima de la selva inundada. No se veía un alma. Treparon con dificultad el resbaladizo terraplén, tropezando y resbalándose en el barro. Todo estaba empapado. En lo alto había una pequeña cabaña abierta y una hoguera, con un anciano sentado en una hamaca. En un espetón de madera se asaba un animal. Tom lo miró, inhalando el delicioso olor de la carne asándose. Su apetito solo disminuyó cuando se dio cuenta de que era un mono.

—*Hola* —dijo Sally.

—*Hola* —respondió el hombre.

Sally siguió hablando en español.

—¿Esto es Pito Solo?

Siguió un largo silencio mientras el hombre la miraba sin comprender.

—No habla español —dijo Tom.

—¿Por dónde se va al pueblo? *¿Dónde?*

El hombre señaló hacia la niebla. Se oyó un agudo grito animal y Tom dio un brinco.

—Aquí hay un sendero.

Echaron a andar por él y no tardaron en llegar al pueblo. Se hallaba en una elevación por encima de la selva inundada, un conjunto heterogéneo de cabañas de adobe y cañas con tejado de cinc o paja. Unos pollos huyeron anadeando y unos perros escuálidos se escabulleron a lo largo de las paredes de las casas, mirándolos de reojo. Ellos deambularon por el pueblo, que parecía desierto. Terminó tan deprisa como había empezado en un muro de selva impenetrable.

Sally lo miró.

—¿Y ahora qué?

—Llamaremos a una puerta. —Tom escogió una cabaña al azar y llamó.

Silencio.

Oyó un movimiento y miró alrededor. Al principio no vio nada, luego se dio cuenta de que cientos ojos oscuros lo miraban a través del follaje de la selva. Todos pertenecían a niños.

—Ojalá tuviera aquí mis caramelos —dijo Sally.

—Saca un dólar.

Sally así lo hizo.

—¿Hola? ¿Quién quiere un dólar americano?

Se elevó un grito y un centenar de niños salieron en tropel del follaje, chillando y empujándose, alargando las manos.

—¿Quién de vosotros habla inglés? —preguntó Sally, sosteniendo en alto el dólar.

Todos gritaron a la vez en español. De la barahúnda se adelantó una niña un poco mayor.

—¿Puedo ayudarles? —preguntó, con mucha desenvoltura y dignidad. Aparentaba unos trece años; era guapa, llevaba una camiseta estampada, pantalones cortos y pendientes de oro. Por la espalda le caían unas gruesas trenzas castañas.

Sally le dio el dólar. Los niños elevaron una gran exclamación de decepción, pero parecieron tomárselo bien. Al menos se había roto el hielo.

—¿Cómo te llamas?

—Marisol.

—Qué nombre más bonito.

La niña sonrió.

—Estamos buscando a don Orlando Ocotal. ¿Puedes llevarnos hasta él?

—Se fue con los *yanquis* hace más de una semana.

—¿Qué *yanquis*?

—Un gringo alto y enfadado con picaduras por toda la cara y otro sonriente con anillos de oro en los dedos.

Tom soltó una maldición y miró a Sally.

—Parece que Philip nos ha quitado el guía. —Se volvió hacia la niña—. ¿Dijeron adónde iban?

—No.

—¿Hay algún adulto en el pueblo? Queremos seguir río arriba y necesitamos un guía.

—Les llevaré hasta mi abuelo, don Alfonso Boswas, que es el jefe del pueblo. Él lo sabe todo —dijo la niña.

La siguieron. Tenía un aire confiado y competente que su postura erguida no hacía sino reforzar. Mientras pasaban por las cabañas torcidas, les llegó un olor a comida cocinándose que hizo que Tom casi se desmayara de hambre. La niña los condujo a lo que parecía la cabaña más destartalada del pueblo, una serie de palos inclinados entre cuyos resquicios casi no quedaba barro. Estaba construida junto a una extensión enfangada que hacía las veces de plaza del pueblo. En mitad de la plaza había un grupo de limoneros y plataneros empapados.

La niña se quedó a un lado de la puerta y ellos entraron. En el centro de la cabaña había un anciano sentado en un taburete demasiado bajo para él, con sus huesudas rodillas asomando por los grandes agujeros de sus pantalones, y unos cuantos mechones blancos sobresaliendo en todas direcciones de su cráneo casi calvo. Fumaba una pipa hecha con una mazorca de maíz seca que había llenado la cabaña de un olor como a alquitrán. A su lado en el suelo había un machete. Era un hombre menudo, con unas gafas que aumentaban el tamaño de sus ojos dándole una expresión sorprendida. Costaba creer que fuera el jefe del pueblo; en lugar de ello parecía el hombre más pobre.

—¿Don Alfonso Boswas? —preguntó Tom.

—¿Quién? —gritó el anciano, cogiendo el machete y blandiéndolo alrededor—. ¿Boswas? ¿Ese sinvergüenza? Se marchó. Lo echaron del pueblo hace tiempo. Ese inútil vivió demasiado, y se pasaba todo el día sentado fumando su pipa y mirando a las chicas pasar por delante de su cabaña.

Tom miró al hombre sorprendido, luego se volvió hacia la niña, que estaba de pie en el umbral, conteniendo la risa.

El anciano dejó el machete en el suelo y se rió.

—Pasen, pasen ustedes. Yo soy don Alfonso Boswas. Siéntense. Solo soy un anciano al que le gusta bromear. Tengo veinte nietos y sesenta bisnietos que nunca vienen a verme, de modo que tengo que bromear con los desconocidos. —Hablaba un español anticuado y curiosamente formal, empleando el tratamiento de usted.

Tom y Sally se sentaron en dos taburetes endebles.

—Yo soy Tom Broadbent —dijo—, y ella, Sally Colorado.

El anciano se levantó, hizo una inclinación formal y volvió a sentarse.

—Estamos buscando un guía que nos lleve río arriba.

—Hummm —dijo él—. De pronto todos los *yanquis* están locos por ir río arriba y perderse en el pantano Meambar para que los devoren las anacondas. ¿Por qué?

Tom vaciló, desconcertado ante la pregunta inesperada.

—Estamos tratando de encontrar a su padre —dijo Sally—. Maxwell Broadbent. Vino aquí hace un mes con un grupo de indios en canoas. Probablemente llevaban un montón de cajas con ellos.

El anciano miró a Tom con los ojos entrecerrados.

—Venga aquí, muchacho. —Alargó una mano de piel curtida y asió a Tom por el brazo, acercándolo a él. Lo miró con sus ojos grotescamente aumentados por las gafas.

Tom tuvo la impresión de que le traspasaba el alma.

Al cabo de un momento de examen lo soltó.

—Veo que usted y su mujer tienen hambre. ¡Marisol! —Habló con ella en su idioma y la niña se fue. Él se volvió hacia Tom—. De modo que era su padre el que vino aquí, ¿eh? No me parece usted loco. Un chico con un padre loco a menudo también está loco.

—Mi madre era normal —dijo Tom.

Don Alfonso se rió a carcajadas dándose palmadas en las rodillas.

—Esto es estupendo. A usted también le gusta bromear. Sí, se detuvieron aquí para comprar comida. El hombre blanco era como un oso y su voz se oía a un kilómetro de distancia. Le dije que era una locura adentrarse en el pantano Meambar, pero él no me hizo caso. Debe de ser un gran jefe en América. Pasamos una agradable velada juntos con muchas risas, y me dio *esto*.

Alargó una mano hacia unos sacos de arpillera doblados, revolvió en ellos y les tendió algo en la palma de la mano. El sol cayó sobre el objeto, que brilló del color de la sangre de una paloma, con una estrella dentro. Lo dejó en la mano de Tom.

—Un rubí estrella —dijo Tom sin aliento. Era una de las gemas de la colección de su padre que valía una pequeña, tal vez hasta una gran fortuna. Sintió una oleada de emoción: era típico de su padre hacer un regalo generoso a alguien que le caía bien. En una ocasión había regalado a un mendigo cinco mil dólares porque le había hecho reír con un comentario ingenioso.

Tom miró a Sally. ¿Cómo podía explicarlo?

—Estamos tratando de encontrar a mi padre. Está... enfermo.

Al oír esas palabras don Alfonso abrió mucho los ojos. Se quitó las gafas, las secó con un trapo sucio y volvió a ponérselas, aún más sucias que antes.

—¿Enfermo? ¿Algo contagioso?

—No. Como usted mismo ha dicho, está un poco loco, eso es todo. Se trata de un juego que ha querido jugar con sus hijos.

Don Alfonso reflexionó unos momentos, luego sacudió la cabeza.

—He visto hacer muchas cosas extrañas a los *yanquis*, pero esto es más que extraño. Me está ocultando algo. Si quiere que le ayude debe decírmelo todo.

Tom suspiró y miró a Sally. Ella asintió.

—Se está muriendo. Fue río arriba con todas sus pertenencias para enterrarse con ellas, y nos hizo llegar el desafío de que si queríamos heredar, tendríamos que encontrar su tumba.

Don Alfonso asintió, como si fuera lo más natural del mundo.

—Sí, sí, es algo que hacíamos los indios tawahka en otro tiempo. Nos enterrábamos con nuestras posesiones, y eso siempre hacía enfadar a nuestros hijos. Pero luego vinieron los misioneros y nos explicaron que Jesús nos daría cosas nuevas en el cielo y que no necesitábamos enterrar nada con los muertos. De modo que dejamos de hacerlo. Pero creo que la vieja costumbre era mejor. Y no estoy tan seguro de que Jesús tenga todas esas cosas nuevas para dar a la gente cuando muere. Las imágenes que he visto de él lo muestran como un hombre pobre sin cazuelas, ni cerdos, ni pollos, ni zapatos, ni siquiera una mujer. —Resopló ruidosamente—. Tal vez es mejor enterrarte con tus posesiones que dejar que tus hijos se peleen por ellas. Se pelean incluso antes de que te mueras. Por eso ya he dado todo lo que tenía a mis hijos e hijas, y vivo como un pobre. Es un acto respetable. Ahora mis hijos no tienen motivos para pelear y, aún más importante, no están deseando que me muera.

Cuando terminó su discurso volvió a llevarse la pipa a la boca.

—¿Han venido otros blancos? —preguntó Sally.

—Hace dos días se detuvieron dos canoas con cuatro hombres, dos indios de las montañas y dos blancos. Pensé que el más joven podía ser Jesucristo, pero en la escuela de las misiones nos dijeron que solo era un tipo de persona que se llamaba hippie. Se quedaron un día y luego reemprendieron su camino. Luego hace una semana llegaron cuatro canoas con soldados y dos gringos. Contrataron a don Orlando como guía y se marcharon. Por eso me pregunto: ¿por qué todos estos *yanquis* locos se adentran de pronto en el pantano Meambar? ¿Están buscando todos la tumba de su padre?

—Sí. Son mis dos hermanos.

—¿Por qué no lo hacen juntos?

Tom no respondió.

—Ha mencionado a indios de las montañas con el primer hombre blanco —dijo Sally—. ¿Sabe de dónde son?

—Parecían indios salvajes y desnudos de las montañas que se pintan de rojo y negro. No son cristianos. Aquí en Pito Solo somos un poco cristianos. No mucho, lo suficiente para apañárnoslas cuando vienen misioneros con comida y medicinas de América. Entonces cantamos y aplaudimos a Jesús. Así es como conseguí mis gafas nuevas. —Se las quitó y se las tendió a Tom para que las examinara.

—Don Alfonso —dijo Tom—, necesitamos un guía que nos lleve río arriba, y necesitamos provisiones y suministros. ¿Puede ayudarnos?

Don Alfonso dio caladas y más caladas a su pipa, luego asintió.

—Les llevaré yo.

—Oh, no —dijo Tom alarmado, mirando al débil anciano—. Eso no es lo que le estoy pidiendo. No podemos sacarle de su pueblo, donde lo necesitan.

—¿A mí? ¿Me necesitan a mí? ¡Nada les gustaría más que deshacerse del viejo don Alfonso!

—Pero usted es el jefe.

—¿Jefe? ¡Puaf!

—Es un viaje largo y duro —dijo Tom—, no es apropiado para un hombre de su edad.

—¡Sigo siendo tan fuerte como un tapir! Soy lo bastante joven para volver a casarme. De hecho, necesito a una chica de dieciséis años que encaje en el hueco vacío de mi hamaca y me haga dormir cada noche con pequeños suspiros y besos...

—Don Alfonso...

—Necesito una chica de dieciséis años que me fastidie y me meta la lengua por la oreja para despertarme por la mañana para que me levante con los pájaros. No se preocupen más: yo, don Alfonso Boswas, les llevaré al pantano Meambar.

—No —dio Tom con toda la firmeza que fue capaz—. No lo permitiremos. Necesitamos un guía más joven.

—No pueden evitarlo. Soñé con que vendrían y que me iría con ustedes. De modo que está decidido. Hablo inglés y español, pero prefiero el español. El inglés me asusta. Suena como si uno se ahogara.

Tom miró a Sally exasperado. Ese anciano era imposible.

En ese momento Marisol volvió con su madre. Cada una llevaba una fuente de madera cubierta de hojas de palmera sobre las que había amontonadas tortillas calientes recién hechas, patacones fritos, carne asada y frutos secos, y fruta fresca.

Tom nunca había tenido tanta hambre en toda su vida. Él y Sally se abalanzaron sobre el festín, acompañados de don Alfonso, mientras la niña y su madre los observaban satisfechas en silencio. Toda la conversación cesó mientras comían. Cuando terminaron, la mujer cogió sin decir nada los platos y volvió a llenarlos, y lo hizo una tercera vez.

Cuando terminaron de comer, don Alfonso se recostó y se secó la boca.

—Mire —dijo Tom con toda la firmeza que pudo—. Lo haya soñado o no, no va a venir con nosotros. Necesitamos a un hombre más joven.

—O a una mujer.

—Me llevaré conmigo a dos hombres más jóvenes, Chori y Pingo. Soy el único aparte de don Orlando que sabe llegar al pantano Meambar. Sin un guía morirán.

—Debo rechazar la oferta, don Alfonso.

—No tiene mucho tiempo. Los siguen los soldados.

—¿Han estado aquí? —preguntó Tom alarmado.

—Han venido esta mañana. Volverán.

Tom miró a Sally y luego a don Alfonso.

—No hemos hecho nada malo. Se lo explicaré...

—No es necesario. Los soldados son hombres malos. Debemos empezar a reunir todo lo necesario. Marisol.

—¿Sí, abuelo?

—Necesitaremos lona impermeabilizada, cerillas, gasolina, aceite para motor de dos tiempos, herramientas, una sartén, una cazuela, cubiertos y cantimploras de agua. —Siguió enumerando la lista de suministros y provisiones.

—¿Tienen medicinas? —preguntó Tom.

—Tenemos muchas medicinas norteamericanas, gracias a los misioneros. Aplaudimos mucho a Jesús para conseguirlas. Marisol, dile a la gente que venga con todas esas cosas para venderlas a buen precio.

Marisol se fue corriendo, con las trenzas ondeando, y al cabo de diez minutos regresó encabezando una fila de ancianos, mujeres y niños, cada uno con algo en las manos. Don Alfonso se quedó en la cabaña, ajeno a la innoble ocupación de comprar y vender, mientras Marisol manejaba a la multitud.

—Compren lo que quieran y digan a los demás que se vayan —dijo Marisol—. Le dirán el precio. No regateen; no tenemos costumbre de hacerlo. Solo digan sí o no. Los precios son justos.

Habló con severidad a la desigual hilera de personas, y estas se movieron juntos arrastrando los pies y se irguieron aún más.

—Ella será la jefe de este pueblo —dijo Tom a Sally en inglés, mirando por encima de la ordenada hilera de gente.

—Ya lo es.

—Estamos preparados —dijo Marisol. Hizo un gesto al primer hombre de la fila, quien se adelantó y extendió cinco sacos viejos de lona.

—Cuatrocientos —dijo la niña.

—¿Dólares?

—Lempiras.

—¿Cuántos dólares son? —preguntó Tom.

—Dos.

—Nos los quedamos.

La siguiente persona se adelantó con un gran saco de judías, otro de maíz en grano y una cazuela de aluminio indescriptiblemente abollada. Le faltaba el asa original y en su lugar había una pieza de madera hermosamente tallada y engrasada.

—Un dólar.

—Nos los quedamos.

El hombre dejó todo en el suelo y se retiró, mientras el siguiente se adelantaba, ofreciendo dos camisetas, dos pantalones cortos sucios, una gorra de camionero y unas Nike nuevas.

—Aquí está mi muda —dijo Tom. Se miró los pies—. Son justo de mi número. Imagínate encontrar un par de Air Jordan nuevas aquí.

—Las fabrican aquí —dijo Sally—. ¿Recuerdas los escándalos sobre las fábricas que explotaban a sus trabajadores?

—Ah, sí.

La procesión continuó: lonas plastificadas, sacos de judías y arroz, carne seca y ahumada sobre la que Tom decidió no indagar demasiado, plátanos, un bidón de doscientos litros de gasolina, una caja de sal. Habían llegado varios con latas de Raid extrafuerte, el repelente de insectos favorito, que Tom declinó.

De pronto se hizo un silencio entre la gente. Tom oyó el débil zumbido de un motor fueraborda. La niña habló rápidamente.

—Deben seguirme por la selva. Deprisa.

La multitud se dispersó al instante y el pueblo quedó en silencio, aparentemente desierto. La niña los condujo con calma por la selva siguiendo un sendero casi invisible. A través de los árboles flotaba una neblina crepuscular. Alrededor de ellos se extendía el pantano, pero el sendero serpenteaba aquí y allá por encima de él. Los sonidos del pueblo dejaron de oírse y se vieron envueltos en el sordo manto de la selva. Al cabo de diez minutos de andar, la niña se detuvo.

—Esperaremos aquí.

—¿Cuánto tiempo?

—Hasta que se vayan los soldados.

—¿Qué hay de nuestro bote? —preguntó Sally—. ¿No lo reconocerán?

—Ya lo hemos escondido.

—Eso ha sido muy prudente. Gracias.

—De nada. —La serena niña volvió a clavar sus ojos oscuros en el sendero y esperó, tan inmóvil y silenciosa como un ciervo.

—¿A qué escuela vas? —preguntó Sally al cabo de un momento.

—A la escuela baptista que hay río abajo.

—¿La escuela de la misión?

—Sí.

—¿Eres cristiana?

—Oh, sí —dijo la niña, volviéndose seria hacia Sally—. ¿Usted no?

Sally se ruborizó.

—Bueno, mis padres lo eran.

—Me alegro —dijo ella sonriendo—. No me gustaría que fuera al infierno.

—Oye, Marisol —dijo Tom, rompiendo el silencio incómodo que siguió—. Tengo curiosidad por saber si hay alguien más en el pueblo aparte de don Alfonso que sepa ir al pantano Meambar.

Ella sacudió la cabeza con solemnidad.

—Él es el único.

—¿Es difícil cruzarlo?

—Mucho.

—¿Por qué está tan impaciente por llevarnos?

Ella se limitó a sacudir la cabeza.

—No lo sé. Tiene sueños y visiones, y este fue uno de ellos.

—¿Soñó realmente con nosotros?

—Oh, sí. Cuando vino el primer hombre blanco, dijo que sus hijos no tardarían en seguirle. Y aquí está usted.

—Acertó por pura casualidad —dijo Tom en inglés.

Un disparo lejano resonó en la selva, seguido de otro. Retumbó como un trueno, extrañamente distorsionado por la vegetación, y tardó largo rato en dejar de oírse. El efecto que tuvo en Marisol fue terrible. Palideció, tembló y se balanceó. Pero no dijo nada ni se movió. Tom estaba horrorizado. ¿Habían disparado a alguien?

—¿No estarán disparando a la gente? —preguntó.

—No lo sé.

Tom vio cómo se le llenaban los ojos de lágrimas. Pero no dejó ver ninguna otra emoción.

Sally cogió a Tom del brazo.

—Podrían estar disparando a la gente por nuestra culpa. Debemos entregarnos.

—No —dijo la niña con brusquedad—. Es posible que estén disparando al aire. No podemos hacer nada más que esperar. —Le caía una sola lágrima por la mejilla.

—No deberíamos habernos parado aquí —dijo Sally, pasándose al inglés—. No tenemos derecho a poner en peligro a esta gente. Tom, tenemos que volver al pueblo y enfrentarnos con los soldados.

—Tienes razón. —Tom se volvió para irse.

—Si vuelven nos dispararán —dijo la niña—. Somos impotentes frente a los soldados.

—No saldrán impunes de esta —dijo Sally con voz temblorosa—. Los denunciaré a la embajada americana. Castigarán a esos soldados.

La niña no dijo nada. Se había quedado callada y permaneció inmóvil como un ciervo, temblando ligeramente. Hasta las lágrimas habían cesado.

21

Lewis Skiba estaba solo en su oficina. Era media tarde, pero había enviado a todos a sus casas para alejarlos de la prensa. Había desconectado el teléfono y cerrado las dos puertas exteriores. Mientras la compañía se desmoronaba a su alrededor, estaba envuelto en un manto de silencio, arropado en una agradable sensación de bienestar que había creado él mismo.

La Comisión de Valores y Cambio ni siquiera había esperado hasta la hora de cierre para anunciar que habían abierto una investigación sobre las irregularidades financieras de Lampe-Denison Pharmaceuticals. El comunicado había caído como un mazazo sobre las acciones. Lampe ya estaba a siete puntos y cuarto, y seguía bajando. La compañía era como una ballena varada que se revolcaba agonizante, rodeada de tiburones enloquecidos y feroces —los vendedores al descubierto— que la descuartizaban, pedazo a pedazo. Era un festín frenético, primitivo y darwiniano. Y cada dólar que arrancaban de un mordisco del precio de las acciones hacía un agujero de cien millones dólares en el capital de Lampe. Él asistía impotente al hundimiento.

Los abogados de Lampe habían cumplido su deber al declarar que las acusaciones no tenían «ningún sentido», y que Lampe estaba deseosa de cooperar y limpiar su reputación. Graff, el director financiero, había hecho su papel al insistir en que Lampe había seguido escrupulosamente los principios financieros aceptados por todos. Los auditores de Lampe habían expresado su sorpresa y su horror, arguyendo que se habían fiado de las admisiones y declaraciones financieras de Lampe, y que si había alguna irregularidad habían sido tan engañados como todos los demás. Se habían recitado todas las frases hechas que Skiba había oído decir a casi todas las compañías deshonestas y a sus legiones de ejecutores. Todo había sido tan artificioso y tan programado como un drama kabuki japonés. Todos habían seguido el guión menos él. Lo único que querían ahora era oír hablar al gran y terrible Skiba. Querían levantar de nuevo el telón. Todos querían ver al charlatán controlando los mandos.

No iba a ser así. Al menos mientras él siguiera respirando. Que parlotearan y cotorrearan; él guardaría silencio. Y cuando llegara el códice y el precio de las acciones se doblara, se triplicara, se cuadruplicara...

Consultó el reloj. Dos minutos.

La voz de Hauser llegó por la conexión vía satélite tan clara que podría haber estado llamándole desde la habitación de al lado, si no fuera porque el codificador de voz la hacía temblar como la del Pato Donald. Debajo de la intimidante bravata se percibía el insolente exceso de confianza.

—¡Lewis! —dijo Hauser—. ¿Cómo está?

Skiba dejó transcurrir un momento gélido.

—¿Cuándo voy a tener el códice?

—La situación es la siguiente, Skiba. El hermano del medio, Vernon, se ha perdido, como me imaginé, en el pantano y probablemente está acabado. El otro hermano, Tom...

—No le he preguntado por los hermanos. No me importan los hermanos. Le he preguntado por el códice.

—Debería importarle. Conoce los riesgos. Bueno, como le decía, Tom ha logrado burlar a los soldados que contraté para que lo detuvieran. Lo están persiguiendo río arriba y podrían alcanzarlo antes de que se adentre en el pantano, pero está demostrando tener más recursos de los que yo había previsto. Si llegan a detenerlo, el último lugar para hacerlo es al otro lado del pantano. No puedo arriesgarme a perder el rastro de él y de la chica en las montañas del otro lado. ¿Me sigue?

Skiba bajó el volumen de la temblorosa voz arrogante. No creía haber odiado tanto a nadie como odiaba a Hauser en esos momentos.

—Un segundo problema es el hijo mayor, Philip. En algún momento tendré que ocuparme de él. Lo necesitaré un tiempo más, pero cuando deje de sernos útil, bueno, no podemos permitir que «venga» (¿fue usted quien lo dijo o yo?) reclamando el códice. Ni tampoco Vernon o Tom. Y lo mismo digo de la mujer con la que viaja Tom, Sally Colorado.

Hubo un largo silencio.

—Comprende lo que le estoy diciendo, ¿verdad?

Skiba esperó, tratando de dominarse. Esas conversaciones eran una gran pérdida de tiempo. Todavía más, eran peligrosas.

—¿Sigue allí, Lewis?

—¿Por qué no se limita a continuar? —dijo Skiba furioso—. ¿A qué vienen estas llamadas? Su misión era entregarme el códice. Lo que haga usted no me incumbe, Hauser.

La risita se convirtió en una carcajada.

—Oh, muy bonito. Pero no va a salirse con la suya tan fácilmente. Está al corriente de todo lo ocurrido hasta ahora. Esperaba que me ocupara yo solo de ello, pero no caerá esa breva. Aquí no va a haber quien lo niegue todo, ni quien traicione a nadie, ni quien llegue a un acuerdo con el fiscal para obtener una sentencia más leve. Cuando llegue el momento, usted me pedirá que los mate. Esa es la única manera y lo sabe.

—Deje inmediatamente de hablar así. No va a morir nadie.

—Oh, Lewis, Lewis...

Skiba se sintió enfermo. Sintió cómo las náuseas le contraían el estómago en oleadas. Con el rabillo del ojo vio que las acciones volvían a bajar. La Comisión de Valores y Cambio no había suspendido siquiera las operaciones, había dejado sola a Lampe agitándose en el viento. Veinte mil empleados dependían de él, millones de personas enfermas necesitaban sus medicamentos, tenía esposa e hijos, su casa, dos millones de acciones con opción de compra y seis millones de acciones...

Oyó un fuerte graznido al otro lado del hilo..., sin duda una carcajada. De pronto se sintió muy débil. ¿Cómo había permitido que eso ocurriera? ¿Cómo había dejado que ese hombre escapara a su control?

—No mate a nadie —dijo, tragando saliva aun antes de terminar la frase. Iba a vomitar de un momento a otro. Había una forma legal de hacer eso; los hijos conseguirían el códice y él negociaría con ellos, llegarían a un acuerdo... Pero sabía que no ocurriría, no con Lampe bajo una nube de rumores e inspección, con el precio de las acciones hundiéndose...

La voz de pronto se suavizó.

—Mire, sé que es una decisión difícil. Si realmente lo cree, daré media vuelta y me olvidaré del códice. De verdad.

Skiba tragó saliva. El nudo en la garganta parecía que iba a ahogarlo. Sus tres hijos rubios le sonrieron desde los marcos plateados de su escritorio.

—Solo dígalo y regresaremos. Abandonaremos.

—No va a morir nadie.

—Mire, aún no tiene que tomar ninguna decisión. ¿Por qué no lo consulta con la almohada?

Skiba se levantó tambaleante. Trató de alcanzar la papelera florentina de cuero cubierto de oro labrado, pero solo llegó hasta la chimenea. Con el vómito crepitando y chisporroteando en el fuego, se volvió hacia el teléfono y lo cogió para decir algo, luego cambió de opinión y colgó despacio con manos temblorosas. La mano salió disparada hacia el primer cajón del escritorio y buscó el frío bote de plástico.

22

Treinta minutos después, Tom vio movimiento entre los árboles, y una anciana envuelta en un chal se acercó pesadamente por el sendero.

Marisol se volvió hacia Tom y Sally con una expresión de inmenso alivio.

—Ha ocurrido lo que les he dicho. Los soldados solo han disparado al aire para asustarnos. Luego se han ido. Les hemos convencido de que no han venido al pueblo, que no han pasado por aquí. Se han ido río abajo.

Mientras se acercaban a la cabaña, Tom alcanzó a ver a don Alfonso de pie fuera, fumando su pipa con un aire tan despreocupado como si no hubiera ocurrido nada. Se dibujó una gran sonrisa en sus labios cuando los vio.

—¡Chori! ¡Pingo! ¡Salid! ¡Venid a conocer a vuestros nuevos jefes *yanquis*! Chori y Pingo no hablan español, solo tawahka, pero yo les grito en español para demostrarles que estoy por encima de ellos, y ustedes deben hacerlo también.

Dos magníficos especímenes humanos salieron inclinados de la puerta de la cabaña, desnudos de la cintura para arriba, con sus cuerpos musculosos brillantes de aceite. El llamado Pingo tenía tatuajes al estilo occidental en los brazos y tatuajes indios en la cara, y sostenía en el puño cerrado un machete de un metro de longitud mientras Chori tenía un viejo rifle Springfield colgado del hombro y llevaba en la mano una Pulaski, un hacha de bombero.

—Cargaremos el bote ahora mismo. Debemos salir del pueblo lo antes posible.

Sally miró a Tom.

—Parece que don Alfonso va a ser nuestro guía.

Gritando y gesticulando, don Alfonso daba instrucciones a Chori y Pingo mientras llevaban las provisiones a la orilla del río. Su canoa volvía a estar allí, como si nunca se hubiera movido. En media hora todo estuvo preparado, los suministros amontonados en el centro de la canoa y cubiertos con una lona impermeable. Entretanto se iba congregando una muchedumbre en la orilla y habían encendido hogueras para cocinar.

Sally se volvió hacia Marisol.

—Eres una niña maravillosa —dijo—. Nos has salvado la vida. Podrías hacer lo que quisieras con tu vida, ¿lo sabes?

La niña la miró fijamente.

—Solo quiero una cosa.

—¿Qué?

—Ir a América. —La niña no dijo nada más, pero siguió mirando a Sally con su cara seria e inteligente.

—Espero que lo consigas —dijo Sally.

La niña sonrió con confianza y se irguió más.

—Lo haré. Don Alfonso me lo ha prometido. Tiene un rubí.

La orilla del río empezaba a estar de bote en bote. Su partida parecía estar convirtiéndose en un acontecimiento festivo. Un grupo de mujeres cocinaba al fuego un gran banquete. Los niños corrían, jugaban, reían y perseguían pollos. Por fin, cuando pareció que se había congregado el pueblo entero, don Alfonso cruzó la multitud, que se separó para dejarle pasar. Llevaba unos pantalones cortos nuevos y una camiseta en la que se leía «No Fear». Su cara se frunció en una sonrisa cuando se reunió con ellos en el embarcadero de bambú.

—Han venido todos para decirme adiós —dijo a Tom—. Verán cuánto se me aprecia en Pito Solo. Soy el excepcional don Alfonso Boswas. Aquí tienen la prueba de que han elegido a la persona adecuada para llevarles al pantano Meambar.

Se oyeron unos petardos cercanos seguidos de carcajadas. Las mujeres empezaron a distribuir platos con comida. Don Alfonso cogió a Tom y a Sally de la mano.

—Subiremos al barco ahora.

Chori y Pingo, que seguían desnudos de la cintura para arriba, ya habían ocupado sus puestos, uno en la popa y el otro en la proa. Don Alfonso los ayudó mientras dos chicos se situaban a cada lado del bote sujetando las amarras, listos para soltarlas. A continuación se subió él. Manteniendo el equilibrio, se volvió y miró a la multitud. Se produjo un silencio: don Alfonso iba a pronunciar un discurso. Cuando el silencio fue absoluto tomó la palabra, hablando en su español sumamente formal.

—Amigos y paisanos, hace muchos años se me profetizó que vendrían unos hombres blancos y que los acompañaría en un largo viaje. Y aquí están ahora. Nos disponemos a emprender un peligroso viaje a través del pantano Meambar. Tendremos aventuras y veremos muchas cosas extrañas y maravillosas, nunca vistas por el hombre.

»Puede que os preguntéis por qué hacemos este gran viaje. Os lo diré. Este americano ha venido hasta aquí para rescatar a su padre, que ha perdido la razón y ha abandonado a su mujer y a su familia, llevándose consigo todas sus pertenencias y dejándolos en la indigencia. Su pobre mujer ha estado llorando cada día por él, y no puede dar de comer a su familia ni protegerla de los animales salvajes. Su casa se cae a pedazos y la paja se ha podrido, dejando entrar la lluvia. Nadie querrá casarse con sus hermanas y estas no tardarán en verse obligadas a prostituirse. Sus sobrinos se han dado a la bebida. Este joven, este buen hijo, ha venido para curar a su padre de la locura y llevarlo de nuevo a América para que pueda vivir una vejez respetable y morir en su hamaca, y no traiga más deshonor y hambre a su familia. Entonces sus hermanas encontrarán maridos, y sus sobrinos y sobrinas se ocuparán de sus milpas y podrán pasar las tardes calurosas jugando al dominó en lugar de trabajar.

El pueblo escuchaba embelesado el discurso. Era evidente que don Alfonso sabía contar una buena historia, pensó Tom.

—Hace mucho tiempo, amigos míos, soñé que os dejaría de este modo, que partiría en un gran viaje al fin del mundo. Ahora tengo ciento veintiún años y este sueño por fin se ha hecho realidad. No hay muchos hombres que puedan hacer algo así a mi edad. Todavía me corre mucha sangre por las venas, y si mi Rosita siguiera viva, sonreiría cada día.

»Adiós, amigos míos, vuestro querido don Alfonso Boswas abandona el pueblo con lágrimas de tristeza en los ojos. Recordadme siempre, y contad mi historia a vuestros hijos y pedidles que la cuenten a sus hijos, hasta el final de los tiempos.

Se elevó una gran aclamación. Se oyeron petardos y todos los perros se pusieron a ladrar. Algunos de los ancianos empezaron a golpear al unísono los bastones a un ritmo complejo. Empujaron la canoa hasta la corriente y Chori puso en marcha el motor. El bote cargado empezó a alejarse. Don Alfonso permaneció en pie, diciendo adiós con la mano y tirando besos a la multitud que siguió aclamándolo frenética hasta mucho después de que la barca hubiera tomado la primera curva.

—Tengo la sensación de que acabamos de salir en globo con el mago de Oz —dijo Sally.

Don Alfonso se sentó por fin, secándose las lágrimas de los ojos.

—Ah, ya han visto cuánto quieren a don Alfonso Boswas. —Se acomodó contra el montón de provisiones, sacó su pipa de mazorca, la llenó de tabaco y empezó a fumar con una expresión meditabunda.

—¿Tiene realmente ciento veintiún años? —preguntó Tom.

Don Alfonso se encogió de hombros.

—Nadie sabe los años que tiene.

—Yo lo sé.

—¿Ha contado cada año que ha vivido desde que nació?

—No, pero otros lo han hecho por mí.

—Entonces no lo sabe realmente.

—Lo sé. Está en mi partida de nacimiento que firmó el médico que me trajo al mundo.

—¿Quién es ese médico y dónde está ahora?

—Ni idea.

—¿Y cree realmente en un papel inútil firmado por desconocidos?

Tom miró al anciano, derrotado por su disparatada lógica.

—En América tenemos una profesión para la gente como usted —dijo—. Los llamamos *abogados*.

Don Alfonso rió fuerte, dándose palmadas en las rodillas.

—Es una buena broma. Es usted como su padre, Tomasito, que era un hombre muy gracioso. —Siguió riéndose, fumando su pipa.

Tom sacó su mapa de Honduras y lo estudió.

Don Alfonso lo miró con ojo crítico y luego se lo arrebató. Lo examinó primero en un sentido, luego en otro.

—¿Qué es esto? ¿Norteamérica?

—No, es el sureste de Honduras. Aquí está el río Patuca, y aquí Brus. El pueblo de Pito Solo debería estar aquí, pero no aparece señalado. Tampoco lo está, al parecer, el pantano Meambar.

—Entonces, según este mapa, no existimos, ni tampoco el pantano Meambar. Tenga cuidado que no se le moje. Puede que algún día lo necesitemos para hacer fuego.

Don Alfonso se rió de su broma, señalando a Chori y a Pingo, quienes siguieron su ejemplo y se echaron a reír con él, aunque no habían entendido una palabra de lo que había dicho. Don Alfonso siguió riéndose a carcajadas, dándose palmadas en los muslos, hasta que se le saltaron las lágrimas.

—Hemos empezado bien el viaje —dijo cuando se hubo recuperado—. Habrá muchas bromas y risas en nuestro viaje. O el pantano nos volverá locos y moriremos.

23

El campamento había sido levantado con la habitual precisión militar en una isla montañosa rodeada por el pantano. Philip estaba sentado junto al fuego, fumando su pipa y escuchando los ruidos nocturnos de la selva. Le sorprendía lo competente que había resultado ser Hauser en la selva, organizando y diseñando un campamento, dando instrucciones a los soldados acerca de sus diversas tareas. Hauser no contaba para nada con él y había rechazado todos sus ofrecimientos para ayudar. No es que Philip estuviera impaciente por caminar por el barro cazando enormes ratas para cenar, como parecían estar haciendo ellos en estos momentos. Pero le desagradaba sentirse inútil. Ese no era el desafío que su padre había previsto, sentado junto a una hoguera fumando su pipa mientras los demás hacían todo el trabajo.

Arrojó de un puntapié un palo a las brasas. Al infierno el «desafío». Tenía que ser lo más estúpido que un padre había hecho a sus hijos desde que el rey Lear dividió su reino.

Ocotal, el guía que habían recogido en ese lamentable pueblo junto al río, estaba sentado solo, atendiendo el fuego y cocinando arroz. Era un tipo extraño, ese Ocotal: menudo, silencioso, muy digno. Había algo en él que le hacía atractivo; parecía uno de esos hombres profundamente convencidos en su fuero interno de su propia valía. Sin duda sabía lo que hacía, guiándolos a través de un increíble laberinto de ramales, día tras día, sin la menor vacilación, haciendo caso omiso de las exhortaciones, comentarios y preguntas de Hauser. Se mostraba indiferente ante cualquier intento de conversación, tanto por parte de él como de Hauser.

Vació la cazoleta de la pila, alegrándose de haberse abastecido de latas de Dunhill Early Morning, y la llenó de nuevo. Debería fumar menos, sobre todo en vista del cáncer de su padre. Pero eso después del viaje. Por el momento el humo era la única manera de ahuyentar los mosquitos.

Se oyeron gritos; Philip se volvió y vio a Hauser volver de la cabaña con un tapir muerto colgado de un palo, llevado por cuatro soldados. Levantaron el animal con una cuerda y una polea, y lo colgaron de una rama cercana. Hauser dejó a los hombres y fue a sentarse al lado de Philip. Desprendía un débil olor a loción para después del afeitado, humo de tabaco y sangre. Sacó un puro, lo cortó y lo encendió. Se llenó los pulmones de humo y lo exhaló lentamente por la nariz, como un dragón.

—Estamos haciendo excelentes progresos, Philip, ¿no te parece?

—Admirables. —Philip dio un manotazo a un mosquito. No podía comprender cómo se las arreglaba Hauser para que no le picaran, a pesar de no ponerse nunca repelente. Tal vez su flujo sanguíneo tenía una concentración mortífera de nicotina. Advirtió que daba caladas a sus gruesos puros Churchill como si fueran cigarrillos. Era extraño que un hombre muriera por ello y otro viviera.

—¿Conoces el dilema de Gengis Jan? —preguntó Hauser.

—No puedo decir que lo haga.

—Cuando Gengis Jan se preparaba para morir, quiso que lo enterraran como correspondía al gran gobernante que era: con un montón de tesoros, concubinas y caballos para disfrutar en la otra vida. Pero sabía que era casi seguro que saquearan su tumba, privándole de todos los placeres que le corresponderían al otro lado.

Pensó en ello largo tiempo y no pudo dar con una solución. Por fin llamó a su gran visir, el hombre más sabio de su reino.

»"¿Qué puedo hacer para impedir que saqueen mi tumba?", preguntó al visir.

»El visir reflexionó sobre ello largo tiempo y finalmente dio con una solución. Se la expuso a Gengis Jan y este quedó satisfecho. Cuando Gengis finalmente murió, el visir llevó a cabo el plan. Envió a diez mil trabajadores a las remotas montañas Altai, donde construyeron una gran tumba tallada en roca viva, la llenaron de oro, piedras preciosas, vino, sedas, marfil, madera de sándalo e incienso. Sacrificaron a más de cien hermosas vírgenes y mil caballos para el disfrute del jan en la otra vida. Se celebró un gran funeral con muchos festejos entre los trabajadores y a continuación enterraron el cuerpo de Gengis Jan en la tumba y ocultaron cuidadosamente la puerta. Se cubrió de tierra la zona y mil jinetes fueron de acá para allá por el valle, borrando todo rastro de su obra.

»Cuando los trabajadores y los jinetes volvieron, el visir los recibió con el ejército del jan, que los mató como si fueran un solo hombre.

—Qué horrible.

—Entonces el visir se suicidó.

—Qué estúpido. Podría haber sido rico.

Hauser soltó una risita.

—Sí. Pero era leal. Sabía que ni a él, el hombre más valioso, se le podía confiar un secreto así. Podría contarlo de noche entre sueños, o podrían sonsacárselo bajo tortura, o su propia codicia podría acabar siendo más fuerte que él. Ese era el punto débil del plan. Por lo tanto, tenía que morir.

Philip oyó golpes y se volvió, y vio cómo los cazadores destripaban al animal a machetazos. Las entrañas se desparramaron por el suelo. Hizo una mueca y desvió la vista. Había razones para defender el estilo de vida vegetariano, pensó.

—Ese era el problema, Philip, el punto débil del plan del visir.

Requería que Gengis Jan confiara su secreto al menos a otra persona. —Hauser exhaló una nube de humo acre—. La pregunta que te hago es: ¿en quién confió tu padre?

Era una buena pregunta que Philip había considerado bastante tiempo.

—No en una novia o una ex mujer. Se quejaba continuamente de sus médicos y sus abogados. Sus secretarias se despedían constantemente. No tenía verdaderos amigos. El único hombre en quien confiaba era su piloto.

—Y ya hemos comprobado que no estuvo involucrado. —Hauser sostuvo su puro en ángulo contra sus labios—. Esa es la cuestión, Philip. ¿Tenía tu padre una vida secreta? ¿Un idilio clandestino? ¿Un hijo nacido fuera del matrimonio al que trataba con favoritismo?

Philip se quedó helado ante esa última insinuación.

—No tengo ni idea.

Hauser agitó el puro.

—Algo en lo que pensar, ¿eh, Philip?

Guardó silencio. La intimidad animó a Philip a hacer la pregunta que llevaba un tiempo queriendo hacer.

—¿Qué pasó entre ustedes?

—¿Sabías que éramos amigos de la infancia?

—Sí.

—Crecimos juntos en Erie. Jugábamos juntos al béisbol en la manzana donde vivíamos, íbamos juntos al colegio, fuimos juntos a nuestro primer burdel. Creíamos conocernos muy bien. Pero cuando estás aquí en la selva y te ves empujado contra la pared de la supervivencia, salen cosas a la luz. Descubres cosas de ti mismo que no sabías que estaban allí. Averiguas quién eres en realidad. Eso es lo que nos pasó. Llegamos a la mitad de la selva, perdidos, llenos de picaduras, hambrientos, medio muertos por la fiebre, y descubrimos quiénes éramos en realidad. ¿Sabes qué descubrí? Descubrí que despreciaba a tu padre.

Philip miró a Hauser. El hombre le sostenía la mirada, su rostro tan sereno e impenetrable como siempre. Sintió cómo se le ponía la carne de gallina.

—¿Qué descubrió de usted mismo, Hauser? —preguntó.

Vio que la pregunta le había cogido desprevenido. Se rió, tiró al fuego el puro y se levantó.

—Pronto lo descubrirás.

24

La canoa se abría paso a través de la espesa agua negra con el motor gimiendo por el esfuerzo. El río se había bifurcado y vuelto a bifurcar hasta convertirse en un laberinto de ramales y charcos de agua estancada, con hectáreas de barro negro, hediondo y tembloroso a la vista. Por todas partes Tom veía arremolinarse nubes de insectos. Pingo estaba en la popa con el torso desnudo, blandiendo un enorme machete con el que de vez en cuando cortaba una liana que arrojaba al agua. Los ramales eran a menudo demasiado poco profundos para utilizar el motor; entonces Chori lo sacaba del agua e impulsaba la barca con la pértiga. Don Alfonso estaba sentado en su rincón habitual apoyado contra el montón de suministros cubierto con la lona, con las piernas cruzadas como un hombre sabio, dando furiosas caladas a su pipa con la mirada clavada al frente. En varias ocasiones Pingo tuvo que bajar y partir un tronco medio hundido para que pasara la embarcación.

—¿Qué son estos insectos infernales? —gritó Sally dando manotazos furiosa.

—La mosca del tapir —dijo don Alfonso. Se llevó una mano al bolsillo y le tendió una pipa hecha de mazorca—. *Señorita*, debería empezar a fumar, el humo ahuyenta los insectos.

—No, gracias. Fumar provoca cáncer.

—Al contrario, fumar es saludable y permite hacer una buena digestión y disfrutar de una vida larga.

—Claro.

A medida que se adentraban en el pantano, la vegetación parecía cercarlos por todos lados, formando muros de hojas brillantes, helechos y lianas. El aire, denso e inmóvil, olía a metano. El bote se abría paso como a través de sopa caliente.

—¿Cómo sabe que mi padre fue por aquí? —preguntó Tom.

—Hay muchos caminos en el pantano Meambar —dijo don Alfonso— pero solo uno lo cruza. Yo, don Alfonso, lo conozco, al igual que tu padre. Leo las señales.

—¿Qué lee?

—Han pasado tres grupos de viajeros antes que nosotros. El primero lo hizo hace un mes. El segundo y el tercero hace una semana, con solo unos días de diferencia.

—¿Cómo sabe todo eso? —preguntó Sally.

—Leo el agua. Veo un tajo en un tronco hundido. O una liana cortada. Veo la marca de una pértiga en un banco de arena sumergido o el surco que ha dejado una quilla en aguas poco profundas y lodosas. Estos rastros, en esta agua estancada, duran semanas.

Sally señaló un árbol.

—Mire, allí hay un gumbo limbo. *Bursera simaruba*. Los mayas utilizaban su savia para las picaduras de insectos. —Se volvió hacia don Alfonso—. Acerquémonos y cojamos un poco.

Don Alfonso se sacó la pipa de la boca.

—Mi padre solía recoger esa planta. La llamamos *lucawa*. —Miró a Sally con un respeto recién descubierto—. No sabía que fuera usted *curandera*.

—No lo soy en realidad —dijo Sally—. Viví un tiempo en el norte, con los mayas, cuando iba a la universidad. Estudié su medicina. Soy etnofarmacóloga.

—¿Etnofarmacóloga? Eso suena a una gran profesión para una mujer.

Sally frunció el entrecejo.

—En nuestra cultura las mujeres pueden hacer todo lo que hace un hombre. Y viceversa.

Don Alfonso arqueó las cejas.

—No lo creo.

—Es verdad —dijo Sally a la defensiva.

—¿En América las mujeres cazan mientras los hombres tienen hijos?

—No me refería a eso.

Don Alfonso, con una sonrisa de triunfo, se llevó de nuevo la pipa a la boca dando por zanjada la discusión. Hizo un guiño exagerado a Tom. Sally lanzó una mirada a Tom.

«Si yo no he dicho nada», pensó él enfadado.

Chori acercó la canoa al árbol. Sally hizo un corte en la corteza con su machete y arrancó un trozo en sentido vertical. La savia empezó a rezumar al instante en gotas rojizas. Extrajo un poco más, se enrolló los pantalones y la extendió sobre las picaduras, luego se frotó el cuello, las muñecas y el dorso de las manos.

—Das miedo —dijo Tom.

Rascó un poco más de savia pegajosa de la corteza con el machete y se la tendió.

—¿Tom?

—No vas a ponerme ese pringue.

—Ven aquí.

Tom se acercó un paso y ella le frotó la nuca cubierta de picaduras. La sensación de ardor y picor disminuyó.

—¿Qué tal?

Tom movió el cuello.

—Pegajoso, pero bien. —Le gustó la sensación de las frías manos de ella en su cuello.

Sally le pasó el machete impregnado de savia.

—Puedes hacértelo en las piernas y los brazos.

—Gracias. —Él se embadurnó, sorprendido de lo efectivo del remedio.

Don Alfonso también se aplicó la savia.

—Esto es asombroso, una *yanqui* que conoce los secretos medicinales de las plantas, una verdadera *curandera*. He vivido ciento veintiún años y todavía hay cosas que no he visto.

Esa tarde pasaron junto a la primera roca que Tom veía en días. Más allá, la luz del sol se filtraba en un claro lleno de maleza que había sido despejado en una isla elevada.

—Aquí es donde vamos a acampar —anunció don Alfonso.

Colocaron la canoa a lo largo de la roca y la ataron. Pingo y Chori bajaron de un salto con el machete en la mano, subieron por las rocas y empezaron a cortar la reciente vegetación. Don Alfonso dio vueltas examinando el suelo, removiéndolo con el pie y recogiendo una liana o una hoja.

—Es asombroso —dijo Sally, mirando alrededor—. Por aquí hay *zorrillo*. Es una de las plantas más utilizadas por los mayas. Con las hojas preparan un baño de hierbas y utilizan la raíz para el dolor y las úlceras. Lo llaman *payche*. Y también hay *suprecayo*. —Empezó a arrancar hojas de un arbusto, las frotó y las olió—. Y ese árbol es un *Sweetia panamensis*. Es increíble. Aquí hay un pequeño ecosistema único. ¿Os importa que recoja muestras?

—Adelante —dijo Tom.

Sally se adentró en la selva para recoger más plantas.

—Parece que alguien ha acampado aquí antes que nosotros —dijo Tom a don Alfonso.

—Sí. Despejaron este amplio claro hace un mes. Veo el cerco de un fuego y los restos de una cabaña. Las últimas personas que se detuvieron aquí lo hicieron hace más o menos una semana.

—¿Toda esta maleza ha crecido en una semana?

Don Alfonso asintió.

—A la selva no le gustan los claros. —Removió los restos de la hoguera, recogió algo y se lo dio a Tom. Era la anilla de un puro Cuba Libre, mohosa y medio desintegrada.

—La marca de mi padre —dijo Tom mirándola. Sintió una sensación extraña. Su padre había estado allí, había acampado en ese mismo lugar, fumado un puro y dejado esa pequeña pista. Se la guardó en el bolsillo y empezó a coger leña para hacer fuego.

—Antes de coger una rama —aconsejó don Alfonso— debe golpearla con un palo para ahuyentar las hormigas, serpientes y *veinticuatros*.

—¿*Veinticuatros*?

—Es un insecto que parece una termita. Lo llamamos veinticuatro porque una vez que te pica, no puedes moverte en veinticuatro horas.

—Qué agradable.

Una hora después vio a Sally salir de la selva con un largo palo al hombro en el que había atado manojos de plantas, trozos de corteza y raíces. Don Alfonso levantó la vista por encima de la cazuela en la que hervía un loro y la observó acercarse.

—*Curandera*, me recuerda usted a mi abuelo don Cali, que solía volver así cada día de la selva, solo que usted es más guapa que él. Él era viejo y arrugado mientras que usted está firme y madura.

Sally se entretuvo con sus plantas, colgando las hierbas y las raíces de un palo para que se secaran cerca del fuego.

—Hay una increíble variedad de plantas aquí —dijo a Tom emocionada—. Julian se quedará encantado.

—Estupendo.

Tom pasó a concentrar su atención en Chori y Pingo, que construían una cabaña mientras don Alfonso les gritaba órdenes y los criticaba. Empezaron clavando en el suelo seis fuertes estacas e hicieron una estructura de palos flexibles sobre la que ataron las lonas impermeables. Entre las estacas extendieron las hamacas, cada una con su mosquitera, y colgaron del techo una última lona de plástico para separar los aposentos de Sally.

Cuando terminaron retrocedieron mientras don Alfonso examinaba la cabaña con ojo crítico; luego asintió y se volvió.

—Aquí tienen, una casa tan sólida como cualquiera de las de América.

—La próxima vez ayudaré a Chori y Pingo —dijo Tom.

—Como quiera. La *curandera* tiene sus aposentos privados, que pueden agrandarse para un invitado adicional si desea compañía. —El anciano volvió a hacer un guiño exagerado a Tom, quien se sorprendió a sí mismo ruborizándose.

—Me va bien dormir sola —dijo Sally con frialdad.

Don Alfonso pareció decepcionado. Se inclinó hacia Tom como para hablar en un aparte. Su voz, sin embargo, se oyó claramente en el campamento.

—Es una mujer guapa, Tomás, aunque sea vieja.

—Disculpe pero tengo veintinueve años.

—*Ehi, señorita*, es usted aún más vieja de lo que me pensaba. Tomás, debe darse prisa. Es casi demasiado vieja para que usted se case con ella.

—En nuestra cultura —dijo Sally— a los veintinueve años eres joven.

Don Alfonso continuó sacudiendo la cabeza con tristeza. Tom no pudo seguir conteniendo una carcajada.

Sally se volvió hacia él.

—¿Qué es tan gracioso?

—El pequeño choque cultural que tenemos aquí —respondió cuando recuperó el aliento.

Sally se pasó al inglés.

—No me gusta este *tête-à-tête* sexista entre tú y este viejo verde. —Se volvió hacia don Alfonso—. Para un hombre que tiene supuestamente ciento veintiún años, pasa usted mucho tiempo pensando en el sexo.

—Un hombre nunca deja de pensar en el amor, *señorita*. Aunque se haga viejo y su miembro se encoja como una fruta de *yuco* secada al sol. Puede que tenga ciento veintiún años, pero tengo tanta sangre como un adolescente. Tomás, me gustaría casarme con una mujer como Sally si tuviera dieciséis años, con pechos firmes que miran hacia arriba...

—Don Alfonso —dijo Sally, interrumpiéndolo—, ¿no cree que podría ponerle dieciocho a esa chica de sus sueños?

—Entonces podría no ser virgen.

—En nuestro país —dijo Sally—, casi ninguna mujer se casa hasta que tiene al menos dieciocho. Es ofensivo hablar de casarse con una chica de dieciséis.

—¡Disculpe! Debería haber imaginado que las jóvenes se desarrollan más despacio en el clima frío de Norteamérica. Pero aquí, a los dieciséis...

—¡Basta! —gritó Sally, tapándose los oídos con las manos—. ¡Ya está bien, don Alfonso, ya he tenido bastante de su conversación sobre sexo!

El anciano se encogió de hombros.

—Soy viejo, *curandera*, lo que significa que puedo decir y hacer las bromas que quiero. ¿No tienen esta tradición en América?

—En América la gente mayor no habla continuamente de sexo.

—¿De qué hablan?

—Hablan de sus nietos, del tiempo, de Florida..., esa clase de cosas.

Don Alfonso sacudió la cabeza.

—Qué aburrido debe de ser envejecer en América.

Sally se alejó y abrió la puerta de la cabaña, no sin antes lanzar a Tom una mirada furiosa. Tom la observó desaparecer irritado. ¿Qué había dicho o hecho él? Lo acusaba injustamente de sexista.

Don Alfonso se encogió de hombros y encendió de nuevo la pipa, y siguió hablando con voz potente.

—No lo comprendo. Ella tiene veintinueve años y está soltera. Su padre tendrá que pagar una buena dote para desembarazarse de ella. Y aquí está usted, casi un hombre viejo, que tampoco tiene mujer. ¿Por qué no se casan? ¿Es usted homosexual?

—No, don Alfonso.

—No hay ningún problema si lo es, Tomás. Chori le satisfará. No es exigente.

—No, gracias.

Don Alfonso sacudió la cabeza, asombrado.

—Entonces no lo entiendo. No debe dejar escapar sus oportunidades, Tomás.

—Sally —dijo Tom— está prometida a otro hombre.

Don Alfonso arqueó las cejas.

—Ah. ¿Y dónde está ese hombre ahora?

—En América.

—¡Es imposible que la quiera!

Tom hizo una mueca, echando un vistazo a la cabaña. La voz de don Alfonso tenía una cualidad especial para que la transportara el viento.

De la cabaña salió la voz de Sally:

—Él me quiere y yo le quiero a él, y agradecería que os callarais los dos.

Se oyó un disparo de rifle en el bosque y don Alfonso se levantó.

—Ahí va el segundo plato.

Cogió su machete y se dirigió hacia el sonido.

Tom se levantó y entró en la cabaña. Encontró a Sally atando hierbas a una de las estacas de dentro.

—Don Alfonso es un viejo verde y un cerdo sexista —dijo acalorada—. Y tú eres igual que él.

—Nos está llevando al pantano Meambar.

—No me gustan sus comentarios. Ni ver cómo tú los apruebas con una sonrisa de complicidad.

—No puedes pedirle que esté al corriente del último discurso feminista políticamente correcto.

—No le he oído decir que tú también eres demasiado viejo para casarte..., y tienes cuatro años más que yo. Solo la mujer es demasiado mayor para casarse.

—Relájate, Sally.

—No me da la gana.

La voz de don Alfonso interrumpió la respuesta de Tom.

—¡El primer plato está listo! Loro con yuca. Y de segundo, filetes de tapir. Todo saludable y suculento. ¡Dejen de discutir y vengan a comer!

25

—*Buenas tardes* —murmuró Ocotal, sentándose al lado de Philip junto al fuego.

—*Buenas tardes* —dijo Philip, sacándose la pipa de la boca sorprendido. Era la primera vez que Ocotal le dirigía la palabra en todo el viaje.

Habían llegado a un gran lago al borde del pantano y habían acampado en una isla arenosa en la que había una playa. Los insectos habían desaparecido, el aire era puro y por primera vez en una semana Philip veía más allá de seis metros. La única pega era que el agua que lamía la orilla era del color del café. Como siempre, Hauser había salido a cazar con un par de soldados mientras los demás se quedaban sentados junto al fuego, jugando a las cartas. El calor y la luz dorada verdusca de media tarde creaban una atmósfera soporífera. Era un lugar realmente agradable, pensó Philip.

Ocotal se inclinó bruscamente y dijo:

—Anoche oí hablar a los soldados.

Philip arqueó las cejas.

—¿Y?

—No reaccione ante lo que le digo. Van a matarlo —dijo en voz tan baja y tan deprisa que Philip casi creyó no haberlo oído bien. Permaneció allí sentado anonadado mientras asimilaba las palabras.

—A mí también me van a matar —continuó Ocotal.

—¿Está seguro?

Ocotal asintió.

Presa de pánico, Philip reflexionó. ¿Era de fiar Ocotal? ¿Podía tratarse de un malentendido? ¿Por qué Hauser iba a querer matarlo? ¿Para robarle la herencia? Era totalmente posible. Hauser no era ningún santo. Con el rabillo del ojo vio cómo los soldados seguían jugando a las cartas, con las armas apoyadas contra un árbol. Por otro lado, parecía imposible. Era como salido de una película. Hauser ya iba a ganar un millón de dólares. Nadie mataba por matar, ¿o sí?

—¿Qué piensa hacer usted?

—Robar un bote y huir. Esconderme en el pantano.

—¿Ahora mismo?

—¿Quiere esperar?

—Pero los soldados están allí. Nunca lograremos huir. ¿Qué oyó decir a los soldados que le hizo pensar eso? Podría tratarse de un malentendido.

—Escuche, subnormal —siseó Ocotal—. No tenemos tiempo. Yo me voy ahora. Si viene, hágalo ya. Si no, adiós.

Se levantó despacio, perezosamente, y echó a andar hacia la playa donde se encontraban las canoas. Asustado, Philip desvió la mirada de él a los soldados. Seguían jugando a las cartas, ajenos. Desde donde estaban sentados, al pie de un árbol, no se veían las canoas.

¿Qué debía hacer? Estaba paralizado. De golpe y porrazo le habían impuesto una decisión monumental. Era una locura. ¿Podía Hauser tener realmente tanta sangre fría? ¿Trataba Ocotal de jugarle una mala pasada?

Ocotal caminaba sin prisas por la playa, levantando despreocupadamente la vista hacia los árboles. Se detuvo junto a una canoa y con una rodilla, despacio y sin dar la impresión de hacerlo, empezó a empujarla hacia el agua.

Todo ocurría muy deprisa. En realidad todo dependía de qué

clase de hombre era Hauser. ¿Era realmente capaz de asesinar? No era un hombre agradable, era cierto. Había algo enigmático en él. Philip de pronto recordó el placer con que había decapitado el agutí, la sonrisa en sus labios cuando vio la sangre en la camisa de Philip, la forma en que había dicho: «Ya lo descubrirá».

Ocotal ya tenía el bote en el agua y con un movimiento ágil se subió a él, cogió la pértiga y se dispuso a alejarlo de la orilla.

Philip se levantó y se dirigió rápidamente a la playa. Ocotal ya estaba a cierta distancia de la orilla, listo para impulsar la canoa hacia la corriente. Se detuvo el tiempo justo para que Philip se acercara caminando por el agua y subiera. Luego, tensando los músculos de la espalda, clavó la pértiga en el fondo arenoso y sin hacer ruido impulsó la canoa hacia el pantano.

26

A la mañana siguiente terminó el buen tiempo. Se habían acumulado nubes, los truenos sacudían las copas de los árboles y llovía torrencialmente. Cuando Tom y su compañía reemprendieron el viaje, la superficie del río estaba gris y espumosa bajo la fuerza de un violento aguacero; el ruido de la lluvia entre la vegetación era ensordecedor. El laberinto de ramales que seguían parecía hacerse cada vez más estrecho e intrincado. Tom nunca había visto un pantano tan espeso, tan laberíntico, tan impenetrable. Apenas podía creer que don Alfonso supiera por dónde ir.

Hacia la tarde dejó repentinamente de llover, como si hubieran cerrado un grifo. Durante varios minutos siguió cayendo agua por los troncos de los árboles, con un ruido semejante al de una cascada, dejando la selva brumosa, goteante y silenciosa.

—Han vuelto los insectos —dijo Sally, dando manotazos.

—*Jejenes*. Moscas negras —dijo don Alfonso, encendiendo su pipa y rodeándose de una desagradable nube azul—. Se llevan un trozo de nuestra carne consigo. Están hechos del aliento del mismísimo diablo después de una noche de beber *aguardiente* de pésima calidad.

De vez en cuando el camino se veía obstruido por lianas y raíces aéreas que crecían en lo alto, formando gruesas cortinas de vegetación que caían sobre la misma superficie del agua. Pingo seguía en la parte delantera, cortándolas con el machete, mientras

Chori manejaba la pértiga en la parte trasera. Cada golpe de machete desalojaba ranas, insectos y otras criaturas que caían al agua proporcionando un banquete a las pirañas de abajo, que se revolvían furiosas alrededor de cada desdichado animal. Pingo, flexionando los grandes músculos de su espalda, cortaba a izquierda y derecha, arrojando al agua la mayor parte de lianas y flores colgantes. En un ramal particularmente estrecho, mientras abría el camino a machetazos, soltó un grito repentino:

—*Heculu.*

—*¡Avispas!* —gritó don Alfonso, acuclillándose y poniéndose el sombrero—. ¡No se muevan!

De la vegetación colgante salió una nube negra y compacta, y Tom, acuclillado y cubriéndose la cabeza, sintió inmediatamente en la espalda un tatuaje de picaduras feroces.

—No las ahuyenten con manotazos —gritó don Alfonso—. ¡Harán que se enfaden!

No podían hacer otra cosa que esperar a que las abejas terminaran de picarles. Se fueron tan deprisa como habían llegado, y Sally trató las picaduras con más savia del gumb limbo. Reanudaron la marcha.

Hacia el mediodía se oyó un ruido extraño en el dosel sobre sus cabezas. Era como un millar de chasquidos de lengua, como un montón de niños chupando caramelos, solo que más fuerte, y acompañado de crujidos de ramas que aumentaron de volumen hasta que sonaron como un viento repentino. Aparecieron unas formas negras que apenas se veían a través de las hojas.

Chori dejó la pértiga y al instante tuvo en la mano un pequeño arco con una flecha que apuntó hacia el cielo, tenso y listo para disparar.

—*Mono chucuto* —susurró don Alfonso a Tom.

Antes de que Tom pudiera decir nada, Chori había disparado su arco. Hubo una repentina conmoción por encima de sus cabezas y de las ramas cayó un mono negro medio vivo que se deslizó a través del follaje tratando de asirse hasta aterrizar en el agua a metro y medio de la canoa. Chori se levantó de un salto y sacó del agua el montón de pelo negro justo antes de que un gran remolino debajo de él les informara de que otra criatura había tenido la misma idea.

—*Ehi! Ehi!* —exclamó sonriendo de oreja a oreja—. *Uakaris!* Ñam ñam.

—¡Hay dos! —dijo don Alfonso, muy emocionado—. Esto sí que ha sido un golpe de suerte, Tomasito. Es una madre con su hijo.

La cría de mono seguía aferrada a la madre, chillando aterrada.

—¿Un mono? ¿Ha disparado a un mono? —preguntó Sally casi gritando.

—Sí, *curandera*, ¿no hemos tenido suerte?

—¿Suerte? ¡Es horrible!

Don Alfonso puso cara larga.

—¿No le gusta el mono? Los sesos de este mono son una verdadera exquisitez cuando los asas ligeramente en el cráneo.

—¡Nosotros no comemos mono!

—¿Por qué no?

—Vamos, es... prácticamente canibalismo. —Sally se volvió hacia Tom—. ¡No puedo creer que le dejaras disparar a un mono!

—Yo no le he dejado disparar.

Chori, sin entender nada y sonriendo aún orgulloso, arrojó el mono al suelo de la barca frente a ellos. El animal se quedó mirándolos fijamente, con los ojos vidriosos y la lengua medio fuera. La cría saltó del cuerpo sin vida de su madre y se acurrucó aterrorizada, con las manos en la cabeza, emitiendo un grito agudo.

—*Ehi! Ehi!* —dijo Chori, alargando la mano para coger la cría con una mano mientras con la otra alzaba el machete, listo para darle el golpe de gracia.

—¡No! —Tom tomó la cría en sus brazos, que se acurrucó y dejó de gritar. Chori, con el machete medio alzado, lo miró sorprendido.

Don Alfonso se echó hacia delante.

—No lo entiendo. ¿Qué ha dicho de canibalismo?

—Don Alfonso —dijo Tom—, nosotros consideramos que los monos son casi humanos.

Don Alfonso habló bruscamente a Chori, cuya sonrisa desapareció con una expresión decepcionada. Luego se volvió hacia ellos.

—No sabía que los monos son sagrados para los norteamericanos. Y es cierto que son casi humanos, si no fuera porque Dios les puso manos en los pies. Lo siento. De haberlo sabido no habría permitido que lo mataran. —Habló con severidad a Chori y la canoa siguió avanzando. Luego recogió el cuerpo de la madre y lo arrojó al agua; desapareció con un remolino.

Tom sintió cómo el mono se acurrucaba con más fuerza contra el pliegue de su codo, gimiendo y escondiéndose en busca de calor. Bajó la vista. Lo miraba con una cara diminuta y los ojos muy abiertos, tendiéndole una mano minúscula. Era muy pequeño, no medía más de veinte centímetros y pesaba menos de dos kilos. Tenía el pelo suave y corto, ojos castaños, nariz diminuta y rosa, pequeñas orejas humanas y cuatro manos minúsculas con dedos delicados y delgados como palillos.

Tom vio a Sally mirarlo sonriendo.

—¿Qué?

—Parece que tienes un nuevo amigo.

—Ah, no.

—Ah, sí.

El pequeño mono se había recuperado del pánico, y salió de los brazos de Tom y empezó a hurgarle el pecho. Deslizaba sus pequeñas manos negras entre los pliegues de su ropa mientras chasqueaba la lengua.

—Te está buscando liendres —dijo Sally.

—Espero que quede decepcionado.

—Mire, Tomás —dijo don Alfonso—, cree que usted es su madre.

—¿Cómo son capaces de comerse esta bonita criatura? —preguntó Sally.

Don Alfonso se encogió de hombros.

—Todas las criaturas del bosque son bonitas, *curandera*.

Tom sentía cómo el mono le hurgaba dentro de la camisa. Trepó por él, utilizando los botones como puntos de apoyo, y levantó la solapa del gigantesco bolsillo estilo explorador. Rebuscó dentro con una mano chasqueando de nuevo la lengua, luego se introdujo en él y dio vueltas hasta ponerse cómodo. Se quedó allí con los brazos cruzados, mirando alrededor con la nariz ligeramente levantada.

Sally aplaudió riéndose.

—Oh, Tom, le gustas mucho.

—¿Qué comen? —preguntó Tom a don Alfonso.

—De todo. Insectos, hojas, gusanos. No tendrá ningún problema para dar de comer a su nuevo amigo.

—¿Quién ha dicho que es responsabilidad mía?

—Él le ha elegido, Tomasito. Ahora le pertenece a él.

Tom bajó la vista hacia el mono, que miraba alrededor como un pequeño lord supervisando sus dominios.

—Es un mamoncete peludo —dijo Sally en inglés.

—Mamón Peludo. Así es como lo llamaremos.

Esa tarde, en un laberinto de ramales particularmente intricado, don Alfonso hizo detener la canoa y pasó más de diez minutos examinando el agua, probándola, dejando caer bolas de papel y observando cómo se hundían. Finalmente se irguió.

—Hay un problema.

—¿Nos hemos perdido? —preguntó Tom.

—No. Se han perdidos ellos.

—¿Quiénes?

—Uno de sus hermanos. Tomaron ese ramal a la izquierda, que lleva a la Plaza Negra, el corazón podrido del pantano donde viven los demonios.

El ramal serpenteaba entre enormes troncos y cortinas de lianas, y sobre la superficie negra del agua seguía flotando una bruma verdosa. Parecía como un sendero acuático al infierno.

«Debe de ser Vernon», pensó Tom. Vernon siempre se perdía, literal y figurativamente.

—¿Hace cuánto tiempo?

—Al menos una semana.

—¿Hay algún lugar cerca de aquí para acampar?

—Hay una pequeña isla a menos de medio kilómetro.

—Pararemos allí y descargaremos —dijo Tom—. Dejaremos a Pingo y a Sally montando el campamento mientras usted, Chori y yo salimos de nuevo en busca de mi hermano. No hay tiempo que perder.

Atracaron en una isla anegada de barro mientras caía sobre ellos una lluvia tan torrencial que parecía más bien una cascada. Don Alfonso gesticuló y gritó mientras supervisaba cómo descargaban e indicaba los suministros que iban a necesitar en su viaje.

—Estaremos fuera dos o tres días —dijo Alfonso—. Debemos estar preparados para pasar varias noches en la canoa. Podría llover.

—No habla en serio —dijo Sally.

Tom entregó el mono a Sally.

—Cuídalo mientras estoy fuera, ¿quieres?

—Por supuesto.

La canoa se alejó. Tom observó a Sally bajo el aguacero, una vaga figura cada vez más borrosa.

—Ten cuidado, Tom —gritó ella en el preciso momento en que desaparecía.

Chori manejaba la pértiga con vigor y la embarcación descargada avanzó más deprisa por el ramal. Al cabo de cinco minutos Tom oyó crujir los árboles por encima de él, y vio rebotar de rama en rama una pequeña pelota negra hasta que aterrizó en su cabeza, gritando como un alma en pena. Era Mamón Peludo.

—Bribón, no has tardado mucho en escapar —dijo Tom, metiéndose al pequeño mono en el bolsillo, donde se acurrucó y calló al instante.

La canoa se adentró aún más en el pútrido pantano.

27

La tormenta alcanzó su máxima furia cuando la canoa llegó al ramal que conducía a la Plaza Negra. Los relámpagos y los truenos retumbaban a través de la selva, a veces con apenas unos segundos de diferencia, como una descarga de artillería. Las copas de los árboles, a sesenta metros por encima de sus cabezas, se sacudían y agitaban.

Enseguida el ramal se dividió en un laberinto de bifurcaciones poco profundas que serpenteaban entre trémulas extensiones de barro hediondo. Don Alfonso se detenía de vez en cuando para buscar marcas de pértigas en el fondo poco profundo. La lluvia torrencial no cesaba y se hizo de noche de forma tan imperceptible que Tom se sobresaltó cuando don Alfonso propuso hacer un alto.

—Dormiremos en la canoa como salvajes —dijo—. Este es un buen lugar para pararnos ya que no hay ramas grandes sobre nuestras cabezas. No quiero despertarme con el aliento fétido de un jaguar. Debemos procurar no morir aquí, Tomasito, porque nuestras almas nunca encontrarían la salida.

—Haré todo lo posible.

Tom se envolvió en su mosquitera, se instaló entre el montón de pertrechos y trató de dormir. Por fin dejó de llover, pero él seguía calado hasta los huesos. La selva se llenó del ruido de gotas de agua puntuado por los aullidos, gemidos y gritos ahogados de los animales, algunos de ellos casi humanos. Tal vez *eran* humanos, las almas perdidas de las que había hablado don Alfonso. Tom pensó en su hermano Vernon perdido en ese pantano, tal vez enfermo o incluso agonizando. Lo recordó de niño, siempre con una expresión esperanzada, afable y perpetuamente perdida. Se entregó a una turbulenta noche de sueños.

Al día siguiente encontraron el cadáver. Flotaba en el agua, un fardo de rayas rojas y blancas. Chori condujo la barca hacia él. El bulto resultó ser una camisa mojada inflada por los gases de la descomposición. Mientras la canoa se acercaba se elevó de él una nube de moscas furiosas.

Con cuidado, Chori colocó la canoa a lo largo. Alrededor del cadáver flotaban una docena de pirañas muertas, con los ojos vidriosos, las bocas abiertas. Lloviznaba.

Tenía el pelo corto y negro. No era Vernon.

Don Alfonso dijo algo y Chori dio unos golpecitos al cuerpo con la pértiga. El gas escapó de debajo de la camisa mojada con un gorgoteo y se elevó un olor hediondo. Chori colocó la pértiga debajo del cadáver y, haciendo palanca, le dio la vuelta. Las moscas se alzaron furiosas. El agua bullía y se agitaba lanzando destellos plateados a medida que los peces que acababan de atracarse huían de debajo del cuerpo asustados.

Tom se quedó mirando horrorizado el cadáver, si podía describirse así, que ahora flotaba boca arriba en el agua. Las pirañas le habían arrancado la cara junto con todo el lado ventral del cuerpo, dejando solo los huesos. La nariz había quedado reducida a mordiscos a un consumido trozo de cartílago; no tenía labios ni lengua, y la boca era un orificio. Un pececillo atrapado en la cuenca del ojo se sacudía tratando de escapar. El olor a descomposición lo golpeó como un trapo mojado. El agua empezó a arremolinarse a medida que los peces empezaban a atacar el costado intacto. Salieron a la superficie trozos de la camisa.

—Es uno de esos chicos de Puerto Lempira —dijo don Alfonso—. Le mordió una serpiente venenosa cuando se cepillaba los dientes y lo abandonaron aquí.

—¿Cómo sabe que lo mató una serpiente? —preguntó Tom.

—¿Ve las pirañas muertas? Comieron la carne próxima a la mordedura de la serpiente y se envenenaron, y lo mismo les ocurrirá a los animales que los coman a ellos.

Chori alejó el cadáver con la pértiga y siguieron avanzando.

—Este no es buen lugar para morir. Debemos salir de aquí antes de que anochezca. No quiero encontrarme esta noche con el fantasma de ese hombre de Lempira en mis sueños, preguntándome el camino.

Tom no respondió. Le había afectado la visión del cadáver. Trató de combatir un presentimiento. Vernon, nervioso y desorganizado, sería un caso perdido. Podía estar hasta muerto.

—No sé por qué no dan media vuelta y se largan de este lugar. A lo mejor se les ha metido un demonio en la canoa y les está susurrando mentiras al oído.

Siguieron avanzando, pero era un trabajo lento. El pantano no se acababa nunca y la canoa rozaba el fondo lodoso y se encallaba a menudo, obligándolos a bajarse de ella y empujar. A menudo tenían que volver sobre sus pasos, una y otra vez, siguiendo ramales sinuosos. Hacia media tarde don Alfonso alzó una mano; Chori levantó la pértiga y escucharon. Tom alcanzó a oír a lo lejos una voz angustiada: alguien pedía socorro histérico.

Se levantó de un salto y, haciendo bocina con las manos, gritó:

—¡Vernon!

Se produjo un silencio repentino.

—¡Vernon! ¡Soy yo, Tom!

Se oyó una salva de gritos desesperados que resonaron a través de los árboles, distorsionados e ininteligibles.

—Es él —dijo Tom—. Deprisa.

Chori impulsó de nuevo la canoa con la pértiga y Tom no tardó en ver a la luz crepuscular del pantano la vaga silueta de otra canoa. En la popa había una persona gritando y gesticulando. Era Vernon. Estaba histérico, pero al menos se sostenía en pie.

—¡Más deprisa! —gritó Tom.

Chori siguió avanzando. Alcanzaron la canoa y Tom subió a la suya a Vernon, quien se desplomó en sus brazos.

—Dime que no estoy muerto —gritó.

—Estás bien, no estás muerto. Estamos aquí.

Vernon se echó a llorar. Tom, sosteniendo a su hermano, tuvo de pronto una sensación de *déjà vu*, el recuerdo de un día que Vernon había llegado a casa del colegio perseguido por un grupo de niños violentos. Se había arrojado de esa misma manera a los brazos de Tom, aferrándolo y llorando histérico, agitando su cuerpo delgaducho. Tom había tenido que salir a enfrentarse con ellos; Tom, el hermano menor, librando las luchas de su hermano mayor.

—Tranquilo —dijo Tom—. Tranquilo. Estamos aquí. Estás a salvo.

—Gracias a Dios. Gracias a Dios. Estaba convencido de que había llegado el fin... —Se interrumpió ahogándose de la emoción.

Tom lo ayudó a sentarse. Se sorprendió al ver su aspecto. Tenía la cara y el cuello hinchados de picaduras y mordeduras, y cubiertos de sangre de tanto rascarse. Llevaba ropa indescriptiblemente mugrienta, y el pelo enmarañado y sucio; estaba aún más delgado que de costumbre.

—¿Estás bien? —preguntó Tom.

Vernon asintió.

—Aparte de que me han devorado vivo, estoy bien. Solo asustado. —Se secó la cara con una manga sucia que dejó más mugre que la que quitó y se atragantó con otro sollozo.

Tom miró a su hermano unos momentos. Su estado mental le preocupaba más que el físico. Tan pronto como regresaran al campamento lo enviaría con Pingo de vuelta a la civilización.

—Don Alfonso —dijo Tom—, demos media vuelta y salgamos de aquí.

—Pero el maestro... —dijo Vernon.

Tom se detuvo.

—¿El maestro?

Vernon señaló con la cabeza la canoa.

—Está enfermo.

Tom se inclinó y bajó la mirada. Por un saco de dormir empapado en el suelo de la canoa, casi oculta entre el caos de provisiones y suministros mojados, asomaba la cara hinchada de un hombre de pelo blanco y barba. Estaba totalmente consciente y le sostuvo la mirada con unos ojos azules siniestros, sin decir nada.

—¿Quién es?

—Mi maestro del ashram.

—¿Qué demonios está haciendo aquí?

—Hemos venido juntos.

El hombre miraba fijamente a Tom.

—¿Qué le pasa?

—Cogió una fiebre. Dejó de hablar hace dos días.

Tom sacó el botiquín de entre las provisiones y subió a la otra canoa. El maestro seguía con la mirada cada uno de sus movimientos. Tom se inclinó y le puso una mano en la frente. Ardía; tenía por lo menos cuarenta grados. El pulso era débil y rápido. Lo auscultó con un estetoscopio. Los pulmones parecían despejados y el corazón latía con normalidad, aunque muy deprisa. Le inyectó un antibiótico de amplio espectro y un antipalúdico. Sin acceso a ninguna clase de prueba de diagnóstico, eso era todo lo que podía hacer.

—¿Qué clase de fiebre tiene? —preguntó Vernon.

—Es imposible saberlo sin un análisis de sangre.

—¿Va a morir?

—No lo sé. —Tom se cambió al español—. Don Alfonso, ¿tiene alguna idea de qué enfermedad tiene este hombre?

Don Alfonso se subió al bote y se inclinó sobre el hombre. Le dio unos golpecitos en el pecho, le miró a los ojos, le tomó el pulso y le examinó las manos, luego levantó la vista.

—Sí, conozco bien esta enfermedad.

—¿Cuál es?

—Se llama muerte.

—No —dijo Vernon agitado—. No diga eso. No se está muriendo.

Tom lamentó haber pedido a don Alfonso su opinión.

—Lo llevaremos de vuelta al campamento. Chori puede manejar esta canoa y yo manejaré la nuestra. —Tom se volvió hacia Vernon—. Hemos encontrado a un guía muerto allá atrás. ¿Dónde está el otro?

—Un jaguar cayó sobre él de noche y se lo llevó consigo a un árbol. —Vernon se estremeció—. Oímos los gritos y el crujir de huesos. Fue... —Terminó la frase atragantándose—. Tom, sácame de aquí.

—Lo haré —dijo Tom—. Te enviaremos a ti y al maestro de vuelta a Brus con Pingo.

Llegaron de nuevo al campamento poco después de que se hiciera de noche. Vernon montó una de sus tiendas, y trasladaron al maestro de la canoa a ella. Este se negó a probar bocado y permaneció callado, mirándolos fijamente de la forma más inquietante. Tom se preguntó si seguía cuerdo.

Vernon insistió en pasar la noche con él en la tienda. A la mañana siguiente, cuando el sol alcanzaba las copas de los árboles, Vernon los despertó pidiendo a gritos socorro. Tom fue el primero en llegar. El maestro estaba sentado en su saco de dormir, muy agitado. Tenía la cara pálida y seca, y los ojos le brillaban como esquirlas de porcelana azul que se movían frenéticas de acá para allá, sin detenerse en nada. Trataba de asir el aire con las manos.

De pronto habló.

—¡Vernon! —gritó, buscando a tientas—. Oh, Dios mío, ¿dónde estás, Vernon? ¿Dónde estoy?

Con horror Tom comprendió que debía de haberse quedado ciego.

Vernon le cogió la mano y se arrodilló.

—Estoy aquí, maestro. Estamos en la tienda. Vamos a llevarle de nuevo a Estados Unidos. Se va a poner bien.

—¡Qué necio he sido! —exclamó el maestro, torciendo la boca con el esfuerzo de hablar y haciendo salir la saliva disparada.

—Por favor, maestro. No se excite, por favor. Estamos yendo a casa, de nuevo a Big Sur, al ashram...

—¡Lo tenía todo! —bramó el maestro—. Tenía dinero. Tenía adolescentes con las que follar. Tenía una casa junto al mar. Estaba rodeado de gente que me veneraba. Lo tenía todo. —Se le marcaban las venas de la frente. De la boca le caía saliva que le colgaba de la barbilla. Le temblaba todo el cuerpo con tal violencia que Tom creyó oír vibrar los huesos. Los ojos ciegos daban vueltas frenéticos como bolas de una máquina del millón.

—Vamos a llevarle a un hospital, maestro. No hable, todo va a salir bien, ya lo verá...

—¿Y qué hice? ¡Ja! ¡No me bastó! ¡Como un estúpido quise más! ¡Quise cien millones de dólares más! ¡Y mira qué ha sido de mí! —Bramó esas últimas palabras y, una vez las hubo pronunciado, se recostó pesadamente, y el cuerpo al alcanzar el suelo sonó como un pez muerto. Yació allí, con los ojos desmesuradamente abiertos, pero el brillo en ellos desapareció.

Había muerto.

Vernon se quedó mirándolo horrorizado, incapaz de hablar. Tom le rodeó los hombros con el brazo y se dio cuenta de que temblaba. Había sido una muerte desagradable.

Don Alfonso también temblaba con violencia.

—Debemos irnos —dijo—. Ha venido un espíritu maligno para llevarse a ese hombre y él no quería irse.

—Prepare una de las canoas para regresar —dijo Tom a don Alfonso—. Pingo llevará a Vernon de nuevo a Brus mientras nosotros continuamos..., si no tiene usted inconveniente.

Don Alfonso asintió.

—Es mejor así. El pantano no es un lugar para su hermano. —Empezó a gritar órdenes a Chori y a Pingo, que se movieron deprisa, igual de aterrados e impacientes por marcharse.

—No lo entiendo —dijo Vernon—. Era un hombre tan bueno... ¿Cómo ha podido morir así?

A Vernon siempre lo embaucaban los estafadores, pensó Tom, tanto financieros como emocionales o espirituales. Pero ese no era el momento para señalárselo.

—A veces creemos conocer a alguien cuando en realidad no lo hacemos —dijo.

—He pasado tres años con él. Le conocía. Debe de haber sido la fiebre. Deliraba, estaba fuera de sí. No sabía lo que decía.

—Enterrémoslo y sigamos.

Vernon se puso a cavar una tumba, y Tom y Sally se unieron a él. Despejaron una pequeña extensión detrás del campamento, cortaron las raíces con el hacha de Chori y cavaron un hoyo. En veinte minutos habían cavado una tumba poco profunda en el barro duro. Arrastraron el cuerpo sin vida del maestro hasta el hoyo, lo tendieron en él y lo cubrieron con una capa de tierra, luego llenaron la tumba de rocas grandes y lisas de la orilla del río. Don Alfonso, Chori y Pingo ya estaban en las canoas, inquietos, esperando para marcharse.

—¿Estás bien? —preguntó Tom, rodeando a su hermano con el brazo.

—He tomado una decisión —dijo Vernon—. No quiero volver. Voy a continuar contigo.

—Todo está arreglado, Vernon.

—¿Qué me espera? Estoy sin blanca y ni siquiera tengo coche. Y volver al ashram está descartado.

—Ya se te ocurrirá algo.

—Ya se me ha ocurrido. Voy con vosotros.

—No estás en condiciones de acompañarnos. Has estado a punto de morir.

—Es algo que debo hacer —dijo Vernon—. Ya estoy bien.

Tom vaciló, preguntándose si Vernon estaba realmente bien.

—Por favor, Tom.

Había tal intensidad en la voz suplicante de Vernon que Tom se sorprendió, y a pesar de sí mismo, se alegró. Sujetó a Vernon por el hombro.

—Está bien, lo haremos juntos, como quería padre.

Don Alfonso aplaudió.

—¿Ya han hablado bastante? ¿Nos vamos?

Tom asintió y don Alfonso dio la orden de ponerse en marcha.

—Ahora que tenemos dos botes —dijo Sally— yo también manejaré la pértiga.

—¿La pértiga? Eso es trabajo de hombre.

—Don Alfonso, es usted un cerdo sexista.

Don Alfonso arrugó la frente.

—¿Cerdo sexista? ¿Qué clase de animal es ese? ¿Acaba de insultarme?

—Ya lo creo —dijo Sally.

Don Alfonso dio un buen impulso a su bote con la pértiga y este se deslizó hacia delante. Sonrió.

—Pues me alegro. Siempre es un honor que te insulte una mujer guapa.

28

Marcus Aurelius Hauser se examinó la pechera de su camisa blanca y, al ver trepar un pequeño escarabajo por ella, lo arrancó, lo aplastó entre sus oblongos y planos pulgar e índice con un gratificante chasquido y lo arrojó lejos. Se volvió hacia Philip Broadbent. Todo ese aire de superioridad, esa delicada afectación, habían desaparecido. Philip estaba acuclillado, con las manos y los pies sujetos con grilletes, mugriento, cubierto de picaduras y sin afeitar. Era vergonzoso ver cómo ciertas personas eran incapaces de mantener la higiene personal en la selva.

Lanzó un vistazo hacia donde tres de sus soldados sujetaban al guía, Orlando Ocotal. Ocotal le había causado considerables problemas. No habían logrado escapar por los pelos, y Hauser solo lo había impedido con una persecución de lo más tenaz. Habían perdido todo un día. El error fatal de Ocotal había sido suponer que un gringo, un *yanqui*, no sabría seguir su rastro por el pantano. Era evidente que no había oído hablar de un lugar llamado Vietnam.

Mucho mejor. Ahora había salido a la luz. De todos modos ya casi habían cruzado el pantano y Ocotal ya no les era útil. El escarmiento que iba a dar a Ocotal también serviría a Philip.

Hauser inhaló el denso aire de la selva.

—¿Te acuerdas, Philip, de cuando cargamos las barcas? Quisiste saber para qué eran todas esas esposas y cadenas.

Philip no respondió.

Hauser recordó que le había explicado que las esposas eran una poderosa arma psicológica para manejar a los soldados, una especie de calabozo portátil. Por supuesto, nunca las utilizaría.

—Ahora ya lo sabes —dijo—. Eran para ti.

—¿Por qué no me mata y acaba de una vez?

—Cada cosa a su tiempo. Uno no mata tan a la ligera al último de una familia.

—¿Qué quiere decir con eso?

—Me encanta que me lo preguntes. En pocas palabras, me ocuparé de tus dos hermanos, que están detrás de nosotros en el pantano. Cuando se haya extinguido el último de los Broadbent, me haré con lo que es mío.

—Es usted un psicópata.

—Soy un ser humano racional que repara un gran agravio que una vez se cometió contra él, gracias.

—¿Cuál fue ese agravio?

—Tu padre y yo éramos socios. Él me privó de mi parte del botín desde su primer gran hallazgo.

—Eso fue hace cuarenta años.

—Lo que solo agrava el delito. Mientras yo bregaba durante cuarenta años para ganarme la vida, tu padre se rodeó de lujo.

Philip forcejeó, haciendo sonar sus cadenas.

—Es maravilloso ver cómo se han vuelto las tornas. Hace cuarenta años tu padre me arrebató una fortuna. Yo fui a un lugar encantador llamado Vietnam mientras él se hacía rico. Ahora yo voy a recuperarlo todo con creces. La ironía de ello es deliciosa. Y pensar que tú mismo me lo pusiste en bandeja de plata, Philip...

Philip no dijo nada.

Hauser volvió a aspirar. Le encantaba el calor y le encantaba el aire de la selva. En ningún lugar se sentía tan sano ni tan lleno de vida como en ella. Solo faltaba el débil olor a napalm. Se volvió hacia uno de los soldados.

—Ahora nos ocuparemos de Ocotal. Vamos, Philip, no te lo pierdas.

Las dos canoas ya estaban cargadas, y los soldados subieron a empujones a Ocotal y a Philip a una de ellas. Pusieron en marcha los motores y se internaron en el laberinto de charcos y ramales del otro extremo del lago. Hauser se quedó en la proa, vigilando.

—Por allí.

Las canoas siguieron avanzado hasta que llegaron a una charca de agua estancada que al bajar el nivel del agua se había separado del cauce principal. Las pirañas, sabía Hauser, se habían concentrado en ella al disminuir el agua. Hacía mucho que se habían comido toda la comida disponible y ahora se devoraban unas a otras. Pobre del animal que cometía el error de adentrarse en uno de esos charcos de agua estancada.

—Apaguen el motor. Tiren el ancla.

Los motores se apagaron con un chisporroteo y el silencio que siguió solo se vio interrumpido por el ruido de las dos anclas de piedra al caer al agua.

Hauser se volvió y miró a Ocotal. Iba a ser interesante.

—Levántenlo.

Los soldados pusieron a Ocotal de pie. Hauser dio un paso al frente y lo miró a la cara. El indio, vestido con camisa y pantalones cortos occidentales, estaba erguido y sereno. Sus ojos no revelaban miedo ni odio. Era un indio tawahka, pensó Hauser, había demostrado ser una de esas personas desafortunadas a las que les mueven las nociones anticuadas del honor y la lealtad. A Hauser no le gustaban esas personas. Eran inflexibles y poco de fiar. Max había resultado ser así.

—Bien, don Orlando —dijo Hauser, poniendo un énfasis irónico en el tratamiento—. ¿Tiene algo que decir en su defensa?

El indio lo miró sin parpadear.

Hauser sacó su navaja.

—Sujétenlo bien.

Los soldados así lo hicieron. Tenía las manos atadas a la espalda y los pies sujetos con un nudo flojo.

Hauser abrió el pequeño cuchillo y afiló rápidamente la hoja con una piedra. La probó con el pulgar y sonrió. Luego alargó la mano hacia el pecho de Ocotal y le hizo un largo corte que traspasó la tela de la camisa hasta alcanzar la piel de debajo. No era un corte profundo, pero empezó a brotar sangre que dejó la tela caqui negra.

El indio no parpadeó.

Le hizo un segundo corte poco profundo en los hombros, y dos cortes más en los brazos y la espalda. El indio siguió sin revelar sus emociones. Hauser quedó impresionado. No había visto tanto aguante desde los tiempos en que interrogaban a los vietcong capturados.

—Esperaremos a que sangre un poco —dijo.

Esperaron. La camisa se oscureció de sangre. Un pájaro chilló en las profundidades de la selva.

—Tírenlo al agua.

Los tres soldados lo empujaron por la borda. Después del ruido al caer hubo un momento de calma, y a continuación el agua empezó a arremolinarse, despacio al principio, luego de forma más agitada, hasta que todo el charco borboteó. En el agua marrón se veían destellos plateados, como monedas dando vueltas, hasta que se elevó una nube roja que dejó el agua opaca. Salieron a la superficie trozos de tela caqui y pedazos de carne rosa que cabecearon en el agua agitada.

Continuó el borboteo unos cinco minutos enteros antes de que por fin cesara. Hauser se sintió satisfecho. Se volvió para ver la reacción de Philip y quedó complacido.

De hecho, muy complacido.

29

Durante tres días Tom y su grupo siguieron viajando a través del corazón del pantano a lo largo de una red de ramales que se comunicaban entre sí, acampando en islas de barro apenas un poco más altas que el nivel del agua, cocinando judías y arroz sobre fuegos humeantes de leña mojada porque Chori no conseguía cazar nada. A pesar de la lluvia incesante el agua había ido descendiendo, dejando a la vista troncos empapados que era preciso talar para continuar. Los acompañaba una permanente y maligna nube de moscas negras zumbantes.

—Creo que aceptaré esa pipa —dijo Sally—. Prefiero morir de cáncer que soportar esto.

Con una sonrisa de triunfo don Alfonso la sacó de su bolsillo.

—Ya verá cómo fumar le proporcionará una vida larga y feliz. Yo llevo fumando más de cien años.

Llegó de la selva un ruido profundo y resonante, como una tos humana pero más fuerte y más lenta.

—¿Qué es eso?

—Un jaguar. Y hambriento.

—Es asombroso cómo conoce la selva —observó Sally.

—Sí. —Don Alfonso suspiró—. Pero hoy día nadie quiere aprender nada de ella. A mis nietos y bisnietos lo único que les interesa es el fútbol y esas gruesas zapatillas blancas que te pudren los pies, las que tienen el pájaro a los lados y que hacen en esas fábricas de San Pedro Sula. —Señaló con una mueca los zapatos de Tom.

—¿Nikes?

—Sí. Cerca de San Pedro Sula hay pueblos enteros llenos de chicos a los que se les han podrido los pies y se les han caído a pedazos por llevarlas. Ahora tienen que caminar sobre palos.

—Eso no es cierto.

Don Alfonso sacudió la cabeza riendo con desaprobación. La canoa seguía avanzando a través de las cortinas de lianas que Pingo cortaba. Tom alcanzó a ver más adelante una porción de luz de sol, un rayo que caía de lo alto, y a medida que avanzaban vio un árbol gigante que había caído recientemente dejando un boquete en el dosel. El tronco cruzaba de lado a lado el cauce, impidiéndoles pasar. Era el árbol más grande que se habían encontrado hasta entonces.

Don Alfonso murmuró una maldición. Chori cogió su Pulashi y bajó de un salto de la proa y se subió al tronco. Asiéndose a la resbaladiza superficie con sus pies descalzos, empezó a cortarla, haciendo saltar las astillas. Al cabo de media hora había hecho en el tronco un tajo lo bastante profundo para que pasaran las barcas.

Se bajaron todos y empezaron a empujar. Al otro lado del tronco el agua era más profunda. Tom caminó por ella, y al ver que le llegaba a la altura de la cintura, trató de no pensar en el pez palillo, las pirañas y todas las enfermedades que se agazapaban en esa agua semejante a sopa.

Tenía a Vernon frente a él, asido a la borda y empujando la canoa, cuando vio a su derecha una lenta ondulación en el agua oscura. Oyó al mismo tiempo el grito desgarrador de don Alfonso:

—¡Anaconda!

Se subió con dificultad a la canoa, pero Vernon fue una fracción de segundo demasiado lento. Hubo un remolino en el agua, una elevación repentina, y con un grito —que se detuvo en seco— Vernon desapareció en el agua marrón. El brillante lomo de la serpiente pasó por el lado de la embarcación, dejando ver brevemente un cuerpo del grosor de un tronco pequeño antes de hundirse y desaparecer.

—*Ehi!* ¡Se ha llevado a Vernito!

Tom se sacó el machete del cinturón y se zambulló en el agua. Moviendo los pies, se sumergió todo lo que pudo. No veía más allá de un palmo en el resplandor lodoso y marrón. Avanzó hacia el centro dando patadas con movimiento de tijera, buscando a tientas con su mano libre la serpiente. Tocó algo frío y resbaladizo, y le hizo un tajo antes de darse cuenta de que solo era un tronco hundido. Asiéndose a él, se dio impulso hacia delante, buscando desesperado la serpiente o a su hermano. Le iban a reventar los pulmones. Salió disparado a la superficie y volvió a sumergirse, avanzando a tientas. ¿Dónde estaba la serpiente? ¿Cuánto tiempo había transcurrido? ¿Un minuto? ¿Dos? ¿Cuánto tiempo podría sobrevivir Vernon? La desesperación lo impulsaba a seguir avanzando y continuó su enloquecida búsqueda, tanteando entre los viscosos troncos hundidos.

Uno de los troncos se dobló de golpe bajo su mano. Era un tubo musculoso, duro como madera de caoba, pero sintió cómo la piel se movía y cómo se contraían los músculos.

Hundió hasta el fondo el machete en la blanda panza. Durante un segundo no pasó nada; luego la serpiente se sacudió con un movimiento semejante a un látigo que lo arrojó hacia atrás en el agua, haciéndole soltar el aire en una violenta explosión de burbujas. Logró salir a la superficie para tomar más aire. La superficie bullía con las sacudidas de la serpiente. Se dio cuenta de que ya no tenía el machete en la mano. De pronto emergieron pliegues de la serpiente enroscada en un arco brillante, y por un momento apareció la mano de Vernon, con el puño cerrado, seguida de su cabeza. Un grito ahogado y desapareció.

—¡Otro machete!

Pingo le arrojó uno con la empuñadura por delante. Tom lo cogió al vuelo y empezó a clavarlo en los pliegues que azotaban la superficie del agua.

—¡La cabeza! —gritó don Alfonso desde el bote—. ¡Busque la cabeza!

¿Dónde estaba la cabeza en esa masa de serpiente? Tom tuvo una idea repentina y clavó el machete en la serpiente una, dos veces, haciéndola encolerizar; y de pronto salió del agua la cabeza de la bestia, fea y pequeña, con una boca blindada y ojos como rendijas, buscando la causa de su tormento. Se abalanzó con la boca abierta sobre Tom, quien introdujo el machete en la cavidad rosa y lo clavó en la garganta del monstruo. Este se sacudió, se retorció y cerró la mandíbula, pero Tom, que asía la empuñadura, no la soltó ni al sentir los mordiscos en el brazo, y retorció el machete una y otra vez. Sintió cómo cedía la carne de dentro, y el repentino chorro de fría sangre del reptil; la cabeza empezó a sacudirse de un lado para otro, casi arrancándole el brazo de cuajo. Aunando las pocas fuerzas que le quedaban Tom retorció el machete una vez más, y la hoja salió por detrás de la cabeza de la serpiente. Volvió a retorcerlo y sintió en las fauces de la serpiente un temblor espasmódico al decapitarla desde dentro. Le abrió la boca haciendo palanca con la otra mano e introdujo el brazo, buscando frenético a su hermano en medio del agua que seguía bullendo.

Vernon salió de pronto a la superficie, boca abajo. Tom le dio la vuelta. Tenía la cara roja, los ojos cerrados. Parecía muerto. Lo arrastró a través del agua hasta la canoa, y Pingo y Sally lo subieron. Tom cayó dentro detrás de él y perdió el conocimiento.

Sally estaba inclinada sobre él cuando volvió en sí; su pelo rubio se balanceaba sobre él como una cascada mientras le limpiaba las marcas de los dientes del brazo, frotándolas con algodón empapado en alcohol. Le habían rasgado la camisa por encima del codo y tenía profundas marcas en el brazo, de las que brotaba sangre.

—¿Vernon...?

—Está bien —dijo Sally—. Don Alfonso lo está atendiendo. Solo ha tragado agua y tiene una fea mordedura en el muslo.

Él trató de incorporarse. Le ardía el brazo. Las moscas negras se arremolinaban más que nunca alrededor de él y las inhalaba cada vez que respiraba. Ella lo empujó con suavidad hacia atrás con una mano en el pecho.

—No te muevas. —Dio una calada a su pipa y exhaló el humo alrededor de él, ahuyentando las moscas negras—. Por suerte para ti las anacondas tienen los dientes pequeños. —Siguió frotándolo.

—Ay. —Tom se recostó y levantó la mirada hacia el dosel que se deslizaba sobre sus cabezas. No se veía ni una pizca de cielo azul por ninguna parte. Las hojas lo cubrían todo.

30

Tom pasó esa tarde tumbado en su hamaca, con el brazo vendado contra el pecho. Vernon se había recuperado bien y ayudaba alegremente a don Alfonso a hervir un ave desconocida que Chori había cazado para cenar. En el interior de la cabaña el aire era asfixiante, aun con los lados enrollados.

Solo habían transcurrido treinta días desde que Tom se había marchado de Bluff, pero parecía una eternidad. Sus caballos, las aisladas colinas de arenisca roja que se recortaban contra el cielo azul, el sol abrasador y las águilas que sobrevolaban San Juan... Todo parecía haberle ocurrido a otra persona. Era extraño... Se había ido a vivir a Bluff con Sarah, su prometida. A ella le gustaban los caballos y la naturaleza tanto como a él, pero Bluff había resultado demasiado tranquilo para ella, y un día había metido sus cosas en su coche y se había marchado. Él acababa de pedir un importante préstamo al banco para montar su consulta veterinaria y no podía marcharse. No es que quisiera hacerlo. Cuando ella se fue, se dio cuenta de que si tenía que escoger entre Bluff y ella, se quedaba con Bluff. Eso había sido hacía dos años y desde entonces no había tenido ninguna relación sentimental. Se decía a sí mismo que no la necesitaba. Se decía que de momento le bastaba con una vida tranquila y la belleza del paisaje. La consulta veterinaria había resultado extenuante, el trabajo agotador, la compensación casi nula. Le parecía gratificante, pero no acababa de sacudirse su anhelo de estudiar paleontología, el sueño de su niñez de descubrir los huesos de los grandes dinosaurios enterrados en la roca. Tal vez su padre tenía razón: era una ambición que debería haber dejado atrás al cumplir los doce años.

Se volvió en su hamaca, sintiendo palpitar el brazo, y miró a Sally. La lona divisoria estaba levantada para que corriera el aire, y ella estaba tumbada en su hamaca leyendo uno de los libros que había traído Vernon, un thriller titulado *Utopía*. Utopía. Eso era lo que había creído que encontraría en Bluff. Pero lo que había hecho en realidad era huir de algo... como su padre.

Bueno, ya no iba a huir más de él.

Oía a don Alfonso gritar órdenes a Chori y Pingo. El olor a carne asada no tardó en entrar flotando en la cabaña. Miró a Sally y observó cómo leía, pasaba una página, se apartaba el pelo, suspiraba, pasaba otra página. Era guapa, aunque un poco insoportable.

Sally dejó el libro.

—¿Qué miras? —preguntó.

—¿Es bueno el libro?

—Muy bueno. —Sonrió—. ¿Cómo te encuentras?

—Bien.

—Fue un rescate digno de Indiana Jones.

Tom se encogió de hombros.

—No me iba a quedar de brazos cruzados mientras una serpiente se engullía a mi hermano. —No era de eso de lo que quería hablar en realidad. Añadió—: Háblame de tu prometido, el profesor Clyve.

—Bueno. —Ella sonrió al recordar—. Fui a Yale para estudiar con él. Me llevó la tesis doctoral. Sencillamente nos... Bueno, ¿quién no se enamoraría de Julian? Es brillante. Nunca olvidaré cuando nos conocimos en el cóctel semanal del departamento. Pensé que iba a ser otro profesor más, pero... ¡guau! Era como Tom Cruise.

—¡Guau!

—Por supuesto, el físico no significa nada para él. Lo que le importa a Julian es la mente..., no el cuerpo.

—Entiendo. —Tom no pudo evitar mirarle el cuerpo.

Ponía en entredicho la pretendida pureza intelectual de Julian. Julian era un hombre como cualquiera..., solo que menos honesto que la mayoría.

—Hace poco publicó su libro, *Cómo descifrar el lenguaje maya*. Es un genio en el verdadero sentido de la palabra.

—¿Tenéis fecha para la boda?

—Julian no cree en las bodas. Iremos a un juez de paz.

—¿Qué hay de tus padres? ¿No se quedarán decepcionados?

—No tengo padres.

Tom notó que se ruborizaba.

—Lo siento.

—No te preocupes —dijo Sally—. Mi padre murió cuando yo tenía once años y mi madre hace diez años. Ya me he acostumbrado, al menos todo lo que es posible acostumbrarse a eso.

—¿Entonces vas a casarte realmente con ese tipo?

Ella lo miró y se produjo un breve silencio.

—¿Qué se supone que quiere decir eso?

—Nada. —«Cambia de tema, Tom»—. Háblame de tu padre.

—Era un cowboy.

«Sí, claro —pensó Tom—. Un cowboy rico que criaba caballos de carreras, seguro.»

—No sabía que seguían existiendo —dijo educadamente.

—Lo hacen, pero no es lo que ves en las películas. Un verdadero cowboy es un jornalero que da la casualidad que trabaja sobre un caballo, gana menos que el sueldo mínimo, no acaba el instituto, tiene problemas con la bebida y sufre un accidente serio o se mata antes de cumplir los cuarenta años. Mi padre era el capataz de un rancho de ganado propiedad de una corporación al sur de Arizona. Se cayó de un molino de viento cuando intentaba arreglarlo y se partió el cuello. No deberían haberle pedido que subiera allí, pero el juez decidió que la culpa era suya, porque había estado bebiendo.

—Lo siento. No es mi intención entrometerme.

—Es bueno hablar de ello. Al menos es lo que dice mi psicoanalista.

Tom no estaba seguro de si era una broma o no, pero decidió ir a lo seguro. La mayoría de la gente de New Haven probablemente iba al psicoanalista.

—Imaginé que tu padre había sido el propietario del rancho.

—¿Creíste que era una niña rica?

Tom se ruborizó.

—Bueno, algo así. Después de todo has ido a Yale, y al ver cómo montas... —Pensó en Sarah. Había tenido suficiente de niñas ricas para el resto de su vida y había supuesto que ella era una más.

Ella se rió, pero con una risa amarga.

—He tenido que luchar por conseguir todo lo que tengo. Y eso incluye Yale.

Tom sintió que se ponía aún más colorado. Había sido imprudente en sus suposiciones. No se parecía en nada a Sarah.

—A pesar de sus defectos —continuó Sally— mi padre fue un padre maravilloso. Me enseñó a montar y a disparar, y a guiar, perseguir y detener el ganado. Cuando murió, mi madre decidió que nos fuéramos a vivir a Boston, donde tenía una hermana. Serví mesas en Red Lobster para mantenerme. Fui al Framingham State College porque fue la única universidad donde me dejaron matricular después de una educación bastante mediocre en un instituto público. Mi madre murió cuando yo estaba en la universidad. De aneurisma. Fue muy repentino. Para mí fue como si se acabara el mundo. Y entonces sucedió algo bueno. Tuve una profesora de antropología que me ayudó a descubrir que aprender era divertido y que yo no era solo una rubia tonta. Creyó en mí. Quería que fuera médico. Hice el curso preparatorio para ingresar en la facultad de medicina, pero luego me interesé por la biología farmacéutica y de ahí me pasé a la etnofarmacología. Me maté y conseguí entrar en un curso de posgrado de Yale. Y en Yale conocí a Julian. Nunca olvidaré el día que lo vi. Fue en la fiesta del departamento y estaba de pie en mitad de la sala, contando una historia. Julian cuenta historias maravillosas. Me uní a la gente y escuché. Hablaba de su primer viaje a Copán. Se le veía tan... apuesto. Como uno de esos exploradores de antaño.

—Ya —dijo Tom—. Claro.

—¿Y qué hay de tu infancia? —preguntó Sally—. ¿Cómo fue?

—Preferiría no hablar de ella.

—No es justo, Tom.

Tom suspiró.

—Tuve una infancia muy aburrida.

—Lo dudo.

—¿Por dónde empiezo? Nacimos en cuna de oro, como quien dice. En una mansión gigante con piscina, cocinero, jardinero, ama de llaves que vivía en la casa, establos y cuatrocientas hectáreas de terreno. Padre complacía todos nuestros caprichos. Tenía grandes planes para nosotros. Tenía una estantería de libros sobre cómo educar a los hijos y los leyó todos. Todos decían: «Pica alto desde el principio». Cuando éramos bebés nos hizo escuchar a Bach y Mozart, y llenó nuestras habitaciones de reproducciones de obras maestras de la pintura clásica. Cuando aprendíamos a leer cubrió la casa con etiquetas para cada objeto. Lo primero que veía cuando me levantaba por la mañana era «cepillo», «grifo», «espejo»..., etiquetas que me miraban fijamente desde cada rincón de la habitación. A los siete años cada uno tuvimos que escoger un instrumento musical. Yo quise tocar la batería, pero mi padre insistió en algo clásico, de modo que estudié piano. A los Country Gardens una vez a la semana con una estridente señorita Greer. Vernon estudió el oboe y Philip tuvo que tocar el violín. Los domingos, en lugar de ir a la iglesia (mi padre era ateo convencido), nos vestíamos elegantemente y le dábamos un concierto.

—Oh, Dios.

—Ya lo puedes decir. Lo mismo ocurrió con los deportes. Cada uno tuvimos que escoger un deporte. No para divertirnos o para hacer ejercicio, sino para «destacar» en él. Nos envió a los mejores colegios privados. Cada minuto del día estaba programado: lecciones de equitación, profesores particulares, entrenadores individuales de deporte, fútbol, colonias de tenis y de informática, viajes de Navidad a Taos y a Cortina d'Ampezzo.

—Qué horrible. ¿Y vuestra madre, cómo era?

—Nuestras tres madres. Somos medio hermanos. Podría decirse que mi padre no fue afortunado en el amor.

—¿Consiguió la custodia de los tres?

—Max conseguía todo lo que quería. No fueron divorcios agradables. Nuestras madres no tuvieron un gran papel en nuestra vida, y, en cualquier caso, la mía murió cuando yo era pequeño. Mi padre quiso criarnos personalmente. No quería interferencias. Iba a crear a tres genios que cambiarían el mundo. Trató de escoger nuestras carreras. Hasta nuestras novias.

—Lo siento. Qué niñez más horrible.

Tom cambió de postura en su hamaca, ligeramente enfadado por el comentario.

—No calificaría de «horrible» ir a Cortina en Navidad. Al final sacamos algo bueno de todo ello. Yo aprendí a amar los caballos. Philip se enamoró de la pintura renacentista. Y Vernon, bueno, él solo se enamoró de la vida errante.

—¿Y os buscó novias?

Tom lamentó haber mencionado ese detalle en particular.

—Lo intentó.

—¿Y?

Tom notó que se ponía colorado. No pudo evitarlo. Acudió a su memoria la imagen de Sarah: perfecta, guapa, brillante, con talento, rica.

—¿Quién era ella? —preguntó Sally.

Las mujeres siempre parecían saber más.

—Solo una chica que me presentó mi padre. Hija de un amigo suyo. Irónicamente, fue la única vez que quise hacer lo que quería mi padre. Salí con ella. Nos prometimos.

—¿Qué pasó?

Él la miró con detenimiento. Parecía más que intrigada. Se preguntó qué significaba eso.

—No salió bien. —Omitió la parte en que la encontró montando a otro tío en su propia cama. Sarah también conseguía todo lo que quería. «La vida es demasiado corta —dijo—, y quiero experimentarlo todo. ¿Qué tiene de malo eso?» No podía privarse de nada.

Sally seguía mirándolo intrigada. Luego sacudió la cabeza.

—Tu padre era realmente un caso. Podría haber escrito un libro sobre cómo no educar a los hijos.

Tom sintió cómo aumentaba su irritación. Sabía que no debía decirlo, que le causaría problemas, pero no pudo contenerse.

—A mi padre le encantaría Julian —dijo.

Se produjo un silencio repentino. Notó que Sally lo miraba fijamente.

—¿Cómo has dicho?

Tom continuó aun sabiendo que era un error.

—Lo único que quiero decir es que Julian es la clase de persona que a mi padre le habría gustado que fuéramos. Stanford a los dieciséis, famoso profesor de Yale, «un genio en el verdadero sentido de la palabra», como tú misma has dicho.

—Ese comentario no es digno de respuesta —dijo ella con rigidez, enrojeciendo de ira mientras cogía la novela y se ponía a leer de nuevo.

31

Philip estaba encadenado a un árbol con las manos esposadas a la espalda. Las moscas negras le recorrían cada centímetro cuadrado de piel expuesta, miles de ellas, devorándolo vivo. No podía hacer nada mientras se le metían por los ojos, la nariz y los oídos. Sacudió la cabeza, trató de parpadear y apartarlas con muecas, pero todos sus esfuerzos fueron vanos. Ya tenía los ojos casi cerrados de la hinchazón. Hauser hablaba con alguien en voz baja por su teléfono vía satélite. Philip no alcanzaba a oír las palabras, pero conocía bien ese tono bajo, intimidatorio. Cerró los ojos. Ya no le importaba. Solo quería que Hauser pusiera fin pronto a su sufrimiento: una rápida bala en el cerebro.

Lewis Skiba estaba sentado detrás de su escritorio, con la silla vuelta hacia la ventana, mirando en dirección sur por encima de los edificios de Manhattan recortados contra el horizonte. No había tenido noticias de Hauser en cuatro días. Hacía cuatro días Hauser le había dicho que lo consultara con la almohada. Luego silencio. Habían sido los peores días de su vida. Las acciones habían caído a seis puntos; la Comisión de Valores y Cambio les había enviado citaciones y había confiscado ordenadores portátiles y discos duros de la oficina central de la compañía. Los cabrones hasta se habían llevado su ordenador. El frenesí de los vendedores al descubierto continuaba con toda su furia. El *Journal* había anunciado oficialmente que el FDA iba a rechazar Phloxatane. La agencia Standard & Poor's estaba a punto de bajar los bonos de Lampe a la categoría de basura y por primera vez se especulaba públicamente la declaración de quiebra.

Esa mañana había tenido que decir a su mujer que, dadas las circunstancias, había que poner inmediatamente a la venta la casa de Aspen. Después de todo, era su cuarta vivienda y solo la utilizaban una semana al año. Pero ella no lo había entendido. Había llorado y llorado sin parar, y había terminado durmiendo en la habitación de invitados. Dios mío, ¿era así como iba a ser? ¿Qué pasaría si tenían que vender su verdadera casa? ¿Qué haría ella si tenían que sacar a los niños del colegio privado?

Y en todo ese tiempo no había tenido noticias de Hauser. ¿Qué demonios hacía? ¿Le había ocurrido algo? ¿Se había rendido? Skiba sintió cómo volvían a caerle gotas de sudor. Odiaba el hecho de que el destino de su compañía, y el suyo propio, estuviera en manos de un hombre así.

Sonó el teléfono y Skiba pegó literalmente un salto. Eran las diez de la mañana. Hauser nunca llamaba por la mañana, pero por alguna razón sabía que era él.

—¿Sí? —Procuró no parecer ansioso.

—¿Skiba?

—Sí, sí.

—¿Cómo va todo?

—Bien.

—¿Ya lo ha consultado con la almohada?

Skiba tragó saliva. El nudo volvía a estar allí, ese lingote de plomo en sus entrañas. No podía hablar, le obstruía la garganta. Ya había llegado a su límite, pero otro trago no haría daño. Sosteniendo el teléfono contra el pecho, abrió el armario y se sirvió una copa. No se molestó siquiera en echar agua.

—Sé que es duro, Lewis. Pero ha llegado el momento. ¿Quiere el códice o no? Puedo dejarlo todo ahora mismo y volver. ¿Qué dice?

Skiba tragó el caliente líquido dorado y recuperó la voz, pero salió como un susurro crepitante.

—Se lo he dicho una y otra vez, esto no tiene nada que ver conmigo. Usted está a mil quinientos kilómetros de distancia. No puedo controlarle. Haga lo que quiera. Limítese a traerme el códice.

—No le he oído, con el codificador de voz y demás...

—¡Haga lo que sea necesario! —bramó Skiba—. ¡Déjeme al margen!

—Oh, no, no, no, noooooo. No. Ya se lo he explicado, Skiba. Estamos juntos en esto, amigo.

Skiba aferró el auricular con fuerza asesina. Le temblaba todo el cuerpo. Casi imaginó que podía estrangular a Hauser si apretaba lo bastante fuerte.

—¿Me deshago de ellos o no? —continuó la voz jocosa—. Si no lo hago, aunque consiga el códice, vendrán a reclamarlo, y ¿sabe, Lewis? No podrá ganar. Le arrebatarán el códice. Me dijo que quería obtenerlo limpiamente, sin complicaciones ni pleitos.

—Les pagaré los derechos. Ganarán millones.

—No harán tratos con usted. Tienen otros planes para el códice. ¿No se lo he dicho? Esa mujer, Sally Colorado, tiene planes, grandes planes.

—¿Qué planes? —Skiba sintió que temblaba de la cabeza a los pies.

—En ellos no entra Lampe, eso es todo lo que necesita saber. Mire, Skiba, ese es el problema de los hombres de negocios como usted. No saben tomar las decisiones difíciles.

—Estamos hablando de vidas humanas.

—Lo sé. Tampoco es fácil para mí. Sopese lo bueno y lo malo. Unas pocas personas desaparecen en una selva desconocida. Eso por una parte. Por la otra, los fármacos salvarán millones de vidas, veinte mil personas conservarán su empleo, los accionistas le querrán en lugar de desear verle muerto, y se convertirá en el niño mimado de Wall Street por haber sacado a Lampe del abismo.

Otro trago.

—Deme otro día para pensar en ello.

—No puedo. Las cosas han llegado a un punto crítico. ¿Recuerda lo que dije de detenerlos antes de llegar a las montañas? Lewis, solo para tranquilizarle, ni siquiera voy a hacerlo yo. Tengo conmigo unos soldados hondureños, unos renegados, y apenas puedo controlarlos. Estos tipos están locos, son capaces de cualquier cosa. Estas cosas pasan continuamente aquí. Eh, si me diera media vuelta, estos soldados los matarían de todos modos. ¿Qué hago, Lewis? ¿Me deshago de ellos y le traigo el códice? ¿O doy media vuelta y me olvido de él? Tengo que irme. ¿Qué responde?

—¡Hágalo!

Hubo un zumbido de estática.

—Dígame, Lewis. Dígame qué es lo que quiere que haga.

—¡Hágalo! ¡Mátelos, maldita sea! ¡Mate a los Broadbent!

32

Dos días y medio después del ataque de la serpiente, mientras avanzaban con la pértiga por otro ramal interminable, Tom vio una luminosidad en el pantano, rayos de sol que se filtraban a través de los árboles, y con sorprendente brusquedad las dos canoas salieron del pantano Meambar. Fue como adentrarse en un mundo nuevo. Se encontraban en la orilla de un lago enorme de agua tan negra como la tinta. El sol de media tarde se abría paso entre las nubes, y Tom sintió una oleada de alivio al ver que por fin estaban al aire libre, fuera de la verde prisión del pantano. Una brisa fresca se llevó a toda prisa las moscas negras. Tom vio colinas azules en la otra orilla, y más allá de ellas, una difusa hilera de montañas que alcanzaban las nubes.

Don Alfonso se levantó en la proa de la canoa y extendió los brazos, con su pipa de mazorca en su puño arrugado, con todo el aspecto de un espantapájaros andrajoso.

—¡La Laguna Negra! —gritó—. ¡Hemos conseguido cruzar el pantano Meambar! ¡Yo, don Alfonso Boswas, les he guiado bien!

Chori y Pingo bajaron los motores al agua y los arrancaron, y las canoas se dirigieron hacia el otro extremo del lago. Tom se recostó contra el montón de provisiones y disfrutó del agradable aire que corría mientras su mono, Mamón Peludo, salía de su bolsillo y trepaba hasta su cabeza, con los ojos cerrados, chasqueando la lengua y parloteando satisfecho. Tom casi había olvidado la sensación de la brisa en la piel.

Acamparon en una playa de arena del otro lado de la laguna. Chori y Pingo salieron a cazar y volvieron una hora después con un ciervo destripado y descuartizado, los trozos sangrientos envueltos en hojas de palmera.

—¡Estupendo! —exclamó don Alfonso—. Tomás, esta noche comeremos costillas de ciervo y ahumaremos el resto para nuestro viaje por tierra.

Don Alfonso asó las chuletas de lomo sobre una hoguera mientras Pingo y Chori construían una parrilla para ahumar la carne sobre una segunda hoguera cercana. Tom observó con interés cómo cortaban con destreza largos trozos de carne con los machetes y los arrojaban a la parrilla, y cómo echaban madera húmeda al fuego, levantando olorosas nubes de humo.

Las costillas enseguida estuvieron listas y don Alfonso las sirvió. Mientras comían, Tom hizo la pregunta que había querido hacer.

—Don Alfonso, ¿adónde vamos ahora?

Don Alfonso arrojó un hueso a la oscuridad a sus espaldas.

—En la Laguna Negra desembocan cinco ríos. Debemos encontrar el que siguió su padre.

—¿Dónde nacen?

—En las cordilleras del interior. Algunos en la Cordillera Entre Ríos, otros en la Sierra Patuca y otros en la Sierra de las Neblinas. El río más largo es el Macaturi y nace en la Sierra Azul, que está a medio camino del océano Pacífico.

—¿Son navegables?

—Dicen que las partes más bajas lo son.

—¿Dicen? —preguntó Tom—. ¿No ha estado en ellas?

—Nadie de mi pueblo ha estado en ellas. Esa región es muy peligrosa.

—¿En qué sentido? —preguntó Sally.

—Los animales no tienen miedo de la gente. Hay terremotos,

volcanes y malos espíritus. Hay una ciudad de demonios de la que nadie regresa.

—¿Una ciudad de demonios? —preguntó Vernon, repentinamente interesado.

—Sí. La Ciudad Blanca.

—¿Qué clase de ciudad es?

—La construyeron los dioses hace mucho tiempo y se encuentra en ruinas.

Vernon mordisqueó un hueso y lo arrojó al fuego.

—Esa es la respuesta —dijo con toda naturalidad.

—¿La respuesta a qué?

—Allí es donde fue padre.

Tom lo miró fijamente.

—Eso es mucho decir. ¿Cómo lo sabes?

—No lo sé. Pero es la clase de lugar adonde iría padre. Le encantaría una historia así. Seguro que la comprobaría. Y estas historias a menudo están basadas en la realidad. Apuesto a que encontró allí una ciudad perdida, grandes ruinas viejas.

—Pero se supone que en estas montañas no hay ruinas.

—¿Quién lo dice? —Vernon cogió otra costilla asada de las frondas de palmera y la comió con apetito.

Tom recordó a Derek Dunn de cara roja y su alegre afirmación de que las anacondas no mataban a la gente. Se volvió hacia don Alfonso.

—¿Todo el mundo conoce la existencia de esa Ciudad Blanca?

Don Alfonso asintió despacio, su cara contraída en una máscara de arrugas.

—Se habla de ella.

—¿Dónde está?

Don Alfonso sacudió la cabeza.

—No tiene una situación fija, sino que se mueve por las cumbres más altas de la Sierra Azul, que no cesan de cambiar y ocultarse en las brumas de la montaña.

—Entonces es un mito. —Tom miró a Vernon.

—Oh, no, Tomás, existe de verdad. Dicen que solo se puede acceder a ella cruzando un cañón sin fondo. Los que resbalan y caen se mueren del susto, y sus cuerpos siguen cayendo hasta que se convierten en huesos, y los huesos siguen cayendo hasta que se desintegran. Al final no queda nada más que una nube de polvo de huesos que caerá en la oscuridad durante toda la eternidad.

Don Alfonso puso un leño en el fuego. Tom observó cómo se elevaba humo de él y a continuación prendía, y cómo las llamas devoraban los lados. La Ciudad Blanca.

—No existe ninguna ciudad perdida en la actualidad —dijo Tom.

—En esto te equivocas —dijo Sally—. Hay montones, tal vez hasta cientos de ellas, en lugares como Camboya, Birmania, el desierto de Gobi..., y sobre todo aquí, en Centroamérica. Como el Yacimiento Q.

—¿El Yacimiento Q?

—Hace treinta años que tiene lugar el saqueo del Yacimiento Q y ha vuelto locos a los arqueólogos. Saben que debe de tratarse de una gran ciudad maya, probablemente en alguna parte de las tierras bajas guatemaltecas, pero no logran dar con ella. Mientras tanto los saqueadores la están desmontando piedra por piedra y vendiéndola en el mercado negro.

—Padre frecuentaba los bares —dijo Vernon—, invitaba a rondas a indios, leñadores, buscadores de oro y escuchaba los rumores sobre las ruinas y las ciudades perdidas. Hasta aprendió un poco el lenguaje de los indios. ¿Recuerdas, Tom, cómo se ponía a hablarlo en las fiestas?

—Siempre pensé que se lo inventaba.

—Mira —dijo Vernon—, piensa en ello. Padre no construiría una tumba desde cero para enterrarse en ella. Sencillamente volvería a utilizar una de las tumbas que saqueó hace mucho tiempo.

Nadie habló durante unos momentos, luego Tom dijo:

—Vernon, eso es brillante.

—Y consiguió que los indios de aquí lo ayudaran.

El fuego crepitó. Se hizo un silencio absoluto.

—Pero padre nunca mencionó una Ciudad Blanca —dijo Tom.

Vernon sonrió.

—Precisamente. ¿Sabes por qué nunca la mencionó? Porque es allí donde hizo su gran hallazgo, el que lo inició en su profesión. Llegó allí sin blanca, y volvió con un barco lleno de tesoros con los que montó su negocio de galerista.

—Tiene sentido.

—Ya lo creo que lo tiene. ¡Apuesto lo que quieras a que es allí donde regresó para que lo enterraran! Es un plan perfecto. Debe de haber unas cuantas tumbas ya construidas en la llamada Ciudad Blanca. Padre sabía dónde estaban porque él mismo las había saqueado. Todo lo que tenía que hacer era volver e instalarse en una de ellas, con ayuda de los indios de la región. Esta Ciudad Blanca existe, Tom.

—Estoy convencida —dijo Sally.

—Hasta sé cómo compró padre la ayuda de los indios —dijo Vernon con una sonrisa cada vez mayor.

—¿Cómo?

—¿Recuerdas esos recibos que encontró el policía de Santa Fe en la casa de padre de todos esos buenos utensilios de cocina franceses y alemanes que encargó antes de marcharse? Así es como pagó a los indígenas: con cazuelas.

Don Alfonso carraspeó ruidosamente y con ostentación. Cuando tuvo la atención de todos, dijo:

—Toda esta conversación es una tontería.

—¿Por qué?

—Porque nadie puede ir a la Ciudad Blanca. Es imposible que su padre la encontrara. Aunque lo hiciera, está habitada por demonios que lo matarían y le robarían el alma. Hay vientos que lo harían retroceder, hay brumas que confundirían sus ojos y su mente, hay un manantial de agua que le borraría la memoria. —Sacudió la cabeza con vigor—. No, es imposible.

—¿Qué río te lleva a ella?

Don Alfonso frunció el entrecejo. Sus ojos grandes detrás de las gafas sucias tenían una expresión muy desdichada.

—¿Por qué quiere saber esa información inútil? Le estoy diciendo que es imposible.

—No es imposible y allí es donde vamos.

Don Alfonso miró a Tom con fijeza un largo minuto. Luego suspiró y dijo:

—El Macaturi lo llevará parte del camino, pero no podrá continuar más allá de las Cascadas. La Sierra Azul está a muchos días de las Cascadas, más allá de las montañas y de valles y más montañas. Es un viaje imposible. Su padre no puede haberlo hecho.

—Don Alfonso, usted no conoce a nuestro padre.

Don Alfonso se llenó la pipa, sus ojos afligidos clavados en el fuego. Sudaba. Le temblaba la mano con que sostenía la pipa.

—Mañana —dijo Tom— seguiremos el Macaturi y nos dirigiremos a la Sierra Azul.

Don Alfonso siguió mirando fijamente el fuego.

—¿Vendrá con nosotros, don Alfonso?

—Mi destino es acompañarlo, Tomás —susurró—. Por supuesto, todos moriremos antes de llegar a la Sierra Azul. Yo soy un hombre viejo y estoy preparado para morir y reunirme con san Pedro. Pero será triste ver morir a Chori y Pingo, y a Vernon, y a la *curandera*, que es tan guapa que tiene muchos años por delante para hacer el amor. Y será triste verlo morir a usted, Tomás, porque ahora es mi amigo.

33

Tom no podía conciliar el sueño pensando en la Ciudad Blanca. Vernon tenía razón. Todo encajaba a la perfección. Era tan obvio que se preguntaba cómo no se le había ocurrido antes.

Mientras daba vueltas en la hamaca, Mamón Peludo gritó irritado, y finalmente se subió al palo de la hamaca y se durmió en las varillas sobre la cabeza de Tom. Hacia las cuatro de la madrugada Tom se rindió. Se levantó, encendió un fuego sobre las cenizas apagadas y puso a hervir un cazo. Mamón Peludo bajó, todavía enfadado, se metió en su bolsillo y ladeó la cabeza para que le rascara debajo de la barbilla. Don Alfonso también apareció, se sentó y aceptó una taza de café. Permanecieron sentados largo rato en la oscuridad de la selva antes de hablar.

—Hay algo que me he estado preguntando —dijo Tom—. Cuando nos fuimos de Pito Sol, usted dijo que nunca regresaría allí. ¿Por qué?

Don Alfonso bebió un sorbo de café, y en sus gafas se reflejó el resplandor del fuego.

—Tomasito, cuando llegue el momento, sabrás la respuesta a esta pregunta y muchas otras.

—¿Por qué emprendió este viaje?

—Había sido profetizado.

—No es una buena razón.

Don Alfonso se volvió hacia Tom.

—El destino no es una razón. Es una explicación. No hablemos más de esto.

El Macaturi era el río más ancho de los cinco que desembocaban en la Laguna Negra. Era más navegable que el Patuca, profundo y limpio, sin bancos de arena ni trampas ocultas. Mientras avanzaban con el motor el sol salió sobre las colinas lejanas, tiñéndolas de un dorado verdoso. Don Alfonso había ocupado su habitual trono sobre el montón de suministros, pero su estado de ánimo era distinto. Ya no ofrecía reflexiones filosóficas sobre la vida, ni hablaba de sexo, ni se quejaba de sus hijos desagradecidos, ni les decía los nombres de los pájaros y los animales. Se limitaba a fumar, mirando al frente con expresión preocupada.

Las dos embarcaciones continuaron avanzando en silencio río arriba durante varias horas. Al llegar a una curva, apareció un gran árbol que cruzaba el río de lado a lado, impidiéndoles pasar. Había caído hacía poco y seguía teniendo las hojas verdes.

—Qué extraño —murmuró don Alfonso. Llamó a Chori, y aminoraron la velocidad para dejar que la canoa de Pingo, que iba detrás, pasara por su lado y los adelantara. Vernon estaba en el centro de la canoa, apoyado contra el lateral, tomando el sol. Los saludó con la mano al pasar.

Pingo se dirigió hacia el otro extremo del río, donde el árbol caído era más delgado y más fácil, por lo tanto, de cortar.

De pronto don Alfonso se precipitó hacia la barra del timón y la llevó al máximo hacia la derecha. La canoa viró y escoró casi hasta el punto de volcarse.

—¡Agáchense! —gritó—. ¡Al suelo!

En ese mismo instante llegó de la selva una ráfaga de disparos de arma automática.

Tom se abalanzó sobre Sally y la tiró al suelo mientras las balas alcanzaban el costado de la canoa, arrojando astillas sobre ellos. Oyó cómo las balas barrían el agua que los rodeaba y los gritos de los que los atacaban. Volvió la cabeza y vio a don Alfonso acuclillado en la proa, con la mano todavía en la palanca del motor, dirigiendo la canoa a un terraplén que sobresalía para ponerla a cubierto.

Detrás de ellos se elevó un grito como de otro mundo. Habían alcanzado a alguien.

Tom siguió tumbado sobre Sally. No veía nada más que su mata de pelo rubio y el arañado suelo de madera debajo de ellos. En la otra canoa seguía oyéndose el grito, un gemido inhumano de terror y dolor. Es Vernon, pensó Tom. Lo han herido. Los disparos continuaron, pero esta vez parecieron pasar por encima de sus cabezas. La canoa rozaba el fondo una y otra vez, y la hélice chirriaba contra las rocas.

Los disparos y los gritos cesaron al mismo tiempo. El terraplén los protegía.

Don Alfonso se levantó tambaleante y miró hacia atrás. Tom lo oyó gritar algo en tawahka, pero no obtuvo respuesta.

Tom se puso de pie con cuidado y ayudó a levantar a Sally, que tenía la mejilla ensangrentada por los cortes que le habían hecho las astillas.

—¿Estás bien?

Ella asintió anonadada.

La canoa avanzaba a lo largo del alto terraplén de piedras y broza, casi por debajo de los arbustos que sobresalían. Él se irguió y, volviéndose hacia la canoa de detrás, llamó a gritos a su hermano.

—¡Vernon! ¡Vernon! ¿Estás herido? —Alcanzó a ver en ella una mano ensangrentada aferrada al timón—. ¡Vernon! —gritó.

Vernon se levantó tembloroso en el centro del barco. Parecía aturdido.

—¡Vernon! Dios mío, ¿estás bien?

—Pingo está herido.

—¿Es grave?

—Sí.

Río arriba resonaron las toses y los rugidos de un motor, y a continuación de otro. Tom oyó gritos lejanos.

Don Alfonso acercó la canoa todo lo posible al terraplén. Vernon había tomado el timón de la suya y lo seguía de cerca.

—No conseguiremos dejarlos atrás —dijo Tom.

Sally se volvió hacia Chori.

—Dame tu rifle.

Chori la miró sin comprender.

Sin esperar, ella cogió el arma, comprobó que estaba cargada, echó hacia atrás la palanca del cerrojo y se acuclilló en la popa.

—No podrás detenerlos con eso —gritó Tom—. Tienen armas automáticas.

—Pierde cuidado, que les haré reducir la velocidad.

Tom vio las dos canoas tomar la curva del río y a los soldados apuntándolos con sus armas.

—¡Al suelo!

Oyó un solo disparo del arma de Sally en el preciso momento en que una ráfaga barría la vegetación colgante haciendo llover hojas sobre ellos. El disparo había tenido el efecto deseado: las dos embarcaciones viraron despavoridas hacia la orilla para ponerse a cubierto. Sally se tumbó al lado de Tom.

Don Alfonso conducía la canoa cerca del terraplén, con la hélice chirriando y golpeando las rocas. Silbaron más balas por encima de sus cabezas y se oyó un ruido metálico, como si una de las balas hubiera alcanzado el motor. Este resopló, y a continuación se oyó como un rugido cuando empezó a arder, mientras el bote giraba de costado hacia la corriente aletargada. El fuego se extendió a una velocidad asombrosa; las llamas salían de los tubos de la gasolina, que se derretían. La proa de la canoa de Pingo y Vernon chocó contra el casco de la suya por detrás y se pegó a él mientras la gasolina en llamas empezaba a extenderse por el suelo y alrededor de los depósitos.

—¡Bajad! —gritó Tom—. Van a explotar. ¡Coged lo que podáis!

Se tiraron por ambos lados al agua poco profunda. Vernon y

Chori cogieron a Pingo y lo subieron al terraplén. Otra ráfaga de disparos alcanzó la orilla, arrojando tierra y guijarros sobre ellos, pero el tiro de Sally había puesto sobre aviso a los soldados y se mantenían a cierta distancia. Los fugitivos subieron con dificultad el terraplén y se refugiaron bajo una masa de vegetación que sobresalía para recobrar el aliento.

—Tenemos que continuar —gritó Tom.

En lo alto del terraplén miró atrás una sola vez y vio cómo sus canoas se precipitaban corriente abajo, envueltas en llamas. Se oyó una explosión amortiguada cuando estalló el depósito de gasolina de una de ellas, lanzando una bola de fuego hacia el cielo. Más allá, las embarcaciones de los soldados se aproximaban con cautela a la orilla. Sally, todavía con el arma de Chori, se arrodilló y disparó otro tiro a través del manto de vegetación.

Se adentraron aún más en la selva, turnándose para llevar a Pingo y abriéndose paso a través de la tupida vegetación. Tom oyó más gritos a sus espaldas, seguidos de varias balas perdidas y de la amortiguada explosión de otro depósito de gasolina. Era evidente que los hombres habían dejado las canoas y los perseguían sin demasiado entusiasmo. Pero a medida que se adentraban en la selva, los disparos esporádicos se hicieron más débiles hasta que dejaron de oírse del todo.

Se detuvieron en un pequeño claro cubierto de hierba. Tom y Vernon dejaron a Pingo en el suelo; Tom se inclinó sobre él y le buscó el pulso desesperado. No lo encontró. Localizó la herida. Era horrible. Una bala expansiva lo había alcanzado en la espalda, entre los omóplatos, y había salido con fuerza explosiva del pecho dejando un enorme agujero de más de quince centímetros de ancho. Le había traspasado el corazón. Era asombroso que hubiera vivido unos segundos siquiera después de semejante herida.

Miró a Chori. Tenía una expresión absolutamente fría.

—Lo siento.

—No hay tiempo para sentirlo —dijo don Alfonso—. Debemos irnos.

—¿Y dejar el cuerpo aquí?

—Chori se quedará con él.

—Pero los soldados vendrán...

—Sí —lo interrumpió don Alfonso—. Y Chori debe cumplir con su deber. —Se volvió hacia Sally—. Quédese con su arma y la munición. No volveremos a ver a Chori. Vámonos.

—¡No podemos dejarlo aquí! —protestó Tom.

Don Alfonso lo sujetó por los hombros. Tenía unas manos sorprendentemente fuertes, como abrazaderas de acero. Habló en voz baja pero con intensidad.

—Chori tiene un asunto pendiente con los asesinos de su hermano.

—¿Sin rifle? —preguntó Sally mientras Chori sacaba de su bolsa de cuero una abollada caja de munición y se la daba.

—Las flechas silenciosas son más efectivas en la selva. Matará a suficientes hombres para morir con honor. Así es como hacemos nosotros las cosas. No se metan. —Sin mirar atrás, don Alfonso se volvió, clavó el machete en un muro de vegetación para abrir una brecha y se precipitó a través de ella. Ellos lo siguieron, tratando de no perder de vista al anciano, que se movía con la celeridad y el sigilo de un murciélago. Tom no tenía ni idea de adónde se dirigían. Caminaron durante unas horas, subiendo y bajando barrancos, cruzando corrientes rápidas, a veces abriéndose paso a través de densos grupos de helechos o cañas de bambú. Sobre ellos llovían hormigas mordedoras que correteaban por sus camisas, y varias veces don Alfonso cercenó con su machete una serpiente pequeña y la arrojó a un lado. Llovió durante un rato y quedaron empapados. Luego salió el sol y se elevó vaho de ellos. Los perseguían nubes de insectos que los mordían con furia. Ninguno habló. No podían. Todo lo que podían hacer era seguir avanzando.

Horas después, cuando empezó a extinguirse la luz en las copas de los árboles, don Alfonso se detuvo. Sin decir nada se sentó en un tronco caído, sacó su pipa y la encendió. Tom observó la llama de la cerilla y se preguntó cuántas le quedaban. Habían perdido casi todo en el incendio de las canoas.

—¿Y ahora qué? —preguntó Vernon.

—Acamparemos —dijo don Alfonso. Señaló con el machete—. Haremos un fuego. Allí.

Vernon se puso manos a la obra y Tom lo ayudó.

Don Alfonso señaló a Sally con el machete.

—Usted. Vaya a cazar. Puede que sea mujer, pero dispara como un hombre y tiene las agallas de un hombre.

Tom miró a Sally. Tenía la cara manchada, el pelo largo y rubio enmarañado, el rifle en bandolera. Vio en la cara de ella todo lo que él sentía: conmoción y asombro ante el ataque, horror por la muerte de Pingo, terror ante la pérdida de sus suministros, determinación de sobrevivir. Ella asintió y se internó en la selva.

Don Alfonso miró a Tom.

—Usted y yo construiremos una cabaña.

Una hora después se había hecho de noche. Estaban sentados alrededor del fuego, comiendo los restos de un guiso hecho con carne de un gran roedor que había cazado Sally. Cerca había una pequeña cabaña con techo de paja, y don Alfonso estaba sentado frente a un montón de hojas de palmera que pelaba y entrelazaba para hacer hamacas. Había estado callado salvo para dar órdenes escuetas.

—¿Quiénes eran esos soldados? —preguntó Tom.

Don Alfonso siguió ocupado en las hamacas.

—Eran los soldados que han venido con su otro hermano, Philip.

—Philip jamás permitiría que nos atacaran —dijo Vernon.

—No —dijo Tom.

Sintió que se le caía el alma a los pies. Debía de haber habido un motín en la expedición de Philip o había sucedido algo. En cualquier caso, Philip debía de correr peligro; si no estaba muerto ya. El enemigo desconocido, por tanto, tenía que ser Hauser. Era él quien había matado a los dos policías de Santa Fe, quien había organizado su arresto en Brus, quien estaba detrás del último ataque.

—La cuestión es —dijo Sally— si continuamos o regresamos.

Tom asintió.

—Sería suicida continuar —dijo Vernon—. No tenemos ni comida, ni ropa, ni tiendas, ni sacos de dormir.

—Philip está más adelante —dijo Tom—. Y en apuros. Es evidente que es Hauser quien está detrás del asesinato de los dos policías de Santa Fe.

Se produjo un silencio.

—Tal vez deberíamos volver, conseguir provisiones y regresar de nuevo. No podremos ayudarlo en estas condiciones, Tom.

Tom miró a don Alfonso, que trenzaba con habilidad. Percibió en su estudiada expresión neutral que tenía una opinión al respecto. Siempre ponía esa expresión cuando estaba a punto de llevar la contraria.

—¿Don Alfonso?

—¿Sí?

—¿Cuál es su opinión?

Don Alfonso dejó la hamaca en el suelo y se frotó las manos. Miró a Tom a los ojos.

—No es una opinión, sino una exposición de los hechos.

—¿Cuál es?

—Detrás de nosotros hay un pantano mortal cuya agua desciende cada día. No tenemos canoas. Tardaremos al menos una semana en construir una. Pero no podemos quedarnos una semana en ningún sitio, porque los soldados nos encontrarán, y al fabricar una canoa se hacen nubes de humo que estarán a la vista de todos. Debemos continuar a pie a través de la selva hasta la Sierra Azul. Regresar equivale a morir. Esta es mi exposición de los hechos.

34

Marcus Hauser estaba sentado sobre un leño junto al fuego, con un Churchill en la boca, desmontando el Steyr AUG para limpiarlo. El arma no lo necesitaba, pero era un acto físico repetitivo que equivalía casi a una forma de meditación. El rifle estaba hecho en su mayor parte de plástico bien acabado y eso le gustaba. Levantó la pieza deslizante del percutor, asió la empuñadura del cañón y, con el pulgar izquierdo, echó hacia atrás la palanca del cerrojo. Luego dio vueltas al cañón en el sentido de las agujas del reloj y tiró de él. Se desprendió con una suavidad que lo llenó de satisfacción.

De vez en cuando miraba hacia el bosque donde Philip estaba encadenado, pero no se oía nada. Había oído rugir un jaguar poco antes, un rugido de frustración y hambre, y no quería que se comiera a su prisionero, por lo menos antes de haber averiguado adónde había ido el viejo Max. Arrojó más leña al fuego para ahuyentar la oscuridad y al jaguar que merodeaba por allí. A su derecha corría el río Macaturi, salpicando y borboteando a medida que el agua se arremolinaba y fluía. Hacía una noche bonita, para variar, y el cielo aterciopelado estaba tachonado de estrellas que se reflejaban como débiles luces danzantes en la superficie del río. Eran cerca de las dos de la madrugada, pero Hauser era una de esas personas afortunadas que solo necesitaban dormir cuatro horas.

Tiró otro leño al fuego para aumentar la luz y desprendió la palanca de montar del armazón. Acarició las piezas lisas de plástico y metal —una caliente y la otra fría—, y disfrutó del olor del aceite para engrasar y de los chasquidos de las piezas bien acabadas a medida que las desmontaba. Unos cuantos movimientos estudiados más y el rifle que tenía ante sí quedó reducido a sus seis partes básicas. Levantó cada pieza, la examinó, la limpió y deslizó una mano por ella antes de encajarla de nuevo. Trabajaba despacio, hasta ensimismado; allí no había las prisas de un campamento de instrucción de reclutas.

Oyó un ruido débil, el gemido del motor de una canoa que regresaba. Se detuvo para escuchar con atención. La operación había concluido y los hombres regresaban puntuales. Hauser estaba satisfecho. Ni siquiera un grupo de soldados hondureños de pocas luces podía estropear una operación tan sencilla.

¿O sí? Vio cómo se materializaba la canoa en el río oscuro, pero con tres soldados a bordo en lugar de cinco. Atracó junto a la gran roca que hacía las veces de embarcadero. Bajaron de un salto dos hombres, formas iluminadas por el fuego que se movían contra la oscuridad, y ayudaron a bajar al tercero. Este caminaba rígidamente y Hauser oyó un gemido de dolor. Tres hombres... y había enviado a cinco.

Encajó de nuevo la cantonera, deslizó la palanca de montar en su sitio y colocó de nuevo el cerrojo a la izquierda, trabajando a tientas, con la vista clavada en las figuras que se movían hacia el fuego. Los hombres se acercaban tímidamente, nerviosos, y uno de ellos sostenía a su compañero herido. Una flecha de noventa centímetros de longitud le había atravesado el muslo, y el extremo emplumado sobresalía por detrás y la punta metálica con púas por delante. Tenía la pernera del pantalón rasgada y rígida de sangre reseca.

Los hombres se detuvieron sin decir nada, prácticamente mirando al suelo y moviendo los pies avergonzados. Hauser esperó. Era evidente el gran error que había cometido al confiar en que esos hombres llevaran a cabo la más sencilla de las operaciones.

Continuó montando el arma, girando el cañón hasta encajarlo en su sitio y colocando de nuevo el cargador, encajándolo en la culata con un clic. Luego esperó, con el arma en las rodillas, una sensación glacial en el corazón.

El silencio era insoportable. Uno de ellos tendría que hablar.

—*Jefe*... —empezó a decir el teniente.

Él esperó las excusas.

—Matamos a dos de ellos, *jefe*, y prendimos fuego a las embarcaciones y los suministros. Sus cuerpos están en la canoa.

—¿Qué dos hombres? —preguntó Hauser después de una pausa.

Se produjo un silencio lleno de tensión.

—Los dos indios tawahka.

Hauser guardó silencio. Eso era desastroso.

—El anciano que los acompaña vio la trampa antes de que pudiéramos abrir fuego —prosiguió el teniente—. Dieron la vuelta. Los seguimos corriente abajo, pero lograron desembarcar y escapar por la selva. Prendimos fuego a las canoas y los suministros. Luego, mientras los perseguíamos por la selva, uno de los tawahka nos tendió una emboscada. Tenía un arco y una flecha, lo peor para nosotros. No pudimos localizarlo hasta que alcanzó a dos de nosotros e hirió al tercero. Ya sabe cómo son esos indios de la selva, *jefe*, silenciosos como jaguares... —Se interrumpió con aire pesaroso. Cambió de postura nervioso, y el hombre con la flecha en el muslo dejó escapar sin querer un gemido—. Así que ya ve, *jefe*, matamos a dos y obligamos a los demás a adentrarse en la selva sin provisiones ni comida ni nada, donde seguro que morirán...

Hauser se levantó.

—Disculpe, *teniente*, pero este hombre necesita atención inmediata.

—Sí, señor.

Con el rifle en una mano, Hauser se levantó y rodeó con el brazo libre al hombre herido, apartándolo del soldado que había estado sosteniéndolo.

—Venga conmigo —dijo con suavidad inclinándose—. Deje que me ocupe de usted.

El teniente esperó junto a la hoguera, consternado.

Hauser asió al hombre y lo llevó lejos del fuego. El hombre gimió al cojear. Tenía la piel caliente y reseca; estaba febril.

—Tranquilo —dijo Hauser—. Le llevaremos allí y le atenderemos. —Lo condujo unos cincuenta pasos en la oscuridad más allá del campamento y lo sentó en un tronco. El hombre se tambaleó y gimió, pero con la ayuda de Hauser logró sentarse. Este le quitó el machete.

—*Señor*, antes de arrancar la flecha, deme whisky —gimió el hombre, aterrorizado por el dolor.

—No será ni un segundo. —Hauser dio al hombre unas palmaditas en el hombro—. Nos habremos ocupado de usted en un abrir y cerrar de ojos. Se lo prometo, será una operación sin dolor.

—No, *señor*, por favor, deme whisky antes...

Hauser se inclinó con el machete sobre la flecha. El hombre se puso rígido, apretó los dientes y clavó la mirada en el machete aterrado, sin ver nada más. Mientras tanto Hauser levantó el cañón del Steyr AUG a un centímetro de la nuca del hombre. Apretó el gatillo hasta colocarlo en posición de fuego automático y disparó una breve ráfaga. El fuego alcanzó al hombre oblicuamente y su fuerza lo arrojó hacia atrás derribándolo del tronco, donde yació boca abajo e inmóvil. Todo quedó en silencio.

Hauser regresó al campamento, se lavó las manos y se instaló de nuevo junto al fuego. Cogió el Churchill que había dejado a medio fumar y volvió a encenderlo con una ramita. Los dos soldados no lo miraban, pero varios de los otros, al oír el fuego, habían salido de las tiendas con sus armas y miraban alrededor, confundidos y sobresaltados.

—No ha sido nada —dijo Hauser, despidiéndolos con un ademán—. El hombre necesitaba una intervención quirúrgica. Ha sido rápida, indolora y satisfactoria.

Se sacó el puro de la boca, bebió otro trago de la petaca que llevaba en la cadera y volvió a deslizarse el extremo del puro entre los dientes y a dar una chupada. Se sentía solo en parte renovado. No era la primera vez que cometía el error de confiar una misión sencilla a esos soldados hondureños y los veía fracasar. Por desgracia, él solo era uno y no podía hacerlo todo. Siempre era el mismo problema..., siempre.

Se volvió y sonrió al teniente.

—Soy un gran cirujano, *teniente*, por si alguna vez me necesita.

35

Pasaron el día siguiente en el campamento. Don Alfonso cortó un montón enorme de hojas de palmera y permaneció la mayor parte del día sentado con las piernas cruzadas, arrancando de ellas tiras fibrosas y tejiendo mochilas y más hamacas. Sally salió a cazar y volvió con un pequeño antílope que Tom preparó y ahumó al fuego. Vernon recogió frutos y raíces de yuca. Al final del día tenían una pequeña provisión de comida para el viaje.

Hicieron un inventario de sus suministros. Entre todos tenían varias cajas de cerillas resistentes al agua, un paquete de treinta cartuchos, la mochila de Tom en la que había un minúsculo hornillo de camping Svea con un juego de cazuelas y sartenes de aluminio, dos botes de gasolina sin plomo y un repelente. Vernon había escapado con unos prismáticos colgados al cuello. Don Alfonso tenía un puñado de caramelos, tres pipas, dos paquetes de tabaco para pipa, una pequeña piedra de afilar y un rollo de hilo de pescar con anzuelos. Era todo lo que había en la grasienta bolsa de cuero que había rescatado de la canoa. Todos tenían consigo sus machetes, que habían llevado metidos en el cinturón en el momento del ataque.

Salieron a la mañana siguiente. Tom despejaba el camino blandiendo un machete recién afilado mientras don Alfonso cerraba la marcha, murmurando por dónde ir. Al cabo de varios kilómetros abriéndose paso por la selva salieron a lo que parecía ser una vieja senda hecha por algún animal que atravesaba un bosque fresco de árboles de corteza lisa. La luz era escasa y casi no había maleza. La selva estaba envuelta en un manto de silencio. Era como caminar entre las columnas del interior de una gran catedral verde.

A primera hora de la tarde la senda llegó al pie de una cordillera. El terreno se elevaba por encima del suelo de la selva convirtiéndose en una enmarañada cuesta de rocas cubiertas de musgo, y el sendero ascendía bruscamente. Don Alfonso lo subió a una velocidad asombrosa, y Tom y los demás lo siguieron con esfuerzo, sorprendidos por su vigor. A medida que ganaban altitud el aire se hizo más fresco. Los majestuosos árboles de la selva dieron paso a sus primos enanos y retorcidos de las montañas, con las ramas cubiertas de musgo. Al final de la tarde salieron a una cresta llana que terminaba en un afloramiento de rocas en forma de hoja. Por primera vez tenían una vista panorámica de la selva que acababan de atravesar.

Tom se secó la frente. La montaña descendía abruptamente en una asombrosa pendiente verde esmeralda de novecientos metros hasta el verde océano de vida que se extendía por debajo de ellos. Sobre sus cabezas se movían unas enormes nubes cúmulos.

—No tenía ni idea de que estábamos tan altos —dijo Sally.

—Gracias a la Virgen hemos avanzado mucho —dijo don Alfonso con voz apagada, dejando en el suelo su mochila hecha de hojas de palmera—. Este es un buen lugar para acampar. —Se sentó en un tronco, encendió la pipa y empezó a dar órdenes.

—Sally, irá a cazar con Tom. Vernon, usted hará un fuego y luego construirá la cabaña. Yo descansaré.

Se recostó, exhalando humo lánguidamente con los ojos semicerrados.

Sally se colgó el rifle al hombro y se marcharon siguiendo lo que parecía otro sendero hecho por algún animal.

—No he tenido ocasión de darte las gracias por disparar a esos soldados —dijo él—. Probablemente nos salvaste la vida. Tienes realmente agallas.

—Eres como don Alfonso..., pareces sorprendido de que una mujer pueda ser hábil con un rifle.

—Hablaba de tu aplomo, no de tu puntería, pero sí, tengo que reconocer que estoy sorprendido.

—Deja que te informe que estamos en el siglo veintiuno y que las mujeres estamos haciendo cosas asombrosas.

Tom sacudió la cabeza.

—¿Todo el mundo de New Haven es tan susceptible?

Ella lo miró fríamente con sus ojos verdes.

—¿Empezamos a cazar? Estás ahuyentado las presas con tu parloteo.

Tom se contuvo de decir nada más y en lugar de ello observó su esbelto cuerpo moverse a través de la selva. No, no se parecía en nada a Sarah. Franca, irritable, sin pelos en la lengua. Sarah en cambio era zalamera; nunca confesaba lo que realmente pensaba, nunca decía la verdad, y era agradable hasta con la gente que no soportaba. Para ella siempre era mucho más divertido engañar.

Siguieron andando con sigilo sobre las hojas mojadas y mullidas. El bosque era fresco y profundo. A través de los espacios que había entre los árboles Tom veía el río Macaturi brillar como un sable curvado a lo largo de la selva tropical.

Se oyó un rugido en la ladera boscosa por encima de ellos. Sonó como una tos humana, solo que más profunda, más gangosa.

—Eso parece felino —dijo Sally.

—¿Felino como un jaguar?

—Sí.

Avanzaron uno al lado del otro a través del follaje, apartando con las manos las hojas y los helechos camino. Las laderas de la montaña estaban curiosamente silenciosas. Hasta los pájaros habían dejado de cantar. Un lagarto subió por un tronco rozando apenas la superficie.

—Se tiene una sensación extraña aquí arriba —dijo Tom—. Como irreal.

—Es un bosque húmedo —dijo Sally—. Una selva tropical de

gran altura. —Siguió avanzando con el rifle preparado. Tom se quedó atrás.

Se oyó otro rugido, profundo y atronador. De pronto era el único ruido en un bosque que se había sumido en un silencio antinatural.

—Ese ha sonado más cerca —dijo Tom.

—Los jaguares nos tienen mucho más miedo que nosotros a ellos —dijo Sally.

Subieron por la ladera cubierta de gigantes rocas caídas, pasando por entre las caras de las rocas revestidas de musgo y saliendo a un espeso grupo de cañas de bambú. Sally lo rodeó. Ya sentían la presión de las nubes sobre ellos y a través de los árboles flotaban zarcillos de niebla. El aire olía a musgo húmedo. La vista de debajo había desaparecido en una masa blanca.

Sally se detuvo, levantó el arma y esperó.

—¿Qué hay? —susurró Tom.

—Allá arriba.

Siguieron ascendiendo. Frente a ellos había un segundo grupo de rocas gigantes cubiertas de musgo que habían caído rodando y se habían amontonado formando un panal de oscuras cavidades y pasadizos.

Tom esperó detrás de Sally. Las brumas descendían deprisa, reduciendo los árboles a sus siluetas. La niebla absorbió el fantástico verde del paisaje, convirtiéndolo en un apagado gris azulado.

—Algo se mueve en esas rocas —susurró ella.

Esperaron, acuclillados. Tom sentía cómo se concentraba la niebla a su alrededor, empapándole la ropa.

Al cabo de diez largos minutos, en una cavidad entre las rocas apareció una cabeza con dos ojos negros brillantes, y salió olfateando un animal que parecía un conejillo de indias gigante.

El disparo sonó al instante, y el animal gritó fuerte y rodó boca arriba.

Sally se levantó, incapaz de contener una sonrisa.

—Buen tiro —dijo Tom.

—Gracias.

Tom desenvainó el machete y se acercó para examinar el animal.

—Voy a seguir avanzando.

Tom asintió y dio la vuelta al animal con el zapato. Era una especie de roedor gigante de incisivos amarillos, redondo, grueso y con mucho pelo. Empuñó el machete, sin muchas ganas de hacer la tarea que le esperaba. Abrió al animal, sacó las tripas y los órganos internos, le cortó las patas y la cabeza, y le arrancó la piel. El olor a sangre era tan intenso que, aun hambriento como estaba, empezó a perder el apetito. No era aprensivo; como veterinario había visto mucha sangre, pero no le gustaba formar parte de una matanza en vez de curar.

Oyó otro ruido, esta vez un gruñido muy débil. Se detuvo a escuchar. Lo siguieron una serie de pequeñas toses. Era difícil saber de dónde venían, de alguna parte ladera arriba, entre las rocas que tenían sobre sus cabezas. Buscó a Sally con la mirada y la localizó a unos veinte pasos de distancia, debajo del desprendimiento de rocas, una silueta esbelta que se movía con sigilo en la niebla. Desapareció.

Descuartizó el animal y lo envolvió en hojas de palmera. Era deprimente ver la poca carne que había sacado de él. No parecía valer mucho la pena. Tal vez Sally debería matar una pieza más grande, pensó, como un ciervo.

Cuando terminó de envolver la carne oyó otro sonido, un maullido débil y suave, tan cercano que se encogió. Esperó, escuchando con todo el cuerpo tenso. De pronto hendió el bosque un grito desgarrador que dio paso a un aullido hambriento. Se levantó de un salto, machete en mano, tratando de identificar de dónde venía, pero no se veía nada en las ramas de los árboles ni en las rocas. El jaguar estaba bien escondido.

Miró ladera abajo hacia donde Sally había desaparecido en la niebla. Le preocupaba que el jaguar no hubiera huido al oír el disparo de rifle. Empuñando el machete, dejó al roedor descuartizado y se dirigió hacia donde Sally había desaparecido.

—¿Sally?

El jaguar rugió de nuevo, esta vez por encima de él. Tom se arrodilló de forma instintiva, blandiendo el machete, pero todo lo que veía era rocas cubiertas de musgo y troncos incorpóreos.

—¡Sally! —gritó aún más fuerte—. ¿Estás bien?

Silencio.

Empezó a bajar corriendo la ladera, con el corazón en un puño.

—¡Sally!

—Estoy aquí abajo —respondió una voz débil.

Siguió bajando, resbalando una y otra vez en las hojas mojadas, haciendo rodar guijarros por la acusada pendiente. La niebla se hacía más densa por momentos. Oyó a su espalda otra serie de gruñidos, muy semejantes a sonidos humanos. El animal lo perseguía.

—¡Sally!

Sally salió de la niebla con el arma y el ceño fruncido.

—Tus gritos me han hecho fallar el disparo.

Él se detuvo en seco y enfundó el machete avergonzado.

—Estaba preocupado, eso es todo. No me gustan los rugidos de ese jaguar. Quiere cazarnos.

—Los jaguares no cazan a las personas.

—Ya oíste lo que pasó al guía de mi hermano.

—Con franqueza, no me lo creo. —Ella frunció el entrecejo—. Ya podemos volver. De todos modos no puedo cazar nada con esta niebla.

Subieron de nuevo hasta donde él había dejado al roedor. Este había desaparecido, dejando atrás unas cuantas hojas de palmera desgarradas y manchadas de sangre.

Sally se echó a reír.

—Eso era todo lo que hacía, ahuyentarte para quitarte la cena.

Tom se ruborizó avergonzado.

—No me ha ahuyentado, he ido a buscarte.

—No te preocupes —dijo Sally—. Yo también habría salido corriendo seguramente.

Tom reparó irritado en la palabra «seguramente», pero no dijo nada. Se calló una respuesta cortante. No iba a picar más el anzuelo. Emprendieron el regreso al campamento siguiendo el sendero por el que habían venido. Al llegar al primer montón de rocas, el jaguar volvió a rugir, un sonido extrañamente claro y nítido en el bosque brumoso. Sally se detuvo, con el arma lista. Esperaron. En las hojas se acumulaban gotas de agua que caían, llenado el bosque de un suave tamborileo.

—No ha sonado tan adelante antes, Sally.

—¿Crees que quiere cazarnos?

—Sí.

—Qué tontería. Si lo hiciera no metería tanto ruido. Además, acaba de comer. —Le sonrió con complicidad.

Avanzaron con cautela hacia las rocas, desnudas pero con un montón de grietas y agujeros negros.

—Vayamos a lo seguro y rodeemos ese desprendimiento de rocas —dijo Tom.

—De acuerdo.

Empezaron a ascender para rodearlo por arriba. La niebla se hacía más densa. Tom sentía la humedad a través de su única muda. Se detuvo. Se oyó un débil crujido.

Sally también se detuvo.

—Sally, ponte detrás de mí —dijo Tom.

—Yo llevo el arma. Debería ir delante.

—Ponte detrás.

—Por el amor de Dios. —Pero obedeció.

Él sacó el machete y siguió andando. Estaban rodeados por todos lados de árboles retorcidos cuyas ramas bajas estaban cubiertas de musgo. La niebla era tan densa que ya no veían las ramas superiores. Tom advirtió que el viento llevaba su olor al jaguar. Este se había movido alrededor de ellos para poder olfatearlos, aun cuando no podía verlos.

—Sally, tengo la sensación de que nos sigue.

—Solo está intrigado.

Tom se quedó paralizado. Allá, unos diez metros más adelante, estaba el jaguar, dejándose ver de pronto. Estaba pie en una rama sobre el camino, mirándolos con calma y retorciendo la cola. Era un ejemplar tan magnífico que Tom se quedó sin habla.

Sally no levantó el arma para disparar y Tom entendió por qué. Era imposible considerar el destruir un animal tan hermoso.

Al cabo de un momento de vacilación, el jaguar saltó sin esfuerzo a otra rama y caminó a lo largo de ella sin apartar la vista de ellos, sus músculos ondulándose bajo su pelaje dorado, moviéndose como miel líquida.

—Mira qué hermoso es —dijo Sally sin aliento.

Era realmente hermoso. Con un movimiento de una ligereza asombrosa el animal saltó a otra rama, esta vez más cerca de ellos. Allí se detuvo y se sentó despacio sobre sus cuartos traseros. Los miró con descaro, en absoluto asustado, sin molestarse en esconderse, inmóvil salvo por la punta de la cola que se retorcía ligeramente. Tenía el morro manchado de sangre. Su mirada, pensó Tom, era desdeñosa.

—No está asustado —dijo Sally.

—Eso es porque nunca ha visto un ser humano.

Tom retrocedió despacio y Sally siguió su ejemplo. El jaguar se quedó en la rama observándolos, observándolos sin cesar hasta que desapareció en la bruma cambiante.

Cuando llegaron de nuevo al campamento, don Alfonso escuchó su historia sobre el jaguar con el entrecejo fruncido de preocupación.

—Debemos tener cuidado —dijo—. No debemos hablar más de ese animal. De lo contrario nos seguirá para oír qué decimos. Es orgulloso y no le gusta que hablen mal de él.

—Creía que los jaguares no atacaban a los seres humanos —dijo Sally.

Don Alfonso se rió y dio una palmada a Sally en la rodilla.

—Muy gracioso. Cuando nos mira, ¿qué cree que ve?

—No lo sé.

—Ve un trozo de carne perpendicular lento, estúpido y débil, sin cuernos ni dientes ni uñas.

—¿Por qué no nos ha atacado?

—Como a todos los felinos, le gusta jugar con su comida.

Sally se estremeció.

—*Curandera*, no es agradable que te devore un jaguar. Primero te arranca la lengua, y no siempre antes de que estés muerto. La próxima vez que tenga oportunidad de matarlo, hágalo.

Esa noche la selva estaba tan silenciosa que Tom tuvo problemas para conciliar el sueño. Poco después de medianoche, esperando que un poco de aire fresco le ayudara, se bajó de su hamaca y se escabulló por la puerta de la cabaña. Se quedó atónito ante el espectáculo que encontró. La selva que lo rodeaba brillaba fosforescente, como si unos polvos brillantes hubieran cubierto todo, perfilando los tocones y los leños podridos, las hojas muertas y los hongos, un paisaje luminiscente que se extendía selva adentro, fundiéndose en un resplandor brumoso. Era como si el cielo hubiera caído a la tierra.

Al cabo de unos minutos entró de nuevo en la cabaña improvisada y sacudió ligeramente a Sally. Ella se volvió, su pelo una maraña de oro pesado. Como todos los demás, dormía vestida.

—¿Qué pasa? —preguntó con voz soñolienta.

—Hay algo que quiero que veas.

—Estoy durmiendo.

—Tienes que verlo.

—No *tengo* que hacer nada. Vete.

—Sally, por una vez confía en mí, por favor.

Protestando, ella se bajó de la hamaca y salió. Se detuvo y se quedó mirando en silencio. Transcurrieron unos minutos.

—Dios mío —jadeó—. Nunca he visto nada tan hermoso. Es como mirar Los Ángeles desde diez mil metros de altura.

El resplandor proyectaba una tenue luz en el rostro de Sally, perfilándolo ligeramente contra la oscuridad. El pelo largo le caía por la espalda como una cascada de luz plateada en lugar de dorada.

Llevado por un impulso, él le cogió la mano. Ella no la apartó. Había algo asombrosamente erótico en estar sencillamente cogidos de la mano.

—¿Tom?

—¿Sí?

—¿Por qué has querido que lo viera?

—Bueno —dijo él—, porque... —Vaciló—. Quería compartirlo contigo, eso es todo.

—¿Eso es todo? —Ella lo miró largo rato. Sus ojos poseían una luminiscencia inusitada, o tal vez solo era una ilusión óptica. Por fin dijo—: Gracias, Tom.

De pronto un rugido del jaguar hendió la noche. Contra el resplandor del fondo se movió despacio una forma negra, como una ausencia de luz. Cuando volvió su gran cabeza hacia ellos, vieron el débil brillo de sus ojos reflejando los millones de puntos en dos órbitas, como dos galaxias diminutas.

Tom tiró despacio de la mano de Sally para hacerla retroceder hasta el montón de brasas moribundas que había sido su hoguera. Se agachó y arrojó un poco de broza sobre ellas. Cuando se elevaron las llamas amarillas el jaguar desapareció.

Al cabo de un momento don Alfonso se unió a ellos junto al fuego.

—Sigue jugando con su comida —murmuró.

36

Cuando a la mañana siguiente se pusieron en camino, la neblina era tan densa que no veían más allá de tres metros en cualquier dirección. Ascendieron más siguiendo aún el borroso sendero animal. Coronaron una cresta y emprendieron el descenso. Al cabo de unos minutos salieron a las empinadas orillas de un río que bajaba por la ladera de la montaña estrellándose contra las rocas que encontraba a su paso.

—Talaremos un árbol —dijo don Alfonso. Buscó alrededor y encontró un esbelto árbol situado de tal modo que cayera en el lugar adecuado—. Corten aquí —ordenó.

Todos aunaron esfuerzos y al cabo de cinco minutos había caído formando una especie de puente sobre la catarata rugiente, donde el río se estrechaba en una rampa que terminaba en una piscina hirviente creada por troncos atascados.

Don Alfonso dio unos cuantos hachazos a un árbol joven cercano; al cabo de un momento lo había convertido en una pértiga de tres metros y medio. Se la dio a Vernon.

—Usted primero, Vernito.

—¿Por qué yo?

—Para ver si el puente es lo bastante resistente —dijo don Alfonso.

Vernon lo miró un momento, luego don Alfonso le dio unas palmadas en el hombro, riéndose.

—Tiene que quitarse los zapatos, Vernito. Dios nos creó descalzos por alguna razón.

Vernon se quitó los zapatos, ató los cordones juntos y se los colgó del cuello. Don Alfonso le pasó la vara.

—Vaya despacio y párese si el leño empieza a balancearse.

Vernon empezó a caminar sobre el tronco haciendo equilibrios con la pértiga como un funámbulo, sus pies blancos destacando contra el verde oscuro.

—Es resbaladizo como el hielo.

—Despacio, despacio —canturreó don Alfonso.

Mientras se alejaba, el tronco se hundió y se bamboleó. Unos minutos después había llegado al otro extremo. Les pasó la pértiga.

Tom se quitó los zapatos y calculó el peso de la pértiga. Se sentía estúpido, como un artista de circo. Con cautela se subió al tronco y deslizó los pies sobre la corteza fría y resbaladiza, uno detrás de otro. Cada movimiento parecía hacer oscilar y temblar el tronco. Se movía, esperaba, volvía a moverse. Cuando estaba hacia la mitad, Mamón Peludo, que había estado durmiendo en su bolsillo, aprovechó para sacar la cabeza y mirar alrededor; al ver el torrente de abajo, dejó escapar un grito agudo, salió del bolsillo y trepó por la cara de Tom para instalarse en su pelo. Tom, sorprendido, dejó que un extremo de la pértiga se hundiera. Presa de pánico, lo levantó con esfuerzo, pero la inercia hizo que saliera disparado hacia arriba. Dio dos rápidos pasos tratando de mantener el equilibrio, con lo que solo logró que el tronco diera un violento bote.

Cayó.

Estuvo en el aire una fracción de segundo, luego fue como si lo hubiera engullido algo negro y gélido. Sintió un violento tirón cuando lo arrastró la corriente, una corriente aterradoramente ingrávida, y a continuación oyó un bramido repentino. Agitó los brazos tratando de salir a la superficie, pero no sabía en qué dirección estaba, luego sintió cómo la corriente lo arrojaba contra un grupo de troncos sumergidos. Notó una terrible presión en el pecho que le vació los pulmones de aire. Luego trató de darse impulso con las piernas para liberase, pero los troncos que lo rodeaban eran resbaladizos, y la presión, feroz. Era como si lo enterraran vivo. Había destellos de luz en su visión y abrió la boca para gritar, pero solo sintió cómo la presión le llenaba la boca. Retorció el cuerpo desesperado por tomar aire, tratando de darse impulso para salir del nido de ramas, volvió a retorcerse, pero había perdido el sentido de la orientación. Se retorció y sacudió, pero sentía que le fallaban las fuerzas; se volvía más ligero, más ingrávido, se alejaba cada vez más.

De pronto un brazo alrededor de su cuello lo hizo volver brutalmente a la realidad, y sintió cómo lo sacaban del agua, lo arrastraban por las rocas y lo dejaban caer. Se encontró tumbado en el suelo, mirando fijamente una cara que conocía bien, pero aun así tardó un momento en darse cuenta de que era Vernon.

—¡Tom! —gritó Vernon—. ¡Mirad, ha abierto los ojos! ¡Tom, di algo! ¡Dios mío, no respira!

Sally estaba de pronto allí, y él sintió una repentina opresión en el pecho. Todo parecía extraño, a cámara lenta. Vernon se inclinó sobre él. Sintió cómo le apretaba con fuerza el pecho y le levantaba los brazos. De pronto la opresión pareció remitir y tosió con violencia. Vernon lo colocó de lado. Tom tosió y volvió a toser, sintiendo cómo se apoderaba de él un fuerte dolor de cabeza. La realidad regresó de golpe.

Trató de incorporarse. Vernon le puso los brazos alrededor de los hombros y lo sostuvo.

—¿Qué ha pasado?

—Ese estúpido hermano suyo, Vernito, ha saltado al río y lo ha sacado de esos troncos. Nunca he visto una locura mayor en toda mi vida.

—¿En serio?

Tom se volvió y miró a Vernon. Estaba empapado y tenía un corte en la frente. La sangre y el agua le corrían juntas por la barba.

Vernon lo asió y él se levantó. Se despejó un poco más, y el fuerte dolor de cabeza empezó a disminuir. Bajó la vista hacia la rugiente rampa de agua que se estrellaba contra la piscina llena de troncos atascados y ramas partidas. Volvió a mirar a Vernon.

Por fin comprendió.

—Tú —dijo con incredulidad.

Vernon se encogió de hombros.

—Me has salvado la vida.

—Bueno, tú me salvaste la mía —dijo Vernon, casi a la defensiva—. Decapitaste a una serpiente por mí. Yo solo he saltado.

—Por el amor de Dios, todavía no me lo creo —dijo don Alfonso.

Tom volvió a toser.

—Bueno, Vernon, gracias.

—Qué decepcionada debe de estar la Muerte —gritó don Alfonso, señalando un pequeño mono mojado que se agazapaba asustado sobre una roca junto el agua—. Vamos, si hasta el *mono chucuto* se ha burlado de ella.

Un abatido Mamón Peludo volvió a meterse en el bolsillo de Tom y ocupó su lugar habitual, haciendo ruiditos de protesta.

—No te quejes —dijo Tom—. Tú has tenido la maldita culpa.

El mono respondió chasqueando la lengua con insolencia.

Una vez cruzado el río el sendero volvía a ascender, de modo que siguieron subiendo. La oscuridad y el frío empezaban a notarse en el aire. Tom seguía empapado y empezó a tiritar.

—¿Sabe el animal del que les hablé anoche? —dijo don Alfonso.

Tom tardó unos momentos en caer en la cuenta de a cuál se refería.

—Es una dama y sigue acompañándonos.

—¿Cómo lo sabe?

Don Alfonso bajó la voz.

—Tiene muy mal aliento.

—¿La ha olido? —preguntó Sally.

Don Alfonso asintió.

—¿Cuánto tiempo va a seguirnos?

—Hasta que coma. Está preñada y hambrienta.

—Estupendo. Y nosotros somos el festín.

—Recemos para que la Virgen ponga un lento oso hormiguero en su camino. —Don Alfonso señaló a Sally—. Cargue el arma.

El sendero seguía ascendiendo a través de un bosque de árboles nudosos que parecía hacerse más espeso a medida que ganaban altura. En un momento determinado Tom advirtió que el aire se había vuelto más luminoso. También parecía oler distinto, ligeramente perfumado. Y, de forma bastante repentina, salieron de la niebla a la luz del sol. Tom se detuvo asombrado. Ante ellos se extendía un mar blanco. Sobre el brumoso horizonte el sol se ocultaba en un mar de fuego naranja. El bosque estaba cubierto de flores brillantes.

—Estamos por encima de las nubes —gritó Sally.

—Acamparemos en lo alto —dijo don Alfonso, echando a andar con renovado vigor.

El sendero coronaba la cresta con un amplio prado de flores silvestres que se ondulaba con la brisa, y de pronto estaban en la cima, mirando al noroeste por encima de un mar de nubes que se arremolinaba. A unos ochenta kilómetros de distancia Tom vio una hilera de cumbres azules que se abrían paso entre las nubes, como una cadena de islas en el cielo.

—La Sierra Azul —dijo don Alfonso con voz débil y extraña.

37

Lewis Skiba se quedó mirando las llamas temblorosas, absorto en los colores cambiantes. No había hecho nada en todo el día, no había respondido ninguna llamada telefónica, ni acudido a ninguna reunión, ni escrito ningún memorándum. En lo único que podía pensar era: «¿Lo había hecho Hauser? ¿Le había convertido ya en un asesino?». Ocultó la cabeza entre las manos y pensó en los edificios cubiertos de hiedra de Wharton, la embriagadora sensación de que todo era posible de aquellos primeros tiempos. Tenía el mundo entero ante él, listo para ser tomado. Y ahora... Se recordó que había proporcionado empleos y brindado oportunidades a miles de personas, que había hecho crecer la compañía y había fabricado medicamentos que curaban enfermedades y dolencias terribles. Había tenido tres hijos sanos. Sin embargo, a lo largo de toda esa semana, lo primero que había acudido a su mente al despertarse había sido: «Soy un asesino». Quería retirar sus palabras. Pero no podía: Hauser no había llamado y él no tenía forma de ponerse en contacto con él.

¿Por qué le había dicho a Hauser que lo hiciera? ¿Por qué había permitido que lo intimidara? Trató de decirse que Hauser lo habría hecho de todos modos, que él personalmente no había causado la muerte de nadie, que tal vez había sido una fanfarronada. A ciertas personas les gustaba hablar de violencia, alardear de sus armas, esa clase de cosas. Personas enfermas. Hauser podía ser una de ellas, que hablaban mucho pero no hacían nada.

Sonó el interfono y apretó con una mano temblorosa el botón.

—El señor Fenner, de Administración de Activos Dixon, para su cita de las dos.

Skiba tragó saliva. Era la única reunión que no podía eludir.

—Hágale pasar.

Fenner, como la mayoría de los analistas de la Bolsa que conocía, era un tipo menudo y seco que manifestaba una seguridad en sí mismo desmesurada. Ese era el secreto de su éxito: era el tipo a quien uno quería creer. Skiba le había hecho un montón de pequeños favores, le había dado varios chivatazos sobre ofertas públicas iniciales, había ayudado a matricular a sus hijos en un selecto colegio privado de Manhattan, había donado un par de veces cien mil dólares a la organización benéfica preferida de su esposa. A cambio Fenner había seguido recomendando «comprar» acciones Lampe durante todo su descenso, conduciendo a sus desafortunados clientes de cabeza a la quiebra, sin dejar en ningún momento de ganar millones él mismo. En pocas palabras, era el típico analista triunfador.

—¿Cómo estás, Lewis? —preguntó Fenner, sentándose junto al fuego—. Esto no puede ser muy divertido.

—No lo es, Stan.

—Me ahorraré las palabras de cortesía en un momento como este. Hace demasiado que nos conocemos. Quiero que me des una sola razón por la que debería aconsejar a mis clientes mantener sus Lampe. Solo necesito una buena razón.

Skiba tragó saliva.

—¿Puedo ofrecerte algo, Stan? ¿Agua mineral? ¿Jerez?

Fenner sacudió la cabeza.

—El comité de inversión va a desautorizarme. Es el momento de liquidar. Están asustados y, con franqueza, yo también lo estoy. Confiaba en ti, Skiba.

¡Qué estupidez! Fenner llevaba meses al corriente de la situación real de la compañía. Sencillamente se había sentido demasiado tentado por todos los regalos que Skiba había arrojado en su camino, así como por el negocio de banca de inversión que Lampe había ofrecido a Dixon. Cabrón codicioso. Por otra parte, si Dixon recomendaba «mantener» o «vender» en lugar de «comprar», Lampe estaría acabada. Sería la quiebra.

Tosió, carraspeó. Era incapaz de pronunciar una palabra y volvió a toser para disimular su parálisis.

Fenner esperó.

Skiba habló por fin.

—Stan, hay algo que puedo darte.

Fenner ladeó ligeramente la cabeza.

—Es secreto, confidencial, y si actuaras en consecuencia sería un caso claro de abuso de información privilegiada.

—Solo es abuso de información privilegiada cuando abusas de ella. Yo estoy buscando una razón para no hacerlo. Tengo clientes que están hasta arriba de acciones Lampe y necesito darles una razón para aguantar.

Skiba respiró hondo.

—Lampe va a anunciar dentro de unas semanas la adquisición de un manuscrito de dos mil páginas, un ejemplar único, compilado por los indios mayas antiguos. Ese manuscrito enumera cada planta y animal de la selva tropical que tiene propiedades terapéuticas, junto con recetas sobre cómo extraer los componentes activos, posología y efectos secundarios. El manuscrito es un compendio de los conocimientos médicos mayas antiguos, perfeccionado tras miles de años de vivir en la zona de mayor biodiversidad del planeta. Todo estará en poder de Lampe, absolutamente todo. Nos llegará limpiamente, sin derechos de autor, ni sociedades, ni pleitos ni gravámenes. —Se interrumpió.

La expresión de Fenner no había cambiado. Si pensaba algo, no se reflejó en su cara.

—¿Cuándo se hará este anuncio? ¿Puedes darme una fecha?

—No.

—¿Es seguro?

—Prácticamente.

Mentir era fácil. El códice era su única esperanza, y si fracasaba ya no importaría nada de todos modos.

Un largo silencio. Fenner permitió que en las finas y adustas facciones de su rostro se dibujara lo que podría haber sido una sonrisa. Cogió su maletín y se levantó.

—Gracias, Lewis. Me has dejado anonadado.

Skiba asintió y observó cómo Fenner salía discretamente de la oficina.

Si él supiera...

38

A medida que bajaban de las montañas la selva cambió. El terreno era sumamente escarpado, un paisaje cortado por barrancos profundos y ríos torrenciales, con altas crestas entre ellos. Continuaron por el sendero de cabras, pero la vegetación había crecido tanto que tuvieron que turnarse para abrirse paso a machetazos. Se resbalaban y caían tanto al subir los senderos lodosos y empinados como al bajarlos.

Durante días avanzaron con dificultad. No había un solo lugar llano para acampar y se vieron obligados a dormir en las laderas, colgando las hamacas entre los árboles, durmiendo toda la noche bajo la lluvia. Por las mañanas la selva estaba oscura y brumosa. En un día duro podían recorrer ocho kilómetros y al final de cada jornada estaban todos totalmente exhaustos. Apenas cazaban nada. Nunca tenían comida suficiente. Tom no había pasado más hambre en toda su vida. De noche soñaba en chuletas y patatas fritas, por el día pensaba en helados y langostas untadas con mantequilla, y al caer la tarde de lo único que hablaban alrededor de la hoguera era de comida.

Los días empezaban a confundirse unos con otros. No dejó ni un solo momento de llover ni se disipó la niebla. Las hamacas se pudrieron y tuvieron que tejer otras nuevas, la ropa empezó a caérseles a pedazos, los gusanos aradores la infestaron y se introdujeron por debajo de su piel, las costuras de su calzado se deshicieron. No tenían otra muda, y la selva no tardó en reducirlos a la desnudez. Tenían el cuerpo cubierto de picaduras, mordeduras, arañazos, cortes, costras y llagas. Al subir un barranco Vernon resbaló y se agarró a un arbusto para detener la caída, haciendo que una lluvia de hormigas bravas cayera sobre él; le mordieron con tal virulencia que estuvo veinticuatro horas febril y sin poder apenas caminar.

Lo único que redimía la selva era la vida vegetal. Sally encontró una profusión de plantas medicinales y preparó con ellas un ungüento que obraba milagros con las picaduras, sarpullidos e infecciones de hongos. Y bebían una infusión de hierbas que ella había preparado y que afirmaba que era antidepresiva, aunque no impidió que se deprimieran.

Y siempre, por la noche e incluso de día, oían rugir y merodear al jaguar hembra. Nadie hablaba de ella —don Alfonso lo había prohibido—, pero Tom no se la sacaba de la cabeza. Seguro que había otras presas que comer en la selva. ¿Qué quería? ¿Por qué los seguía y nunca atacaba?

La cuarta o quinta noche —Tom había empezado a perder la cuenta— acamparon en lo alto de una cresta, entre enormes troncos de árboles medio podridos. Había llovido y se elevaba vaho del suelo. Cenaron pronto: lagarto hervido con raíz de *matta*. Después de comer Sally se levantó con el rifle.

—Jaguar o no, me voy a cazar.

—Te acompaño —dijo Tom.

Siguieron un arroyuelo que bajaba desde el campamento a través de un barranco. Era un día gris, el bosque que los rodeaba era enclenque y enfermizo, y de la vegetación se elevaba vaho. El ruido de gotas de agua se mezclaba con los gritos apagados de los pájaros.

Durante media hora bajaron el barranco, entre rocas cubiertas de musgo y troncos de árboles, hasta que llegaron a un riachuelo rápido. Caminaron a lo largo de él en fila india a través de la niebla que se arremolinaba. La misma Sally se movía un poco como un gato, pensó Tom viéndola abrirse paso con sigilo entre la maleza.

Sally se detuvo y alzó una mano. Levantó despacio el arma, apuntó y disparó.

Un animal se sacudió y gritó en la maleza, pero los ruidos dejaron de oírse rápidamente.

—No sé qué era, solo que era robusto y peludo. —Entre la maleza encontraron al animal, tendido de costado con las cuatro patas estiradas.

—Una especie de pécari —dijo Tom bajando la vista con desagrado. Nunca se acostumbraría a matar animales.

—Tu turno —dijo Sally sonriéndole.

Él sacó su machete y empezó a limpiar el animal mientras Sally lo observaba. De los órganos internos se elevaba vaho.

—Si le damos un hervor en el campamento, podremos arrancarle el pelo —dijo Sally.

—Estoy impaciente —dijo Tom. Terminó de destriparlo, cortó un palo y ató las patas juntas. Lo colgaron de él y se lo pusieron al hombro. No pesaba más de doce kilos, pero serviría para cenar y todavía sobraría carne para ahumarla. Echaron a andar a lo largo del barranco, volviendo por donde habían venido.

No habían dado ni veinte pasos cuando el jaguar les hizo detenerse, de pie en mitad del sendero, justo frente a ellos. Los miró con sus ojos verdes, agitando la punta de la cola de un lado para otro.

—Retrocede —dijo Tom—. Poco a poco. —Pero a medida que ellos retrocedían, el jaguar dio un paso hacia delante, y otro, avanzando con sigilo.

—¿Recuerdas lo que dijo don Alfonso?

—No puedo hacerlo —susurró ella.

—Dispárale por encima de la cabeza.

Sally levantó la boca del arma y disparó.

El estallido quedó curiosamente amortiguado por la niebla y la tupida vegetación. El jaguar se estremeció ligeramente pero no dio más muestras de haberlo oído, se limitó a seguir mirándolos, retorciendo la punta de la cola tan rítmicamente como un metrónomo.

—Lo rodearemos —dijo Sally.

Abandonaron al animal y se adentraron más en la selva. El felino no hizo ademán de seguirlos salvo con sus ojos verdes, y no tardó en desaparecer. Al cabo de unos cien metros Tom empezó a retroceder hacia la cresta. Oyeron al felino rugir un par de veces a su izquierda y siguieron bajando de la cresta. Avanzaron casi medio kilómetro y se detuvieron. Ya deberían haber encontrado el barranco y el arroyo, pero no estaban allí.

—Deberíamos dirigirnos más a la izquierda —dijo Tom.

Torcieron a la izquierda. La selva se volvió más densa, más oscura, los árboles eran más pequeños y estaban más pegados unos a otros.

—No recuerdo haber pasado por aquí antes.

Se detuvieron para escuchar. Parecía haber descendido sobre la selva un silencio inquietante. No se oía ningún arroyo, solo las gotas de agua que caían de las ramas.

A sus espaldas se oyó un rugido profundo y resonante.

Sally se volvió enfadada.

—¡Largo de aquí! —gritó—. ¡Fuera!

Siguieron andando, apretando el paso, Tom abriendo el camino a machetazos a través de la maleza. De vez en cuando oían a su izquierda al felino siguiéndoles el paso, ronroneando de vez en cuando. No era un sonido amistoso, sino profundo y sonoro, y parecía más bien un gruñido. Tom sabía que se estaban perdiendo, que no iban en la dirección que debían. Casi corrían.

Y de pronto pareció materializarse ante ellos en la niebla un destello dorado. Estaba de pie sobre una rama baja, tenso.

Se detuvieron y retrocedieron despacio mientras el animal los observaba. Luego, con un movimiento fluido, saltó a un lado de ellos, y en tres brincos se situó en una rama a sus espaldas, impidiéndoles retroceder.

Sally lo apuntaba con el rifle, pero no disparó. Se quedaron mirando al animal y este les sostuvo la mirada.

—Creo que tal vez ha llegado el momento de matarlo —susurró Tom.

—No puedo.

Por alguna razón era la respuesta que Tom quería oír. Nunca había visto un animal tan lleno de vitalidad, tan ágil, tan magnífico.

De repente el jaguar se volvió y se alejó saltando con ligereza de rama en rama hasta desaparecer en la selva.

Se quedaron allí en silencio y Sally sonrió.

—Ya te dije que solo tenía curiosidad.

—Eso es lo que se llama curiosidad, seguirnos ochenta kilómetros. —Tom miró alrededor. Volvió a meterse el machete en la cintura y recogió el palo del que colgaba el pécari muerto. Estaba inquieto, nervioso. No había terminado.

No habían dado ni cinco pasos cuando el jaguar cayó con un grito ensordecedor sobre ellos, como una lluvia dorada, y aterrizó en la espalda de Sally con ruido sordo. El arma se disparó inútilmente. Sally se retorció al caer; aterrizaron juntos en el suelo, y la fuerza del golpe derribó al jaguar, no sin antes rasgar por la mitad la camisa de Sally.

Tom se abalanzó sobre el lomo del animal y lo sujetó entre sus piernas como si fuera un potro salvaje, al tiempo que le buscaba los ojos con los pulgares para arrancárselos; pero antes de que pudiera hacerlo sintió cómo el enorme cuerpo se flexionaba y saltaba como un muelle debajo de él. El animal volvió a rugir, saltó y se retorció en el aire mientras Tom desenfundaba el machete. Y de pronto tuvo al animal sobre él, una asfixiante masa de pelo caliente y hediondo que hacía presión sobre él y el machete, que apuntaba hacia arriba; Tom sintió cómo la hoja se hundía en el jaguar y un fuerte chorro de sangre caliente le caía a la cara. El jaguar rugió y se retorció, y Tom deslizó con toda sus fuerzas el machete hacia un lado. El cuchillo debía de haber penetrado los pulmones del animal, porque soltó un aullido que sonó como un gorgoteo ahogado y se relajó. Tom se lo quitó de encima y le arrancó el machete. El jaguar dio una última patada y se quedó inmóvil.

Se acercó corriendo a Sally, que trataba de levantarse. Al verlo ella gritó.

—Dios mío, Tom, ¿estás bien?

—¿Y tú?

—¿Qué te ha hecho? —Ella trató de tocarle la cara y él comprendió de pronto.

—No es mi sangre sino la de ella —dijo él débilmente, inclinándose sobre ella—. Deja que eche un vistazo a tu espalda.

Ella se tumbó boca abajo. Tenía la camisa hecha trizas y cuatro arañazos le recorrían el hombro. Él le quitó el resto de la camisa.

—Eh, estoy bien —dijo ella con voz ahogada.

—Calla. —Tom se quitó la camisa a su vez y empapó un extremo en un charco de agua—. Esto te va a doler.

Ella gruñó de dolor mientras él le limpiaba las heridas. No eran profundas; el mayor peligro era que se le infectaran. Tom arrancó un poco de musgo e hizo una gasa que sujetó sobre la herida con su camisa. Le ayudó a ponerse de nuevo la camisa y se sentó.

Ella lo miró de nuevo e hizo una mueca.

—Cielos, estás cubierto de sangre. —Miró hacia el animal, tumbado en todo su esplendor dorado en el suelo con los ojos entreabiertos—. ¿La has matado con el machete?

—He desenfundado el machete y ella ha saltado sobre él y lo ha hecho todo ella sola. —La rodeó con un brazo—. ¿Puedes levantarte?

—Sí.

La ayudó a ponerse de pie y ella se tambaleó un poco, pero enseguida se recuperó.

—Dame el rifle.

Tom lo recogió.

—Ya lo llevo yo.

—No, lo llevaré colgado del otro hombro. Tú lleva el pécari.

Tom no discutió. Ató de nuevo el pécari al palo, se lo puso el hombro y se detuvo para lanzar una última mirada al jaguar, tendido de costado, con los ojos vidriosos, en un charco de sangre.

—Vas a tener un montón de historias que contar cuando salgamos de aquí —dijo Sally sonriendo.

De nuevo en el campamento, Vernon y don Alfonso escucharon en silencio su historia. Cuando terminaron don Alfonso puso una mano en el hombro de Tom, lo miró a los ojos y dijo:

—Es usted un *yanqui* loco, Tomasito, ¿lo sabe?

Tom y Sally se retiraron a la intimidad de la cabaña, donde él le curó la herida con uno de los antibióticos de hierbas mientras ella permanecía sentada en el suelo con las piernas cruzadas y desnuda de la cintura para arriba, remendando su camisa con hilo de corteza que había fabricado don Alfonso. Ella no paraba de mirarlo con el rabillo del ojo, tratando de contener una sonrisa.

—¿Ya te he dado las gracias por haberme salvado la vida? —dijo finalmente.

—No las necesito. —Tom trató de disimular que se había ruborizado. No era la primera vez que la veía sin camisa (hacía tiempo que habían abandonado cualquier simulación de intimidad), pero esta vez sintió una intensa carga erótica. Notó cómo a ella le subía un calor por el pecho, dejándole los pezones erectos. ¿Sentía lo mismo que él?

—Sí que lo haces. —Ella dejó la camisa que remendaba, se volvió y, echándole los brazos al cuello, lo besó suavemente en los labios.

39

Hauser hizo detener a sus hombres junto al río. Más allá alcanzaba a ver las laderas azules de la Sierra Azul que se elevaban hacia las nubes como el mundo perdido de Arthur Conan Doyle. Cruzó el claro y examinó personalmente el sendero embarrado del otro lado. La lluvia constante había borrado casi todos los rastros, pero tenía la ventaja de revelarle lo recientes que eran las huellas de pies descalzos; no hacía ni dos horas que habían pasado por ahí. Parecía un grupo de seis hombres, una partida de cazadores tal vez.

Eran, por lo tanto, los indios con los que se había asociado Broadbent. No vivía nadie más en esas montañas selváticas dejadas de la mano de Dios.

Hauser se levantó de su postura arrodillada y reflexionó unos momentos. En esa selva era imposible llevar a cabo una persecución. Tampoco podría obtener nada de ellos mediante negociación. Eso le dejaba un solo curso de acción.

Indicó por señas a los soldados que avanzaran y se puso a la cabeza. Se movieron rápidamente por el sendero en la dirección que habían tomado los hombres. Había dejado atrás a Philip, bien esposado y vigilado por un soldado. A esas alturas el hijo de Broadbent estaba demasiado débil para continuar y no se hallaba en condiciones de escapar, y menos aún esposado. Era una lástima perder a un soldado cuando tenía tan pocos competentes, pero llegado el momento tal vez podría utilizar a Philip de baza en negociaciones. No debía subestimarse nunca el valor de un rehén.

Ordenó a sus hombres que marcharan a paso ligero.

Ocurrió exactamente lo que había sospechado. Los indios los habían oído acercarse a tiempo y habían desaparecido en la selva, pero no sin que antes Hauser advirtiera por dónde iban. Era un experto rastreador de la selva y los persiguió sin tregua, con una estrategia de guerra relámpago que aterrorizaría hasta al enemigo más preparado, y no digamos a un grupo de cazadores desprevenidos. Sus hombres se dividieron, y Hauser se llevó consigo a dos de ellos por una ruta alternativa para aislar a los indios.

Fue rápido, violento y ensordecedor. La selva se estremeció. Le hizo recordar con viveza los numerosos tiroteos en los que se había visto inmerso en Vietnam. Terminó en menos de un minuto; los árboles quedaron pelados y hechos trizas, los arbustos humeantes, el suelo pulverizado, y se elevó de él una bruma acre. De las ramas de un pequeño árbol colgaban orquídeas y vísceras.

Era realmente asombroso lo que podían hacer un par de simples lanzagranadas.

Hauser reunió los fragmentos de los cuerpos y determinó que habían muerto cuatro hombres. Los otros dos habían escapado. Por una vez sus soldados habían actuado de forma competente. Eso era lo que se les daba bien: matar a bocajarro, sin complicaciones. Tendría que recordarlo.

No le quedaba mucho tiempo. Necesitaba llegar al pueblo poco después de que lo hicieran los dos supervivientes, para atacarlo en el momento de mayor confusión y terror pero antes de que pudieran organizarse.

Se volvió y gritó a sus hombres:

—*¡Arriba! ¡Vámonos!*

Los hombres vitorearon, alentados por su entusiasmo, sintiéndose por fin en su elemento.

—¡Al pueblo!

40

Llovió durante una semana seguida sin que escampara. Avanzaron cada día sin tregua, subiendo y bajando ramales, bordeando precipicios precarios, cruzando corrientes rugientes, todo sepultado bajo la selva más densa que Tom habría creído posible. Si recorrían seis kilómetros al día se daban por satisfechos. Al cabo de siete días de lo mismo, Tom despertó una mañana y vio que había dejado de llover. Don Alfonso ya estaba levantado, atendiendo un gran fuego. Tenía una expresión grave. Mientras desayunaban, anunció:

—Anoche tuve un sueño.

El tono serio de su voz hizo que Tom se detuviera.

—¿Qué clase de sueño?

—Soñé que me moría. Mi alma subía al cielo y empezaba a buscar a san Pedro. Lo encontraba frente a las puertas. Me gritaba mientras me acercaba: «Don Alfonso, ¿es usted, viejo bribón?». «Sí —decía yo—. Soy yo, don Alfonso Boswas, que murió en la selva lejos de su hogar a los ciento veintiún años, y que quiere entrar y ver a mi Rosita.» «¿Qué hacías en la selva, don Alfonso?», preguntaba él. «Estaba con unos *yanquis* locos que iban a la Sierra Azul», decía yo. «¿Y llegaste?» «No», decía yo. «Entonces, don Alfonso, sinvergüenza, tendrás que volver.» —Se detuvo y añadió—: De modo que he vuelto.

Tom no estaba seguro de cómo reaccionar. Por un momento pensó que el sueño podía ser una de las bromas de don Alfonso, hasta que vio su expresión seria. Sally y él se cruzaron una mirada.

—¿Y qué significa ese sueño? —preguntó Sally.

Don Alfonso se llevó a la boca un trozo de raíz de *matta* y masticó pensativo, luego se echó hacia delante para escupir la pulpa.

—Significa que solo me quedan unos días más con vosotros. —Terminó su plato y se levantó, diciendo—: No hablemos más de esto y vayamos a la Sierra Azul.

Ese día fue peor que los anteriores, porque cuando dejaba de llover aparecían los insectos. Los viajeros subieron y bajaron con dificultad una serie de crestas empinadas por senderos embarrados, cayendo y resbalando sin cesar, atormentados por enjambres de mosquitos. Hacia el mediodía bajaron otro barranco donde resonaba el estrépito de agua. A medida que bajaban el ruido se hizo más intenso, y Tom se dio cuenta de que al fondo corría un río importante. Al abrirse el follaje en las orillas del río, don Alfonso, que iba el primero, se detuvo y retrocedió confuso, y les indicó por señas que permanecieran entre los árboles.

—¿Qué pasa?

—Hay un hombre muerto al otro lado del río, debajo de un árbol.

—¿Un indio?

—No, es una persona vestida con ropa norteamericana.

—¿Podría ser una emboscada?

—No, Tomás, o ya estaríamos todos muertos.

Tom siguió a don Alfonso hasta la orilla. Al otro lado del río, a unos cincuenta metros del lugar por donde se cruzaba, había un pequeño claro natural con un gran árbol en el centro. Atisbó un poco de color detrás del árbol y tomó prestados los prismáticos de Vernon para mirar con más detenimiento. Un pie descalzo, horriblemente hinchado, y parte de la pernera de un pantalón raído estaban a la vista. El resto lo ocultaba el tronco. Mientras miraba salió de detrás del árbol una nube de humo azulado, seguida de otra.

—A menos que los muertos fumen, ese hombre está vivo —dijo.

—Virgen santísima, tiene usted razón.

Talaron un árbol para cruzar el río. El ruido del hacha resonó por la selva, pero quienquiera que estaba detrás del árbol no se movió.

Cuando el árbol cayó, formando un puente tambaleante, don Alfonso empezó a cruzar el río receloso.

—Podría ser un demonio.

Cruzaron el tronco inestable con ayuda de la pértiga. Al otro lado del río ya no se veía al hombre.

—Debemos continuar y fingir que no lo hemos visto —susurró don Alfonso—. Ahora estoy seguro de que es un demonio.

—Eso es absurdo —dio Tom—. Voy a echar un vistazo.

—Por favor, no vaya, Tomás. Le robará el alma y la llevará al fondo del río.

—Iré contigo —dijo Vernon.

—*Curandera*, quédese aquí. No quiero que el demonio se lleve a todos ustedes.

Tom y Vernon se abrieron paso a lo largo de las grandes rocas lisas de la orilla del río, dejando a don Alfonso murmurando para sí con aire desdichado. No tardaron en llegar al claro y rodear el árbol.

Allí contemplaron a un ser humano destrozado. Estaba sentado con la espalda contra el árbol, fumando una pipa de brezo, y los miraba fijamente. No parecía indio, aunque tenía la piel casi negra. Su ropa estaba raída; tenía la cara en carne viva de rascársela, sangrante de picaduras de insectos. Tenía los pies descalzos hinchados y llenos de cortes. Estaba tan delgado que los huesos le sobresalían del cuerpo de forma grotesca, como los de un refugiado hambriento. Tenía el pelo greñudo, y una especie de barba llena de ramitas y hojas.

Al verlos acercarse no reaccionó. Se limitó a mirarlos con ojos inexpresivos. Parecía más muerto que vivo. Luego dio un respingo, como si tuviera un ligero escalofrío. Se sacó la pipa de la boca y habló con un hilo de voz, apenas un susurro áspero:

—¿Qué tal estáis, hermanos míos?

41

Tom se sobresaltó, tan atónito se quedó al oír la voz de su hermano Philip salir de ese cadáver viviente. Se inclinó para escudriñarle la cara, pero no encontró ningún parecido. Retrocedió horrorizado. Por una llaga de su cuello pululaban gusanos.

—¿Philip? —susurró Vernon.

La voz graznó un sí.

—¿Qué estás haciendo aquí?

—Morir. —Philip habló con toda naturalidad.

Tom se arrodilló y miró más de cerca la cara de su hermano. Seguía demasiado horrorizado para hablar o reaccionar. Puso una mano en su hombro huesudo.

—¿Qué ha pasado?

El hombre cerró los ojos un momento, luego los abrió.

—Más tarde.

—Por supuesto. ¿En qué estoy pensando? —Tom se volvió hacia su hermano.

—Vernon, ve a buscar a don Alfonso y a Sally. Diles que hemos encontrado a Philip y que acamparemos aquí.

Siguió mirando a su hermano, demasiado conmocionado para hablar. Philip estaba completamente tranquilo..., como si se hubiera resignado a morir. No era natural. En sus ojos se veía la serenidad de la apatía.

Don Alfonso llegó y, aliviado al enterarse de que el demonio del río había resultado ser un ser vivo, empezó a despejar una zona para montar un campamento.

Cuando Philip vio a Sally, se sacó la pipa de la boca y parpadeó.

—Soy Sally Colorado —dijo ella, tomándole la mano entre las suyas.

Philip logró asentir con la cabeza.

—Necesitamos lavarte y curarte.

—Gracias.

Llevaron a Philip río abajo, lo tendieron sobre un lecho de hojas de plátano y lo desnudaron. Tenía el cuerpo cubierto de llagas, muchas de las cuales estaban infectadas, y en algunas pululaban gusanos. Los gusanos, pensó Tom al examinar las heridas, habían sido en realidad una bendición, ya que habían consumido el tejido séptico y reducido las posibilidades de gangrena. Vio que en algunas de las heridas donde habían actuado los gusanos ya había un nuevo tejido de granulación. Las demás no tenían tan buen aspecto.

Con una sensación horrible miró a su hermano. No tenían medicinas, ni antibióticos, ni vendas, solo las hierbas de Sally. Lo lavaron con cuidado, lo llevaron de nuevo al claro y lo tendieron, totalmente desnudo, en un lecho de hojas de palma junto al fuego.

Sally empezó a clasificar los manojos de hierbas y raíces que había recogido.

—Sally es herbolaria —dijo Vernon.

—Preferiría una inyección de amoxicilina.

—No tenemos.

Philip permaneció tumbado de espaldas sobre las frondas y cerró los ojos. Tom le curó las llagas, rascándole la carne necrosada, e irrigando y haciendo salir a los gusanos. Sally espolvoreó un antibiótico de hierbas sobre las heridas y las vendó con tiras de corteza golpeada que había esterilizado en agua hirviendo y curado al humo. Lavaron y secaron las ropas raídas y volvieron a vestirlo con ellas, pues no tenían otras. Empezaba a ponerse el sol cuando terminaron. Lo sentaron, y Sally le trajo una infusión de hierbas.

Philip cogió la taza. Tenía mejor aspecto.

—Date la vuelta, Sally —dijo—, y déjame ver si tienes alas.

Sally se ruborizó.

Philip bebió un sorbo y luego otro. Mientras tanto, don Alfonso había pescado media docena de peces en el río y los asaba ensartados en palos al fuego. Les llegó el olor a pescado asado.

—Es curioso, pero no tengo apetito —comentó Philip.

—No es raro cuando estás famélico —replicó Tom.

Don Alfonso sirvió el pescado en hojas. Comieron en silencio, luego Philip habló:

—Vaya, vaya, aquí estamos todos. Una pequeña reunión familiar en la selva hondureña. —Miró alrededor con los ojos centelleantes, luego añadió—: Te.

Hubo un silencio y Vernon dijo:

—Ha.

—To —dijo Tom.

—Ca —dijo Philip.

Hubo otro largo silencio y Vernon dijo:

—Maldita sea. Do.

—¡Vernon lava los platos! —canturreó Philip.

Tom se volvió hacia Sally para explicarlo.

—Es un juego al que jugábamos —dijo con una sonrisa tímida.

—Supongo que sois realmente hermanos.

Philip soltó una carcajada.

—Pobre Vernon. Siempre terminabas en la cocina, ¿verdad?

—Me alegra ver que estás mejor —dijo Tom.

Philip volvió su cara demacrada hacia él.

—Lo estoy.

—¿Te ves con fuerzas para contarnos qué ha ocurrido?

Philip se puso serio, perdiendo toda su expresión maliciosa.

—Es una historia salida del corazón de las tinieblas, con Mistah Kurtz y todo. ¿Estáis seguros de que queréis oírla?

—Sí —dijo Tom—. Queremos oírla.

42

Philip llenó con cuidado su pipa con una lata de Dunhill Early Morning y la encendió, con movimientos lentos y parsimoniosos.

—Lo único que no me quitaron fue el tabaco y la pipa, gracias a Dios. —Dio una calada despacio con los ojos entrecerrados, ordenando sus pensamientos.

Tom aprovechó la oportunidad para examinarle la cara. Ahora que lo habían lavado podía por fin reconocer las facciones alargadas y aristocráticas de su hermano. La barba le confería un aspecto de tunante que le hacía parecerse curiosamente a su padre. Pero su cara había cambiado: algo había ocurrido a su hermano, algo tan horrible que había alterado sus facciones básicas.

Con la pipa encendida, Philip abrió los ojos y empezó a hablar.

—Cuando os dejé a los dos, volví en avión a Nueva York y localicé al viejo socio de padre, Marcus Aurelius Hauser. Supuse que él sabría mejor que nadie adónde había ido padre. Era detective privado, nada menos. Me encontré con un tipo rollizo y perfumado. Con dos rápidas llamadas telefónicas fue capaz de averiguar que padre había ido a Honduras, de modo que supuse que era competente y lo contraté. Volamos a Honduras; él organizó una expedición y contratamos a doce soldados con cuatro canoas. Él lo financió todo obligándome a vender la bonita acuarela de Paul Klee que padre me regaló...

—Oh, Philip —dijo Vernon—. ¿Cómo pudiste?

Philip cerró los ojos cansinamente. Vernon guardó silencio.

—De modo que fuimos en avión a Brus —continuó Philip— y llenamos las canoas para ir alegremente río arriba. Recogimos a un guía en una aldea atrasada y procedimos a cruzar el pantano Meambar. Y entonces Hauser dio un golpe. El cabrón engominado lo había planeado todo de antemano; es uno de esos tipos nazis perversos que controlan hasta el último detalle. Me encadenaron como un perro. Hauser arrojó al guía a las pirañas y a continuación organizó una emboscada para mataros.

Llegado a ese punto le falló la voz, y dio varias caladas a la pipa, su mano huesuda temblorosa. Contaba la historia con cierta fanfarronería humorística que Tom conocía bien en su hermano.

—Después de encadenarme, Hauser dejó atrás a cinco soldados en la Laguna Negra para que os tendieran una emboscada. Me llevó con los demás soldados por el río Macaturi hasta las Cascadas. Nunca olvidaré el momento en que volvieron los soldados. Solo eran tres, y uno tenía una flecha de un metro clavada en el muslo. No oí todo lo que dijeron. Hauser se puso furioso, se llevó al hombre del campamento y le disparó a bocajarro en la cabeza. Yo sabía que habían matado a dos personas y estaba convencido de que uno o los dos estabais muertos. Tengo que deciros, hermanos, que cuando os he visto aparecer he pensado que había muerto e ido al infierno..., y erais el comité de recepción. —Soltó una risotada seca—. Dejamos las canoas en las Cascadas y seguimos a pie el sendero que había tomado padre. Hauser sería capaz de seguir el rastro de un ratón en la selva si se lo propusiera. Si no se deshizo de mí es porque quería utilizarme como una baza para negociar. Se encontró con un grupo de indios de las montañas, mató a varios y siguió al resto hasta el pueblo. Una vez allí, lo atacó y logró capturar al jefe. Yo no vi nada, me dejaron atrás sujeto con cadenas, pero pude contemplar los resultados.

Se estremeció.

—Una vez que tuvo al jefe de rehén, subimos las montañas hacia la Ciudad Blanca.

—¿Hauser sabe que es la Ciudad Blanca?

—Se enteró por un prisionero indio. Pero no sabe dónde está la tumba dentro de la Ciudad Blanca. Al parecer solo el jefe y un puñado de ancianos sabe con exactitud dónde se encuentra la tumba de padre.

—¿Cómo escapaste? —preguntó Tom.

Philip cerró los ojos.

—El rapto del jefe hizo que los indios declararan la guerra. Atacaron a Hauser mientras se dirigía a la Ciudad Blanca. Pese a sus armas pesadas, Hauser y sus hombres estuvieron ocupadísimos. Me habían quitado las cadenas para ponérselas al jefe. En pleno ataque logré huir. He pasado los últimos diez días caminando, gateando en realidad, hasta llegar aquí, alimentándome a base de insectos y lagartos. Hace tres días llegué a este río. De modo que me senté bajo un árbol para esperar el final.

—¿Llevabas tres días sentado debajo de ese árbol?

—Tres, cuatro días..., quién sabe. He perdido la cuenta.

—Dios mío, Philip, qué horrible.

—Al contrario. Ha sido reconfortante. Porque ya no me importaba nada. Nada. En toda mi vida me he sentido más libre que sentado bajo ese árbol. Puede que hasta haya sido feliz un par de momentos.

El fuego se había apagado. Tom arrojó unas ramas para avivarlo.

—¿Has visto la Ciudad Blanca? —preguntó Vernon.

—Escapé antes de que llegaran allí.

—¿Cuánto hay de aquí a la Sierra Azul?

—Unos quince kilómetros tal vez hasta las estribaciones, y otros quince o veinte hasta la ciudad.

Se produjo un silencio. El fuego crepitó. En un árbol cercano cantó un pájaro melancólico. Philip cerró los ojos y murmuró con una voz cargada de sarcasmo:

—Querido padre, qué magnífico legado has dejado a tus hijos que te adoran.

43

El templo estaba sepultado bajo lianas, y la arcada delantera se apoyaba en seis columnas cuadradas de piedra caliza veteadas de musgo verde que sostenían parte del techo de piedra. Hauser se quedó fuera examinando los curiosos jeroglíficos grabados en los pilares, las caras extrañas, animales, puntos y líneas. Le recordó el códice.

—Esperen fuera —dijo a sus hombres y abrió una brecha en el muro de vegetación. Estaba oscuro. Apuntó la linterna alrededor. No había serpientes ni jaguares, solo una maraña de telarañas en una esquina y varios ratones que se escabullían. Era un lugar protegido y resguardado de la lluvia, idóneo para montar su cuartel general.

Se adentró más en el templo. En la parte trasera había otra hilera de columnas cuadradas de piedra enmarcando una puerta en ruinas que daba a un lúgubre patio. La franqueó. Había varias estatuas caídas, profundamente erosionadas por el tiempo y mojadas por la lluvia. Por las piedras reptaban, como gruesas anacondas, grandes raíces de árboles que resquebrajaban paredes y techos, hasta que los mismos árboles se convertían en parte integrante de lo que mantenía unida la estructura. En el otro extremo del patio una segunda puerta conducía a una pequeña cámara con un hombre esculpido en piedra, tumbado de espaldas con un recipiente en las manos.

Hauser salió para reunirse con sus soldados que lo esperaban. Dos de ellos sujetaban entre ambos al jefe capturado, un anciano encorvado y casi desnudo salvo por un taparrabos y un trozo de cuero anudado sobre el hombro y sujeto alrededor de la cintura. Tenía el cuerpo cubierto de arrugas. Debía de ser el hombre más viejo que Hauser había visto nunca; y sin embargo, sabía que no tenía más de sesenta años. La selva hacía envejecer deprisa.

Hauser hizo un ademán hacia el *teniente*.

—Nos quedaremos aquí. Que los soldados limpien esta habitación para instalar mi cama y despacho. —Señaló al anciano con la cabeza—. Encadénenlo en la pequeña habitación que hay al otro lado del patio y monten guardia para vigilarlo.

Los soldados hicieron entrar al anciano indio en el templo. Hauser se sentó en un bloque de piedra y sacó del bolsillo de su camisa el tubo de un puro nuevo, desenroscó la tapa y sacó el puro. Seguía cubierto de un envoltorio de madera de cedro. Lo olió, lo apretó en la mano y volvió a olerlo, inhalando la exquisita fragancia, luego empezó el delicioso ritual de encender el puro.

Mientras fumaba, contempló la pirámide en ruinas que tenía justo enfrente. No era como Chichén Itzá o Copán, pero para lo que eran las pirámides mayas era bastante impresionante. A menudo se encontraban enterramientos importantes dentro de las pirámides. Hauser estaba convencido de que el viejo Max se había hecho enterrar en una tumba que había saqueado hacía tiempo. Si era así, tenía que ser una tumba importante, para que cupieran todas sus pertenencias.

Las escaleras del interior de la pirámide se habían resquebrajado a causa de las raíces de los árboles, que habían levantado muchos bloques de piedra y los habían hecho rodar hasta el suelo. En lo alto había una pequeña habitación soportada por cuatro pilares cuadrados, con cuatro puertas y un altar de piedra donde los mayas habían sacrificado sus víctimas. Hauser inhaló. Debió de ser un espectáculo digno de ver, el sacerdote rajando la víctima por el esternón, partiéndole el tórax, arrancando el corazón palpitante y sosteniéndolo en alto con un agudo grito de triunfo mientras el cuerpo caía rodando por las escaleras para que los nobles que aguardaban lo despedazaran y lo convirtieran en un guiso de maíz.

Qué bárbaros.

Hauser fumó con placer. La Ciudad Blanca era bastante impresionante aun cubierta como estaba de vegetación. Max apenas había arañado la superficie. Había muchas más cosas valiosas allí. Hasta un simple bloque con, digamos, la cabeza de un jaguar grabada en él podía suponer cien mil dólares. Tendría que cuidarse de mantener en secreto su situación.

En sus tiempos de apogeo la Ciudad Blanca debía de haber sido un lugar asombroso; Hauser casi la visualizaba: los templos nuevos de un blanco deslumbrante, los juegos de pelota (en los que el equipo perdedor perdía la cabeza), el clamor de la multitud de espectadores, las procesiones de los soldados engalanados con oro, plumas y jade. ¿Y qué había ocurrido? Ahora sus descendientes vivían en cabañas hechas de corteza y su sacerdote principal era un hombre harapiento. Era curioso cómo cambiaban las cosas.

Se llenó de nuevo los pulmones de humo. Era cierto que no todo había ido según lo previsto. No importaba. La experiencia le había enseñado que cualquier operación era un ejercicio de improvisación. Los que creían que podían planear una operación de antemano y llevarla a cabo a la perfección siempre morían siguiendo el guión. Ese era su principal punto fuerte: la improvisación. Los seres humanos eran intrínsicamente impredecibles.

Por ejemplo Philip. En ese primer encuentro le había parecido todo fachada, con su traje caro, sus gestos afectados y su falso acento de clase alta. Apenas podía creer que hubiera logrado escapar. Probablemente moriría en la selva —estaba en las últimas cuando huyó— pero aun así Hauser estaba preocupado. E impresionado. Tal vez se le había pegado algo de Max a ese capullo farsante, después de todo. Max. Menudo cabrón loco había resultado ser.

Lo más importante era no olvidar las prioridades. Lo primero era el códice y luego lo demás. Y, en tercer lugar, la Ciudad Blanca en sí misma. En los pasados años Hauser había seguido con interés el saqueo del Yacimiento Q. La Ciudad Blanca iba a ser su Yacimiento Q.

Examinó el final de su puro, sosteniéndolo en alto para que no le entrara el humo por las fosas nasales. Los puros habían aguantado bien el viaje por la selva; podía decirse que habían mejorado.

El teniente salió e hizo el saludo.

—Preparados, señor.

Hauser entró detrás de él en el templo en ruinas. Los soldados arreglaban la parte exterior, rastrillando los excrementos de animales, quemando las telarañas, arrojando agua para asentar el polvo y cubriendo el suelo con helechos cortados. Cruzó la puerta baja de piedra que llevaba al patio interior, pasó junto a las estatuas tumbadas y entró en la sala del fondo. El arrugado indio estaba encadenado a uno de los pilares de piedra. Hauser lo iluminó con la linterna. Era un cabrón, pero le sostuvo la mirada. En su cara no había rastro de miedo y eso no le gustó a Hauser. Le recordó la cara de Ocotal. Esos malditos indios eran como los vietcong.

—Gracias, *teniente* —dijo al soldado.

—¿Quién va a traducir? No habla español.

—Me haré entender.

El teniente se retiró. Hauser miró al indio y una vez más este le sostuvo la mirada. En ella no había desafío, ni cólera, ni miedo..., solo observaba.

Hauser se sentó en la esquina del altar de piedra, sacudió con cuidado la ceniza de su puro, que se había apagado, y volvió a encenderlo.

—Me llamo Marcus —dijo sonriendo. Presentía que iba a ser un caso difícil—. La situación es la siguiente, jefe. Quiero que me diga dónde enterraron usted y su gente a Maxwell Broadbent. Si lo hace, no habrá ningún problema, entraremos allí y cogeremos lo que queremos y a usted le dejaremos en paz. Si no lo hace, le ocurrirán cosas malas a usted y a su gente. Averiguaré dónde está la tumba y la saquearé de todos modos. ¿Qué escoge?

Levantó la vista hacia el hombre, dando vigorosas caladas al puro hasta que el extremo se puso incandescente. El hombre no había entendido una palabra. No importaba. No era estúpido: sabía qué quería de él.

—¿Maxwell Broadbent? —repitió despacio, pronunciando cada sílaba. Se encogió de hombros con las manos vueltas hacia arriba en un gesto universal que indicaba que era pregunta.

El indio no dijo nada. Hauser se levantó y se acercó a él, dando una profunda calada que dejó largo rato incandescente el extremo del puro. Luego se detuvo, se sacó el puro de la boca y lo sostuvo frente a la cara del hombre.

—¿Le apetece un puro?

44

Philip terminó de explicar su historia. Hacía rato que se había puesto el sol, y el fuego se había desmoronado en un montón de brasas rojas. Tom apenas podía creer todo lo que había soportado su hermano.

Sally fue la primera en hablar.

—Hauser está cometiendo un genocidio allá arriba.

—Tenemos que hacer algo.

—¿Como qué? —preguntó Vernon. Su voz sonaba cansada.

—Tenemos que ir hasta los indios de las montañas y ofrecerles nuestros servicios. Unidos a ellos podemos derrotar a Hauser.

Don Alfonso alargó las manos.

—*Curandera*, nos matarán antes de que podamos hablar.

—Entraré yo en el pueblo, sin armas. No matarán a una mujer desarmada.

—Sí que lo harán. ¿Y qué podemos hacer nosotros? Tenemos un solo rifle contra soldados profesionales con armas automáticas. Estamos débiles. Hambrientos. Ni siquiera tenemos una muda de ropa entre todos..., y uno de nosotros no puede andar.

—¿Qué está insinuando?

—Se acabó. Debemos volver.

—Dijo que nunca lograríamos cruzar el pantano.

—Ahora sabemos que dejaron sus canoas en las Cascadas Macaturi. Iremos hasta allí y se las robaremos.

—¿Y entonces? —preguntó Sally.

—Yo volveré a Pito Solo y ustedes se irán a sus casas.

—¿Y dejar a Hauser allá arriba matando a todo el mundo?

—Sí.

Sally se puso furiosa.

—No lo consentiré. Tenemos que detenerlo. Nos pondremos en contacto con el gobierno, les haremos enviar tropas para arrestarlo.

Don Alfonso parecía muy cansado.

—*Curandera*, el gobierno no hará nada.

—¿Cómo lo sabe?

—Ese hombre ya ha hecho tratos con el gobierno. No podemos hacer otra cosa que aceptar que somos impotentes.

—¡Yo no lo acepto!

Don Alfonso la miró con sus viejos ojos tristes. Rascó con cuidado la cazoleta de su pipa, la vació con unos golpecitos, la llenó y volvió a encenderla con una ramita del fuego.

—Hace muchos años —dijo—, cuando era niño, recuerdo que vino a nuestro pueblo el primer hombre blanco. Era un hombre bajo con un gran sombrero y una barba puntiaguda. Pensamos que podía ser un fantasma. Sacó uno de esos pedazos amarillos con forma de zurullo y preguntó si habíamos visto algo igual. Le temblaban las manos y sus ojos tenían un brillo de locura. Nos asustamos y dijimos que no. Un mes después, con la inundación anual, su barca podrida regresó flotando río abajo con nada más que su cráneo con pelo. Quemamos la barca y fingimos que no había pasado nada.

»Al año siguiente llegó por el río un hombre con traje negro y sombrero. Era un hombre amable, y nos dio comida y cruces, y nos sumergió a todos en el río y dijo que nos había salvado. Se quedó con nosotros unos meses y dejó preñada a una mujer, luego trató de cruzar el pantano. Nunca volvimos a verlo.

»Después de eso llegaron más hombres buscando esos zurullos amarillos que llamaban oro. Estaban aún más locos que el primero, y abusaron de nuestras hijas, nos robaron barcas y comida, y se fueron río arriba. Uno de ellos regresó pero sin lengua, de modo que nunca supimos qué le había ocurrido. Llegaron más hombres con cruces, y cada uno dijo que las cruces de los otros no eran de las buenas, que las suyas eran las únicas buenas y las demás basura. Nos sumergieron de nuevo en el río y entonces los otros nos volvieron a sumergir diciendo que los primeros no lo habían hecho bien, y luego vinieron otros y volvieron a sumergirnos, hasta que quedamos totalmente empapados y confusos.

»Más tarde llegó un hombre blanco solo que vivió con nosotros, aprendió nuestro idioma y nos dijo que todos los hombres con cruces eran deficientes. Se llamó a sí mismo antropólogo. Pasó un año entrometiéndose en nuestros asuntos privados, haciéndonos un montón de preguntas estúpidas sobre cosas como sexo, y quién estaba emparentado con quién, qué nos pasaba después de la muerte, qué comíamos y bebíamos, cómo cocinábamos un cerdo. Mientras hablábamos lo escribía todo. Los jóvenes perversos de la tribu, de los cuales yo era uno, le dijimos un montón de mentiras escandalosas, y él lo escribió todo muy serio y nos dijo que iba a ponerlo todo en un libro que leería todo el mundo en América y que nos haría famosos. Nos pareció graciosísimo.

»Luego llegaron por el río unos hombres con soldados, y tenían armas y papeles, y todos firmamos los papeles, y luego nos dijeron que había aceptado tener un nuevo jefe, mucho más importante que el jefe del pueblo, y todos habíamos accedido a darle toda la tierra, animales y árboles, y todos los minerales y el petróleo que había bajo tierra, si lo había, lo que nos pareció muy gracioso. Nos dio una foto de nuestro nuevo jefe. Era muy feo, con una cara tan marcada de viruelas como una piña. Cuando nuestro verdadero jefe protestó, se lo llevaron al bosque y le pegaron un tiro.

»Entonces vinieron unos soldados y hombres con maletines, y dijeron que había habido una revolución, y que teníamos un nuevo jefe, que el antiguo había muerto de un disparo. Dijeron que hiciéramos marcas en más papeles, y luego llegaron más misioneros y abrieron escuelas y trajeron medicinas, y trataron de captar a los chicos y llevárselos a un colegio, pero nunca lo lograron.

»En aquellos tiempos teníamos un jefe muy sabio, mi abuelo, don Cali. Un día nos reunió a todos. Dijo que necesitábamos comprender a esa gente nueva que actuaba como si estuviera loca pero que era lista como el demonio. Teníamos que averiguar quiénes eran en realidad. Pidió a voluntarios entre los chicos. Yo me ofrecí voluntario. La siguiente vez que vinieron misioneros, dejé que me captaran y me enviaran al internado de La Ceiba. Me cortaron el pelo al rape y me pusieron ropa que picaba y zapatos que ardían, y me golpearon por hablar tawahka. Me quedé allí diez años, y aprendí a hablar español e inglés, y vi con mis propios ojos quiénes eran los hombres blancos. Esa era mi misión: comprenderlos.

»Regresé y le dije a mi gente lo que había averiguado. Dijeron: "Eso es terrible, ¿qué podemos hacer?". Y yo dije: "Dejádmelo a mí. Resistiremos dándoles la razón".

»Después de eso, supe qué decir a los hombres que venían a nuestro pueblo con maletines y soldados. Sabía leer los papeles. Sabía cuándo firmarlos y cuándo perderlos y hacerme el tonto. Sabía qué decir a los hombres de Jesús para conseguir medicinas, comida y ropa. Cada vez que me traían una foto del nuevo jefe y me decían que tirara la del viejo jefe, les daba las gracias y colgaba la nueva foto en mi cabaña con flores.

»Y así fue como me convertí en el jefe de Pito Solo. Y ya ve, *curandera*, entiendo cómo son las cosas. No hay nada que podamos hacer nosotros para ayudar a los indios de la montaña. Perderemos la vida para nada.

—Yo, personalmente, no puedo darles la espalda —dijo Sally.

Don Alfonso puso una mano en las de ella.

—*Curandera*, para ser mujer es la más valiente que he conocido nunca.

—No empiece otra vez, don Alfonso.

—Es usted hasta más valiente que muchos hombres que he

conocido. No subestime a los indios de la montaña. No me gustaría ser uno de esos soldados a manos de los indios de la montaña y que lo último que viera de este mundo fuera mi virilidad asándose sobre una hoguera.

Nadie habló durante unos minutos. Tom se sintió cansado, muy, muy cansado.

—Don Alfonso, nosotros tenemos la culpa de lo que está ocurriendo. O mejor dicho, nuestro padre tiene la culpa. Somos responsables.

—Tomás, nada de todo eso importa, si la culpa es suya, mía o de él. No podemos hacer nada. Somos impotentes.

Philip asintió.

—Ya he tenido bastante de este viaje disparatado. No podemos salvar el mundo.

—Estoy de acuerdo —dijo Vernon.

Tom se encontró con que todos lo miraban. Estaba teniendo lugar una especie de votación y él tenía que decidir. Vio que Sally lo miraba con cierta curiosidad. No se veía a sí mismo rindiéndose. Había ido demasiado lejos.

—Nunca podré vivir en paz conmigo mismo si regresamos. Estoy con Sally.

Pero seguían siendo tres contra dos.

Aun antes de que saliera el sol, don Alfonso estaba levantado desmontando el campamento. El indio, normalmente inescrutable, temblaba de miedo.

—Anoche había un indio de la montaña a menos de medio kilómetro de nuestro campamento. Vi sus huellas. No me da miedo morir. Pero ya he causado la muerte de Pingo y Chori, y no quiero más sangre en mis manos.

Tom observó a don Alfonso reunir sus escasas pertenencias. Se sentía asqueado. Había terminado. Hauser había ganado.

—Vaya donde vaya Hauser con ese códice, y haga lo que haga,

le seguiré la pista. No se librará de mí. Puede que volvamos a la civilización, pero regresaré. Esto no se acaba aquí, de ningún modo.

Philip seguía teniendo los pies infectados y no podía caminar. Don Alfonso tejió una hamaca para transportarlo, una especie de camilla con dos palos cortos para llevar al hombro. No tardó en tenerlo todo listo. Cuando llegó el momento de partir, Tom y Vernon lo levantaron. Echaron a andar en fila india a través el estrecho pasillo de vegetación, Sally la primera blandiendo el machete, don Alfonso cerrando la marcha.

—Siento ser una carga —dijo Philip, sacándose la pipa de la boca.

—Eres una maldita carga —dijo Vernon.

—Permite que me golpee el pecho con arrepentimiento.

Tom escuchó a sus dos hermanos. Siempre había sido así, una especie de pulla medio en broma. A veces se quedaba en algo amistoso, otras no. Tom se alegraba en cierto sentido de ver a Philip lo bastante bien para empezar a tomar el pelo a Vernon.

—Eh, espero no resbalar y dejarte caer en un hoyo de barro —dijo Vernon.

Don Alfonso echó un último vistazo a los fardos.

—Debemos hacer el menor ruido posible —dijo—. Y no fumar, Philip. O lo olerán.

Philip soltó una maldición y apagó la pipa. Empezó a llover. Llevar a Philip resultó ser mucho más difícil de lo que había anticipado Tom. Era casi imposible subirlo por los senderos resbaladizos. Cruzar con él los ríos rugientes a través de troncos inestables fue una prueba de terror. Don Alfonso permanecía vigilante e impuso un estricto régimen de silencio; hasta prohibió el uso del machete. Profundamente exhaustos, esa tarde acamparon en la única extensión de suelo llano que encontraron, un revolcadero de barro. Caían chuzos de punta; el agua entraba a raudales en la frágil cabaña que había construido Vernon, y el barro lo cubría todo. Tom y Sally salieron a cazar y deambularon dos horas por la selva sin ver nada. Don Alfonso prohibió hacer fuego, por miedo a que lo olieran. Esa noche la cena consistió en una raíz cruda que sabía a cartón y un par de frutas podridas llenas de pequeños gusanos blancos.

Siguió lloviendo a cántaros, convirtiendo las corrientes en torrentes bullentes. En diez horas de esfuerzo agotador solo habían recorrido unos cinco kilómetros. El día siguiente y el siguiente fueron más de lo mismo. Era imposible cazar, y don Alfonso no logró pescar nada. Subsistían a base de raíces y bayas, y la extraña fruta podrida que don Alfonso era capaz de coger. Hacia el cuarto día habían logrado avanzar poco más de quince kilómetros. Philip, que ya estaba medio famélico, se debilitaba rápidamente. Recuperó su expresión demacrada. Sin poder fumar, pasaba la mayor parte del tiempo mirando fijamente el dosel de los árboles sobre sus cabezas, sin apenas responder cuando le hablaban. Debilitados por el esfuerzo físico de llevar la hamaca, tuvieron que detenerse con más frecuencia para descansar. Don Alfonso pareció encogerse, los huesos le sobresalían de forma horrible, con la piel colgante y arrugada. Tom había olvidado lo que era llevar ropa seca.

El quinto día, hacia el mediodía, don Alfonso los hizo detenerse. Se agachó para arrancar algo del sendero. Era una pluma con un pequeño cordel trenzado atado a ella.

—Indios de la montaña —susurró con voz temblorosa—. Son recientes.

Hubo un silencio.

—Debemos abandonar el sendero.

Si seguir el sendero ya había sido bastante duro, en adelante caminar se volvió casi imposible. Se abrieron paso a la fuerza a través de un muro de helechos y lianas tan grueso que parecía rechazarlos. Gatearon por debajo y treparon por encima de árboles caídos, caminaron por charcos pantanosos con el barro a veces hasta la cintura. La vegetación estaba llena de hormigas e insectos agresores que cuando los importunaban se abalanzaban sobre ellos con furia, metiéndoseles por el pelo y el cuello, picándolos y mordiéndolos. Quien más los sufrió fue Philip, ya que su hamaca era arrastrada y conducida a través de la densa maleza. Don Alfonso insistió en mantenerse alejados del sendero.

Era un verdadero infierno. No paraba de llover. Se turnaban para abrir a machetazos un camino de unos cien metros a través de la densa maleza; luego dos de ellos arrastraban a Philip en su hamaca a lo largo del camino abierto. Se detenían y se relevaban para despejar otros cien pasos a través de la selva. Siguieron así, avanzando doscientos metros la hora, durante más de dos días, sin que escampara ni una sola vez, caminando con el barro hasta las rodillas, resbalándose y a veces arrastrándose colina arriba y cayendo y resbalando de nuevo. A Tom se le habían caído casi todos los botones de la camisa, y tenía los zapatos tan hechos pedazos que se había cortado varias veces los pies con ramas afiladas. Los demás estaban en un estado andrajoso parecido. En el bosque no había nada que cazar. Los días se fundían en una larga lucha a través de maleza oscura y pantanos ruidosos por la lluvia, donde los picaban o mordían con tal frecuencia que su piel adquirió la textura de una arpillera. Ahora era preciso levantar entre los cuatro a Philip, y a veces tenían que descansar una hora para arrastrarlo una docena de pasos.

Tom empezó a perder la noción del tiempo. El final estaba cerca, se daba cuenta; el momento en que no podrían continuar. Se sentía extraño, aturdido. Las noches y los días se confundían. Cayó en el barro y yació allí hasta que Sally tiró de él para levantarlo. Media hora después él tendría que hacer lo mismo por ella.

Llegaron a un claro donde había caído un árbol enorme, abriendo un agujero en el dosel del bosque. El suelo alrededor era, por una vez, relativamente llano. El árbol gigante había caído de tal modo que era posible guarecerse bajo su enorme tronco.

Tom apenas podía dar un paso. De común acuerdo tácito, todos se detuvieron para acampar. Él se sentía tan débil que se preguntó si, una vez que se tumbara, podría volver a levantarse. Aunando las últimas fuerzas que le quedaban el grupo cortó palos, los colocaron contra el tronco y los cubrieron de helechos. Parecía ser alrededor del mediodía. Se deslizaron por debajo y se apiñaron todos juntos, tumbándose directamente en el suelo mojado sobre cinco centímetros de barro. Más tarde Sally y Tom hicieron otro intento de cazar, pero volvieron antes del anochecer con las manos vacías. Se apretujaron bajo el tronco mientras caía lentamente la noche.

A la luz moribunda Tom examinó a su hermano Philip. Se hallaba en un estado desesperado. Había tenido fiebre y se había vuelto semicoherente. Tenía huecos en las mejillas y profundas ojeras; sus brazos eran como palillos con los codos hinchados. Algunas de las infecciones que habían tratado con tanto cuidado se habían abierto de nuevo y en ellas volvían a pulular gusanos. Tom sintió que se le partía el corazón. Philip se estaba muriendo.

Tom sabía en el fondo que ninguno de ellos iba a salir de ese miserable y pequeño claro.

La lánguida apatía de la inanición incipiente se apoderó de todos ellos. Tom estuvo despierto la mayor parte de la noche, incapaz de conciliar el sueño. Durante la noche escampó, y a la mañana siguiente salió el sol sobre las copas de los árboles. Por primera vez en semanas vio cielo azul... un cielo azul perfecto. La luz del sol entraba a raudales por la abertura entre las copas de los árboles. Los rayos iluminaban las columnas de insectos, convirtiéndolas en tornados de luz que se arremolinaban. Del tronco gigantesco se elevaba vaho.

Era irónico: el hueco entre los árboles enmarcaba una vista perfecta de la Sierra Azul. Llevaban una semana luchando por avanzar en sentido contrario y las montañas parecían sin embargo más cercanas que nunca: las cimas se elevaban en medio de jirones de nubes, tan azules como zafiros tallados. Tom ya no tenía hambre. «Esto es lo que ocurre cuando estás famélico», pensó.

Sintió una mano en el hombro. Era Sally.

—Ven aquí —dijo con voz grave.

Tom se asustó de pronto.

—¿Philip?

—No. Don Alfonso.

Tom se levantó y siguió a Sally a lo largo del tronco hasta donde don Alfonso había extendido su hamaca directamente sobre el suelo húmedo. Yacía de costado, mirando fijamente la Sierra Azul. Tom se arrodilló y cogió su vieja mano arrugada. Estaba caliente.

—Lo siento, Tomasito, pero soy un anciano inútil. Soy tan inútil que me estoy muriendo.

—No hable así, don Alfonso. —Puso una mano en la frente de don Alfonso y se sorprendió de lo caliente que estaba.

—La Muerte ha llamado a mi puerta y uno no puede decirle: «Ven la semana que viene, estoy ocupado».

—¿Volvió a soñar de nuevo con san Pedro o algo así anoche? —preguntó Sally.

—A uno no le hace falta soñar con san Pedro para saber cuándo le llega la hora.

Sally miró a Tom.

—¿Tienes idea de lo que le pasa?

—Sin pruebas de diagnóstico, ni análisis de sangre, ni un microscopio... —Tom soltó una maldición y se levantó, combatiendo una oleada de cansancio. «Se acabó», pensó. Eso le hizo enfurecer de una forma vaga. No era justo.

Apartó de sí esos pensamientos inútiles y echó un vistazo a Philip. Dormía. Al igual que don Alfonso tenía mucha fiebre, y Tom ni siquiera estaba seguro de si despertaría. Vernon había encendido un fuego a pesar de los ruegos que había murmurado don Alfonso de que no encendiera ninguno, y Sally preparó una infusión medicinal. Don Alfonso tenía la cara demacrada, chupada, la piel perdía color y adquiría un tono ceroso. Su respiración era laboriosa, pero seguía consciente.

—Beberé su infusión, *curandera* —dijo—, pero ni siquiera su medicina me salvará.

Ella se arrodilló.

—Don Alfonso, se está convenciendo de que se muere. No debe hacerlo.

Él le tomó la mano.

—No, *curandera*, ha llegado mi hora.

—No puede saberlo.

—Mi muerte fue anunciada.

—No quiero oír más tonterías. No puede adivinar el futuro.

—Cuando era niño tuve una fiebre muy mala y mi madre me llevó a una *bruja*. La *bruja* me dijo que aún no me había llegado la hora, pero que moriría lejos de casa, entre extraños, contemplando unas montañas azules. —Levantó la mirada hacia la Sierra Azul, enmarcada en la abertura entre las copas de los árboles.

—Podría haberse referido a otras montañas azules.

—*Curandera*, hablaba de esas montañas, que son tan azules como el mismísimo océano.

Ella parpadeó para contener una lágrima.

—Deje de decir tonterías, don Alfonso.

Ante lo cual don Alfonso sonrió.

—Es maravilloso para un viejo tener a una joven guapa llorando en su lecho de muerte.

—Este no es su lecho de muerte y yo no estoy llorando.

—No se preocupe, *curandera*. No me ha cogido desprevenido. Emprendí este viaje sabiendo que sería el último. En Pito Solo era un viejo inútil. No quería morir en mi cabaña como un anciano débil y necio. Yo, don Alfonso Boswas, quería morir como un hombre. —Hizo una pausa, inhaló, se estremeció—. Solo que no imaginé que moriría bajo un tronco podrido sobre barro hediondo, dejándoles solos.

—Entonces no se muera, don Alfonso. Le queremos. A la porra esa *bruja*.

Don Alfonso le cogió la mano y sonrió.

—*Curandera*, hay algo en lo que la *bruja* se equivocó. Dijo que moriría entre extraños. Eso no es cierto. Muero entre amigos.

Cerró los ojos y murmuró algo, y se murió.

45

Sally se echó a llorar. Tom se levantó y desvió la mirada, sintiendo cómo le invadía una cólera irrazonable. Se adentró en el bosque. Allí, en un tranquilo claro, se sentó en un tronco, abriendo y cerrando los puños. El anciano no tenía derecho a dejarlos. Se había abandonado a sus supersticiones. Se había convencido de que moría... solo porque había entrevisto unas montañas azules.

Recordó la primera vez que había visto a don Alfonso, sentado en un pequeño taburete en su cabaña, blandiendo su machete y bromeando. Le parecía que había transcurrido una eternidad.

Cavaron una tumba en el suelo embarrado. Fue un proceso lento y agotador, y estaban tan débiles que apenas podían levantar la pala. Tom no pudo evitar pensar: «¿Cuándo estaré haciendo esto por Philip? ¿Mañana?». Hacia el mediodía terminaron la tumba, envolvieron el cuerpo de don Alfonso en su hamaca, lo dejaron caer en el foso inundado de agua y arrojaron flores húmedas encima. Luego llenaron el hoyo de barro. Tom hizo una tosca cruz con unas lianas y la clavó en la cabecera de la tumba. Se quedaron de pie alrededor, sintiéndose incómodos.

—Me gustaría decir unas palabras —dijo Vernon.

Estaba de pie, balanceándose un poco. La ropa le colgaba del cuerpo, y tenía la barba y el pelo enmarañados. Parecía un mendigo.

—Don Alfonso... —Se interrumpió. Tosió—. Si sigue cerca en alguna parte, antes de dirigirse a las Puertas del Paraíso, quédese unos momentos y ayúdenos, ¿quiere? Estamos en un verdadero apuro.

—Amén —dijo Sally.

Empezaban a concentrarse los nubarrones, poniendo fin a su breve respiro soleado. Retumbó un trueno y en el dosel sobre sus cabezas se oyó ruido de gotas.

Sally se acercó a Tom.

—Voy a salir otra vez a cazar.

Tom asintió. Cogió el hilo de pescar y decidió probar suerte en el río que habían cruzado un kilómetro y medio más atrás. Vernon se quedó cuidando a Philip.

Volvieron a primera hora de la tarde. Sally no había cazado nada y Tom volvió con un solo pez que pesaba menos de doscientos gramos. En su ausencia a Philip le había subido la temperatura y había empezado a delirar. Tenía los ojos abiertos y brillantes a causa del calor, y movía la cabeza de un lado para otro sin parar, murmurando palabras inconexas. Tom estaba seguro de que su hermano se estaba muriendo. Cuando trató de hacerle beber la infusión que Sally había hecho, empezó a gritar de forma incoherente y tiró la taza. Hirvieron el pez en una olla con un poco de raíz de yuca y dieron de comer a Philip, que, después de más gritos y sacudidas, al final se rindió. Se dividieron los restos entre ellos. Después de comer permanecieron debajo del tronco bajo la lluvia torrencial, esperando que llegara la noche.

Tom fue el primer en despertarse, poco antes de que amaneciera. La fiebre de Philip había empeorado durante la noche. Se sacudía y murmuraba, tirándose en vano del cuello, con la cara chupada y demacrada. Tom estaba desesperado. No tenían medicinas ni herramientas de diagnóstico, ni siquiera un botiquín. Las medicinas de hierbas de Sally no surtían efecto frente a esa fiebre tan alta.

Vernon hizo un fuego, y se sentaron alrededor de él en un silencio devastador. Los oscuros helechos se alzaban alrededor de ellos como una multitud amenazadora, asintiendo con sus cabezas bajo el impacto de la lluvia, proyectando una penumbra verde sobre su refugio.

—Vamos a tener que quedarnos aquí hasta que Philip se recupere —dijo Tom por fin.

Sally y Vernon asintieron, aunque todos sabían que Philip no se iba a recuperar.

—Haremos un esfuerzo supremo por cazar, pescar y recoger plantas comestibles. Emplearemos este tiempo en recuperar nuestras fuerzas y prepararnos para el largo viaje a casa.

De nuevo todos asintieron.

—Muy bien —dijo Tom, levantándose—. Manos a la obra. Sally irá a cazar. Yo cogeré el hilo de pescar y el anzuelo. Vernon, tú quédate aquí y cuida de Philip. —Miró alrededor—. No nos rindamos.

Todos se levantaron temblorosos, y Tom se alegró de ver una oleada de energía entre ellos. Cogió el hilo y los anzuelos, y se adentró en la selva. Fue en línea recta en sentido contrario de la Sierra Azul, haciendo hendiduras en los lados de los helechos al pasar para señalar el camino y buscando con la mirada cualquier planta comestible. Seguía lloviendo de forma constante. Dos horas después llegó exhausto a una cascada embarrada, después de capturar un pequeño lagarto para utilizar de cebo. Clavó el reptil que forcejeaba en el anzuelo y lo arrojó al torrente que bullía.

Cinco horas después, con la luz justa para regresar al campamento, se rindió. Había perdido tres de los seis anzuelos y buena parte del hilo, y no había pescado nada. Volvió al campamento antes de que se hiciera de noche y encontró a Vernon atendiendo el fuego. Sally aún no había vuelto.

—¿Cómo está Philip?

—Mal.

Tom fue a ver a Philip y lo encontró sacudiéndose en un sueño agitado, entrando y saliendo de un estado de duermevela, murmurando fragmentos de conversación. La flacidez de su cara y de sus labios asustó a Tom: le recordó los últimos momentos de don

Alfonso. Philip parecía mantener una conversación unilateral con su padre, una serie interrumpida de quejas y acusaciones. Mencionó el nombre de Tom y el de Vernon, y el de su madre, a quien no había visto en veinte años. Y luego pareció estar en una celebración de cumpleaños, una fiesta infantil. Cumplía cinco años, al parecer, y abría los regalos y exclamaba encantado.

Tom se alejó abatido y entristecido. Se sentó junto al fuego al lado de Vernon, quien lo rodeó con un brazo.

—Ha estado así todo el día. —Le ofreció una taza de infusión.

Tom cogió la taza y bebió. Su propia mano parecía la de un anciano, llena de venas y manchas. Sentía el estómago vacío, pero no tenía hambre.

—¿Todavía no ha vuelto Sally?

—No, pero he oído un par de disparos.

En ese preciso momento oyeron un movimiento en la vegetación y apareció Sally. No dijo nada, solo dejó el rifle y se sentó junto al fuego.

—¿No ha habido suerte? —preguntó Tom.

—He cazado un par de tocones.

Tom sonrió y le cogió la mano.

—Ningún tocón del bosque estará a salvo mientras la gran cazadora Sally esté al acecho.

Sally se limpió el barro de la cara.

—Lo siento.

—Mañana —dijo Tom—, si salgo temprano, podría retroceder hasta el río donde encontramos a Philip. Pasaré la noche fuera, pero era un río grande y seguro que pesco un montón de peces.

—Buena idea, Tom —dijo Vernon con voz tensa.

—No vamos a rendirnos.

—No —dijo Sally.

Vernon sacudió la cabeza.

—Me pregunto qué pensaría padre si nos viera ahora.

Tom sacudió la cabeza. No servía de nada pensar en Maxwell Broadbent. Si supiera lo que había hecho, enviar a la muerte a sus tres hijos... No soportaba pensar en ello. Le habían fallado mientras vivía y habían vuelto a fallarle después de su muerte.

Se quedó mirando el fuego un rato, luego preguntó:

—¿Estás enfadado con padre?

Vernon titubeó.

—Sí.

Tom hizo un gesto de impotencia.

—¿Crees que seremos capaces de perdonarle?

—¿Acaso importa?

Tom se despertó antes del amanecer sintiendo una extraña presión en la nuca. Seguía estando oscuro y llovía. El ruido de la lluvia parecía penetrarle la cabeza. Se volvió un par de veces en el suelo mojado y la presión se convirtió en jaqueca. Movió la cabeza y se incorporó hasta sentarse, y descubrió, con gran sorpresa, que apenas podía mantenerse erguido. Se dejó caer de nuevo, con la cabeza dándole vueltas, mirando fijamente la oscuridad, que pareció llenarse de confusos remolinos rojos y marrones, y de voces susurrantes. Oyó a Mamón Peludo parlotear en tono bajo y preocupado cerca de él. Miró alrededor y por fin localizó en la oscuridad al pequeño mono sentado en el suelo, haciendo ruidos succionadores ansiosos. Sabía que pasaba algo.

Se trataba de algo más que los efectos del hambre. Comprendió que estaba enfermo. «Oh, Dios —pensó—, ahora no.» Volvió la cabeza y trató de buscar a Sally o a Vernon en la oscuridad que se arremolinaba, pero no veía nada. Notó que las fosas nasales se le llenaban del empalagoso olor a vegetación en descomposición, lluvia y marga. El golpeteo de la lluvia contra las hojas de los árboles que lo rodeaban le perforaba el cráneo. Sintió que se quedaba dormido, y entonces abrió los ojos y vio allí a Sally, mirándolo con una linterna en la oscuridad.

—Hoy voy a ir a pescar —dijo Tom.

—No vas a ir a ninguna parte —respondió ella. Le puso una

mano en la frente y no fue capaz de disimular el miedo en su cara—. Te traeré un poco de infusión.

Volvió con una taza humeante y ayudó a Tom a beberla.

—Duerme —dijo.

Tom se durmió.

Cuando despertó, había más luz pero seguía lloviendo. Sally estaba acuclillada junto a él. Cuando le vio abrir los ojos, trató de sonreír.

A pesar del calor sofocante que hacía debajo del tronco, tiritaba.

—¿Philip? —logró decir él.

—Sigue igual.

—¿Vernon?

—También está enfermo.

—Maldita sea. —Tom la miró y se asustó. Parecía tener la cara colorada—. ¿Y tú? ¿Cómo estás? No estarás cayendo también enferma.

Sally le puso una mano en la mejilla.

—Sí, también estoy cayendo enferma.

—Me pondré bien —dijo Tom—. Y entonces cuidaré de ti. Saldremos de esta.

Ella sacudió la cabeza.

—No, Tom, no lo haremos.

Esa simple afirmación pareció despejar la cabeza palpitante de Tom. Cerró los ojos. Así pues, se había acabado. Morirían bajo la lluvia al amparo de un tronco podrido, y los animales salvajes los despedazarían. Y nadie sabría nunca qué les había ocurrido. Trató de decirse que era la fiebre la que le hablaba, que en realidad las cosas no estaban tan mal, pero en el fondo sabía que era cierto. La cabeza le daba vueltas. Iban a morir. Abrió los ojos.

Ella seguía allí, con una mano en su mejilla. Lo miró largo rato. Tenía la cara sucia, llena de arañazos y picaduras; el pelo enmarañado y apagado, los ojos hundidos. Todo parecido con la chica que había galopado a pelo detrás de él en Utah se había desvanecido..., salvo por el intenso turquesa de sus ojos y la manera en que sacaba ligeramente el labio inferior.

—No tenemos mucho tiempo —dijo ella por fin. Hizo una pausa, mirándolo fijamente—. Necesito decirte algo, Tom.

—¿Qué?

—Parece ser que me he enamorado de ti.

La realidad volvió con repentina claridad. Tom no podía hablar.

Ella continuó bruscamente.

—En fin..., ya lo he dicho.

—Pero ¿qué hay de...?

—¿Julian? Es el hombre perfecto con el que sueñan todas las mujeres, guapo, brillante y con las ideas apropiadas. Es el chico con el que tus padres querrían que te casaras. Era mi Sarah. ¿Quién quiere eso? Lo que sentía por él no se parece nada a lo que siento por ti, con todas tus... —Vaciló y sonrió—. ¿Imperfecciones?

Con esas palabras todas las complicaciones se desvanecieron, y todo se volvió claro y simple. Él trató de hablar y por fin logró decir con voz ronca:

—Yo también te quiero.

Ella sonrió, y recuperó un destello de su anterior resplandor.

—Lo sé, y me alegro. Siento haber estado irritable contigo. Era porque no quería admitirlo.

Guardaron silencio unos momentos.

—Supongo que te quise desde el momento en que me robaste el caballo y viniste a buscarme a Utah —dijo Tom—. Pero lo supe realmente cuando no quisiste disparar al jaguar. Siempre te querré por eso.

—Cuando me llamaste para mirar ese bosque resplandeciente —dijo Sally— fue cuando me di cuenta de que me estaba enamorando de ti.

—No dijiste nada.

—Tardé un poco en comprenderlo. Como habrás notado, soy tozuda. No quería admitir que estaba equivocada.

Él tragó saliva. La cabeza le empezó a dar vueltas.

—Pero yo soy un tipo normal. No fui a Stanford a los dieciséis...

—¿Normal? ¿Un hombre que combate cuerpo a cuerpo con jaguares y anacondas? ¿Que encabeza una expedición al corazón de las tinieblas con coraje y buen humor?

—Solo hice esas cosas porque me vi obligado.

—Esa es una de tus cualidades: eres modesto. Estando contigo he empezado a comprender la clase de persona que es Julian. No quiso venir conmigo porque le pareció que sería un trastorno. Interrumpiría su trabajo. Y creo que, debajo de todo ello, había miedo. Julian, me he dado cuenta, es la clase de persona que no intenta nada a menos que esté completamente seguro de que va a tener éxito. Tú en cambio intentarías lo imposible.

A Tom empezó a darle vueltas la cabeza de nuevo. Luchó por mantenerla inmóvil. Le encantaba lo que estaba escuchando.

Ella sonrió con tristeza y apoyó la cabeza en su pecho.

—Siento que a los dos se nos haya acabado el tiempo.

Él le puso una mano en el pelo.

—Es un lugar horrible para enamorarse.

—Ya lo creo.

—Tal vez en otra vida... —Tom luchó por mantenerse aferrado a la realidad—. Tendremos otra oportunidad, de alguna manera..., en alguna parte... —La cabeza seguía dándole vueltas. ¿Qué trataba de decir? Cerró los ojos intentando combatir el vértigo, pero solo logró hacerlo empeorar. Trató de abrirlos, pero no vio más que un remolino verde y marrón, y se preguntó brevemente si solo había sido un sueño, todo, el cáncer de su padre, el viaje, la selva, Sally, su hermano moribundo. Sí, *había* sido un sueño, largo y extraño, e iba a despertar en su cama, siendo niño de nuevo, con su padre gritándoles en el piso de arriba: «¡Buenos días, buenos días, otro día más!».

Pensando eso se sumió en la inconsciencia, feliz.

46

Marcus Hauser estaba sentado en un taburete de campaña junto a la puerta del templo en ruinas, empapándose de la mañana. Un tucán chilló y dio saltitos en un árbol cercano, agitando su enorme pico. Hacía un día espléndido, el cielo era de un azul nítido, la selva verde apagado. En esas montañas el clima era más frío y seco, y el aire parecía más fresco. Le llegó la fragancia de una flor desconocida. Sintió cómo recuperaba algo semejante a la paz. Había sido una noche larga, y se sentía exhausto, vacío y decepcionado.

Oyó pasos haciendo crujir las hojas caídas. Uno de los soldados le traía el desayuno —huevos con beicon, café, plátano frito— en una bandeja esmaltada con un ramillete de alguna hierba de adorno. Se colocó la bandeja sobre las rodillas. El adorno le irritó y lo tiró, luego cogió el tenedor y empezó a comer, reflexionando sobre lo ocurrido la noche anterior. Había llegado el momento de hacer hablar al jefe. No habían pasado ni cinco minutos cuando había sabido que el viejo jefe no iba a derrumbarse, pero había seguido la formalidad de todos modos. Era como ver una película porno: era incapaz de apagarla, y sin embargo al final maldecía la pérdida de tiempo y de energía. Lo había intentado. Había hecho todo lo posible. Ahora tenía que pensar en otra solución.

Aparecieron en la puerta dos soldados sosteniendo el cuerpo entre ellos.

—¿Qué hacemos con él, jefe?

Hauser señaló con el tenedor, con la boca llena de huevo.

—Tirarlo por el barranco.

Salieron y él terminó de desayunar. La Ciudad Blanca era un lugar extenso cubierto de vegetación. Max podía estar enterrado prácticamente en cualquier parte. El problema era que el pueblo estaba tan agitado que había pocas probabilidades de tomar otro rehén para tratar de sonsacarle dónde se encontraba la tumba. Por otra parte, no le hacía ni pizca de gracia pasar las dos próximas semanas hurgando en esas ruinas infestadas de ratas.

Terminó, se palpó los bolsillos y sacó un delgado tubo de aluminio. En un minuto terminó el ritual y el puro estaba encendido. Dio una profunda chupada, sintiendo los efectos tranquilizadores de la nicotina al extenderse de sus pulmones a su cuerpo. Todos los problemas podían dividirse en opciones y subopciones. Había dos: podía encontrar él solo la tumba o bien dejar que otro lo hiciera por él. Si dejaba que otro la encontrara, ¿quién podía ser esa persona?

—*¿Teniente?*

El teniente, que había estado esperando fuera las órdenes de esa mañana, entró e hizo el saludo.

—¿Sí, *señor*?

—Quiero volver a enviar a un hombre a comprobar el estado de los hermanos Broadbent.

—Sí, señor.

—Que no los moleste ni permita que se enteren de su presencia. Quiero saber en qué estado se encuentran, si siguen avanzando o han dado media vuelta..., todo lo que pueda averiguar.

—Sí, señor.

—Vamos a empezar por la pirámide esta mañana. Volaremos este extremo con dinamita y trabajaremos sobre la marcha. Organice los explosivos y los hombres, y téngalos listos para dentro de una hora. —Dejó el plato en el suelo y se levantó, y se llevó al hombro su Steyr AUG. Salió a la luz del sol y levantó la vista hacia la pirámide, calculando ya cómo colocar los explosivos. Tanto si encontraba a Max en la pirámide como si no, eso por lo menos tendría a los soldados ocupados... y entretenidos. A todo el mundo le gustaba presenciar una gran explosión.

Sol. Era el primer día que lo veía en semanas. Sería agradable trabajar al sol para variar.

47

La Muerte fue a buscar a Tom Broadbent, aunque no envuelta en una capa negra y empuñando una guadaña. Llegó en forma de una cara salvaje y espeluznante pintada a rayas rojas y amarillas, y rodeada de plumas verdes, que lo miraba con ojos verdes, pelo negro y dientes blancos y puntiagudos al tiempo que le daba unos golpecitos. Pero la muerte que Tom esperaba no llegó. En lugar de ello, la figura aterradora le obligó a tragar un líquido caliente, una y otra vez. Él forcejeó débilmente, luego lo aceptó y se durmió.

Se despertó con la garganta seca y un fuerte dolor de cabeza. Estaba en una cabaña cubierta de paja, tendido en una hamaca seca. Llevaba una camiseta y unos pantalones cortos nuevos. El sol brillaba fuera de la cabaña y llegaban los sonidos de la selva. Durante largo rato no pudo recordar quién era o qué hacía allí, luego acudió todo a su memoria, fragmento por fragmento: la desaparición de su padre, el extraño testamento, el viaje río arriba, las bromas y dichos de don Alfonso, el pequeño claro con vistas a la Sierra Azul, agonizando al cobijo del tronco podrido bajo la lluvia.

Todo parecía haber ocurrido hacía muchísimo tiempo. Se sentía renovado, como si hubiera vuelto a nacer, débil como un bebé.

Levantó con cautela la cabeza todo lo que se lo permitía la fuerte jaqueca. La hamaca de a su lado estaba vacía. Le dio un vuelco el corazón. ¿Quién había estado en ella? ¿Sally? ¿Vernon? ¿Quién había muerto?

—¿Hola? —preguntó débilmente, tratando de incorporarse—. ¿Hay alguien aquí?

Oyó un ruido fuera y Sally entró, levantando la portezuela. Fue como un repentino estallido de oro.

—¡Tom! Me alegro tanto de que estés mejor.

—Oh, Sally, he visto esa hamaca vacía y he pensado...

Sally se acercó y le cogió la mano.

—Estamos todos aquí.

—¿Philip?

—Sigue enfermo, pero está mucho mejor. Vernon debería estar mejor mañana.

—¿Qué ha pasado? ¿Dónde estamos?

—Seguimos en el mismo lugar. Puedes dar las gracias a Borabay cuando vuelva. Ha salido a cazar.

—Borabay.

—Un indio de la montaña. Nos encontró y nos salvó. Nos ha cuidado a todos hasta devolvernos la salud.

—¿Por qué?

—No lo sé.

—¿Cuánto tiempo llevo enfermo?

—Hemos estado todos enfermos cerca de una semana. Tenemos una fiebre que él llama *bisi*. Es *curandero*. No como yo, sino un *curandero* de verdad. Nos preparó una medicina, nos dio de comer, nos salvó la vida. Hasta habla un inglés divertido.

Tom trató de incorporarse.

—Aún no. —Ella lo hizo recostar—. Bebe un poco de esto.

Le ofreció una taza llena de un brebaje dulce. Él lo bebió y sintió cómo le aumentaba el apetito.

—Huelo algo cocinándose que seguro que está delicioso.

—Guiso de tortuga al estilo Borabay. Te traeré un poco. —Ella le puso una mano en la mejilla.

Él levantó la vista hacia ella, recordando todo de pronto.

Ella se inclinó sobre él y lo besó.

—Nos queda un largo camino por recorrer antes de que todo esto termine.

—Sí.

—Cada cosa a su tiempo.

Él asintió. Ella le trajo sopa de tortuga. Tom comió y luego se quedó profundamente dormido. Cuando despertó, el dolor de cabeza había desaparecido y fue capaz de levantarse de la hamaca y salir tambaleándose de la cabaña. Sentía las piernas como de goma. Estaban en el mismo claro bajo el mismo tronco caído, pero de un frío y húmedo bosquecillo se había convertido en un alegre campamento abierto. Habían cortado helechos y los habían utilizado para pavimentar el suelo embarrado, formando una agradable alfombra mullida. Había dos cabañas limpias con el tejado de hojas de palmera y una hoguera con troncos alrededor para sentarse. El sol entraba a raudales por la abertura entre las copas de los árboles. Por ella se alzaba la Sierra Azul, de un violáceo profundo contra el cielo azul. Sally estaba sentada junto al fuego, y cuando él salió, se levantó de un salto y le cogió del brazo, y lo ayudó a sentarse.

—¿Qué hora es?

—Las diez de la mañana —dijo Sally.

—¿Cómo está Philip?

—Está descansando en su hamaca. Sigue débil, pero se pondrá bien. Vernon está durmiendo para recobrarse de la última fase de la fiebre. Come un poco más de guiso. Borabay nos ha estado sermoneando que tenemos que comer todo lo que podamos.

—¿Dónde está el misterioso Borabay?

—Cazando.

Tom comió más guiso de tortuga; había una olla enorme borboteando sobre el fuego, llena no solo de trozos de carne sino también de diversas raíces y verduras extrañas. Cuando terminó fue a la otra cabaña para ver a Philip. Abrió la puerta de paja y hojas de palmera, se inclinó y entró.

Philip estaba tumbado en la hamaca, fumando. Seguía sorprendentemente delgado, pero las llagas se habían convertido en costras y los ojos ya no parecían hundidos.

—Me alegro de verte en pie, Tom —dijo.

—¿Cómo te encuentras?

—Me flojean las piernas, pero por lo demás estoy estupendo. Casi tengo los pies curados. Andaré dentro de un par de días.

—¿Has conocido a ese tipo, Borabay?

—Oh, sí. Un tipo raro, todo pintado, con discos en las orejas, tatuajes, todo. Sally lo haría canonizar si no fuera porque dudo que sea católico.

—Pareces un hombre nuevo, Philip.

—Lo mismo digo, Tom.

Se produjo un silencio incómodo, interrumpido por un grito que llegó de fuera.

—¡Hola! ¡Hermanos!

—Ah, Borabay ha vuelto —dijo Philip.

Tom salió rápidamente de la cabaña y vio cruzar el prado a un indio menudo de lo más asombroso. Tenía la cara y la parte superior del cuerpo pintados de rojo, unos círculos negros le delineaban los ojos y unas rayas de un amarillo intenso le recorrían diagonalmente el pecho. De las bandas que le rodeaban los antebrazos salían plumas, e iba desnudo salvo por un taparrabos. Llevaba dos enormes discos insertados en sus lóbulos agrandados que se balanceaban a cada paso. Un intrincado dibujo de cicatrices le recorría la barriga, y sus dientes delanteros estaban afilados y acabados en punta. Tenía el pelo negro, cortado recto, los ojos de un color castaño de lo más insólito, casi verde, el rostro asombrosamente hermoso y bien cincelado, el cuerpo terso y escultural.

Se acercó al fuego, menudo y digno, con una cerbatana en una mano y un animal muerto —de una especie desconocida— en la otra.

—Hermano, traigo carne —dijo en inglés, y sonrió. Luego tiró el animal al suelo y pasó por encima de él. Abrazó a Tom dos veces, besándolo a cada lado del cuello, una especie de saludo indio ritualizado. Luego retrocedió y le puso una mano en el pecho.

—Mi nombre Borabay, hermano.

—Yo soy Tom.

—Yo, Jane —dijo Sally.

Borabay se volvió.

—¿Jane? ¿Sally no?

Sally se rió.

—Era una broma.

—Tú, yo, él, hermanos —concluyó Borabay dando a Tom otra serie formal de abrazos y besándolo de nuevo a ambos lados del cuello.

—Gracias por salvarnos la vida —dijo Tom. Sonó poco convincente, pero Borabay pareció complacido.

—Grasias, grasias. ¿Comes sopa?

—Sí. Deliciosa.

—Borabay buen cocinero. ¡Come más!

—¿Dónde aprendiste a hablar inglés?

—Mi madre me enseña.

—Hablas bien.

—Hablo mal. Pero aprendo de vosotros y luego hablo más bien.

—Mejor —corrigió Sally.

—Grasias. Yo voy a América algún día con vosotros, hermano.

A Tom le asombró que en un lugar tan alejado de la civilización la gente siguiera queriendo ir a América.

Borabay miró a Mamón Peludo, que estaba en su sitio habitual en el bolsillo de Tom.

—Este mono llora y llora cuando tú estás enfermo. ¿Cómo llamas?

—Mamón Peludo —dijo Tom.

—¿Por qué no comes este mono cuando mueres de hambre?

—Bueno, le he cogido cariño —dijo Tom—. De todos modos no habría sido más que dos bocados.

—¿Y por qué llamas Mamón Peludo? ¿Qué es Mamón Peludo?

—Hummm, solo un apodo para un animal con pelo.

—Bien. Yo aprendo palabra nueva. Mamón Peludo. Yo quiero aprender el inglés.

—Quiero aprender inglés —corrigió Sally.

—¡Grasias! Quiero aprender inglés. —El indio alargó un dedo hacia el mono. Mamón Peludo lo cogió con una palma diminuta y levantó la vista hacia él, luego gritó y se escondió en el bolsillo de Tom.

Borabay rió.

—Mamón Peludo cree yo quiero comerle. Sabe que a nosotros tara nos gusta mono. Ahora yo hago comida. —Fue hasta donde había dejado caer la presa y la cogió junto con una cazuela. Se alejó del campamento y echó todo a la cazuela, vísceras y huesos incluidos. Tom se reunió con Sally junto al fuego.

—Sigo sintiéndome un poco confuso —dijo Tom—. ¿Qué ha pasado? ¿De dónde ha salido Borabay?

—Sé lo mismo que tú. Borabay nos encontró a todos enfermos y moribundos debajo de ese tronco. Despejó la zona, construyó las cabañas, nos instaló en ellas, nos dio de comer, nos curó. Recogió un montón de hierbas y hasta unos insectos raros, los verás atados a las vigas de su cabaña, y los utilizó para hacer medicinas. Yo fui la primera en ponerme bien. Eso fue hace dos días, y le ayudé a cocinar y a cuidaros. La fiebre que teníamos, esa tal *bisi*, parece ser breve pero intensa. No es malaria, gracias a Dios, y Borabay dice que no tiene efectos duraderos ni es recurrente. Si no mueres los primeros dos días, ha terminado. Parece ser que es lo que mató a don Alfonso..., dice que la gente mayor es más vulnerable.

Ante ese recordatorio de su compañero de viaje, Tom sintió una punzada de dolor.

—Lo sé —dijo Sally—. Yo también lo echo de menos.

—Nunca olvidaré al anciano y su original sabiduría. Cuesta creer que nos haya dejado.

Observaron cómo Borabay troceaba y descuartizaba al animal, y arrojaba los pedazos a la cazuela. Cantaba una especie de salmodia que se elevaba y caía con la brisa.

—¿Ha dicho algo de ese tal Hauser y de lo que está pasando en la Sierra Azul?

—No. No quiere hablar de ello. —Ella lo miró y vaciló—. Por un momento pensé que nos había llegado el fin.

—Sí.

—¿Recuerdas lo que te dije?

—Sí.

Ella se sonrojó profundamente.

—¿No lo querrás retirar? —preguntó Tom.

Ella sacudió la cabeza haciendo revolotear su melena rubia, luego lo miró con las mejillas encendidas.

—Jamás.

Tom sonrió.

—Estupendo. —Le cogió la mano.

Todo por lo que habían pasado había aumentado de algún modo su belleza, le había dado un aire espiritual, algo que no sabía explicar. Esa nota irritable y a la defensiva parecía haber desaparecido de su voz. Estar tan cerca de la muerte los había cambiado a todos.

Borabay volvió con unos trozos crudos de carne envueltos en una hoja.

—¡Mamón Peludo! —gritó, e hizo un ruido succionador con los dientes que sonó extrañamente como el del mono. Este asomó la cabeza del bolsillo de Tom. Borabay alargó la mano, y Mamón Peludo, después de inquietarse y gritar un poco, alargó la suya, cogió un pequeño trozo de carne y se lo llevó a la boca. Luego cogió otro, y otro, atracándose con las dos manos, los gritos de placer amortiguados por la comida.

—Mamón Peludo y yo ahora amigos —dijo Borabay sonriendo.

Vernon dejó de tener fiebre esa noche. A la mañana siguiente se despertó, lúcido pero débil. Borabay estuvo revoloteando a su alrededor, obligándole a tomar una variedad de infusiones de hierbas y otros brebajes. Pasaron el día descansando en el campamento mientras Borabay salía a buscar comida. Regresó por la tarde con un saco hecho de hojas de palmera, de la que sacó raíces, bayas, frutos secos y pescado fresco. Se pasó el resto del día asando, ahumando y salando la comida, y envolviéndola en hierba seca y hojas.

—¿Vamos a alguna parte? —preguntó Tom.

—Sí.

—¿Adónde?

—Hablamos después —dijo Borabay.

Philip salió cojeando de su cabaña, con los pies todavía vendados, la pipa de brezo en la boca.

—Una tarde espléndida —dijo. Se acercó al fuego y se sentó. Se sirvió una taza de la infusión que Borabay había hecho y dijo—: Ese indio debería salir en la cubierta de *National Geographic.*

Vernon se unió a ellos, acomodándose en el tronco inestable.

—¡Vernon, come! —Borabay le llenó inmediatamente un bol de guiso y se lo ofreció.

Vernon lo cogió con manos temblorosas, murmuró un gracias.

—Bienvenido al reino de los vivos —dijo Philip.

Vernon se secó la frente y no dijo nada. Estaba pálido y delgado. Se llevó otra cucharada a la boca.

—Bueno, aquí estamos —dijo Philip—. Mis tres hijos.

En la voz de Philip había de pronto una nota sarcástica que Tom percibió con intranquilidad. Un tronco crepitó en el fuego.

—Y en qué lío nos hemos metido —dijo Philip—. Gracias a nuestro querido padre. —Alzó su copa en un brindis burlón—. Por ti, querido padre. —Apuró su infusión.

Tom lo miró con más detenimiento. Se había recuperado asombrosamente bien. Sus ojos por fin brillaban..., brillaban de cólera.

Philip miró alrededor.

—¿Ahora qué, hermanos míos?

Vernon se encogió de hombros. Tenía la cara pálida, chupada, con profundas ojeras. Se llevó otra cucharada a la boca.

—¿Regresamos con el rabo entre las piernas y dejamos que el tal Hauser se quede con los Lippi, los Braque, los Monet y todo lo demás? —Hizo una pausa—. ¿O subimos a la Sierra Azul y acabamos tal vez con las entrañas colgadas de los matorrales? —Encendió de nuevo su pipa—. Estas son las opciones que tenemos.

Nadie respondió mientras Philip los miraba fijamente uno a uno.

—¿Y bien? —dijo—. Lo pregunto en serio: ¿vamos a dejar que ese Cortés corpulento venga aquí tan campante y nos arrebate nuestra herencia?

Vernon levantó la vista. Todavía tenía la cara demacrada de la enfermedad y su voz sonó débil.

—Responde tú la pregunta. Tú fuiste quien trajo aquí a Hauser.

Philip se volvió hacia Vernon con una expresión glacial.

—Creía que había pasado la hora de las recriminaciones.

—Por lo que a mí se refiere, acaba de empezar.

—Este no es el lugar ni el momento —dijo Tom.

Vernon se volvió hacia Tom.

—Philip trajo a ese psicópata hasta aquí y debe responder por ello.

—Lo hice de buena fe. No tenía ni idea de que ese Hauser se convertiría en un monstruo. Y ya he pagado por ello, Vernon. Mírame.

Vernon sacudió la cabeza.

—El verdadero culpable aquí —continuó Philip—, ya que nadie más parece inclinado a reconocerlo, es padre. ¿Ninguno de los presentes está un poco enfadado con él por lo que nos ha hecho? Por poco nos mata.

—Quiso desafiarnos —dijo Tom.

—Espero que no lo estés defendiendo.

—Trato de comprenderlo.

—Yo le comprendo muy bien. Este estúpido juego de Tom Raider solo es un desafío más de una larga lista. ¿Recuerdas los profesores de deporte, los instructores de esquí, las lecciones de historia de arte y las clases de equitación, música y ajedrez, las exhortaciones, los discursos y las amenazas? ¿Recuerdas el día de las notas? Cree que somos unos fracasados, Tom. Siempre lo ha creído. Y puede que sea verdad. Mírame, con treinta y siete años y todavía profesor adjunto en Gobshite Junior College..., y tú, curando caballos indios en Hayseed, Utah..., y Vernon, en la flor de la vida salmodiando con su gurú swami. Somos unos fracasados. —Soltó una áspera carcajada.

Borabay se levantó. Fue un acto sencillo, pero lo hizo con tal parsimonia que los hizo callar.

—Esta conversación no es buena.

—Esto no tiene nada que ver contigo, Borabay —dijo Philip.

—Basta de conversación mala.

Philip lo ignoró y se dirigió a Tom.

—Padre podría habernos dejado su dinero como cualquier otra persona normal. O podría haberlo regalado. De acuerdo. Eso podría haberlo aceptado. Era su dinero. Pero no, tuvo que concebir un plan con el que *torturarnos*.

Borabay lo miró furioso.

—Calla, hermano.

Philip se volvió contra él.

—Me da igual si nos salvaste la vida, no te metas en nuestros asuntos familiares. —Se le marcó una vena en la frente; Tom pocas veces lo había visto tan furioso.

—Escúchame, hermanito, o te doy patada en el culo —dijo Borabay desafiante, irguiéndose el metro y medio que era, con los puños cerrados.

Hubo una breve pausa, luego Philip se echó a reír sacudiendo la cabeza. Relajó el cuerpo.

—¿De qué va este tío?

—Todos estamos un poco estresados —dijo Tom—. Pero Borabay tiene razón. Este no es lugar para discutir.

—Esta noche hablamos —dijo Borabay—, muy importante.

—¿Sobre qué? —preguntó Philip.

Borabay se volvió hacia la cazuela y empezó a revolver, su rostro pintado impenetrable.

—Ya veréis.

48

Lewis Skiba se recostó en el sillón de cuero de su estudio revestido de paneles y buscó el editorial del *Journal*. Trató de leer, pero los lejanos aullidos y gimoteos de los ejercicios de trompeta de su hijo le impedían concentrarse. Habían transcurrido casi dos semanas desde la última llamada de Hauser. Era evidente que ese hombre estaba jugando con él, manteniéndolo en suspense. ¿O había ocurrido algo? ¿Lo había... hecho?

Clavó los ojos en el editorial en un intento de sofocar la oleada de autoacusación, pero las palabras se arremolinaban en su cabeza sin que trascendiera su significado. El interior selvático de Honduras era un lugar peligroso. Era bastante posible que Hauser hubiera metido la pata en alguna parte, cometido un error, calculado algo mal, contraído una fiebre... Le podían haber sucedido un montón de cosas. El hecho era que había desaparecido. Dos semanas era mucho tiempo. Tal vez había tratado de matar a los Broadbent y estos habían resultado ser demasiado buenos para él y lo habían matado.

Esperaba contra toda esperanza que fuera eso lo que había ocurrido. ¿Había dicho realmente a Hauser que los matara? ¿En qué había estado pensando? Soltó un gemido sin querer. Ojalá Hauser estuviera muerto. Skiba sabía ahora, demasiado tarde, que prefería perderlo todo antes de ser culpable de asesinato. Era un asesino. Lo había dicho: «Mátalos». Se preguntó por qué había insistido tanto Hauser en que lo dijera. Dios mío. ¿Cómo era posible que él, Lewis Skiba, estrella de rugby en el instituto, licenciado en Stanford y en Wharton, becado Fullbright, director general de una de las quinientas empresas con más beneficios de Estados Unidos, cómo era posible que hubiera permitido que un delincuente de poliéster barato lo acorralara, intimidara y dominara? Skiba siempre se había considerado un hombre de peso intelectual y moral, un hombre ético, un buen hombre. Era un buen padre. No engañaba a su mujer. Iba a la iglesia. Asistía a las juntas y daba una buena parte de sus ganancias a sociedades benéficas. Y sin embargo un sabueso de tres al cuarto que se peinaba el pelo hacia delante para disimular su calva había logrado de algún modo llevarle la delantera, arrancarle la máscara y mostrarle lo que era en realidad. Eso era lo que nunca olvidaría ni perdonaría Skiba. Ni a sí mismo ni a Hauser.

Evocó una vez más los veranos de su infancia en el lago, la casa de madera, el embarcadero torcido que se hundía en el agua estancada, el olor a humo de madera y pino. Si pudiera dar marcha atrás, volver a uno de esos largos veranos y empezar una nueva vida. Cuánto daría por tener de nuevo todo eso.

Con un gemido angustiado se obligó a apartar de la mente esos pensamientos y bebió un sorbo del vaso de whisky que tenía a su lado. Todo había quedado atrás. Tenía que dejar de pensar en ello. Lo hecho, hecho estaba. No era posible dar marcha atrás. Conseguirían el códice, tal vez habría un nuevo comienzo para Lampe y nadie se enteraría nunca. O Hauser moriría y no conseguirían el códice, pero tampoco se enteraría nadie. Nadie lo sabría. Podría vivir con ello. *Tenía* que hacerlo. Pero *él* lo sabría. Sabría que era un hombre capaz de asesinar.

Furioso, sacudió el periódico y empezó a leer el editorial de nuevo.

En ese momento sonó el teléfono. Era el teléfono de la compañía, la línea de seguridad. Dobló el periódico, se acercó y contestó.

Oyó una voz hablar desde un lugar muy lejano, y sin embargo tan clara como un timbre.

«¡Hazlo! ¡Mátalos, maldita sea! ¡Mata a los Broadbent!»

Skiba sintió como si lo hubieran golpeado. Se le vaciaron los pulmones de golpe; no podía respirar. Hubo un siseo y luego la voz repitió, como un fantasma del pasado:

«¡Hazlo! ¡Mátalos, maldita sea! ¡Mata a los Broadbent!»

A continuación se oyó la voz de Hauser, el codificador de voz de nuevo en marcha.

—¿Has oído eso, Skiba?

Skiba tragó saliva, jadeó, trató de hacer trabajar a los pulmones.

—¿Hola?

—No vuelva a llamarme a casa —logró decir Skiba con voz ronca.

—Nunca me lo ha dicho.

—¿Cómo ha conseguido mi número?

—Soy detective privado, ¿recuerda?

Skiba tragó saliva. Era inútil responder. Ahora sabía por qué Hauser había insistido tanto en que lo dijera. Le había tendido una trampa.

—Ya hemos llegado. Estamos en la Ciudad Blanca.

Skiba esperó.

—Sabemos que es aquí donde fue Broadbent. Hizo que un puñado de indios lo enterraran aquí arriba en una tumba que él había saqueado hace cuarenta años. Probablemente la misma tumba donde encontró el códice. ¿No es una ironía? Estamos aquí ahora, en la ciudad perdida, y todo lo que tenemos que hacer es encontrar la tumba.

Skiba oyó un golpe amortiguado, tan distorsionado por el codificador de voz que sonó como un grito prolongado. Hauser debía de haber desconectado el codificador de voz en ese preciso momento para grabar sus palabras con su propia voz. No habría modo de evitar pagar a Hauser sus cincuenta millones. Al contrario, tenía el presentimiento de que pagaría más, mucho más... el resto de su vida. Hauser lo tenía cogido. Qué maldito estúpido había sido, dejándose manipular a cada paso. Inconcebible.

—¿Ha oído eso? Es el bonito ruido de la dinamita. Mis hombres están volando una pirámide. Por desgracia la Ciudad Blanca es grande y está cubierta de vegetación, y Max podría estar enterrado en cualquier parte. De todos modos, le llamo para decirle que ha habido un cambio. Cuando encontremos la tumba y el códice, nos dirigiremos al oeste a través de las montañas, cruzando El Salvador hasta el Pacífico. A pie y luego por el río. Nos llevará un poco más de tiempo. Tendrá el códice dentro de un mes.

—Usted dijo...

—Sí, sí. Tenía previsto enviar el códice en helicóptero a San Pedro Sula. Pero ahora tenemos a un par de soldados hondureños muertos de los que responder. Y nunca se sabe cuándo un general fanfarrón va a expropiarte tus posesiones porque las considera patrimonio nacional. Los únicos helicópteros que tenemos pertenecen a los militares, y para salir volando de aquí tienes que cruzar el espacio aéreo militar. De modo que seguiremos hacia el oeste en una dirección inesperada, tranquila y discretamente. Confíe en mí, es lo mejor.

Skiba volvió a tragar saliva. ¿Soldados muertos? Le ponía enfermo hablar con Hauser. Quería preguntarle si lo había hecho, pero no se vio con fuerzas de pronunciar las palabras.

—En caso de que se lo esté preguntando, no he cumplido su orden. Los tres hijos de Broadbent siguen vivos. Cabrones tenaces. Pero no la he olvidado. Le prometo que lo haré.

Su orden. Volvía a formarse un nudo en la garganta de Skiba. Tragó saliva, solo para atragantarse con ella. Seguían vivos.

—He cambiado de opinión.

—¿Cómo dice?

—No lo haga.

—¿Que no haga qué?

—No los mate.

Se oyó una risita.

—Es demasiado tarde para eso.

—Por el amor de Dios, Hauser, no lo haga; le ordeno que no los mate, podemos buscar otra solución.

Pero la comunicación se había cortado. Oyó un ruido y se volvió, con la cara cubierta de sudor. En el umbral estaba su hijo con un pijama con bolsas en la rodilla, el pelo rubio en punta, la trompeta en una mano.

—¿Que no maten a quién, papá?

49

Esa noche Borabay sirvió una cena de tres platos: para empezar una sopa de pescado y verdura, seguida de filetes asados y un revoltillo de diminutos huevos hervidos con pajarillos dentro, y, de postre, una compota de fruta. Los instó a repetir una y otra vez, obligándolos a comer casi hasta sentirse enfermos. Cuando terminaron el último plato, sacaron las pipas para ahuyentar los insectos nocturnos. Era una noche despejada y por detrás de la oscura silueta de la Sierra Azul se elevaba una luna casi llena. Estaban sentados en un semicírculo alrededor del fuego, los tres hermanos y Sally; todos fumando en silencio, esperando a que Borabay hablara. El indio fumó un rato, luego dejó la pipa y miró alrededor. Sus ojos, brillantes a la luz del fuego, se clavaron en cada una de sus caras, por turnos. Habían empezado a croar las ranas nocturnas, mezclándose con los ruidos de la noche más misteriosos: aullidos, ululatos, tambores, chillidos.

—Aquí estamos, hermanos —dijo Borabay, e hizo una pausa—. Yo comienzo historia desde el principio, hace cuarenta años, un año antes que yo nazco. Ese año hombre blanco viene solo subiendo río y cruzando montañas. Llega a pueblo tara casi muerto. El primer hombre blanco que alguien ve. Llevan a hombre a cabaña, dan de comer, devuelven la vida. El hombre vive con gente tara, aprende idioma. Ellos preguntan por qué viene. Él dice busca Ciudad Blanca, que nosotros llamamos Sukia Tara. Es ciudad de nuestros antepasados. Ahora nosotros enterramos muertos allí. Ellos llevan a hombre a Sukia Tara. No saben él quiere robar Sukia Tara.

»Ese hombre pronto toma mujer tara por esposa.

—Me lo imagino —dijo Philip con una risa sarcástica—. Padre nunca dejaba pasar una oportunidad.

Borabay lo miró fijamente.

—¿Quién está contando historia, hermano, tú o yo?

—Vale, vale, continúa. —Philip hizo un ademán.

—Este hombre, digo, toma mujer tara por esposa. Esa mujer es mi madre.

—¿Se casó con tu madre? —dijo Tom.

—Por supuesto que se casa con mi madre —dijo Borabay—. ¿Cómo si no somos hermanos, hermano?

Tom se quedó sin habla cuando asimiló el significado de las palabras. Se quedó mirando a Borabay, mirándolo realmente por primera vez. Abarcó con la mirada la cara pintada, los tatuajes, los dientes afilados, los discos en las orejas..., pero también los ojos verdes, la frente alta, el gesto obstinado de sus labios, los pómulos hermosamente marcados.

—Dios mío —dijo jadeando.

—¿Qué? —preguntó Vernon—. ¿Qué pasa, Tom?

Tom miró a Philip y vio que estaba igualmente estupefacto. Philip se levantó despacio, mirando a Borabay.

—Luego, después que padre se casa con mi madre, mi madre tiene a mí. Mi nombre Borabay, como padre.

—Borabay —murmuró Philip, luego añadió—: Broadbent.

Hubo un largo silencio.

—¿No lo entendéis? Borabay, Broadbent..., son el mismo nombre.

—¿Quieres decir que él es hermano nuestro? —preguntó Vernon fuera de sí, comprendiéndolo por fin.

Nadie respondió. Philip, de pie, dio un paso hacia Borabay y se inclinó para examinarlo de cerca, como si fuera una especie de bicho raro. Borabay cambió de postura, se sacó la pipa de los labios y soltó una risa nerviosa.

—¿Qué ves, hermano? ¿Fantasma?

—En cierto modo, sí. —Alargó una mano y le tocó la cara.

Borabay permaneció sentado con calma, sin moverse.

—Dios mío —susurró Philip—. *Eres* nuestro hermano. Eres mi hermano mayor. Santo cielo, yo no fui el primero. Soy el hijo segundo y nunca lo he sabido.

—¡Es lo que digo! Todos hermanos. ¿Qué crees que quiero decir con «hermano»? ¿Crees que bromeo?

—No pensamos que lo decías literalmente —dijo Tom.

—¿Por qué crees que yo salvo vuestras vidas?

—No lo sabíamos. Parecías un santo.

Borabay rió.

—¿Yo, santo? ¡Muy gracioso, hermano! Todos nosotros hermanos. Todos el mismo padre, *masseral* Borabay. Tú Borabay, yo Borabay, todos Borabay. —Se golpeó el pecho.

—Broadbent. El nombre es Broadbent —corrigió Philip.

—Borabeyn. Yo no hablo bien. Vosotros entendéis. Yo Borabay tanto tiempo que sigo Borabay.

La risa de Sally se elevó de pronto hacia el cielo. Se había puesto de pie y caminaba alrededor de la hoguera.

—¡Como si no tuviéramos suficientes Broadbent aquí! ¡Ahora hay otro! ¡Cuatro! ¿Está preparado el mundo?

Vernon, el último en comprender, fue el primero en recuperarse. Se levantó y se acercó a Borabay.

—Es un placer tenerte como hermano —dijo, y dio a Borabay un abrazo. Borabay pareció un poco sorprendido y luego dio a Vernon otros dos abrazos, al estilo indio.

A continuación Vernon se hizo a un lado mientras Tom se acercaba y le tendía la mano. Borabay la miró confundido.

—¿Qué problema tienes con mano, hermano?

Es mi hermano y no sabe ni dar un apretón de manos, pensó Tom. Con una sonrisa abrazó a Borabay, y el indio respondió con sus abrazos rituales. Tom retrocedió, mirando a su hermano a la cara, y de pronto se vio a sí mismo en esa cara. A sí mismo, a su padre, a sus hermanos.

Lo siguió Philip, quien le tendió una mano.

—Borabay, no soy muy dado a los abrazos y los besos. Lo que hacemos los *gringos* es estrecharnos la mano. Te enseñaré. Alarga una mano.

Borabay así lo hizo. Philip la cogió y le dio un fuerte apretón. El brazo de Borabay se sacudió, y cuando Philip le soltó la mano, Borabay la retiró y la examinó para comprobar si había desperfectos.

—Bueno, Borabay —dijo Philip—, bienvenido al club. El club de los hijos jodidos de Maxwell Broadbent. La lista de socios aumenta a diario.

—¿Qué quiere decir eso, club de jodidos?

Philip le restó importancia con un ademán.

—No importa.

Sally también abrazó a Borabay.

—Yo no soy Broadbent —dijo con otra sonrisa—, gracias a Dios.

Se sentaron de nuevo alrededor del fuego y se produjo un silencio incómodo.

—Menuda reunión familiar —dijo Philip sacudiendo la cabeza asombrado—. Nuestro querido padre, lleno de sorpresas aun después de muerto.

—Pero eso es lo que quiero decir —dijo Borabay—. Padre *no* muerto.

50

Se había hecho de noche, pero no cambió nada en las profundidades de la tumba donde durante un millar de años no había llegado la luz. Marcus Hauser se acercó al destrozado dintel del fondo e inhaló el frío polvo de siglos. Por extraño que pareciera era un olor a limpio, fresco, sin rastro de descomposición o putrefacción. Apuntó el intenso haz halógeno alrededor, haciendo destellar el oro y el jade esparcidos y mezclados con huesos marrones y polvo. En una plataforma funeraria de piedra con jeroglíficos tallados yacía el esqueleto, que en otro tiempo había estado suntuosamente engalanado.

Se acercó y cogió un anillo de oro, sacudiendo el hueso del dedo que seguía rodeando. Era magnífico, con un trozo de jade tallado en forma de cabeza de jaguar. Se lo guardó en el bolsillo y examinó los otros objetos dejados en el cuerpo: un collar de oro, unos pendientes de jade, otro anillo. Se guardó los objetos de oro y jade más pequeños mientras daba la vuelta despacio por la cámara funeraria.

En el otro extremo de la plataforma estaba el cráneo. En algún momento en el transcurso de los siglos la mandíbula se había aflojado y caído, dando a la calavera una expresión de perplejidad, como si no pudiera creer del todo que estaba muerta. Casi toda la carne había desaparecido, pero de la parte superior del cráneo caía suelta una maraña de pelo trenzado. Se agachó para recoger el cráneo. La mandíbula se abrió, pendida de hilos de cartílago disecados. Los dientes delanteros estaban afilados.

«Ah, pobre Yorick.»

Iluminó con la linterna las paredes. En ellas había pintados unos frescos, oscurecidos por la cal y el moho. En una esquina había vasijas llenas de polvo, amontonadas unas sobre otras y rotas durante algún terremoto antiguo. Unas raíces pequeñas habían penetrado el techo y colgaban enmarañadas en el aire viciado.

Se volvió hacia el teniente.

—¿Es la única tumba que hay aquí dentro? —preguntó.

—En este lado de la pirámide. Todavía tenemos que explorar el otro lado. Si es simétrica es posible que haya otra como esta.

Hauser sacudió la cabeza. No encontraría a Max en esa pirámide. Era demasiado obvio. Se había enterrado como el faraón Tut, en un lugar poco evidente. Así era como actuaría Max.

—*Teniente*, reúna a los hombres. Quiero hablar con ellos. Vamos a registrar esta ciudad de este a oeste.

—Sí, señor.

Hauser se encontró a sí mismo con el cráneo todavía en las manos. Le echó un último vistazo y lo tiró a un lado. Aterrizó con un ruido hueco en el suelo de piedra, haciéndose añicos como si hubiera sido de yeso. La mandíbula inferior rodó, dando unas cuantas vueltas frenéticas antes de descansar en el polvo.

Un registro brutal de la ciudad con dinamita, templo por templo. Hauser sacudió la cabeza. Deseó que regresara el hombre que había enviado a averiguar la situación de los Broadbent. Había una forma mejor de hacer eso, una forma mucho mejor.

51

—¿Padre sigue *vivo*? —gritó Philip.

—Sí.

—¿Quieres decir que aún no lo han enterrado?

—Primero termino la historia, por favor. Después de que padre vive con gente tara un año, mi madre tiene a mí. Pero padre habla de la Ciudad Blanca, sube allí unos días, tal vez semanas seguidas. Jefe dice que está prohibido, pero padre no escucha. Él excava en busca de oro. Luego encuentra lugar de tumbas, abre tumba de antiguo rey tara y roba. Con ayuda de hombres taras malos escapa río abajo con tesoro y desaparece.

—Dejando a tu madre descalza con un bebé —dijo Philip con sarcasmo—, exactamente como hizo con sus otras mujeres.

Borabay se volvió y miró a Philip.

—Yo cuento historia, hermano. ¡Tú y tu lengua descansad un rato!

Tom tuvo estupefacto una sensación de *déjà vu*. «Tú y tu lengua descansad un rato» era un maxwellismo puro, una de las expresiones favoritas de su padre, y había salido de la boca de ese estrafalario indio medio desnudo, con los lóbulos de la oreja agrandados y cubierto de tatuajes. La cabeza le dio vueltas. Había ido hasta los confines de la tierra ¿y qué había encontrado? Un hermano.

—Yo no vuelvo a ver a padre... hasta ahora. Madre muere hace dos años. Luego, hace poco, padre vuelve. Gran sorpresa. Yo muy contento de conocerlo. Él dice que está muriendo. Pide perdón. Dice trae de vuelta el tesoro robado al pueblo tara. A cambio quiere enterrarse en tumba de rey tara con tesoro del hombre blanco. Habla con Cah, jefe tara. Cah dice sí, nosotros te enterramos en tumba. Tú vuelve con tesoro y nosotros te enterramos en tumba como rey antiguo. De modo que padre marcha y vuelve más adelante con muchas cajas. Cah envía hombres a costa para subir tesoro.

—¿Se acordaba padre de ti? —preguntó Tom

—Oh, sí. Él muy contento. Vamos juntos a pescar.

—¿En serio? —dijo Philip, irritado—. ¿A pescar? ¿Y quién pescó el pez más grande?

—Yo —dijo Borabay orgulloso—. Con lanza.

—Bravo.

—Philip... —empezó a decir Tom.

—Si padre hubiera pasado más tiempo con Borabay —dijo Philip—, habría acabado odiándolo como nos odia a nosotros.

—Philip, sabes que padre no nos odiaba —dijo Tom.

—He estado a punto de morir aquí. He sido torturado. ¿Sabes qué se siente al saber que te vas a morir? Esto es lo que me ha dejado padre en herencia. Y ahora de pronto tenemos como hermano mayor a este indio pintado que va a pescar con padre mientras nosotros nos morimos en la selva.

—¿Terminas de estar enfadado, hermano? —dijo Borabay.

—Nunca terminaré de estar enfadado.

—Padre también hombre enfadado.

—No me digas.

—Tú el hijo más parecido a padre.

Philip puso los ojos en blanco.

—Eso sí que es una novedad, un indio de la selva que psicoanaliza.

—Porque tú el más parecido a padre, tú el que más lo quiere y al que más daño hace él. Y ahora tú dolido otra vez porque descubres no eres el hermano mayor, después de todo. Yo hermano mayor.

Hubo una pausa y Philip soltó una carcajada áspera.

—Esto es demasiado. ¿Cómo puedo estar compitiendo con un indio analfabeto y tatuado con los dientes afilados?

Al cabo de una pausa, Borabay dijo:

—Yo continúo historia ahora.

—Por supuesto.

—Cah organiza todo para muerte y funeral de padre. Cuando llega día, hay gran fiesta de funeral por padre. Fiesta grande, grande. Toda la gente tara viene. Padre también está. Padre disfruta mucho en su propio funeral. Da muchos regalos. Todos reciben cazuelas, sartenes y cuchillos.

Tom y Sally se miraron.

—Debió de disfrutar de lo lindo —dijo Philip—. Me imagino al viejo cabrón comportándose como el dueño y señor en su propio funeral.

—Tienes razón, Philip. Padre disfruta. Come, bebe demasiado, ríe, canta. Abre cajas para que todos veamos tesoros sagrados de hombre blanco. A todos gusta Virgen María sagrada con niño Jesús. Hombre blanco tiene dioses bonitos.

—¡El Lippi! —exclamó Philip—. ¿En qué condición estaba? ¿Había sobrevivido al viaje?

—Lo más hermoso que nunca veo, hermano. Cuando lo miro, veo algo en hombre blanco que nunca he visto.

—Sí, sí, es una de las obras más bellas que hizo Lippi. ¡Y pensar que está encerrado en una tumba húmeda!

—Pero Cah engaña a padre —continuó Borabay—. Cuando termina funeral, tiene que dar de beber a padre veneno especial para morir sin dolor. Pero Cah no hace eso. Cah da a padre brebaje para dormir. Nadie sabe eso excepto Cah.

—Suena claramente shakespeareano —dijo Philip.

—Llevan a padre dormido a tumba junto con tesoro. Cierran puerta, encierran a padre en tumba. Todos lo creen muerto. Solo Cah sabe no está muerto, solo dormido. De modo que él despierta luego en tumba oscura.

—Espera —dijo Vernon—. No te sigo.

—Yo sí —dijo Philip con calma—. Enterraron a padre vivo.

Silencio.

—Todos no —dijo Borabay—. Cah. Gente tara no sabe nada de ese truco.

—Sin comida ni agua... —dijo Philip—. Dios mío, qué horrible...

—Hermanos —dijo Borabay—, en tradición tara ponemos en tumba mucha comida y agua para la otra vida.

Tom sintió un escalofrío por la espalda al comprender lo que eso implicaba.

—¿Entonces crees que padre sigue vivo —preguntó por fin—, encerrado en la tumba?

—Sí.

Nadie dijo una palabra. Se oyó el triste ululato de una lechuza en la oscuridad.

—¿Cuánto tiempo lleva en la tumba? —preguntó Tom.

—Treinta y dos días.

Tom se sintió mareado. Era inconcebible.

—Eso es terrible, hermanos —dijo Borabay.

—¿Por qué demonios hizo eso Cah? —preguntó Vernon.

—Cah enfadado con padre porque roba tumba hace mucho tiempo. Cah es niño entonces, hijo del jefe. Padre humilla a padre de Cah robando tumba. Esta es la venganza de Cah.

—¿Tú no pudiste detenerlo?

—Yo no sé plan de Cah hasta más tarde. Entonces trato de salvar a padre. En la entrada de tumba hay puerta de piedra gigante. Yo no puedo moverla. Cah descubre yo voy a Sukia Tara para salvar a padre. Él muy enfadado. Me toma prisionero y quiere matarme. Dice yo soy hombre sucio, medio tara medio blanco. Luego hombre blanco loco con soldados vienen y capturan a Cah, llevan a Cah a la Ciudad Blanca. Yo escapo. Oigo a soldados hablar de vosotros y vuelvo a buscaros.

—¿Cómo supiste dónde encontrarnos?

—Oigo hablar a soldados.

El fuego parpadeó mientras se hacía de noche alrededor de las cinco personas sentadas en silencio en el suelo. Las palabras de Borabay parecieron quedar suspendidas en el aire mucho tiempo después de que las hubiera pronunciado. Borabay desplazó la mirada alrededor del fuego, mirándolos uno por uno.

—Hermanos, esa es forma terrible de morir. Es muerte para rata, no para ser humano. Él nuestro padre.

—¿Qué podemos hacer? —preguntó Philip.

Después de una larga pausa Borabay habló en voz baja y resonante:

—Nosotros rescatamos a padre.

52

Hauser estudiaba minuciosamente el burdo plano de la ciudad que había dibujado los dos pasados días. Sus hombres habían registrado dos veces la ciudad, pero había crecido tanto la vegetación que era casi imposible trazar un mapa exacto. Había varias pirámides, docenas de templos y otros edificios, cientos de lugares donde podía esconderse una tumba. A menos que tuvieran suerte, podía llevarles semanas.

Un soldado entró e hizo el saludo.

—Informe.

—Los hijos están treinta kilómetros atrás, al otro lado del río Ocata.

Hauser dejó despacio el plano.

—¿Sanos y salvos?

—Se están recuperando de una enfermedad. Hay un indio tara cuidando de ellos.

—¿Armas?

—Un viejo rifle de caza inservible que está en poder de una mujer. Arcos y flechas y una cerbatana, por supuesto...

—Sí, sí. —Hauser no pudo evitar sentir cierto respeto por los tres hijos, sobre todo por Philip. Deberían estar muertos. Max también había sido así, obstinado y con suerte. Era una combinación potente. Una imagen de Max acudió brevemente a su mente, con el torso desnudo, abriéndose paso a machetazos por la selva, su espalda sudada cubierta de ramitas y hojas. Durante meses habían avanzado a través de la jungla cubiertos de picaduras y cortes, debilitados, enfermos..., sin encontrar nada. Y entonces Max se había desembarazado de él, había seguido río arriba y había encontrado el premio que llevaban más de un año buscando. Hauser volvió a casa sin blanca y tuvo que alistarse... Sacudió la cabeza, como para apartar de sí el resentimiento. Todo eso pertenecía al pasado. El futuro —la fortuna de los Broadbent— era suyo.

El teniente habló.

—¿Vuelvo a enviar un destacamento para matarlos? Esta vez nos aseguraremos de acabar con ellos, *jefe*, se lo prometo.

—No —dijo él—. Que vengan.

—No le entiendo.

Hauser se volvió hacia el teniente.

—No los molesten. Déjenlos en paz. Que vengan.

53

Philip se recuperó más despacio que los demás, pero al cabo de tres días más de cuidados de Borabay fue capaz de andar. Una mañana soleada recogieron el campamento y se encaminaron hacia el pueblo tara en las estribaciones de la Sierra Azul. Las pócimas de hierbas de Borabay, sus ungüentos e infusiones, habían tenido un efecto asombroso en todos ellos. Borabay iba el primero con el machete, marcando un paso rápido. Hacia el mediodía habían llegado al río ancho donde habían encontrado a Philip, cubriendo en cinco horas la distancia que habían tardado cinco días en recorrer en su desesperada retirada. Cruzado el río, a medida que se acercaban a la Sierra Azul, Borabay empezó a moverse con más cautela. Se adentraron en las estribaciones y empezaron a ganar altitud. El bosque pareció volverse más soleado, menos lúgubre. Las ramas de los árboles estaban cubiertas de orquídeas y ante ellos veían alegres tramos de sol.

Pasaron la noche en un antiguo campamento tara, un semicírculo de cabañas con tejado de hojas de palmera, hundido entre vegetación desmandada. Borabay caminó a través de la vegetación que le llegaba hasta la cintura con el machete silbando, abriendo un sendero hasta el grupo de chozas mejor conservadas. Se metió en ellas y Tom oyó los golpes del machete, las patadas en el suelo y las maldiciones murmuradas, primero en una cabaña pequeña y luego en la otra. Borabay reapareció con una pequeña serpiente que se retorcía clavada en la punta del machete, que arrojó al bosque.

—Cabañas ahora limpias. Entrar, colgar hamacas, descansar. Yo preparo cena.

Tom miró a Sally. El corazón le latía en el pecho con tanta fuerza que era casi audible. Sin cambiar una palabra, los dos supieron lo que iban a hacer.

Entraron en la cabaña más pequeña. Dentro hacía calor y olía a hierba seca. Los rayos del sol entraban por pequeños agujeros en el techo de palmera, cubriendo el interior de motas de luz vespertina. Tom colgó su hamaca y observó cómo ella colgaba la suya. Las motas de luz eran como un puñado de monedas de oro arrojadas sobre su pelo, que destellaban a medida que se movía. Cuando ella hubo acabado, Tom se acercó y le cogió la mano. Temblaba ligeramente. La atrajo hacia sí, le acarició el pelo, la besó en los labios. Ella se acercó más, apretando el cuerpo contra el de él, y le devolvió el beso. Esta vez abrió los labios y él probó su lengua, luego le besó la boca, la barbilla, el cuello, y ella lo atrajo más y le asió la espalda mientras él le besaba el escote y se movía hacia abajo, besando cada botón a medida que los desabrochaba. Dejó al descubierto sus pechos y siguió besándolos, primero los lados blandos y después alrededor de los pezones, duros y erectos, luego deslizó una mano por su suave barriga. Notaba cómo ella le masajeaba los músculos de la espalda. Le desabrochó los pantalones y se arrodilló, le besó el ombligo y deslizó las palmas hasta aferrarla por detrás al tiempo que le bajaba las bragas. Ella empujó las caderas hacia delante y abrió los muslos con una breve aspiración mientras él seguía besándola, sujetándole las nalgas, hasta que sintió cómo ella le clavaba los dedos en los hombros y la oyó aspirar bruscamente y soltar un repentino gritito al tiempo que su cuerpo se estremecía.

Entonces ella lo desnudó; se tumbaron juntos en la cálida oscuridad e hicieron el amor mientras se ponía el sol. Las pequeñas monedas de luz se volvieron rojas y se apagaron a medida que el sol se ocultaba detrás de los árboles, dejando la cabaña en una silenciosa oscuridad, donde el único sonido eran los débiles gritos que llenaban el extraño mundo que los rodeaba.

54

Los despertó la alegre voz de Borabay. Se había hecho de noche y el aire era más fresco, y el olor de carne asada flotaba a través de la cabaña.

—¡A cenar!

Tom y Sally se vistieron y salieron de la cabaña, sintiéndose incómodos. El cielo estaba resplandeciente de estrellas, y la gran Vía Láctea trazaba un arco semejante a un río de luz sobre sus cabezas. Tom nunca había visto una noche tan negra ni la Vía Láctea tan brillante.

Borabay estaba sentado junto al fuego, dando la vuelta a unos pinchos de carne mientras hacía agujeros en una calabaza seca y cortaba una ranura en un extremo. Cuando terminó, se la llevó a los labios y sopló. Se elevó una dulce nota baja, seguida de otra y otra. Se detuvo sonriendo.

—¿Queréis escuchar música?

Empezó a tocar, y las notas errantes compusieron una melodía evocadora. La selva calló mientras los sonidos puros y limpios brotaban de la calabaza, esta vez más deprisa, elevándose y cayendo, con carrerillas de notas tan nítidas y apresuradas como un arroyo de la montaña. Había momentos de silencio en los que la melodía quedaba suspendida en el aire que los rodeaba, y a continuación se reanudaba. Terminó con una serie de notas bajas tan fantasmales como el gemido del viento en una cueva.

Cuando dejó de tocar, el silencio se prolongó varios minutos. Poco a poco los ruidos de la selva empezaron a ocupar el espacio que había dejado libre la melodía.

—Qué hermoso —dijo Sally.

—Debes de haber heredado ese don de tu madre —dijo Vernon—. Padre no tenía oído.

—Sí. Mi madre canta muy bonito.

—Tuviste suerte —dijo Vernon—. Nosotros casi no conocimos a nuestras madres.

—¿Vosotros no tenéis misma madre?

—No. Cada uno tuvimos una distinta. Padre nos crió prácticamente solo.

Borabay abrió mucho los ojos.

—No comprendo.

—Cuando hay un divorcio... —Tom se detuvo—. Bueno, a veces uno de los padres se queda con los hijos y el otro desaparece.

Borabay sacudió la cabeza.

—Muy extraño. Yo lamento no tener padre. —Se volvió hacia los pinchos de carne—. Decirme cómo es crecer con padre.

Philip rió ásperamente.

—Dios mío, ¿por dónde empezar? De niño me daba miedo.

—Amaba la belleza —terció Vernon—. Tanto que a veces lloraba frente a un cuadro o una estatua bonita.

Philip soltó otro resoplido sarcástico.

—Sí, lloraba porque no podía tenerlo. Quería poseer la belleza. La quería para él. Mujeres, cuadros, lo que fuera. Si era hermoso lo quería.

—Eso es expresarlo con bastante crudeza —dijo Tom—. No hay nada malo en amar la belleza. El mundo puede ser un lugar muy feo. Él amaba el arte por sí mismo, no porque estuviera de moda o le diera dinero.

—No vivía la vida de acuerdo con las reglas de las otras personas —dijo Vernon—. Era un escéptico. Marchaba al ritmo de otro tambor.

Philip hizo un ademán.

—¿Marchaba al ritmo de otro tambor? No, Vernon, golpeó al tipo del tambor en la cabeza, se lo arrebató y encabezó él mismo el desfile. Esa fue su forma de abordar la vida.

—¿Qué hacéis vosotros con él?

—Le encantaba llevarnos de acampada —dijo Vernon.

Philip se recostó y soltó una carcajada.

—Acampadas horribles bajo la lluvia y con mosquitos, durante las cuales nos embrutecía con trabajos.

—Yo pesqué mi primer pez en una de esas excursiones —dijo Vernon.

—Yo también —dijo Tom.

—¿Acampada? ¿Qué es acampada?

Pero la conversación había dejado atrás a Borabay.

—Padre necesitaba huir de la civilización para simplificar su existencia. Porque era una persona tan complicada que necesitaba crear simplicidad alrededor de él, y lo hacía yendo a pescar. Le encantaba pescar con mosca.

Philip se mofó.

—Pescar, junto con la comunión, es tal vez la actividad más necia conocida por el hombre.

—Ese comentario es ofensivo —dijo Tom—, aun viniendo de ti.

—¡Vamos, Tom! ¡No me digas que con los años has aceptado esas chorradas! Eso y el camino multiplicado por ocho de Vernon. ¿De dónde ha salido toda esa religiosidad? Por lo menos padre era ateo. Eso es algo que te favorece, Borabay. Padre nació católico, pero se convirtió en un ateo sensato, equilibrado y firme.

—En el mundo hay muchas más cosas que tus trajes de Armani, Philip —dijo Vernon.

—Es cierto —dijo Philip—, siempre está Ralph Lauren.

—¡Un momento! —gritó Borabay—. Todos habláis a la vez. Yo no comprendo.

—Nos has puesto en marcha con esa pregunta —dijo Philip, todavía riendo—. ¿Quieres más?

—Sí. ¿Cómo sois vosotros como hijos? —preguntó Borabay.

Philip dejó de reír. Más allá de la luz del fuego la selva crujió.

—No estoy seguro de qué quieres decir —dijo Tom.

—Vosotros decís qué clase de padre es él para vosotros —dijo Borabay—. Ahora pregunto qué clase de hijos sois vosotros para él.

—Éramos buenos hijos —dijo Vernon—. Tratábamos de cumplir el programa. Hacíamos todo lo que él quería. Obedecíamos sus reglas, le dábamos un maldito concierto musical cada domingo, íbamos a todas nuestras clases y tratábamos de ganar los partidos que jugábamos, con escasos resultados tal vez, pero lo *intentábamos*.

—Vosotros hacéis lo que él pide, pero ¿qué hacéis que él no pide? ¿Ayudáis a cazar? ¿Ayudáis a poner tejado en casa después de tormenta? ¿Construís canoa con él? ¿Ayudáis cuando está enfermo?

Tom tuvo de pronto la sensación de que Borabay les tendía una trampa. A eso había querido llegar todo el tiempo. Se preguntó qué había dicho Max Broadbent a su hijo mayor el último mes de su vida.

—Padre contrataba a gente para que hicieran todas esas cosas —dijo Philip—. Tenía jardinero, cocinero, una señora que limpiaba la casa, gente que arreglaba el tejado. Y una enfermera. En América compras lo que necesitas.

—No se refiere a eso —dijo Vernon—. Quiere saber qué hicimos por él cuando cayó enfermo.

Tom sintió que se ruborizaba.

—Cuando padre enferma de cáncer, ¿qué hacéis vosotros? ¿Vais a casa de padre? ¿Estáis con él?

—Borabay —dijo Philip con voz estridente—, habría sido totalmente inútil imponerle nuestra presencia. No habría querido que lo hiciéramos.

—¿Vosotros dejáis que desconocido cuide de padre enfermo?

—No voy a permitir que sermoneen, ni tú ni nadie, sobre mis deberes como hijo —exclamó Philip.

—Yo no sermoneo. Solo hago pregunta sencilla.

—La respuesta es sí. Dejamos que un desconocido cuidara de padre. Nos había hecho la vida imposible de niños y estábamos deseando escapar de él. Eso es lo que ocurre cuando eres un mal padre, tus hijos te abandonan. Se van, huyen. ¡Están impacientes para alejarse de ti!

Borabay se levantó.

—Él vuestro padre, bueno o malo. Él daros de comer, protegeros, educaros. Él *crea* a vosotros.

Philip se levantó a su vez, furioso.

—¿Es así como llamas a la vil erupción de fluido corporal? ¿Crearnos? Fuimos accidentes, cada uno de nosotros. ¿Qué clase de padre separa a unos niños de su madre? ¿Qué clase de padre los educa como si fueran una especie de experimento para crear un genio? ¿Quién los arrastra hasta la selva para que se mueran?

Borabay dio un puñetazo a Philip. Ocurrió tan deprisa que pareció que este desaparecía hacia atrás en la oscuridad. Borabay se quedó allí, metro y medio de furia pintada, abriendo y cerrando los puños. Philip se incorporó hasta quedar sentado en el suelo más allá del fuego y tosió.

—Uf. —Escupió. Tenía el labio ensangrentado y se le hinchaba por momentos.

Borabay lo miró fijamente, respirando pesadamente.

Philip se limpió la cara, y a continuación sonrió de oreja a oreja.

—Vaya, vaya. El hermano mayor por fin afirma su lugar en la familia.

—Tú no hablas así de padre.

—Hablaré de él como me dé la gana y ningún salvaje analfabeto me hará cambiar de opinión.

Borabay cerró los puños pero no hizo ademán de avanzar hacia él.

Vernon ayudó a Philip a levantarse. Este se llevó una mano al labio, pero tenía una expresión triunfal. Borabay se quedó de pie indeciso, como si se diera cuenta de que había cometido un error, que al golpear a su hermano había perdido de algún modo la discusión.

—Está bien —dijo Sally—. Basta de hablar de Maxwell Broadbent. No podemos permitirnos pelear en un momento así y todos lo sabéis.

Miró a Borabay.

—Parece que la cena se ha quemado.

Borabay retiró en silencio los pinchos ennegrecidos y empezó a distribuirlos sobre hojas.

La severa frase de Philip resonaba aún en los oídos de Tom: «Eso es lo que pasa cuando eres un mal padre..., tus hijos te abandonan». Y se preguntó: ¿Era eso lo que habían hecho?

55

Mike Graff se acomodó en el sillón orejero junto al fuego y cruzó sus pulcras piernas, con una expresión afable y alerta. A Skiba le sorprendió que, a pesar de todo, lograra conservar esa almidonada aura de seguridad en sí mismo de colegio de pago. Graff podría estar remando el mismísimo bote de Caronte por la laguna Estigia hacia las puertas del infierno y seguiría teniendo ese aspecto saludable, convenciendo a los demás pasajeros de que el cielo estaba a la vuelta de la esquina.

—¿Qué puedo hacer por ti, Mike? —preguntó Skiba con tono agradable.

—¿Qué ha ocurrido con las acciones estos dos últimos días? Han subido un diez por ciento.

Skiba sacudió la cabeza ligeramente. La casa estaba en llamas y Graff se quedaba en la cocina quejándose de que el café estaba frío.

—Alégrate de que hayamos sobrevivido al artículo del *Journal* sobre Phloxatane.

—Más motivo para preocuparse si suben nuestras acciones.

—Mira, Mike...

—Lewis, no hablaste a Fenner del códice la semana pasada, ¿verdad?

—Sí.

—Dios mío. Sabes lo cerdo que es. Ya tenemos bastantes problemas tal como están las cosas para añadir un abuso de información confidencial.

Skiba lo miró. Debería haberse desembarazado antes de Graff. Los había puesto en semejante compromiso a los dos que ahora era impensable hacerlo. ¿Qué importaba? Se había acabado..., para Graff, para la compañía, pero sobre todo para él. Quería gritar ante el sinsentido de todo ello. El abismo que se había abierto a sus pies..., caían en una caída libre y Graff seguía sin enterarse.

—Fenner iba a recomendar vender Lampe. Tuve que hacerlo, Mike. Pero no es estúpido. No soltará prenda. ¿Arriesgaría echar a perder su vida por unos cientos de miles de dólares?

—¿Bromeas? Tiraría al suelo a su propia abuela para coger un penique de la acera.

—No es Fenner, sino los vendedores al descubierto los que están cerrando posiciones.

—Eso no explica más que el treinta por ciento de ello.

—Inconformistas. Compradores de paquetes sueltos de acciones. Viudas y huérfanos. Mike, basta. Basta. ¿No te das cuenta de lo que está pasando? Se ha terminado. Estamos acabados. Lampe está acabada.

Graff lo miró asombrado.

—¿De qué estás hablando? Lo campearemos. Una vez que consigamos el códice todo irá viento en popa.

Skiba sintió cómo se le helaba la sangre en las venas al oír mencionar el códice.

—¿Realmente crees que el códice resolverá todos nuestros problemas? —preguntó en voz baja.

—¿Por qué no? ¿Me he perdido algo? ¿Qué ha cambiado?

Skiba sacudió la cabeza. ¿Qué importaba? ¿Acaso importaba algo?

—Este derrotismo no es propio de ti, Lewis. ¿Dónde está tu famoso espíritu de lucha?

Skiba se sentía cansado, muy cansado. Era una conversación

inútil. Se había acabado definitivamente. Era absurdo hablar más. Lo único que podían hacer era esperar: esperar el final. Eran impotentes.

—Cuando demos a conocer el códice —continuó Graff—, las acciones de Lampe subirán vertiginosamente. Nada tiene tanto éxito como el éxito. Los accionistas nos perdonarán, y eso le cortará las alas a ese presidente de la Comisión de Valores y Cambio. Por eso me preocupa ese posible abuso de información confidencial. Si lo del códice se propagara de boca en boca, los cargos se mantendrían. Es como la evasión de impuestos, es por lo que pillan a todos. Mira lo que pasó a Martha...

—Mike.

—¿Qué?

—Largo de aquí.

Skiba apagó las luces, desconectó los teléfonos y esperó a que llegara la noche. Encima de su escritorio solo había tres cosas: el pequeño bote de pastillas de plástico, el Macallan de sesenta años y un vaso limpio.

Había llegado el momento de darse el gran baño.

56

Al día siguiente se marcharon del poblado tara abandonado y se adentraron en las estribaciones de la Sierra Azul. El sendero empezaba a ascender a saltos a través de bosques y prados, dejando atrás campos en barbecho cubiertos de mala hierba. Aquí y allí, escondidas entre los árboles, Tom entreveía cabañas de paja abandonadas que se caían a pedazos.

Se internaron en un bosque profundo y fresco. Borabay insistió de pronto en ir el primero y, en lugar de avanzar a su habitual paso silencioso, lo hizo ruidosamente, cantando, golpeando innecesariamente la vegetación y deteniéndose a menudo para «descansar», aunque a Tom le pareció más bien que lo que hacía era reconocer el terreno. Algo le inquietaba.

Cuando llegaron a un pequeño claro, Borabay se detuvo.

—¡A comer! —gritó, y empezó a cantar en voz alta mientras desenvolvía los paquetes de hojas de palmera.

—Hemos comido hace dos horas —dijo Vernon.

—¡A comer otra vez! —El indio se quitó del hombro el arco y las flechas, y Tom advirtió que los dejaba a cierta distancia.

Sally se sentó al lado de Tom.

—Va a pasar algo.

Borabay ayudó a los demás a quitarse las mochilas y a dejarlas junto al arco y las flechas, al otro lado del claro. Luego se acercó a Sally y la rodeó con un brazo para atraerla hacia él.

—Dame rifle, Sally —susurró.

Ella le dio el arma. A continuación Borabay les quitó los machetes.

—¿Qué está pasando? —preguntó Vernon.

—Nada, nada, descansaremos aquí. —Borabay empezó a ofrecer varios plátanos secos—. ¿Hambre, hermanos? ¡Plátanos muy buenos!

—No me gustan —dijo Philip.

Vernon, ajeno a la tensión subyacente, comió con apetito los plátanos secos.

—Deliciosos —dijo con la boca llena—. Deberíamos comer dos veces cada día.

—¡Muy bueno! ¡Dos comidas! ¡Gran idea! —dijo Borabay, riendo a carcajadas.

Y entonces ocurrió. Sin ningún ruido o movimiento aparente, Tom de pronto se dio cuenta de que los habían rodeado unos hombres por todos lados, con los arcos tensos y cien flechas con la punta de piedra apuntadas hacia ellos. Era como si la selva hubiera retrocedido de forma imperceptible, dejando expuestos a los hombres como rocas al bajar la marea.

Vernon dejó escapar un grito y cayó al suelo; se vio inmediatamente rodeado de hombres tensos y agresivamente bruscos con cincuenta flechas apuntadas a escasos centímetros de su garganta y su pecho.

—¡No os mováis! —gritó Borabay. Se volvió y habló rápidamente a los hombres. Poco a poco, los arcos empezaron a relajarse y los hombres retrocedieron. Siguió hablando, menos deprisa y con un tono más bajo, pero con el mismo apremio. Por fin los hombres retrocedieron otro paso y bajaron del todo las flechas.

—Moveos ahora —dijo Borabay—. Levantaos. No sonreír. No dar la mano. Mirar a todos a los ojos. *No sonreír.*

Hicieron lo que se les decía, levantándose.

—Coger mochilas, armas y cuchillos. No parecer asustados. Poner cara enfadada pero no decir nada. Si sonríes, mueres.

Siguieron las órdenes de Borabay. Hubo un breve movimiento de flechas que se alzaban cuando Tom cogió su machete, pero cuando se lo guardó en la cintura volvieron a bajar los arcos. Tom, siguiendo las instrucciones de Borabay, recorrió con una mirada siniestra a los guerreros más próximos a ellos, que le sostenían la mirada con tal ferocidad que notó que le flojeaban las piernas.

Borabay hablaba ahora en voz baja, pero parecía enfadado. Dirigía sus comentarios a un hombre, más alto que los demás, con brillantes plumas alrededor de sus musculosos antebrazos. Llevaba alrededor del cuello un cordel del que colgaban a modo de joyas desechos de la tecnología occidental: un CD-ROM que ofrecía seis meses de AOL gratis, una calculadora perforada, el dial de un teléfono antiguo.

El hombre miró a Tom y dio un paso hacia él. Se detuvo.

—Hermano —dijo Borabay—, tú te acercas a hombre y exiges con voz enfadada una disculpa.

Tom, confiando en que Borabay hubiera entendido la psicología de la situación, se acercó ceñudo al guerrero.

—¿Cómo os atrevéis a apuntarnos con vuestros arcos? —preguntó.

Borabay tradujo. El hombre respondió enfadado, gesticulando con una lanza cerca de la cara de Tom.

Borabay habló.

—Dice: ¿Quiénes sois? ¿Por qué venís a tierra tara sin invitación? Tú dices con voz enfadada vienes a salvar a tu padre. Gritas.

Tom obedeció, elevando la voz, dando otro paso hacia el guerrero y gritándole a un palmo de la cara. El hombre respondió con voz aún más enfadada, sacudiendo su lanza frente a la nariz de Tom. Al verlo, muchos de los guerreros volvieron a levantar los arcos.

—Él dice padre causa muchos problemas a gente tara y él muy enfadado. Hermano, tú pones muy enfadado ahora. Dices bajar los arcos. Dices tú no hablas si ellos no apartan flechas. Dices es un gran insulto.

Tom, sudando ahora, trató de dejar a un lado el pánico que sentía y fingió estar furioso.

—¿Cómo te atreves a amenazarnos? —gritó—. ¡Hemos venido a tu tierra en son de paz y nos ofreces guerra! ¿Es así como la gente tara tratan a sus huéspedes? ¿Sois animales o personas?

Vio un atisbo de aprobación en Borabay mientras traducía, sin duda añadiendo sus propios matices.

Bajaron los arcos y esta vez guardaron las flechas en sus aljabas.

—Ahora sonríes. Sonrisa breve, no gran sonrisa.

Tom esbozó una sonrisa, luego volvió a poner expresión severa.

Borabay habló largamente, luego se volvió hacia Tom.

—Tú abrazas y besas a ese guerrero según costumbre tara.

Tom dio al hombre un abrazo torpe y un par de besos en el cuello, como tantas veces se los había dado Borabay. Terminó con pintura roja y amarilla en la cara y los labios. El guerrero le devolvió la cortesía, embadurnándolo con más pintura.

—Bien —dijo Borabay, casi mareado del alivio—. ¡Ahora todo bien! Nosotros vamos al pueblo tara.

El pueblo consistía en una plaza al aire libre de tierra apisonada, rodeada por dos círculos irregulares de chozas de paja semejantes a aquellas donde habían dormido hacía un par de noches. Las cabañas no tenían ventanas, solo un agujero en la punta del techo. Frente a muchas de ellas ardían fuegos atendidos por mujeres que, según advirtió Tom, cocinaban en grandes cazuelas francesas, sartenes de cobre y cubertería Meissen de acero inoxidable que Maxwell Broadbent les había traído. Mientras seguía al grupo de guerreros hasta el centro de la plaza, las puertas de paja se abrieron y varias personas salieron y se quedaron mirándolos perplejos. Los niños pequeños iban totalmente desnudos; los mayores, con pantalones cortos o taparrabos. Las mujeres llevaban una tela sujeta alrededor de la cintura e iban desnudas de la cintura para arriba, con los pechos pintados de rojo. Muchas tenían discos en los labios y las orejas. Solo los hombres llevaban plumas.

No hubo una ceremonia de recibimiento formal. Los guerreros que los habían traído se dispersaron para ocuparse de sus asuntos con total indiferencia, mientras las mujeres y los niños del pueblo los miraban boquiabiertos.

—¿Qué hacemos ahora? —preguntó Tom, de pie en medio de la plaza de tierra, mirando alrededor.

—Esperar —dijo Borabay.

De pronto de una de las cabañas salió una anciana desdentada y encorvada, apoyándose en un bastón; su pelo corto y canoso le confería cierto aspecto de bruja. Se acercó a ellos con agotadora lentitud, sin apartar nunca de ellos sus ojos pequeños y brillantes, succionando y murmurando para sí. Se detuvo por fin frente a Tom y lo miró.

—Tú no haces nada —susurró Borabay.

Ella levantó una mano arrugada y pegó a Tom en las rodillas, y a continuación le golpeó los muslos, una, dos, tres veces —golpes sorprendentemente dolorosos para ser una anciana— sin dejar un solo momento de murmurar para sí. Luego levantó el bastón y le golpeó en las espinillas y en las nalgas. Dejó caer el bastón, levantó una mano y palpó obscenamente la entrepierna de Tom. Este tragó saliva y trató de no parpadear mientras ella exploraba su masculinidad. Luego alargó una mano hacia la cabeza de Tom, haciendo un movimiento con los dedos. Tom se inclinó ligeramente, y ella le cogió por el pelo y le dio tal tirón que a él se le saltaron las lágrimas.

La anciana retrocedió, una vez concluido aparentemente el examen. Le dedicó una sonrisa desdentada y habló largo y tendido.

Borabay tradujo.

—Dice tú eres hombre, contrariamente a tu aspecto. Os invita a ti y a tus hermanos a quedar en pueblo como huéspedes de gente tara. Acepta tu ayuda para luchar contra hombres malos de Ciudad Blanca. Dice tú estás al mando ahora.

—¿Quién es ella? —Tom la miró. Ella lo miraba de arriba abajo, examinándolo de la cabeza a los pies.

—Ella mujer de Cah. Vigila, Tom, tú gustas a ella. Quizá va a tu cabaña esta noche.

Eso disolvió la tensión y todos se echaron a reír, Philip el que más.

—¿Al mando de qué estoy? —preguntó Tom.

Borabay lo miró.

—Tú ahora jefe de guerra.

Tom estaba atónito.

—¿Cómo es posible? Llevo diez minutos aquí.

—Ella dice guerreros tara no logran combatir hombre blanco y muchos mueren. Tú también hombre blanco, quizá comprendes mejor enemigo. Mañana tú encabezas lucha contra hombres malos.

—¿Mañana? —dijo Tom—. Gracias, de verdad, pero declino la responsabilidad.

—No tienes elección —dijo Borabay—. Ella dice si tú dices no, guerreros tara matan a todos nosotros.

Esa noche los aldeanos encendieron una hoguera y hubo una especie de fiesta que comenzó con un banquete de muchos platos, que llegaron sobre hojas, y terminó en un tapir asado en un hoyo. Los hombres danzaron y dieron un concierto de flautas inquietantemente extraño dirigido por Borabay. Todos se acostaron tarde. Borabay los despertó unas horas después. Seguía estando oscuro.

—Nosotros vamos ahora. Tú hablas con gente.

Tom lo miró fijamente.

—¿Tengo que pronunciar un *discurso*?

—Yo te ayudo.

—Esto hay que verlo —dijo Philip.

Habían amontonado nuevos leños en la hoguera y Tom vio

que todos los habitantes del pueblo estaban de pie, esperando en un silencio respetuoso su discurso.

—Tom, tú dices yo escojo diez buenos guerreros para la lucha —susurró Borabay.

—¿Lucha? ¿Qué lucha?

—Nosotros luchamos contra Hauser.

—No podemos...

—Tú callas y haces lo que yo digo —siseó Borabay.

Tom dio la orden, y Borabay pasó por entre la gente, chocando manos o dando palmaditas en los hombros de varios hombres, y en cinco minutos había diez guerreros alineados junto a ellos, adornados con flechas, pintura y collares, cada uno con un arco y una aljaba.

—Ahora tú dices discurso.

—¿Qué digo?

—Palabras grandiosas. Cómo vas a rescatar a padre, a matar a hombres malos. No preocupes, yo retoco palabras.

—No te olvides de prometerles un pollo en cada cazuela —dijo Philip.

Tom dio un paso al frente y miró las caras. El murmullo de voces cesó rápidamente. Todos lo miraban esperanzados. Él sintió un escalofrío de miedo. No tenía ni idea de lo que estaba haciendo.

—Hummm, señores y señoras...

Borabay le lanzó una mirada de desaprobación, y entonces, con voz marcial, Tom gritó algo que pareció mucho más efectivo que las titubeantes palabras que había logrado pronunciar. Hubo cierta agitación cuando todos se pusieron firmes. Tom de pronto tuvo la sensación de haber vivido ese momento: recordó el discurso que había pronunciado don Alfonso ante su gente cuando se marchó de Pito Solo. Tenía que pronunciar un discurso igual que ese, aunque estuviera lleno de mentiras y promesas vacías.

Respiró hondo.

—¡Amigos míos! Hemos venido a las tierras tara de un lugar lejano llamado América.

Ante la palabra América, aun antes de que Borabay tradujera, hubo una oleada de emoción.

—Hemos recorrido muchos miles de kilómetros, en avión, en canoa y a pie. Hemos viajado durante cuarenta días y cuarenta noches.

Borabay declamó esas palabras. Tom vio que ahora tenía la atención de todos.

—Un gran mal ha caído sobre el pueblo tara. Un bárbaro llamado Hauser ha venido del otro extremo del mundo con soldados mercenarios para matar a la gente tara y robar sus tumbas. Han secuestrado a vuestro sumo sacerdote y matado a vuestros guerreros. Mientras hablo, ellos están en la Ciudad Blanca, profanándola con su presencia.

Borabay tradujo y hubo un fuerte murmullo de asentimiento.

—Aquí estamos nosotros, los cuatro hijos de Maxwell Broadbent, para librar a la gente tara de este hombre. Hemos venido a rescatar a nuestro padre, Maxwell Broadbent, de la oscuridad de su tumba.

Hizo una pausa para que Borabay tradujera. Quinientas caras, iluminadas por la luz del fuego, lo miraban con embelesada atención.

—Mi hermano Borabay nos conducirá hasta lo alto de las montañas, desde donde observaremos a esos hombres perversos y haremos planes para un ataque. Mañana combatiremos.

Esas palabras fueron recibidas con una salva de sonidos extraños, entre gruñido rápido y carcajada: el equivalente tara, al parecer, de los aplausos y los vítores. Tom sintió cómo su mono, Mamón Peludo, se encogía en el fondo de su bolsillo, tratando de esconderse.

Borabay habló entonces a Tom, en voz baja.

—Pides oraciones y ofrendas.

Tom se aclaró la voz.

—Pueblo tara, todos vosotros tenéis un papel muy importante en la lucha inminente. Os pido que recéis por nosotros. Os pido que depositéis ofrendas por nosotros. Os pido que lo hagáis cada día hasta que volvamos triunfales.

La voz de Borabay resonó con esas palabras y tuvo un efecto electrizante. La gente se abalanzó hacia delante, murmurando emocionada. Tom sintió cómo lo envolvía una especie de locura desesperada; esa gente creía en él mucho más de lo que él creía en sí mismo.

Resonó una voz quebrada y la gente retrocedió al instante, dejando sola a la anciana, la mujer de Cah, apoyada en su bastón. Esta levantó la mirada y la clavó en Tom. Se produjo un largo silencio, luego levantó el bastón y, tomando impulso, le atestó un golpe terrible en los muslos. Tom intentó no encogerse ni hacer una mueca de dolor.

Luego la anciana gritó algo con voz marchita.

—¿Qué ha dicho?

Borabay se volvió.

—No sé traducirlo. Es expresión tara fuerte. Algo como: «Tú matar o morir».

57

El profesor Julian Clyve puso los pies en alto y se recostó en su vieja butaca con las manos en la cabeza. Era un día de mayo tormentoso, y el viento agitaba y torturaba las hojas del plátano que había al otro lado de su ventana. Sally llevaba fuera más de un mes. No había sabido nada de ella. No había contado con tener noticias, pero aun así el largo silencio le parecía perturbador. Cuando Sally se marchó, los dos habían esperado que el códice señalara un triunfo académico más en su vida de profesor. Pero después de reflexionar sobre ello un par de semanas, Clyve había cambiado de parecer. Allí era un alumno de Rhodes, un catedrático de Yale con un rosario de premios, menciones honoríficas y publicaciones que la mayoría de los profesores no lograban acumular en toda una vida. El hecho era que no necesitaba otra mención honorífica. Lo que necesitaba —había que reconocerlo— era *dinero*. Los valores de la sociedad americana estaban todos equivocados. El verdadero premio —la riqueza económica— no llegaba a los que más se lo merecían, a los inspiradores intelectuales: el grupo de expertos que controlaba, dirigía y adiestraba la gran y estúpida bestia pesada que era el *vulgus mobile*. ¿Quién hacía fortunas? Las figuras deportivas, las estrellas de rock, los actores y los directores de empresa. Allí estaba él, en la cumbre de su profesión, ganando menos que un fontanero corriente. Era mortificante. No era justo.

Allá a donde iba, la gente lo buscaba, le estrujaba la mano, lo elogiaba, lo admiraba. Todos los ricos de New Haven querían conocerle, invitarlo a cenar, pasar a recogerlo y exhibirlo como prueba de su buen gusto, como si fuera el cuadro de un gran maestro de la pintura clásica o una pieza de plata antigua. No solo era vergonzoso, sino también humillante y caro. Casi toda la gente que conocía tenía más dinero que él. Independientemente de las menciones honoríficas que recibía, los premios que ganaba y las monografías que escribía, él seguía siendo incapaz de pagar la cuenta en un restaurante razonablemente bueno de New Haven. La pagaban *ellos*. *Ellos* lo recibían en sus casas. *Ellos* lo invitaban a cenas benéficas de etiqueta y pagaban su cubierto, rechazando sus poco sinceros ofrecimientos de rembolsarles el dinero. Y cuando todo terminaba tenía que volver a su dúplex de dos dormitorios asquerosamente burgués en el gueto académico, mientras ellos volvían a sus mansiones de Heights.

Ahora por fin tenía los medios para hacer algo al respecto. Echó un vistazo al calendario. Era 31 de mayo. Al día siguiente llegaría el primer plazo de los dos millones de la colosal compañía farmacéutica suiza Hartz. Pronto recibiría por correo electrónico la confirmación en clave. Tendría que gastar el dinero fuera de Estados Unidos, por supuesto. Una acogedora villa en la costa amalfitana sería un bonito lugar para invertirlo; un millón para la villa y el segundo para costear los gastos. Se suponía que Ravello era bonito. Él y Sally podrían ir allí de luna de miel.

Recordó su reunión con el director general y la junta directiva de Hartz, tan seria, tan suiza. Se mostraron escépticos, por supuesto, pero cuando vieron la página que él ya había traducido, casi se les hizo la boca agua. El códice les reportaría muchos miles de millones. La mayoría de compañías farmacéuticas tenían departamentos de investigación que evaluaban las medicinas indígenas, pero allí tenían el libro de recetas médicas por excelencia, todo bien ordenado, y Julian era la única persona del mundo, aparte de Sally, que podía traducirlo con exactitud. Hartz tendría que llegar a un acuerdo con los Broadbent, pero tratándose de la compañía farmacéutica mayor del mundo se hallaba en la mejor posición para pagar. Y sin sus dotes traductoras, ¿qué utilidad podía tener el códice para los Broadbent? Todo se haría correctamente: la compañía había insistido en ello, por supuesto. Los suizos eran así.

Se preguntó cómo reaccionaría Sally cuando se enterara de que el códice iba a desaparecer en las fauces de una gigantesca compañía multinacional. Conociéndola, no se lo tomaría bien. Pero en cuanto empezaran a disfrutar de los dos millones de dólares que Hartz había acordado pagarle de comisión, por no hablar de los generosos honorarios que esperaba recibir por la traducción, se le pasaría. Y él le demostraría que había obrado bien, que Hartz estaba en la mejor posición para desarrollar esos nuevos medicamentos y lanzarlos al mercado. Era lo que se tenía que hacer. Para desarrollar nuevos medicamentos era necesario dinero. Nadie iba a hacerlo gratis. Los beneficios movían el mundo.

En cuanto a él, la pobreza había estado bien unos años mientras era joven e idealista, pero con más de treinta años se volvería insoportable. Y el profesor Julian Clyve se acercaba rápidamente a la treintena.

58

Tras diez horas caminando por las montañas, Tom y sus hermanos llegaron a una cresta desprovista de vegetación y azotada por el viento. Los recibió una maravillosa vista, un violento mar de cumbres y valles que formaban capas hacia el horizonte en tonos violáceos cada vez más intensos.

—Sukia Tara, la Ciudad Blanca —dijo Borabay señalando.

Tom entrecerró los ojos al brillante sol de la tarde. A unos ocho kilómetros de distancia, al otro lado de un abismo, se elevaban dos pináculos de roca blanca. Entre ambos había un collado llano y aislado, cortado a cada lado por abismos y rodeado de picos irregulares. Era una solitaria extensión verde, una exuberante selva tropical que parecía haberse desprendido de otro lugar para encajar entre los dos colmillos de roca blanca, tambaleándose al borde de un precipicio. Tom había imaginado unas ruinas con torres blancas y muros. En lugar de ello, lo que veía no era más que una gruesa y abultada alfombra de árboles.

Vernon examinó la Ciudad Blanca con sus prismáticos y se los pasó a Tom.

El promontorio verde aumentó de tamaño repentinamente. Tom lo examinó despacio. La meseta estaba densamente cubierta de árboles y de lo que parecían ser impenetrables marañas de lianas y trepadoras. Fuera cual fuese la ciudad en ruinas que yacía en ese extraño valle colgante, estaba sepultada bajo la selva. Pero a medida que la escudriñaba, aquí y allá, elevándose del verde, distinguió afloramientos blancuzcos que empezaban a adquirir formas vagas: una esquina, una extensión interrumpida de muro, un cuadrado oscuro que parecía una ventana. Y mientras miraba lo que creía que era una colina escarpada, se dio cuenta de que era una pirámide en ruinas cubierta de espesa vegetación. En un extremo tenía un boquete, una herida blanca en el verde vivo.

La meseta sobre la que había sido construida la ciudad era, en realidad, una isla en el cielo. Colgaba entre los dos picos, separada del resto de la Sierra Azul por precipicios escarpados. Parecía aislada hasta que vio un hilo amarillo que se curvaba a través de uno de los abismos: un tosco puente colgante. A medida que lo examinaba vio que el puente estaba bien vigilado por soldados que habían ocupado una fortaleza de piedra en ruinas construida evidentemente por los habitantes originales para proteger la Ciudad Blanca. Hauser y sus hombres habían talado una parte considerable del bosque al pie del puente para proporcionarse un ángulo de tiro.

Al otro lado de la Ciudad Blanca, no muy lejos del puente, bajaba de las montañas un pequeño río que desembocaba en el abismo, convirtiéndose en un garboso filamento blanco que desaparecía en las brumas de abajo. Mientras Tom observaba, del abismo se elevó una bruma que volvió borroso el puente colgante y le impidió ver la Ciudad Blanca propiamente dicha. La bruma se disipaba, se levantaba, se disipaba de nuevo en un interminable ballet de luz y sombras.

Tom se estremeció. Su padre, Maxwell Broadbent, había estado probablemente en ese mismo lugar hacía cuarenta años. Sin duda había distinguido los borrosos contornos de la ciudad en medio de la maraña de vegetación. Allí era donde había hecho su primer hallazgo y empezado la obra de su vida; y allí era donde había terminado, encerrado vivo en una tumba oscura. La Ciudad Blanca era el alfa y el omega de la carrera de Maxwell Broadbent.

Pasó los prismáticos a Sally, quien examinó la Ciudad Blanca largo rato. Luego los bajó y se volvió hacia Tom, con el rostro encendido de la emoción.

—Es maya —dijo—. Hay una pista para jugar a la pelota, una pirámide y pabellones de varios pisos. Es del período clásico alto. La gente que construyó esta ciudad era de Copán. Estoy segura..., probablemente es aquí donde los mayas se retiraron después de la caída de Copán en 900 antes de Cristo. Un gran misterio resuelto.

Le centelleaban los ojos, y el sol se reflejaba en su pelo dorado. Él nunca la había visto tan llena de vitalidad. Era sorprendente, pensó, teniendo en cuenta lo poco que habían dormido últimamente.

Ella se volvió y lo miró a los ojos, y a él le pareció que ella le había leído el pensamiento, porque se puso ligeramente colorada y desvió la mirada, sonriendo para sí.

A continuación Philip cogió los prismáticos y estudió la ciudad. Tom lo oyó tomar aire.

—Allá abajo hay unos hombres —dijo—. Están talando árboles al pie de la pirámide.

Se oyó una débil explosión de dinamita y de la ciudad se elevó una nube de polvo, como una pequeña flor blanca.

—Vamos a tener que encontrar la tumba de padre antes de que lo hagan ellos —dijo Tom—. O... —Dejó la frase sin terminar.

59

Tom pasó el resto de la tarde al amparo de los árboles, observando a Hauser y a sus hombres. Un grupo de soldados talaba los árboles de un templo de piedra al pie de la pirámide mientras otro cavaba y volaba una pirámide más pequeña cercana. Los vientos cambiantes les traían los débiles ruidos de las sierras de cadena y, cada media hora más o menos, el lejano estruendo de los explosivos seguido por una nube de polvo que se elevaba.

—¿Dónde está la tumba de padre? —preguntó a Borabay.

—En una pared de roca que hay debajo de ciudad en otro extremo. Lugar de muertos.

—¿La encontrará Hauser?

—Sí. El camino está escondido, pero él al final la encuentra. Mañana o dentro de dos semanas.

Al caer la noche se encendieron un par de focos en la Ciudad Blanca, y un tercer foco iluminó el puente colgante y sus inmediaciones. Hauser no había querido correr riesgos y había venido bien equipado, hasta con generador.

Cenaron en silencio. Tom a duras penas podía saborear las ranas o lagartos o lo que fuera que había preparado Borabay para ellos. Por lo que veía desde su lugar privilegiado en la cresta, la Ciudad Blanca estaba bien defendida y era prácticamente impenetrable.

Cuando acabaron de cenar, fue Philip quien expresó en alto lo que todos pensaban.

—Creo que es mejor que nos vayamos y volvamos con refuerzos. No podemos hacer esto solos.

—Philip —dijo Tom—, cuando encuentren la tumba y la abran, ¿qué crees que pasará?

—La saquearán.

—No, lo primero que hará Hauser será asesinar a padre.

Philip no respondió.

—Tardaremos al menos cuarenta días en salir de aquí. Si queremos salvar a padre tenemos que actuar ya.

—No quiero ser yo quien diga que no vamos a rescatar a padre, pero Tom, por el amor de Dios, tenemos un rifle viejo, unos diez cartuchos y unos guerreros pintados con arcos y flechas. Ellos tienen armas automáticas, lanzagranadas y dinamita. Y cuentan con la ventaja de defender una posición increíblemente protegida.

—No si hay un camino secreto para entrar en la ciudad —dijo Tom.

—No hay camino secreto —dijo Borabay—. Solo puente.

—Tiene que haber otro camino —dijo Tom—. ¿O cómo construyeron el puente?

Borabay se lo quedó mirando y Tom sintió una oleada de triunfo.

—Dioses construyen este puente —dijo Borabay.

—Los dioses no construyen puentes.

—Dioses construyen *este* puente.

—¡Maldita sea, Borabay! Ese puente no lo construyeron los dioses sino la gente, ¡y para hacerlo tuvieron que estar a ambos lados!

—Tienes razón —dijo Vernon.

—Dioses construyen puente —insistió Borabay—. Pero —añadió al cabo de un momento— la gente tara también sabe construir puente desde un solo lado.

—Imposible.

—Hermano, ¿tú siempre estás seguro de tener razón? Yo digo

cómo los tara construyen puente desde un solo lado. Primero, disparan flechas con cuerda y gancho. Este se engancha al árbol del otro lado. Luego hacen cruzar a niño en cesta sobre ruedas.

—¿Cómo cruza?

—Él mismo se da impulso.

—¿Cómo puede un hombre cubrir doscientos metros con una flecha de la que cuelga una cuerda y un gancho?

—Gente tara utiliza arco grande y flecha especial con pluma. Muy importante esperar día de viento fuerte en dirección correcta.

—Sigue.

—Cuando niño está al otro lado, un hombre dispara una segunda flecha con cuerda. Niño ata dos cuerdas juntas, pone cuerda alrededor de pequeña rueda...

—Una polea.

—Sí. Entonces con polea hombre puede hacer cruzar muchas cosas en cesta. Primero cable pesado, que desenrolla al avanzar. Niño ata cable pesado a árbol. Ahora hombre puede cruzar sobre cable pesado. Hombre y niño ya están al otro lado. Hombre utiliza segunda polea para hacer cruzar tres cables más, uno cada vez. Ahora cuatro cables al otro lado de cañón. Entonces más hombres cruzan en cesta...

—Ya es suficiente —interrumpió Tom—. Me hago una idea.

Guardaron silencio, a medida que asimilaban la imposibilidad de su situación.

—¿Han intentado los guerreros tara hacerles una emboscada y cortar el puente?

—Sí. Muchos mueren.

—¿Han probado con flechas con fuego?

—No alcanzan puente.

—No perdamos de vista que si cortamos el puente —dijo Philip— padre también quedará atrapado dentro.

—Soy muy consciente de ello. Solo estoy considerando nuestras opciones. Podríamos proponer a Hauser un trato: que deje salir a padre y se quede con la tumba y sus riquezas. Se las cederemos y listos.

—Padre nunca aceptaría —dijo Tom.

—¿Aunque esté en juego su vida?

—Se está muriendo de cáncer.

—¿O nuestras vidas?

Philip los miró.

—Ni se os ocurra confiar en Hauser o hacer un trato con él.

—Muy bien —dijo Vernon—, hemos eliminado acceder a la Ciudad Blanca por otra ruta, y hacerlo mediante un ataque frontal. ¿Alguno de los presentes sabe construir un planeador?

—No.

—Eso nos deja un solo curso de acción.

—¿Y cuál es?

Vernon niveló un lugar en la arena cerca del fuego y empezó a trazar un mapa mientras explicaba su plan. Cuando terminó, Philip fue el primero en hablar.

Sacudió la cabeza.

—Es un plan disparatado. Yo propongo que regresemos y volvamos con refuerzos. Puede que tarden meses en encontrar la tumba de padre.

—Philip —interrumpió Borabay—, tal vez no lo entiendes. Si huimos ahora, gente tara nos mata.

—Tonterías.

—Nosotros hacemos promesa. No podemos romper promesa.

—Yo no hice ninguna maldita promesa, fue Tom quien la hizo. De todos modos, podríamos pasar por el lado del pueblo tara y estar muy lejos antes de que se enteren siquiera de que nos hemos ido.

Borabay sacudió la cabeza.

—Eso para cobardes, hermano. Así dejamos morir a padre en tumba. Si tara cogerte, la muerte para cobarde es lenta y desagradable. Te cortan...

—Ya hemos oído lo que hacen —dijo Philip.

—No hay suficiente comida y agua en tumba para aguantar mucho.

El fuego crepitó. Tom miró a través de los árboles. Abajo y a casi unos ocho kilómetros de distancia, alcanzaba a ver tres luces de diamante en la Ciudad Blanca. Se oyó otra débil explosión de dinamita. Hauser y sus hombres trabajaban las veinticuatro horas del día. Estaban en un verdadero aprieto. No tenían alternativas buenas y solo un plan mediocre. Pero era lo mejor que iban a conseguir.

—Basta de charla —dijo Tom—. Tenemos un plan. ¿Quién se apunta?

—Yo —dijo Vernon.

Borabay asintió.

—Yo.

—Yo —dijo Sally.

Todos los ojos se clavaron en Philip, quien hizo un ademán furioso como para hacerlos desaparecer.

—¡Por el amor de Dios, ya sabéis cuál es mi respuesta!

—¿Cuál? —preguntó Vernon.

—¡Que conste en acta que mi respuesta es no, no y no! Es un plan digno de James Bond. Nunca saldrá bien en la vida real. No lo hagáis. Por el amor de Dios, no quiero perder también a mis hermanos. No lo hagáis.

—Tenemos que hacerlo, Philip —dijo Tom.

—¡Nadie tiene que hacer nada! Tal vez sea una blasfemia, pero ¿no es un poco cierto que padre se lo ha buscado?

—Entonces ¿vamos a dejarlo morir?

—Solo os estoy pidiendo que no perdáis inútilmente la vida.

Vernon estaba a punto de responder a gritos, pero Tom le tocó el brazo y sacudió la cabeza. Tal vez Philip tenía razón y era una misión suicida. Pero él, personalmente, no tenía elección. Si no hacía algo ahora no podría vivir consigo mismo más tarde. Era tan sencillo como eso.

Sus caras titilaron alrededor del fuego y hubo un largo silencio lleno de incertidumbre.

—No tenemos por qué esperar —dijo Tom—. Saldremos esta noche a las dos de la madrugada. Nos llevará unas dos horas llegar allá abajo. Todos sabemos lo que tenemos que hacer. Borabay, puedes explicar a los guerreros su papel. —Lanzó una mirada a Vernon. El plan había sido de él, de Vernon, del hermano que nunca tomaba la iniciativa. Alargó una mano y le asió el hombro—. Bien hecho.

Vernon le sonrió.

—Tengo la sensación de que estamos en *El mago de Oz*.

—¿Qué quieres decir?

—Yo he encontrado mi cerebro. Tom, tú has encontrado tu corazón. Borabay ha encontrado a su familia. Philip es el único que aún no ha encontrado su coraje.

—Por alguna razón tampoco creo que nos baste con un cubo de agua para encargarnos de Hauser —dijo Tom.

—No —murmuró Sally.

60

Tom se levantó de su hamaca a la una de la madrugada. La noche era cerrada. Las nubes habían ocultado las estrellas y a través de los árboles susurraba un viento agitado. La única luz provenía del montón de brasas encendidas de la hoguera que proyectaban un resplandor rojizo sobre la cara de los diez guerreros tara. Seguían sentados en círculo alrededor del fuego, no se habían movido de allí ni habían hablado en toda la noche.

Antes de despertar a los demás, Tom cogió los prismáticos y se alejó de los árboles para echar otro vistazo a la Ciudad Blanca. El foco del puente colgante seguía encendido, y los soldados se encontraban en el fuerte en ruinas. Pensó en lo que los aguardaba. Tal vez Philip tenía razón y era un suicidio. Tal vez Maxwell Broadbent ya había muerto en la tumba e iban a poner en peligro la vida por nada. Todo eso no venía al caso: tenía que hacerlo.

Fue a despertar a los demás y encontró que la mayoría estaban levantados. Borabay reavivó el fuego, echó nuevas ramitas y puso un cazo de agua a hervir. Sally se reunió con ellos poco después y empezó a comprobar el Springfield a la luz del fuego. Estaba demacrada, ojerosa.

—¿Recuerdas cuál era siempre la primera baja en una batalla según el general Patton? —preguntó a Tom.

—No.

—El plan de batalla.

—¿No crees que funcione? —preguntó Tom.

Ella sacudió la cabeza.

—Probablemente no. —Desvió la mirada, luego la bajó de nuevo hacia el rifle y le dio un repaso innecesario con el trapo.

—¿Qué crees que va a pasar?

Ella sacudió la cabeza sin decir nada, haciendo ondear su abundante pelo dorado. Tom se dio cuenta de que estaba muy alterada. Le puso una mano en el hombro.

—Tenemos que hacerlo, Sally.

Ella asintió.

—Lo sé.

Vernon se reunió con ellos junto al fuego, y los cuatro bebieron infusión en silencio. Cuando se terminó la infusión, Tom consultó su reloj. Las dos. Buscó con la mirada a Philip, pero aún no había salido de su cabaña. Hizo una señal a Borabay con la cabeza y todos se levantaron. Sally se llevó el rifle al hombro y cada uno cogió su pequeña mochila de hoja de palmera en las que llevaban comida, agua, cerillas, una cocina de cámping gas y otros requisitos imprescindibles. Partieron en fila india, Borabay el primero, los guerreros cerrando la marcha, y recorrieron el bosquecillo hasta salir a campo abierto.

Hacía diez minutos que habían dejado el campamento cuando Tom oyó a su espalda ruido de pasos corriendo y todos se detuvieron a escuchar, los guerreros con las flechas colocadas, los arcos tensos. Un momento después apareció Philip sin aliento.

—¿Has venido a desearnos suerte? —preguntó Vernon con una nota sarcástica en la voz.

Philip tardó un momento en recuperar el aliento.

—No sé por qué me planteo siquiera apuntarme a este plan tan descabellado. Pero, maldita sea, no voy a permitir que vayáis solos al encuentro de la muerte.

61

Marcus Aurelius Hauser buscó a tientas en su mochila, seleccionó otro Churchill y le dio vueltas entre el pulgar y el índice antes de sacarlo. Realizó el ritual de cortarlo, humedecerlo y encenderlo y lo sostuvo en alto en la oscuridad para admirar la gruesa punta incandescente mientras permitía que el aroma de las buenas hojas cubanas lo envolviera en un manto de elegancia y satisfacción. Los puros, musitó, siempre parecían saber mejor y más intensamente en la selva.

Estaba bien escondido en su puesto estratégico por encima del puente colgante en medio de un grupo de helechos, desde donde tenía una buena vista del puente y de los soldados en el pequeño fuerte de piedra del otro lado. Apartó varias plantas y se llevó los prismáticos a los ojos. Tenía un fuerte presentimiento de que los tres hermanos Broadbent iban a aparecer esa noche por el puente. No esperarían; no podían permitírselo. Tenían que encontrar la tumba antes que él si querían tener alguna posibilidad de quedarse con alguna de las obras maestras.

Dio una chupada al puro satisfecho, pensando de nuevo en Maxwell Broadbent. Había llevado hasta allí quinientos millones de dólares en obras de arte y antigüedades, por capricho. Por escandaloso que fuera, era típico de él. Max era el hombre de los grandes gestos, del espectáculo, del show. Había vivido a lo grande y muerto a lo grande.

Hauser recordó de nuevo esa determinante excursión de cincuenta días por la selva, esos días angustiosos que nunca olvidaría mientras viviera. Habían oído decir que en alguna parte de los Cerros Escondidos, en las tierras bajas guatemaltecas, había un templo maya. Durante cincuenta días y cincuenta noches se abrieron paso a hachazos a través de senderos cubiertos de vegetación, llenos de picaduras, mordeduras y arañazos, muertos de hambre y enfermos. Cuando encontraron ese pueblo, Lacadon, sus habitantes guardaron silencio. El templo estaba en alguna parte, era cierto. No había ninguna duda. Pero los habitantes callaron. Hauser se disponía a hacer hablar a una chica cuando Max lo detuvo. Le apuntó a la cabeza con un rifle, el cabrón, y lo desarmó. Esa fue la causa de su ruptura, la gota que colmó el vaso. Max había mangoneado a Hauser como si fuera un perro. Hauser no había tenido otra alternativa que renunciar a su búsqueda de ciudades perdidas y volver a casa... mientras Max continuaba hasta encontrar la Ciudad Blanca. Saqueó una opulenta tumba allá arriba, y en esa tumba, cuarenta años después, se había enterrado él.

Había vuelto al punto de partida, ¿no?

Hauser disfrutó de otra larga chupada al puro. En los años que había estado en la guerra había aprendido algo importante sobre la gente: cuando las cosas se ponían difíciles, nunca sabías quién iba a lograrlo y quién no. Los tipos corpulentos de las tropas de asalto, con su pelo cortado al rape, sus pectorales hinchados a lo Arnold Schwarzenegger y sus fanfarronadas, a veces se desmoronaban como un trozo de carne demasiado hecho, mientras que el cretino de la compañía, el intelectual o el genio en electrónica, resultaba ser un auténtico superviviente. De modo que nunca se sabía. Lo mismo ocurría con los tres Broadbent. Tenía que concedérselo. Lo habían hecho bien. Llevarían a cabo esa última misión y entonces su viaje terminaría.

Hizo una pausa y escuchó. Hubo un débil ululato, gritos, aullidos. Se llevó los prismáticos a los ojos. Muy a la izquierda del fuerte de piedra vio una lluvia de flechas procedente de la selva. Una de ellas alcanzó un foco, causando una explosión a lo lejos.

Los indios atacaban. Hauser sonrió. Era una maniobra de diversión, por supuesto, concebida para captar la atención de los soldados del puente. Vio a sus hombres acurrucados detrás de los muros de piedra, con las armas preparadas, cargando sus lanzagranadas. Confió en que tuvieran éxito. Al menos tenían una misión con la que enmascarar lo único para lo que eran buenos: el fracaso.

Salieron más flechas del bosque, seguidas de otra serie de gritos desgarradores. Los soldados respondieron con una nerviosa ráfaga de disparos, y otra. Cayó en el bosque una granada inútil, y hubo un destello y una explosión.

Por una vez los soldados estaban haciéndolo bien.

Ahora que los hermanos Broadbent habían dado el primer paso, Hauser sabía exactamente cómo iba a desarrollarse todo. Estaba tan predeterminado como una serie de jugadas obligadas de ajedrez.

Y allí estaban, tal como había previsto. Volvió a llevarse los prismáticos a los ojos. Los tres hermanos y su guía indio corrían agachados por el descampado detrás de los soldados en dirección al puente. ¡Qué listos que se creían, corriendo con toda su alma hacia una trampa!

Hauser no pudo contener la risa.

62

Sally había gateado hasta detenerse a doscientos metros de los soldados que vigilaban el puente. Estaba tumbada detrás del tronco de un árbol caído, con el Springfield apoyado en la madera lisa. Todo estaba silencioso. No se había despedido de Tom; solo se habían besado antes de separarse. Trató de no pensar en lo que iba a ocurrir. Era un plan descabellado y dudaba que lograran cruzar el puente. Aunque lo hicieran y consiguieran rescatar a su padre, nunca regresarían.

Eso era exactamente lo que no quería pensar. Se concentró en el rifle. El Springfield 1903 era de antes de la Primera Guerra Mundial, pero estaba en buen estado y su sistema óptico era excelente. Chori lo había cuidado bien. Ya había calculado que desde su escondite hasta donde los soldados se apiñaban en el fuerte de piedra en ruinas había unos doscientos diez metros, y había ajustado el visor en consecuencia. La munición que Chori le había dado era la clásica militar, calibre 30-06 con una bala de 150 gramos, de modo que no le hacía falta calcular nada más, aunque hubiera tenido a mano las tablas, que no las tenía. También había hecho ajustes de corrección de acuerdo con un cálculo aproximado del efecto del viento. El hecho era que doscientos diez metros no suponían un gran desafío para ella, y menos con un blanco inmóvil tan grande como un hombre.

Desde que había llegado al tronco había pensado en lo que significaría matar a otra persona, y si sería capaz o no de hacerlo.

Ahora que solo faltaban unos minutos para entrar en acción, sabía que era capaz. Para salvar la vida de Tom lo haría. Mamón Peludo estaba sentado en una pequeña jaula hecha de lianas entrelazadas. Se alegraba de que estuviera allí para hacerle compañía, aunque había estado nervioso y malhumorado por la ausencia de Tom y por su encierro. Sacó un puñado de frutos secos y le dio unos cuantos, y se comió el resto ella.

Estaba a punto de empezar.

Según lo previsto, oyó un grito lejano procedente del bosque al otro lado de los soldados, seguido de un coro de gritos, alaridos y aullidos que sonaron como cien hombres en lugar de diez. Del bosque oscuro salió una lluvia de flechas, apuntadas a lo alto para que cayeran sobre los soldados en un ángulo agudo.

Acercó el ojo rápidamente al visor para seguir mejor la acción. Los soldados se movían aterrados, cargando los lanzagranadas y ocupando sus posiciones detrás del muro de piedra. Abrieron fuego a su vez, disparando ráfagas desorganizadas y nerviosas apuntadas de cualquier modo hacia el muro de bosque a doscientos metros de distancia. Una granada salió inútilmente hacia el bosque, se quedó corta y estalló con un fogonazo y gran estruendo. Siguieron más granadas que estallaron en las copas de los árboles, arrancando las ramas. Era una demostración insólitamente incompetente de destreza militar.

A su izquierda Sally vio un ligero movimiento. Los cuatro Broadbent corrían agachados por campo abierto hacia la entrada del puente. Les quedaba por sortear doscientos metros de maleza y troncos caídos, pero avanzaban a buen ritmo. Los soldados parecían completamente absortos en el simulado ataque de su flanco. Sally siguió observando a través del visor, preparada para cubrirlos con su rifle.

Uno de los soldados se levantó y se volvió para ir a buscar más granadas. Sally le apuntó el pecho, con el dedo en el gatillo. Él sorteó la lluvia de flechas, cogió dos granadas más de la lata y regresó sin levantar en ningún momento la mirada.

Sally relajó el dedo. Los Broadbent acababan de llegar al puente. Este se extendía sobre una distancia de ciento ochenta metros; y desde el punto de vista técnico estaba bien diseñado, con cuatro cables de fibra retorcida, dos arriba y dos abajo, para soportar el peso. Entre la serie de cables superiores e inferiores había cuerdas verticales que servían de apoyo a la superficie del puente propiamente dicha, hecha de cañas de bambú atadas a medio camino entre las dos series de cables. Uno detrás de otro, los Broadbent se balancearon por debajo de ella, caminando de lado por uno de los cables inferiores y utilizando como asideros las cuerdas verticales. El momento no podía ser mejor: se levantaba la niebla y al cabo de cincuenta metros los cuatro hermanos desaparecieron. El ataque se prolongó otros diez minutos, con más gritos y lluvias de flechas, antes de cesar. Era un milagro. Habían cruzado. El plan descabellado había funcionado.

Lo único que tenían que hacer ahora era regresar.

63

El desvencijado puente de bambú se extendía ante Tom, balanceándose y vibrando en las corrientes ascendentes de aire, con lianas y pedazos colgando hacia el gran abismo que se abría por debajo de él. La bruma era cada vez más densa y Tom no veía nada veinte pasos más allá. El ruido de la cascada reverberaba hacia arriba como el lejano rugido de una bestia furiosa, y el puente se sacudía con cada paso.

Borabay iba el primero, seguido de Vernon y Philip. Tom se había quedado el último.

Caminaban de lado por el cable inferior, ocultándose bajo la superficie del puente. Tom seguía a sus hermanos, moviéndose tan deprisa como se lo permitía la prudencia. El cable principal estaba mojado y resbaladizo por la niebla, las fibras esponjosas y podridas, y muchos de las cuerdas verticales se habían roto, dejando huecos. Cada vez que llegaba de abajo una ráfaga de viento, el puente se balanceaba y se estremecía, y Tom tenía que detenerse y aferrarse hasta que cesaba. Trató de concentrarse en los pocos metros de puente que tenía ante sí y nada más. «Paso a paso —se dijo—. Paso a paso.»

Una cuerda, más podrida que el resto, se le quedó en la mano, y antes de que pudiera asirse a otra, se quedó suspendido unos segundos aterradores sobre el abismo. Esperó a que se le calmaran los latidos del corazón. Cuando continuó, empezó a tirar de cada cuerda para probarla antes de asirse a ella. Tenía la mirada clavada al frente. Sus hermanos eran formas indefinidas parcialmente ocultas por la bruma y envueltas en una especie de media luz cambiante procedente del poderoso foco que brillaba detrás de ellas en la niebla.

Cuanto más avanzaban por el puente, más se sacudía y balanceaba este, con el bambú crujiendo y los cables gimiendo y susurrando como si estuvieran vivos. Hacia la mitad del puente las corrientes ascendentes de aire se hicieron más intensas, zarandeándolos. De vez en cuando una ráfaga turbulenta hacía vibrar y retorcer el puente de la forma más aterradora. Tom no pudo evitar pensar en la historia de don Alfonso sobre el abismo insondable, los cuerpos que caían dando vueltas y vueltas sin parar hasta desintegrarse en polvo. Se estremeció y trató de no bajar la vista, pero para colocar el pie tenía que mirar hacia un vertiginoso espacio que se abría debajo de él en columnas de niebla que desaparecían en una oscuridad sin fin. Estaban casi en el centro: alcanzaba a ver dónde el puente llegaba al punto más bajo de su curva y empezaba a elevarse de nuevo hacia el otro extremo.

Sopló una ráfaga de viento excepcionalmente fuerte que sacudió el puente de forma repentina. Tom se asió con más fuerza, casi resbalando. Oyó un grito ahogado y vio, más adelante, cómo caían al abismo dos trozos de cuerda podrida, arremolinándose con violencia en la corriente ascendente; y de pronto Philip estaba suspendido, aferrado al cable por el pliegue del codo, retorciendo y agitando los pies en el vacío.

«Dios mío», pensó Tom. Se apresuró a adelantarse y casi resbaló él mismo. Era imposible que su hermano aguantara de ese modo más de unos minutos. Se situó justo encima de él. Philip permanecía suspendido en silencio, tratando de levantar la pierna, con la cara crispada, incapaz de hablar a causa del terror. Los demás habían desaparecido en la bruma.

Tom se agachó y, enrollándose el cable alrededor de un brazo, trató con el otro de sujetar a Philip por la axila. Los pies le salieron disparados por debajo y por un instante quedó suspendido sobre el abismo antes de que pudiera enderezarse. El corazón le palpitaba con fuerza en el pecho; se le nubló la visión de terror y apenas podía respirar.

—Tom —logró decir su hermano, con voz aguda como la de un niño.

Tom se tumbó sobre el cable por encima de él.

—Balancéate —dijo con calma—. Ayúdame. Balancéate para levantar el cuerpo y yo te sujetaré. —Bajó un brazo, listo para asir a Philip por el cinturón.

Philip trató de tomar impulso y colocar el pie en el cable, pero no consiguió agarrarse y el esfuerzo hizo que se le resbalara el brazo. Dejó escapar un grito. Tom vio sus nudillos blancos asidos al cable, los puños cerrados. De sus labios brotó un penetrante sonido de terror.

—Inténtalo otra vez —gritó—. Levanta el cuerpo. ¡Arriba!

Haciendo una mueca, Philip se balanceó, y Tom trató de sujetarlo por el cinturón, pero se le volvió a resbalar el pie y por un instante aterrador le colgó la pierna en el espacio y solo lo sostuvo una cuerda podrida. Volvió a izarse de nuevo, tratando de calmar los latidos de su corazón. Un trozo de bambú, desprendido con la actividad, cayó dando vueltas y más vueltas despacio hasta desaparecer.

«Le quedan unos cinco segundos», pensó Tom. Esa sería la última oportunidad de Philip.

—Balancéate hasta levantar el cuerpo. Da todo lo que tienes, aunque tengas que soltarte. Prepárate. ¡Uno, dos, tres!

Philip se balanceó, y esta vez Tom se soltó de un brazo mientras con el otro se agarraba a la cuerda podrida, lo que le permitió inclinarse lo bastante para sujetar a Philip por el cinturón. Durante un minuto quedaron suspendidos los dos allí, la mayor parte de su peso sostenido por la cuerda, luego, con un gran esfuerzo, Tom subió a Philip hasta el cable, y cayó sobre este, abrazándolo como si fuera un salvavidas.

Se quedaron allí, aferrados a los cables, los dos demasiado aterrados para hablar. Tom oía a Philip jadear con fuerza.

—¿Philip? —logró decir por fin—. ¿Estás bien?

Los jadeos empezaron a disminuir.

—Estás bien. —Tom trató de convertirlo en una afirmación—. Vamos. Ya está. Estás a salvo.

Hubo otra ráfaga de viento y el puente se sacudió. Un sonido gutural brotó de los labios de Philip y todo su cuerpo se tensó sobre el cable.

Transcurrió un minuto. Un minuto muy largo.

—Tenemos que continuar —dijo Tom—. Tienes que levantarte.

Sopló otra ráfaga, y el puente se balanceó y vibró.

—No puedo.

Tom comprendió lo que quería decir. Él mismo sentía la necesidad imperiosa de enrollarse el cable principal alrededor del cuerpo y quedarse allí para siempre.

La niebla se disipaba. Llegaron más ráfagas de viento de abajo, muy fuertes esta vez, y el puente se balanceó. No era un movimiento uniforme, sino una oscilación que terminaba con un giro brusco, un golpe seco por así decirlo, que cada vez amenazaba con arrojarlos a la oscuridad de debajo.

Los temblores cesaron.

—Levántate, Philip.

—No.

—Tienes que hacerlo. Ya. —Si algo no tenían era tiempo. La niebla se había disipado y el foco brillaba con intensidad. Todo lo que tenían que hacer los soldados era volverse y mirar. Alargó una mano.

—Dame la mano y te ayudaré.

Philip alargó una mano temblorosa, y Tom la cogió y tiró despacio de ella para levantarlo. El puente se balanceó, y Philip se agarró a las cuerdas verticales. Hubo nuevas ráfagas de viento, y el puente empezó a estremecerse y a columpiarse de forma horrible. Philip gimió de terror. Tom se agarró con todas sus fuerzas, zarandeado de un lado a otro. El puente se estremeció durante cinco minutos, los más largos de su vida. Tenía los brazos doloridos del esfuerzo. Por fin las sacudidas cesaron.

—Vamos.

Philip movió un pie, poniéndolo con cautela más adelante en el cable, luego el otro, y a continuación movió las manos, caminando de lado. En cinco minutos habían llegado al otro extremo. Borabay y Vernon los esperaban en la oscuridad, y juntos de adentraron en la selva corriendo lo más deprisa que pudieron.

64

Borabay iba delante y los tres hermanos lo seguían, caminando en fila india a través de la selva. El sendero estaba iluminado por esa extraña fosforescencia que Tom había visto antes; cada tocón y cada leño podrido se perfilaban a la débil azul verde, brillando como fantasmas en un bosque. Ya no era hermoso, solo amenazador.

Al cabo de veinte minutos se encontraron con un muro de piedra en ruinas. Borabay se detuvo y se agachó, y de pronto se encendió una llamarada y se levantó sosteniendo en alto un puñado de juncos ardiendo. El muro quedó iluminado: estaba hecho de bloques gigantes de piedra caliza casi ocultos por una gruesa cortina de lianas. Tom vislumbró un bajorrelieve: caras de perfil, una hilera de cráneos con las cuencas vacías, jaguares fantásticos, pájaros con unas garras formidables y ojos enormes.

—Los muros de la ciudad.

Caminaron unos minutos a lo largo del muro y llegaron a una pequeña puerta de la que colgaban lianas como una cortina de cuentas. Apartando las lianas, la cruzaron.

A la débil luz, Borabay alargó una mano, cogió a Philip del brazo y lo atrajo hacia sí.

—Pequeño hermano, tú valiente.

—No, Borabay, soy un gran cobarde y un estorbo.

Borabay le dio una palmada cariñosa en el brazo.

—No es cierto. Yo morido de miedo allí.

—Muerto de miedo.

—Grasias. —Borabay ahuecó la mano alrededor de la antorcha y sopló para avivar la llama. Le iluminó la cara, volviendo dorados sus ojos verdes, y haciendo resaltar su barbilla y sus bien moldeados labios Broadbent—. Nosotros vamos a tumbas ahora. Encontramos a padre.

Entraron en un patio en ruinas. En un extremo había una escalera. Borabay cruzó corriendo el patio y subió las escaleras, y los demás lo siguieron. Torció a la derecha, caminó por lo alto del muro, ahuecando las manos alrededor de la antorcha para tapar la luz, y bajó por la escalera del otro extremo. En las ramas de los árboles sobre sus cabezas se oyó un grito repentino, y hubo una conmoción que hizo crujir y sacudió las copas. Tom se sobresaltó.

—Monos —susurró Borabay, pero se detuvo con expresión preocupada.

Luego sacudió la cabeza y siguió andando, abriéndose paso a través de un laberinto de columnas decapitadas hasta un patio interior. El patio estaba lleno de bloques de piedra caídos, algunos de tres metros de longitud, que en otro tiempo habían formado una cabeza gigante. Tom vio una nariz aquí, un ojo abierto allí, una oreja más allá, asomando por entre la confusión de vegetación y raíces de árboles que parecían serpientes. Treparon los bloques y cruzaron un umbral enmarcado por jaguares de piedra que conducía a un pasadizo subterráneo. La antorcha parpadeó. La llama iluminó un túnel de piedra con las paredes cubiertas de cal y el techo lleno de estalactitas. Los insectos zumbaron dando vueltas entre las paredes húmedas, buscando dónde cobijarse de la luz. Una gruesa víbora se enroscó rápidamente y alzó la cabeza en posición de ataque. Siseó balanceándose ligeramente, y la llama naranja se reflejó en sus ojos rasgados. Esquivaron la serpiente y siguieron andando. A través de unos boquetes abiertos en el techo de piedra Tom vio unas cuantas estrellas entre las copas de los árboles que se balanceaban, azotadas por el viento. Pasaron junto a un viejo altar de piedra cubierto de huesos, salieron al otro lado del túnel y cruzaron una plataforma en la que había varias estatuas rotas desperdigadas, cuyas cabezas, brazos y piernas sobresalían de la maraña como una multitud de monstruos que se ahogan en un mar de lianas.

Llegaron de pronto al borde de un gran precipicio: el otro extremo de la meseta. Más allá se extendía un mar de cumbres negras e irregulares, iluminado débilmente por detrás por la luz de las estrellas. Borabay se detuvo para encender otra tea. Arrojó al precipicio la vieja, que parpadeó hasta desaparecer en la negrura. Los condujo a lo largo de un sendero que bordeaba el precipicio, y a continuación a través de un espacio hábilmente escondido en la roca que parecía terminar en el precipicio escarpado. Pero al cruzar el espacio encontraron otro sendero, tallado en el precipicio, que se convertía en una empinada escalera excavada en la misma roca de la montaña. Descendía en zigzag y terminaba en una terraza, una especie de balcón pavimentado con piedras bien encajadas y que se adentraba de tal modo en la pared de roca que no se veía desde arriba. Por un lado se alzaba la irregular pared de roca de la meseta de la Ciudad Blanca. Por el otro había una caída a pico de treinta mil metros hacia la negrura. En la parte superior de la pared de roca se abrían cientos de puertas negras, con senderos escarpados y escaleras que los comunicaban entre sí.

—Lugar de tumbas —dijo Borabay.

El viento sopló alrededor de ellos, trayéndoles el olor dulzón de las flores que se abrían de noche. Allí no llegaban los sonidos de la selva: solo el viento que se elevaba y descendía. Era un lugar inquietante, espeluznante.

«Dios mío —se dijo Tom—, pensar que padre está en alguna parte de este precipicio.»

Borabay les hizo franquear una puerta oscura y subieron por una escalera de caracol excavada en la roca. La pared rocosa estaba llena de tumbas, y la escalera pasaba junto a nichos abiertos en cuyo interior se veían huesos, un cráneo con un poco de pelo, huesos de manos con anillos destellantes, cuerpos momificados plagados de insectos, ratones y pequeñas serpientes que, importunados por la luz, se escabullían en la oscuridad. En varios de los nichos que dejaron atrás había cadáveres recientes de los que emanaba un olor a descomposición; allí se oían aún más fuerte los sonidos de animales e insectos. Pasaron junto a un cadáver sobre el que había grandes ratas comiendo.

—¿Cuántas de estas tumbas robó padre? —preguntó Philip.

—Solo una —respondió Borabay—. Pero la más con cosas.

Algunas de las puertas de las tumbas estaban destrozadas, como si las hubieran tirado abajo unos ladrones de tumbas o las hubieran sacudido antiguos terremotos. En cierto momento Borabay se detuvo y recogió algo del suelo. Se lo dio a Tom sin decir nada. Era una tuerca de mariposa brillante.

La escalera se curvaba y terminaba en una plataforma en mitad de la pared de roca, de unos tres metros de ancho. En ella había una enorme puerta de piedra, la más grande que habían visto, desde la que se dominaba el oscuro mar de montañas y el cielo estrellado. Borabay sostuvo en alto la tea junto a la puerta y la examinaron. Ninguna de las demás puertas había estado ornamentada; en esta, sin embargo, había un pequeño relieve, un jeroglífico maya. Borabay se detuvo y retrocedió un paso diciendo algo en su idioma, como una oración. Luego se volvió y susurró:

—Tumba de padre.

65

Los grises ancianos se hallaban sentados como momias alrededor de la mesa de la sala de juntas, desde la que se dominaba la ciudad de Ginebra. Julian Clyve los miraba desde el otro extremo de la vasta extensión de madera pulida, más allá de la cual, a través de la pared de cristal, se extendía el lago Leman con su fuente gigante, como una pequeña flor blanca muy por debajo de ellos.

—Esperamos que recibiera el adelanto —dijo el director.

Clyve asintió. Un millón de dólares. Hoy día no era mucho dinero, pero era más de lo que ganaba en Yale. Esos hombres estaban comprando una ganga y lo sabían. No importaba. Los dos millones eran por el manuscrito. Todavía tenían que pagarle por la traducción. Sin duda había otras personas que sabían traducir el maya antiguo a esas alturas, pero solo él podía desentrañar el difícil dialecto arcaico en el que estaba escrito el manuscrito. Mejor dicho, él y Sally. Aún no habían hablado de la tarifa de traducción. Cada cosa a su tiempo.

—Le hemos llamado —continuó el hombre— porque nos ha llegado un rumor.

Habían estado hablando en inglés, pero Clyve decidió responder en alemán, que hablaba con fluidez, para desconcertarlos.

—Haré todo lo posible por ayudarles.

Hubo un movimiento de incomodidad en la barrera de hombres grises, y el director siguió hablando en inglés:

—Hay una compañía farmacéutica en Estados Unidos llamada Lampe-Denison. ¿La conoce?

Clyve respondió en alemán.

—Creo que sí. Es una de las grandes.

El hombre asintió.

—Corre el rumor de que van a comprar un códice medicinal maya del siglo nueve que contiene dos mil páginas de recetas médicas indígenas.

—No puede haber dos. Es imposible.

—Así es. No puede haber dos. Y sin embargo existe el rumor. Como consecuencia, el precio de las acciones de Lampe ha subido más del veinte por ciento en la pasada semana.

Los siete hombres grises siguieron mirando fijamente a Clyve, esperando que respondiera. Clyve cambió de postura, cruzó las piernas, las descruzó. Tuvo un momentáneo escalofrío de miedo. ¿Y si los Broadbent tenían otros planes para el códice? Pero era imposible. Antes de irse Sally le había informado con detalle acerca de la situación, y desde entonces los Broadbent habían estado incomunicados en la selva, donde era imposible hacer tratos. El códice estaba disponible. Y él tenía plena confianza en que Sally cumpliría sus órdenes. Era lista y competente, y estaba dominada por él. Se encogió de hombros.

—Ese rumor es falso. Yo controlo el códice. De Honduras vendrá directamente a mis manos.

Otro silencio.

—Nos hemos contenido deliberadamente de indagar sus asuntos, profesor Clyve —continuó el hombre—. Pero ahora tiene un millón de dólares nuestro. Lo que significa que estamos preocupados. Tal vez el rumor no sea cierto. Muy bien. Pero me gustaría una explicación sobre la *existencia* de esta información.

—Si está insinuando que he sido negligente, puedo asegurarle que no he hablado con nadie.

—¿Con nadie?

—Solo con mi colega, Sally Colorado..., naturalmente.

—¿Y ella?

—Está en el corazón de la selva hondureña. No puede ni ponerse en contacto conmigo. ¿Cómo iba a hacerlo con otra persona? Además, es la discreción personificada.

El silencio alrededor de la mesa se prolongó un minuto. ¿Para eso le habían hecho ir a Ginebra? A Clyve no le gustó. No le gustó nada. Él no era su cabeza de turco. Se levantó.

—Me ofende la acusación —dijo—. Voy a cumplir mi parte del trato y eso es todo lo que necesitan saber, caballeros. Obtendrán el códice y me pagarán el segundo millón..., y entonces hablaremos de mis honorarios por traducirlo.

Esas palabras fueron recibidas con más silencio.

—¿Honorarios por traducirlo?

—A no ser que quieran hacerlo ustedes personalmente. —Parecía como si acabaran de sorber un limón. Menuda pandilla de mamones. Clyve despreciaba a los hombres de negocios como ellos: incultos, ignorantes, su codicia de explotadores oculta tras la delicada fachada de sus caros trajes hechos a medida.

—Esperamos por su bien, profesor, que cumpla con lo prometido.

—No me amenace.

—Es una promesa, no una amenaza.

Clyve inclinó la cabeza.

—Que pasen un buen día, caballeros.

66

Habían transcurrido siete semanas desde que Tom y sus hermanos se habían reunido en las puertas de la finca de su padre..., pero parecía una eternidad. Por fin lo habían logrado. Habían llegado a la tumba.

—¿Sabes cómo se abre? —preguntó Philip.

—No.

—Padre debió de deducirlo, ya que la robó una vez —dijo Vernon.

Borabay colocó varias antorchas encendidas en los huecos de las paredes de roca y todos juntos inspeccionaron detenidamente la puerta de la tumba. Era de roca sólida, encajada en una entrada de piedra arenisca blanca. No había cerradura ni botones, paneles o palancas escondidas. La roca que rodeaba la tumba había sido dejada en su estado natural, salvo unos cuantos orificios a cada lado de la puerta. Tom introdujo una mano en uno de ellos y sintió una corriente de aire frío: sin duda eran los conductos de ventilación de la tumba.

El este empezó a clarear con la luz previa al amanecer mientras exploraban los alrededores de la tumba. Dieron golpes a la puerta, la aporrearon y empujaron, lo intentaron todo para abrirla. Nada dio resultado. Pasó una hora y seguían sin poder moverla.

—Esto no está funcionando. Necesitamos darle otro enfoque —dijo Tom por fin.

Retrocedieron hasta un saliente cercano. Las estrellas habían desaparecido y clareaba detrás de las montañas. Tenían una magnífica vista de una extensión fantástica de picos blancos e irregulares, semejantes a dientes que se alzaban del suave paladar verde de la selva.

—Si echamos un vistazo a una de las puertas abiertas —dijo Tom— tal vez podamos deducir el mecanismo.

Volvieron sobre sus pasos y, cuatro o cinco tumbas más atrás, llegaron a una puerta resquebrajada. Se había partido por la mitad y una parte había caído hacia fuera. Borabay encendió otra antorcha y se detuvo indeciso en el umbral.

Se volvió hacia Philip.

—Yo cobarde —dijo, pasándole la antorcha—. Tú más valiente que yo. Tú entras.

Philip le dio un apretón en el hombro, cogió la antorcha y entró en la tumba. Tom y Vernon lo siguieron.

No era un espacio muy grande, tal vez dos metros y medio por tres. En el centro había una plataforma elevada de piedra, y sobre ella, una figura momificada, todavía erguida, con las piernas dobladas, los brazos cruzados en el regazo. El pelo largo y negro le caía en una trenza por la espalda y los labios secos se habían retirado de los dientes. De la boca abierta había caído un objeto. Cuando Tom lo examinó más de cerca, vio que era una pieza de jade tallada en forma de crisálida. Una mano de la momia sostenía un cilindro de madera pulida de unos cuarenta y cinco centímetros de longitud, decorado con jeroglíficos. Alrededor había una pequeña colección de objetos funerarios: figurillas de terracota, vasijas rotas, algunas tablillas de piedra tallada.

Tom se arrodilló y estudió el funcionamiento de la puerta. En el suelo de piedra había una ranura, y en esta, unas ruedecillas de piedra pulida sobre la que descansaba la puerta. Estaban sueltas; Tom cogió una y se la dio a Philip, quien le dio vueltas en la mano.

—Un mecanismo sencillo —observó—. Haces deslizar la puerta y se abre sola. El truco está en cómo hacerla deslizar.

Examinaron todo lo que había alrededor, pero no había ninguna respuesta obvia. Cuando salieron de la tumba Borabay los esperaba con una expresión ansiosa.

—¿Qué descubrís?

—Nada —dijo Philip.

Vernon salió de la tumba con el cilindro de madera que había tenido la momia en la mano.

—¿Qué es esto, Borabay?

—La llave del reino de los muertos.

Vernon sonrió.

—Interesante.

Regresó con él a la tumba de su padre.

—Es curioso que encaje perfectamente en los conductos de ventilación —dijo Vernon, introduciendo el cilindro en varios orificios y casi perdiéndolo en uno—. De estos agujeros sale aire. ¿Lo veis? —Fue de orificio en orificio, comprobando con la mano que salía aire de cada uno. De pronto se detuvo—. Aquí hay un agujero del que no sale aire.

Introdujo el cilindro. Este se deslizó unos treinta y cinco centímetros y se detuvo dejando diez a la vista. Cogió una piedra lisa y pesada, y se la ofreció a Philip.

—Haz los honores. Golpea el extremo del cilindro.

Philip cogió la piedra.

—¿Qué te hace pensar que va a funcionar?

—Una conjetura al azar, eso es todo.

Philip levantó la piedra, se preparó y, moviendo el brazo hacia atrás, golpeó con fuerza el extremo del cilindro que sobresalía. Se oyó un ruido sordo al tiempo que el cilindro desaparecía en el agujero, luego silencio.

No ocurrió nada. Philip examinó el orificio. El cilindro de madera se había introducido hasta el fondo y había quedado atascado.

—Maldita sea —gritó Philip, perdiendo la calma. Corrió hasta la puerta de la tumba y le dio una fuerte patada—. ¡Ábrete, maldita sea!

Un repentino chirrido llenó el aire, el suelo se estremeció y la puerta de piedra empezó a deslizarse. Se abrió unos centímetros que aumentaron a medida que se deslizaba por el riel sobre las ruedecillas de piedra. Al cabo de un momento, con un golpe sordo, se detuvo.

La tumba estaba abierta.

Esperaron, mirando fijamente el rectángulo negro. Sobre las montañas lejanas salía el sol, proyectando su luz dorada por las rocas en un ángulo tan oblicuo que entró en la misma tumba, sumida en la oscuridad total. Se quedaron inmóviles, paralizados, demasiado asustados para hablar o gritar. De la tumba salió una hedionda nube de putrefacción: el olor de la muerte.

67

Marcus Aurelius Hauser esperaba a la agradable luz del amanecer, acariciando con un dedo el gatillo de su Steyr AUG. Esa arma era tal vez lo que mejor conocía aparte de su cuerpo, y nunca se sentía del todo a gusto sin ella. El cañón metálico, caliente del contacto continuo, casi parecía tener vida, y la culata de plástico, pulida por sus propias manos a lo largo de los años, era lisa como el muslo de una mujer.

Hauser se había instalado en un cómodo hueco del sendero que descendía por el precipicio. Si bien no veía a los Broadbent desde ese lugar estratégico, sabía que estaban abajo y que tenían que regresar por el mismo camino. Habían hecho exactamente lo que esperaba. Lo habían conducido a la tumba de Max. Y no solo a una tumba sino a toda una necrópolis. Increíble. Habría acabado encontrando ese sendero, pero podría haberle llevado mucho tiempo.

Los Broadbent habían cumplido su función. No había prisa: el sol no estaba lo bastante alto y quería darles tiempo para que se sintieran cómodos, se relajaran y creyeran que estaban a salvo. Y él, Hauser, quería planear detenidamente esa operación. Una de las grandes lecciones que había aprendido en Vietnam era que había que tener paciencia. Así habían ganado los vietcong la guerra: teniendo más paciencia.

Miró alrededor entusiasmado. La necrópolis era magnífica,

un millar de tumbas repletas de objetos funerarios, un árbol cargado de fruta madura, lista para cogerla. Por no hablar de todas las valiosas antigüedades, estelas, estatuas, relieves y demás tesoros de la Ciudad Blanca propiamente dicha. Además estaban los quinientos millones de dólares en arte y antigüedades de la tumba de Broadbent. Se llevaría consigo el códice junto con algunos de los objetos menos pesados, y con lo que sacara financiaría su regreso. Sí, regresaría. Había millones de dólares por hacer en la Ciudad Blanca. Miles de millones.

Buscó a tientas en su mochila, acarició un puro y lo dejó allí con pesar. No le convenía que olieran el humo.

Uno tenía que hacer ciertos sacrificios.

68

Los cuatro hermanos se quedaron clavados en el suelo, mirando fijamente el rectángulo de oscuridad, incapaces de moverse o hablar. Los segundos se convirtieron en minutos mientras salía de él el aire hediondo. Ninguno hizo ademán de entrar en la tumba. Ninguno quería ver el horror que los aguardaba dentro.

Y entonces se oyó un ruido: una tos. Lo siguió un movimiento de pies.

Se quedaron paralizados, mudos de expectación.

Otro movimiento. Tom entonces lo supo: su padre estaba vivo. Salía de la tumba. Tom seguía sin poder moverse, al igual que los demás. Cuando la tensión se volvió insoportable, en el centro del rectángulo negro empezó a materializarse una cara fantasmal. Otro paso titubeante y esta vez apareció un espectro en la oscuridad. Otro paso y la figura se hizo real.

Era casi más horripilante que un cadáver. Se detuvo tambaleante ante ellos, parpadeando. Estaba desnuda, consumida, encorvada, mugrienta, cadavérica, olía como la misma muerte. De la nariz le caían mocos; estaba boquiabierta como un loco. Parpadeó, sorbió por la nariz, volvió a parpadear a la luz del amanecer, sus ojos incoloros con expresión ausente, mirando sin comprender.

Maxwell Broadbent.

Transcurrieron los segundos y todos siguieron paralizados y sin habla.

Broadbent los miró, entrecerrando un ojo. Volvió a parpadear y se irguió. Clavó sus ojos inexpresivos, hundidos en grandes lagos oscuros, en el rostro de cada uno de ellos. Tomó una larga y ruidosa bocanada de aire.

Por mucho que quisiera, Tom no podía moverse ni hablar. Se quedó mirando cómo su padre se erguía un poco más. Este los escudriñó de nuevo, de forma más penetrante. Tosió, abrió y cerró la boca, pero no salió ningún sonido de ella. Luego levantó una mano temblorosa y por fin brotó de sus labios una voz cascada. Se inclinaron hacia delante, esforzándose por entenderle.

Broadbent carraspeó, comprendió lo que ocurría y dio otro paso. Inhaló de nuevo y por fin habló:

—¿Por qué demonios habéis tardado tanto? —Salió como un rugido que hizo eco en el precipicio y resonó en el interior de la tumba.

El hechizo se rompió. Era su viejo padre, en carne y hueso. Tom y los demás se precipitaron hacia él y lo abrazaron. Él los asió con fuerza, a todos a la vez y luego a uno tras otro, con unos brazos sorprendentemente fuertes.

Al cabo de un momento retrocedió un paso. Parecía haber aumentado aún más de tamaño.

—Cielo santo —dijo, limpiándose la cara—. Cielo santo.

Todos lo miraron, sin saber qué responder.

El anciano sacudió su gran cabeza gris.

—Dios todopoderoso, me alegro de que estéis aquí. Cielos, debo de apestar. Miradme. Estoy hecho un asco. ¡Desnudo, mugriento, repugnante!

—De eso nada —dijo Philip—. Toma, ponte esto. —Se quitó la camisa.

—Gracias, Philip. —Maxwell se puso la camisa y se la abrochó con torpeza—. ¿Quién os hace la colada? Esta camisa está hecha un desastre. —Trató de reír pero terminó tosiendo.

Cuando Philip empezó a quitarse los pantalones, Broadbent sostuvo una mano en alto.

—No voy a desnudar a mis propios hijos.

—Padre...

—Me enterraron desnudo. Me he acostumbrado a ello.

Borabay introdujo una mano en la mochila de hojas de palmera y sacó un trozo alargado de tela estampada.

—Tú pones esto.

—Siguiendo las costumbres de aquí, ¿eh? —Broadbent se la enrolló con torpeza alrededor de la cintura—. ¿Cómo os la sujetáis?

Borabay le ayudó a sujetársela alrededor de la cintura con una cuerda de cáñamo.

El anciano se la anudó y se quedó allí de pie, sin decir nada. Nadie sabía qué decir a continuación.

—Gracias a Dios que estás vivo —dijo Vernon.

—Al principio no estuve tan seguro —dijo Broadbent—. Por un tiempo pensé que había muerto y me había ido al infierno.

—¿Cómo? ¿El viejo ateo ahora cree en el infierno? —preguntó Philip.

Broadbent levantó la vista hacia Philip, sonrió y sacudió la cabeza.

—Han cambiado muchas cosas.

—No me digas que has encontrado a Dios.

Broadbent sacudió de nuevo la cabeza, puso una mano en el hombro de Philip y le dio un apretón afectuoso.

—Me alegro de verte, hijo.

Se volvió hacia Vernon.

—Y a ti, Vernon. —Miró alrededor, clavando sus ojos azules en cada uno—. Tom, Vernon, Philip, Borabay..., me siento abrumado. —Puso una mano en la cabeza de cada uno por turnos—. Lo habéis conseguido. Me habéis encontrado. Ya casi no me quedaba agua ni comida. Solo habría aguantado un par de días más. Me habéis dado una segunda oportunidad. No la merezco, pero voy a aceptarla. He reflexionado mucho en esa tumba oscura...

Levantó la vista y, contemplando el mar de montañas violáceas y el cielo dorado, se irguió e inhaló aire.

—¿Estás bien? —dijo Vernon.

—Si te refieres al cáncer, estoy seguro de que sigue ahí..., pero todavía no ha golpeado. Todavía me quedan un par de meses. El cabrón se me metió en el cerebro..., nunca os lo he dicho. Pero de momento me siento fenomenal. —Miró alrededor—. Larguémonos de aquí.

—Por desgracia, no va a ser tan sencillo —dijo Tom.

—¿Por qué?

Tom miró a sus hermanos.

—Tenemos un problema que se llama Hauser.

—¡Hauser! —Broadbent estaba atónito.

Tom asintió y explicó a su padre los pormenores de sus respectivos viajes.

—¡Hauser! —repitió Broadbent, mirando a Philip—. ¿Te asociaste con ese cabrón?

—Lo siento —dijo Philip—. Pensé...

—Pensaste que él sabría dónde encontrarme. La culpa es mía, debería haber considerado esa posibilidad. El cruel sádico de Hauser casi mató a una chica una vez. El gran error de mi vida fue asociarme con él. —Se sentó en un saliente de piedra y sacudió su cabeza greñuda—. No puedo creer los riesgos que habéis corrido para llegar hasta aquí. Dios mío, qué gran error he cometido. El último de muchos, de hecho.

—Tú nuestro padre —dijo Borabay.

Broadbent resopló.

—Menudo padre. Poneros una prueba tan ridícula como esta. En ese momento me pareció una buena idea. No puedo entender cómo se me ocurrió. He sido un maldito estúpido.

—Nosotros no hemos sido exactamente tres hijos modélicos —dijo Philip.

—Cuatro hijos —dijo Borabay.

—¿O tal vez hay alguno más? —preguntó Vernon arqueando una ceja.

Broadbent sacudió la cabeza.

—Que yo sepa no. Cuatro hijos estupendos si hubiera sido lo bastante inteligente para darme cuenta de ello. —Clavó sus ojos azules en Vernon—. Si no fuera por esa barba, Vernon. Cielos, ¿cuándo vas a cortarte ese apéndice peludo? Pareces un *mullah*.

—Tú no estás muy pulcro que digamos —dijo Vernon.

Broadbent lo rechazó con un ademán y se rió.

—Olvida lo que he dicho. Las viejas costumbres tardan en morir. Déjate esa maldita barba.

Se produjo un silencio incómodo. El sol se elevaba sobre las montañas y la luz pasaba de dorada a blanca. Una bandada de pájaros parlanchines pasó volando, bajando en picado, elevándose y girando al unísono.

Tom se volvió hacia Borabay.

—Necesitamos pensar en un plan de huida.

—Sí, hermano. Ya tengo plan. Esperamos aquí hasta la noche. Luego volvemos. —Levantó la vista hacia el cielo despejado—. Esta noche llover, eso cubrirnos.

—¿Qué hay de Hauser? —preguntó Broadbent.

—Él busca tumba en Ciudad Blanca. No piensa aún en precipicio. Creo que lo esquivaremos. No sabe nosotros estamos aquí.

Broadbent miró alrededor.

—¿No habréis traído comida, por casualidad? Lo que me dejaron en la tumba no era apropiado ni como comida de avión.

Borabay sacó comida de su mochila y empezó a prepararla. Broadbent se acercó con paso algo inseguro.

—Fruta fresca, Dios mío. —Cogió un mango y le dio un mordisco, y el jugo le cayó por la boca y le goteó la camisa—. Qué maravilla. —Se metió el resto del mango en la boca, se comió otro y luego se zampó un par de *curwas* y unos filetes de lagarto ahumado.

—Borabay, podrías abrir un restaurante.

Tom observó a su padre comer. No podía creer que el anciano siguiera vivo. Había algo irreal en ello. Todo y nada había cambiado.

Broadbent terminó de comer y se recostó contra la pared de piedra, mirando las montañas.

—Padre —preguntó Philip—, si no te importa que te lo preguntemos, ¿qué te ha pasado en esa tumba?

—Te diré cómo fue, Philip. Celebramos un gran funeral..., Borabay debe de haberos hablado de él. Bebí el brebaje infernal de Cah. Lo siguiente que supe es que estaba despierto. Estaba oscuro como boca de lobo. Siendo un ateo convencido, siempre había creído que la muerte era el fin de la conciencia. Allí se acababa todo. Pero allí estaba yo, todavía consciente, aunque estaba seguro de que había muerto. Nunca he estado más asustado en toda mi vida. Y entonces, mientras me movía con torpeza en la oscuridad presa de pánico, me asaltó un pensamiento. «No solo estoy muerto, ¡me he ido al infierno!»

—No lo creíste realmente —dijo Philip.

Él sacudió la cabeza.

—Ya lo creo que lo hice. No tienes ni idea de lo aterrorizado que estaba. Lloré y grité como un alma perdida. Supliqué a Dios, recé de rodillas. Me sentí como uno de esos pobres diablos de *El Juicio Final* de Miguel Ángel que piden perdón a gritos mientras son arrastrados por demonios a un lago de fuego.

»Y entonces, cuando me cansé de llorar y de autocompadecerme, empecé a recobrar un poco la cordura. Fue entonces cuando gateé por allí y me di cuenta de que estaba en la tumba..., y comprendí que no estaba muerto, que Cah me había enterrado vivo. Nunca me había perdonado lo que le había hecho a su padre. Debería haberlo sabido; Cah siempre me pareció un viejo zorro sospechoso. Cuando encontré la comida y el agua comprendí que me esperaba un largo suplicio. Había planeado todo para que fuera un pequeño desafío para vosotros. Y de pronto mi vida dependía de vuestro éxito.

—¿Un pequeño desafío? —repitió Philip con escepticismo.

—Quería haceros reaccionar para que hicierais algo más importante con vuestra vida. Lo que no comprendí es que ya estáis haciendo algo importante, es decir, estáis llevando la vida que queréis. ¿Quién soy yo para juzgar? —Hizo una pausa, se aclaró la voz, sacudió la cabeza—. Aquí estaba yo, encerrado con lo que creía que era mi tesoro, la obra de toda mi vida, y era una porquería. No servía para nada. De pronto nada tenía sentido. En la oscuridad ni siquiera podía mirarlo. Estar enterrado vivo me afectó profundamente. Me encontré a mí mismo recordando toda mi vida con una especie de odio. Había sido un mal padre para vosotros, un mal marido, avaricioso, egoísta... y de pronto me sorprendí a mí mismo rezando.

—No —dijo Philip.

Broadbent asintió.

—¿Qué otra cosa podía hacer? Y entonces oí voces, un golpe, y de repente algo retumbó y entró la luz, ¡y allí estabais vosotros! Mis plegarias habían sido atendidas.

—¿Quieres decir que has descubierto la religión? —preguntó Vernon—. ¿Ahora tienes fe?

—¡Ya lo creo que he encontrado la religión! —Broadbent hizo una pausa, mirando hacia el vasto paisaje que se extendía a sus pies, las interminables montañas y selvas. Cambió de postura y tosió—. Es curioso, tengo la sensación de que he resucitado.

69

Desde su escondite, Hauser oía el murmullo de voces que traía el viento. No entendía las palabras, pero no tenía ninguna duda de que ocurría algo: estaban pasándolo en grande saqueando la tumba de su padre. Sin duda tenían previsto llevarse consigo los objetos pequeños, entre ellos el códice. La mujer, Colorado, sabía lo que valía. Sería lo primero que rescatarían.

Repasó mentalmente la lista de los demás tesoros de la tumba. Una buena parte de la colección de Maxwell Broadbent era fácil de llevar, incluidas algunas de las piezas más valiosas. Había unas piedras preciosas poco comunes del subcontinente indio. Había una gran colección de artefactos de oro aztecas e incas, la mayoría de los cuales eran pequeños, al igual que las antiguas monedas de oro griegas. Había dos figurillas etruscas de bronce de un valor enorme, cada una de veinticinco centímetros de altura, que pesaban menos de diez kilos cada una. Todo eso lo podría llevar a la espalda un hombre solo. Su valor, entre diez y veinte millones.

Podrían llevarse el Lippi y el Monet. Esos dos cuadros eran relativamente pequeños —el Lippi medía setenta centímetros por cuarenta y cinco, y el Monet, noventa por sesenta y cinco. Los dos habían sido embalados sin marco. El Lippi, pintado en madera enyesada, pesaba menos de cinco kilos, y el Monet, casi tres. Las dos cajas en las que se encontraban no pesaban más de quince kilos cada una. Podían atarlas juntas, sujetarlas a una mochila y llevarlas a la espalda. Su valor, por encima de cien millones.

Había, por supuesto, muchos tesoros que no podrían llevarse. El Pontormo, que valía unos treinta o cuarenta millones, era demasiado grande. Lo mismo que el retrato de Bronzino. La estela maya y los bronces Soderini pesaban demasiado. Pero los dos Braques eran manejables. El más pequeño era una de las obras maestras cubistas de la primera época de Braque y podía valer entre cinco y diez millones. Había una estatua de bronce de finales del Imperio romano, de mitad del tamaño natural, que pesaba unos cincuenta kilos, probablemente demasiado para llevarla. Había unas figurillas de piedra de un templo camboyano, un par de urnas de bronce chinas de la primera época, unas placas mayas con incrustaciones turquesa... Max había tenido buen ojo y se había inclinado por la calidad antes que por la cantidad. Con los años había pasado mucho arte por sus manos y se había reservado para él solo lo mejor.

Sí, pensó Hauser, si no fuera por él, entre los cuatro podrían llevarse a la espalda obras de arte por valor tal vez de doscientos millones de dólares. Casi la mitad del valor de toda la colección.

Cambió de postura y extendió sus piernas acalambradas. El sol pegaba fuerte. Consultó su reloj. Las diez menos cinco. Había decidido actuar a las diez. El tiempo significaba poco allí, pero los hábitos de la disciplina le daban satisfacción. Era más bien una filosofía de vida, pensó. Se levantó, extendió los brazos y respiró hondo varias veces. Comprobó rápidamente su Steyr AUG. Como siempre, estaba en perfecto estado. Volvió a alisarse el pelo, luego se examinó las cutículas y las uñas. Había un cerco de porquería debajo de ellas; lo sacó con el extremo de su lima. Luego se examinó el dorso de las manos, que eran tersas, blancas y sin vello, y en las que apenas se marcaban las venas; eran las manos de un treintañero, no de un hombre de sesenta años. Siempre se había cuidado las manos. El sol se reflejó en la colección de pesados anillos de oro y diamantes de sus dedos. Abrió y cerró las manos cinco veces, luego sacudió las rayas de su pantalón caqui, flexionó las rodillas y giró la cabeza cinco veces, extendió los brazos y volvió a inhalar. Exhaló. Inhaló. Se examinó su camisa blanca almidonada. Consideraría la operación un éxito si cuando terminara seguía inmaculada. Costaba tanto mantener la ropa limpia en la selva.

Se llevó la Steyr AUG al hombro y empezó a bajar el sendero.

70

Los cuatro hermanos y su padre descansaban a la sombra de un saliente de piedra que había a un lado de la puerta de la tumba. Habían dado cuenta de casi toda la comida, y Tom pasó la cantimplora de agua. Quería decir tantas cosas a su padre, y estaba seguro de que sus hermanos se sentían como él..., y sin embargo, después del inicial arrebato de hablar, todos habían guardado silencio. Por alguna razón les bastaba con estar juntos. La cantimplora circuló con un gorgoteo a medida que bebían y terminó de nuevo en las manos de Tom. Enroscó el tapón y se la guardó en su pequeña mochila.

Maxwell Broadbent habló por fin.

—De modo que Marcus Hauser está ahí fuera, buscando mi tumba para saquearla. —Sacudió la cabeza—. Qué mundo este.

—Lo siento —volvió a decir Philip.

—La culpa es mía —dijo Broadbent—. No te disculpes más. Yo tengo la culpa de todo.

Eso era una novedad, pensó Tom. Maxwell Broadbent admitiendo que se había equivocado. Parecía el mismo anciano de maneras bruscas, pero había cambiado. Era evidente que había cambiado.

—Ahora mismo solo quiero una cosa y es que mis cuatro hijos salgan de aquí con vida. Voy a ser una carga para vosotros. Dejadme aquí y cuidaré de mí mismo. Recibiré a Hauser de una forma que nunca olvidará.

—¿Cómo? —exclamó Philip—. ¿Después de todo lo que hemos hecho para rescatarte? —Estaba sinceramente indignado.

—Vamos. Voy a morir dentro de un par de meses de todos modos. Dejad que me encargue de Hauser mientras vosotros escapáis.

Philip se levantó furioso.

—Padre, no hemos venido hasta aquí para abandonarte a la merced de Hauser.

—No soy un motivo de peso para poner en peligro vuestras vidas.

—No vamos sin ti —dijo Borabay—. Viento sopla del este, trae tormenta esta noche. Esperamos aquí hasta la noche, luego marchamos. Cruzaremos puente durante tormenta.

Broadbent exhaló y se secó la cara.

Philip carraspeó.

—¿Padre?

—Sí, hijo.

—No quiero sacar un tema inoportuno, pero ¿qué vamos a hacer con las cosas de tu tumba?

Tom pensó inmediatamente en el códice. Tenía que rescatarlo también, no solo por él, sino por Sally y por el mundo.

Broadbent miró el suelo un momento antes de hablar.

—No había pensado en ello. Ya no me parece importante. Pero me alegro de que lo hayas sacado a colación, Philip. Supongo que deberíamos coger el Lippi y todo lo que sea fácil de llevar. Al menos arrebataremos unas pocas cosas de las manos de ese cabrón avaricioso. Me mata pensar que va a quedarse con casi todo, pero supongo que es inevitable.

—Cuando hayamos salido de aquí lo denunciaremos al FBI, a la Interpol...

—Hauser se saldrá con la suya, Philip, y lo sabes. Lo que me recuerda que hay algo extraño en las cajas de la tumba, algo que me ha tenido muy intrigado. Por mucho que aborrezco volver a entrar en ella, hay algo que debo comprobar.

—Te ayudaré —dijo Philip levantándose de un salto.

—No. Debo hacerlo solo. Dame una antorcha, Borabay.

Borabay encendió un puñado de cañas y se la dio a su padre. El anciano desapareció por la puerta y Tom vio cómo el halo amarillo se movía por la tumba entre las cajas. Les llegó la voz retumbante de Maxwell Broadbent:

—Sabe Dios por qué toda esta basura era tan importante para mí.

La luz se adentró aún más en la oscuridad y desapareció.

Philip se levantó y caminó en círculo para estirar las piernas. Encendió su pipa.

—No soporto pensar en que el Lippi caiga en manos de Hauser.

Una voz fría y divertida llegó flotando hasta ellos:

—¡Eh! ¿Alguien ha mencionado mi nombre?

71

Hauser habló en voz baja y tranquilizadora, con el arma apuntada y lista para disparar al menor movimiento. Los tres hermanos y el indio, sentados en el otro extremo de la puerta abierta de la tumba, volvieron la cabeza hacia él con profundo terror en los ojos.

—No os molestéis en levantaros. No os mováis si no es para parpadear. —Hizo una pausa—. Me alegro de verte recuperado, Philip. Poco te pareces al tipejo amanerado que entró en mi despacho hace dos meses con esa ridícula pipa de brezo.

Dio un pequeño paso hacia delante preparado, listo para liquidarlos al menor movimiento.

—Qué amables habéis sido trayéndome hasta la tumba. ¡Y me la habéis abierto! Qué considerados. Ahora escuchadme con atención. Si seguís mis instrucciones nadie saldrá mal parado.

Se detuvo para escudriñar las cuatro caras que tenía ante sí. Ninguno se estaba dejando llevar por el pánico y ninguno tenía previsto hacerse el héroe.

—Que alguien diga al indio que baje el arco. Despacio y con cuidado, sin movimientos bruscos, por favor.

Borabay se quitó la aljaba y el arco, y los dejó caer a sus pies.

—De modo que el indio entiende inglés. Estupendo. Y ahora os pediré que desenfundéis y tiréis los machetes, de uno en uno. Tú primero, Philip. Quédate sentado.

Philip cogió el cuchillo y lo dejó caer.

—¿Vernon?

Vernon lo imitó y a continuación Tom.

—Ahora, Philip, quiero que te acerques a donde habéis dejado las bolsas amontonadas, las cojas y me las traigas. Despacito. —Hizo un ademán con el morro del arma.

Philip cogió las mochilas y las dejó a los pies de Hauser.

—Estupendo. Ahora vaciaos los bolsillos. Volvedlos del revés y dejadlos así. Dejad caer todo al suelo delante de vosotros.

Obedecieron. Hauser se sorprendió al ver que no habían estado cogiendo, como suponía, el tesoro de la tumba.

—Y ahora poneos de pie. Todos a la vez, muy despacio. ¡Bien! Ahora retroceded, moviendo las piernas de las rodillas para abajo y dando pasos pequeños, con los brazos *muy* quietos. Manteneos en grupo, eso es. Poco a poco.

Mientras se movían de esa forma tan ridícula, Hauser se adelantó. Se habían agrupado instintivamente, como solía hacer la gente cuando estaba en peligro, sobre todo los miembros de una familia conducidos a punta de pistola. Lo había visto antes y lo simplificaba todo mucho.

—Todo va bien —dijo en voz baja—. No quiero hacer daño a nadie..., solo quiero el tesoro de la tumba de Max. Soy un profesional y, como a la mayoría de profesionales, no me gusta matar.

Bien. Acarició con el dedo la lisa curva del gatillo, lo encajó en su sitio y empezó a echarlo hacia atrás hasta colocarlo en posición automática. Estaban a su merced. No podían hacer nada. Eran hombres muertos.

—Nadie va a resultar herido. —Y luego no pudo evitar añadir—: Nadie va a sentir nada. —Esta vez apretó de verdad, sintió cómo el gatillo *cedía* de esa forma imperceptible que tan bien conocía, esa milésima de segundo que seguía a la sensación de resistencia, y en su campo visual periférico vio simultáneamente una explosión de chispas y llamas. Cayó disparando al azar y las balas rebotaron en las paredes de piedra, y antes de aterrizar en el suelo de piedra vislumbró la aterradora criatura que lo había golpeado.

La criatura había salido disparada de la tumba, medio desnuda, con la cara blanca como un vampiro, los ojos hundidos, apestando a putrefacción, sus miembros huesudos grises y huecos como los de un muerto, sosteniendo en alto la antorcha encendida con la que lo había golpeado, y seguía acercándose a él gritando con una boca llena de dientes marrones.

¡Que lo colgaran si no era el fantasma del mismísimo Maxwell Broadbent!

72

Hauser rodó por el suelo, aferrando aún el arma. Se volvió y trató de incorporarse de nuevo para disparar, pero el harapiento espectro de Maxwell Broadbent ya había caído sobre él, bramando y golpeándole la cara con la antorcha encendida; le llovieron chispas y olió a pelo chamuscado mientras trataba de protegerse con una mano de los golpes, asiendo el arma con la otra. Era imposible disparar mientras el asaltante trataba de sacarle los ojos con la antorcha encendida. Logró zafarse y disparó a ciegas, tendido de espaldas, moviendo frenético la boca del rifle de un lado para otro esperando alcanzar algo, lo que fuera. Pero el espectro parecía haberse desvanecido.

Dejó de disparar y se incorporó con cautela. Sentía la cara y el ojo derecho ardiendo. Sacó la cantimplora de su mochila y se arrojó agua a la cara.

¡Dios, cómo le dolía!

Se secó la cara con cuidado. Las chispas y la ceniza caliente de la antorcha se le habían metido en la nariz, por debajo de un párpado, en el pelo y la mejilla. La monstruosa criatura que había salido de la tumba... ¿podía haber sido realmente un *fantasma*? Abrió dolorosamente el ojo derecho. Mientras se lo palpaba con cuidado con la yema del dedo, se dio cuenta de que todo el daño estaba en la ceja y el párpado. La córnea seguía intacta y no había perdido la visión. Mojó el pañuelo, lo escurrió y se lo pasó por la cara.

¿Qué demonios había ocurrido? Hauser, que siempre esperaba lo inesperado, nunca se había quedado más sorprendido en toda su vida. Conocía esa cara, aun después de cuarenta años; conocía cada detalle de ella, cada expresión, cada tic. No había duda: era Broadbent en persona quien había salido de esa tumba gritando como un mensajero de la muerte... Broadbent, que se suponía que estaba muerto y enterrado. Blanco como el papel, con el pelo enmarañado y barba, esquelético, enloquecido.

Musitó una maldición. ¿En qué había estado pensando? Broadbent estaba vivo y en ese preciso momento escapaba. Hauser sacudió la cabeza con repentina furia, tratando de despejarse. ¿Qué demonios le pasaba? Había permitido que lo cegaran de un lado y ahora, sentado allí, les había dado al menos tres minutos de ventaja.

Volvió a colgarse la Steyr del hombro, dio un paso adelante y se detuvo.

En el suelo había una mancha de sangre: una atractiva mancha del tamaño de una moneda de medio dólar. Y un poco más adelante había otra. Volvió a serenarse. Por si no tenía suficientes pruebas, el supuesto fantasma de Broadbent sangraba de verdad. Había logrado alcanzarle, después de todo, y tal vez a alguno más, y el mero roce de una bala de la Steyr AUG no era cosa de broma. Tardó un momento en analizar la forma, la cantidad y la trayectoria de la mancha.

La herida no era insignificante. Seguía en situación ventajosa.

Levantó la vista hacia la escalera de piedra y echó a correr, subiendo los peldaños de dos en dos. Les seguiría la pista, daría con ellos y los mataría.

73

Subieron corriendo la escalera excavada en la roca, el ruido de los disparos todavía resonando en las lejanas montañas. Llegaron al sendero de lo alto del precipicio y corrieron hasta las verdes alfombras de lianas y trepadoras que cubrían las murallas en ruinas de la Ciudad Blanca. Al llegar a estas, Tom vio a su padre tambalearse. Le corría sangre por una de las piernas.

—¡Esperad! ¡Han herido a padre!

—No es nada. —El anciano volvió a tambalearse y gruñó.

Se detuvieron brevemente al pie de la muralla.

—¡Dejadme en paz! —bramó el anciano.

Ignorándolo, Tom examinó la herida, limpió la sangre y localizó por dónde había entrado y salido la bala. Le había atravesado en ángulo la parte inferior derecha del abdomen, traspasado los músculos rectos del abdomen y salido por detrás, esquivando el riñón. Era imposible saber si había alcanzado la cavidad peritonea. Apartó de la mente esa posibilidad y palpó la zona; su padre gimió. Era una herida grave y perdía mucha sangre, pero al menos ninguna arteria o vena importante había sido afectada.

—¡Deprisa! —gritó Borabay.

Tom se quitó la camisa y con un fuerte tirón rasgó un par de trozos de tela. Vendó como pudo el estómago de su padre, tratando de detener la hemorragia.

—Pásame el brazo alrededor del hombro —dijo.

—Yo te sujetaré por el otro lado —se ofreció Vernon.

Tom sintió cómo lo rodeaba el brazo, huesudo y duro como un cable de acero. Se inclinó hacia delante para soportar parte del peso. Sintió cómo la tibia sangre de su padre le caía por la pierna.

—Vamos.

—Ay —dijo Broadbent, tambaleándose un poco cuando echaron a andar.

Corrieron a lo largo de la muralla, buscando alguna entrada. Borabay se arrojó a través de una puerta cubierta de lianas y cruzaron corriendo un patio, otra puerta y una galería en ruinas. Sostenido por Tom y Vernon, Maxwell Broadbent era capaz de moverse bastante deprisa, jadeando y gruñendo de dolor.

Borabay se adentró en la parte más espesa y profunda de la ciudad en ruinas. Cruzaron corriendo galerías oscuras y cámaras subterráneas medio derruidas con enormes raíces que habían resquebrajado sus techos artesonados de piedra. Mientras corrían, Tom pensó en el códice y todo lo que dejaban atrás.

Se turnaron para sostener a Broadbent mientras avanzaban, recorriendo una serie de túneles en penumbra. Borabay los conducía dando bruscos giros y volviendo sobre sus pasos en un intento de despistar a su perseguidor. Salieron a un bosquecillo de árboles gigantes rodeados por ambos lados de enormes muros de piedra. Solo se filtraba una tenue luz verde. Había estelas de piedra, adornadas con jeroglíficos mayas, desperdigadas por el bosquecillo como centinelas.

Tom oyó a su padre respirar entrecortadamente y soltar una maldición ahogada.

—Siento que te duela.

—No te preocupes por mí.

Avanzaron otros veinte minutos y llegaron a un lugar donde la selva era exuberante y espesa. Las trepadoras y las lianas cubrían los árboles, dándoles el aspecto de enormes fantasmas verdes. De la copa de cada árbol asfixiado salían disparados tentáculos de lianas en busca de un nuevo asidero. Por todas partes colgaban flores pesadas. Se oía el continuo gotear del agua.

Borabay hizo una pausa para mirar alrededor.

—Por aquí —dijo señalando la parte más densa.

—¿Cómo? —dijo Philip, mirando el muro de vegetación impenetrable.

Borabay se arrodilló y gateó hasta un pequeño claro. Los demás lo siguieron, Max gimiendo de dolor. Tom vio que, bajo la maraña de lianas, había escondida una red de senderos hechos por animales, túneles que se adentraban en todas direcciones en la vegetación. Se adentraron en el más denso de todos. Estaba oscuro y apestaba. Gatearon durante los que le pareció una eternidad, pero probablemente no fueron más de veinte minutos, a través de un fantástico laberinto de senderos que se bifurcaban y volvían a bifurcarse, hasta que llegaron a una zona abierta, una cueva en la vegetación bajo un árbol asfixiado por lianas cuyas ramas inferiores formaban una especie de tienda, impenetrable por todos los lados.

—Nos quedamos aquí —dijo Borabay—. Esperamos hasta la noche.

Broadbent se sentó con un gemido contra el tronco del árbol. Tom se arrodilló junto a él, le arrancó los ensangrentados vendajes y examinó la herida. Tenía mal aspecto. Borabay se arrodilló a su lado y la examinó detenidamente. Luego cogió unas hojas que había arrancado en alguna parte durante su huida, las estrujó y frotó entre las palmas, e hizo dos cataplasmas.

—¿Para qué es eso? —susurró Tom.

—Detiene sangre, calma dolor.

Extendieron las cataplasmas por donde había entrado y salido la bala. Vernon ofreció su camisa, y Tom la rasgó y utilizó las tiras para sujetar las cataplasmas.

—Ay —dijo Broadbent.

—Lo siento, padre.

—Dejad de decir que lo sentís. Quiero quejarme sin tener que escuchar disculpas.

—Padre, nos has salvado la vida allá —dijo Philip.

—Vidas que yo mismo he puesto en peligro.

—Estaríamos muertos si no hubieras saltado sobre Hauser.

—Los pecados de mi juventud vuelven para atormentarme. —Broadbent hizo una mueca.

Borabay se acuclilló y los miró a todos.

—Yo marcho ahora. Vuelvo en media hora. Si no vuelvo, cuando llegue noche esperáis lluvia y cruzáis puente sin mí. ¿De acuerdo?

—¿Adónde vas? —preguntó Vernon.

—A coger a Hauser.

Se puso en pie de un salto y desapareció.

Tom titubeó. Si tenía que regresar a buscar el códice, era entonces o nunca.

—Hay algo que yo también tengo que hacer.

—¿Cómo? —Philip y Vernon lo miraron con incredulidad.

Tom sacudió la cabeza. No tenía palabras ni tiempo para defender su decisión. Tal vez era hasta indefendible.

—No me esperéis. Me reuniré con vosotros esta noche en el puente, cuando empiece la tormenta.

—¿Te has vuelto loco, Tom? —bramó Max.

Tom no respondió. Se volvió y se adentró en la selva.

Al cabo de veinte minutos había vuelto a recorrer a gatas el laberinto de lianas. Se levantó para orientarse. La necrópolis de las tumbas quedaba al este. Eso era todo lo que sabía. Tan cerca del ecuador el sol de media mañana debía de estar aún al este y eso le orientó vagamente. No quería pensar en la decisión que acababa de tomar: si hacía bien o mal en dejar a su padre y sus hermanos, si era una locura, si era demasiado peligroso. Todo eso ya no venía al caso. Era su deber conseguir el códice.

Se encaminó al este.

74

Hauser examinó el suelo que tenía ante sí, leyéndolo como si fuera un libro: una vaina incrustada en la tierra; una brizna de hierba aplastada; gotas de rocío sacudidas de una hoja. Había aprendido a rastrear en Vietnam, y cada detalle le mostraba por dónde habían pasado los Broadbent con tanta claridad como si hubieran dejado migas de pan a su paso. Siguió su rastro deprisa pero metódicamente, con la Steyr AUG preparada. Se sentía mejor, más relajado, aunque no en paz. Siempre le había parecido extrañamente fascinante cazar. Y no había nada comparable a la sensación de cazar un animal humano. Era, de hecho, el más peligroso de los juegos.

Sus inútiles soldados seguían cavando y dinamitando el otro extremo de la ciudad. Estupendo. Eso los tendría ocupados. Rastrear y matar a Broadbent y a sus hijos era una misión para un cazador solitario que se moviera por la selva sin ser visto, y no para un ruidoso grupo de soldados incompetentes. Hauser jugaba con ventaja. Sabía que los Broadbent iban desarmados y que tenían que cruzar el puente. Solo era cuestión de tiempo que los alcanzara.

Si los dejaba marchar, podría saquear con calma la tumba y llevarse el códice y las obras de arte manejables, dejando lo demás para más tarde. Ahora que había ablandado a Skiba, estaba convencido de que podría sacarle más de cincuenta millones, tal vez mucho más. Suiza sería una buena base de operaciones. Así lo había hecho Broadbent, blanqueando antigüedades de dudosa procedencia a través de Suiza alegando que formaban parte de una «vieja colección suiza». No era posible vender las obras maestras en el mercado abierto —eran demasiado famosas y todo el mundo sabía que pertenecían a Broadbent—, pero podían colocarse discretamente aquí y allá. Siempre había un jeque saudí, un industrial japonés o un millonario norteamericano que quería tener un bonito cuadro y no le preocupaba demasiado de dónde salía.

Hauser apartó de su mente esas agradables fantasías y se concentró de nuevo en el suelo. Más rocío sacudido de una hoja; una mancha de sangre en la tierra. Los rastros lo condujeron a una galería en ruinas, donde apagó la linterna. Musgo arrancado de una piedra, una huella en el suelo blando..., cualquier idiota seguiría esas pistas.

Las seguía tan deprisa como podía, esforzándose al máximo. Al salir a un amplio bosque vio un rastro particularmente claro, donde los hermanos habían arrancado unas hojas podridas en su huida desesperada.

Demasiado claro. Se detuvo, escuchó y se agachó para examinar con detenimiento el suelo. Era de aficionados. Los vietcong se habrían reído de ese ardid: un árbol joven inclinado, un trozo de liana escondido debajo de unas hojas, una cuerda casi invisible. Retrocedió un paso con cuidado, cogió un palo que estaba cerca y golpeó con él la cuerda.

Se oyó un chasquido, el árbol joven se irguió de golpe, la liana se sacudió. Y sintió una repentina ráfaga de aire y un tirón en la pernera. Bajó la vista. En la raya de sus pantalones había clavado un pequeño dardo de cuyo extremo endurecido por el fuego goteaba un líquido oscuro.

El dardo envenenado no lo había alcanzado por los pelos.

Se quedó inmóvil unos minutos. Examinó cada centímetro cuadrado de suelo que lo rodeaba, cada árbol, cada rama. Cuando se hubo asegurado de que no había otra trampa, se inclinó hacia delante. Estaba a punto de arrancarse el dardo del pantalón cuando se detuvo una vez más, justo a tiempo. En los lados del dardo había dos púas incrustadas casi invisibles, también llenas de veneno, listas para clavarse en el dedo de quien intentara asirlo.

Cogió una rama y se arrancó el dardo de la pernera.

Muy hábil. Tres trampas multicapas en una sola. Sencillo y efectivo. Era obra de un indio, sin lugar a dudas.

Siguió avanzando, esta vez un poco más despacio y con renovado respeto.

75

Tom cruzó a todo correr el bosque, dando prioridad a la velocidad sobre el silencio y eludiendo el sendero que habían tomado poco antes para evitar tropezarse con Hauser. Sus pasos lo llevaron a través de un laberinto de templos en ruinas sepultados bajo gruesas marañas de lianas. No había luz, y a veces tenía que abrirse paso a tientas por oscuros pasadizos o gatear bajo piedras caídas.

No tardó en llegar al extremo oriental de la meseta. Se detuvo para recobrar el aliento, luego se acercó al borde del precipicio y bajó la vista, tratando de orientarse. Calculó que la necrópolis estaba al sur, de modo que giró hacia la derecha y tomó el sendero que bordeaba el precipicio. Al cabo de otros diez minutos reconoció la terraza y la muralla que había sobre la necrópolis y encontró el sendero oculto. Lo bajó corriendo, deteniéndose en cada curva a escuchar por si Hauser seguía allí, pero hacía rato que se había ido. Un momento después llegó a la oscura entrada de la tumba de su padre.

Las mochilas seguían amontonadas en el suelo donde las habían dejado caer. Recogió su machete y se lo enfundó, luego se arrodilló, revolvió en las mochilas y sacó varios juncos y una caja de cerillas. Encendió los juncos y entró en la tumba.

El aire era pestilente. Respirando por la nariz, se aventuró a adentrarse un poco más. Un escalofrío de horror le recorrió la espalda al caer en la cuenta de que su padre había permanecido allí el pasado mes, encerrado en la oscuridad total. La luz parpadeante iluminó una elevada losa funeraria de piedra negra con cráneos, monstruos y otros motivos extraños tallados, y rodeada de una pila de cajas y cajones con un precinto de acero inoxidable y cerrados con cerrojos. Esa no era la tumba del rey Tut. Era más bien como un almacén abarrotado y mugriento.

Se adentró más, venciendo su repugnancia. Su padre se había instalado detrás de las cajas. Parecía haber reunido paja seca y tierra para hacer una especie de cama. A lo largo de la pared del fondo había una hilera de vasijas de barro en las que saltaba a la vista que había habido agua y comida; de ellas se elevaba un olor a podrido. De las vasijas salieron de un salto unas ratas que se escabulleron ante la luz. Mareado de fascinación y compasión, examinó varios plátanos secos esparcidos en el fondo; de la comida salían unas grasientas cucarachas negras, que chocaron entre sí y chillaron de terror bajo la luz de la antorcha. En las jarras de agua flotaban ratas y ratones muertos. Junto a una pared había un montón de ratas en estado de descomposición, que su padre sin duda había matado en lo que debía de haber sido la pelea diaria por comer. Al fondo de la tumba Tom veía brillar los ojos de ratas vivas, que esperaban a que se marchara.

Lo que había soportado allí su padre, esperando en la oscuridad total a sus hijos que tal vez nunca llegarían... Era mucho más horrible de lo que era capaz de imaginar. Lo que Maxwell Broadbent había aguantado y vivido —e incluso esperado— allí dentro le decía algo de su padre que no había sabido antes.

Se secó la cara. Debía encontrar el códice y salir.

Las cajas tenían rótulos y solo tardó unos minutos en localizar el cajón en el que estaba el códice.

Arrastró el pesado cajón hasta la luz de fuera y descansó, tomando bocanadas de aire puro de la montaña. El cajón solo pesaba tres kilos y en él había otros libros aparte del códice. Tom examinó los cerrojos de sesenta milímetros de grosor y las tuercas de mariposas que sujetaban los precintos de acero sobre los lados de madera revestidos de fibra de vidrio. Las tuercas de mariposa estaban muy firmes. Necesitaría una llave inglesa para desenroscarlas.

Encontró una piedra y dio un fuerte golpe a una de ellas, aflojándola. Repitió el proceso y al cabo de unos minutos había desenroscado todas las tuercas. Arrancó los precintos de acero. Con varios golpes fuertes más resquebrajó la protección de fibra de vidrio y logró abrir el cajón. Salieron media docena de libros valiosísimos, todos envueltos cuidadosamente en papel sin ácido: una Biblia Gutenberg, manuscritos iluminados, un libro de las horas. Los apartó e introdujo la mano, y sacó el códice encuadernado con piel de ciervo.

Se quedó un momento mirándolo. Recordaba claramente haberlo visto en una pequeña vitrina de cristal en el salón. Su padre abría la vitrina más o menos una vez al mes y pasaba una página. Había unos bonitos dibujos diminutos de plantas, flores e insectos rodeados de jeroglíficos. Recordaba haberse quedado mirando esos extraños jeroglíficos mayas, los puntos, las gruesas líneas y las caras sonrientes, todas entrelazadas y enmarañadas unas alrededor de otras. No había caído en la cuenta siquiera de que era una clase de escritura.

Vació una de las mochilas abandonadas y metió en ella el libro. Se la puso al hombro y empezó a subir el sendero. Decidió encaminarse hacia el sur, atento a ver si veía a Hauser.

Entró en la ciudad en ruinas.

76

Hauser seguía el sendero con más cautela, con todos los sentidos alerta. Sentía un hormigueo de emoción y miedo. El indio había preparado una trampa en menos de quince minutos. Asombroso. Seguía agazapado en alguna parte, sin duda preparándole otra emboscada. A Hauser le intrigaba la lealtad de ese guía indio para con los Broadbent. Nunca subestimaba la habilidad indígena en la selva para tender emboscadas y matar. Los vietcong le habían enseñado a respetarlos. Mientras seguía el rastro de los Broadbent tomó todas las precauciones contra una emboscada, caminando por un lado del sendero y deteniéndose a cada rato para examinar el suelo y la vegetación que tenía ante él, y olfatear el aire por si reconocía el olor humano. No iba a sorprenderlo ningún indio en lo alto de un árbol con otro dardo envenenado.

Vio que los Broadbent se habían dirigido al centro de la meseta, donde la selva era más espesa. Sin duda contaban con esconderse allí hasta que se hiciera de noche. No lo lograrían: Hauser casi nunca había fracasado como rastreador, y menos aún si se trataba de gente asustada y uno de ellos sangraba copiosamente. Y él y sus hombres ya habían explorado minuciosamente toda la meseta.

Más adelante una exuberante confusión de lianas y trepadoras asfixiaba la selva. A primera vista parecía impenetrable. Se acercó con cautela y bajó la vista. Había pequeños senderos hechos por animales que se alejaban en todas direcciones; la mayoría hechos por coatís. De cada hoja, liana y flor colgaban gruesas gotas de agua, esperando la menor sacudida para caer. Nadie podía internarse en semejante campo de minas sin dejar rastro de haber pasado por allí al sacudir el rocío de las hojas. Vio exactamente cuál habían seguido y se adentró entre la densa vegetación del sendero, donde pareció desaparecer.

Examinó el suelo. Allí, en el húmedo lecho de la selva, había dos hendiduras casi invisibles hechas por un par de rodillas humanas. Interesante. Habían gateado a lo largo de los senderos abiertos por los animales hasta adentrarse en el corazón de la colonia de trepadoras. Se acuclilló y escudriñó la verde oscuridad. Olió el aire. Estudió el suelo. ¿Qué sendero habían seguido? Allí, un metro más allá, había un pequeño hongo aplastado, poco más grande que una moneda de diez centavos, y una hoja arrancada. Se habían refugiado en esa masa de vegetación esperando a que se hiciera de noche. Sin duda, pensó Hauser, el indio le había preparado una emboscada allí. Era el lugar perfecto. Volvió a erguirse y examinó las capas de vegetación. Sí, el indio debía de estar escondido en alguna rama por encima de ese nido de senderos, con un dardo envenenado listo, esperando a que él pasara a gatas.

Lo que tenía que hacer era tenderle a su vez una emboscada.

Reflexionó un momento. El indio era listo. Ya habría contado con ello. Habría sabido que él esperaría encontrar una emboscada en ese sendero. Por lo tanto, no se molestaría en tendérsela. No. En lugar de ello, contaría con que diera un rodeo y saliera por el otro lado. El indio esperaría al otro lado de la gigante masa de vegetación para tenderle la emboscada.

Hauser empezó a rodear despacio la colonia de trepadoras, avanzando con tanto sigilo y con movimientos tan fluidos como los del indio. Si sus cálculos eran correctos, lo encontraría al otro lado, probablemente en un lugar elevado, esperando a que pasara por debajo. Liquidaría primero al indio —con diferencia, el peligro mayor— y a continuación haría salir a los demás de su escondite y los llevaría hasta el puente, donde sería fácil acorralarlos y matarlos.

Dio la vuelta a cierta distancia, deteniéndose a cada paso para escudriñar la capa intermedia de vegetación. Si el indio había hecho lo que él había previsto, estaría en alguna parte a su derecha. Se movió con mucha cautela. Le llevó tiempo, pero este estaba de su parte. Faltaban siete horas para que anocheciera.

Siguió avanzando, volvió a examinar la vegetación. Había algo en un árbol. Se detuvo, se movió un poco, volvió a mirar. Solo se veía la esquina de la camisa roja del indio, en una rama a unos cincuenta pasos a su derecha, y allá, apenas visible, estaba la punta de una pequeña cerbatana apuntada hacia abajo, esperando a que Hauser cruzara para clavarse en él.

Se movió de lado para ver mejor la camisa del indio. Alzó el rifle, la apuntó con cuidado y disparó una sola bala.

Nada. Y, sin embargo, sabía que había dado en el blanco. Se apoderó de él un pánico repentino. Era otra trampa. Se apartó en el preciso momento en que el indio se dejaba caer como un gato sobre él, con un palo afilado en la mano. Con un movimiento de jiu-jitsu, Hauser lo arrojó hacia delante y hacia un lado, volviendo el impulso del indio contra él y apartándolo limpiamente... y al instante estuvo de pie, abriendo fuego con su arma automática hacia donde había estado el indio.

Pero el indio había desaparecido, se había esfumado en el aire.

Reconoció el terreno. El indio había estado un paso por delante de él. Levantó la vista y vio el árbol con el pequeño trozo de tela roja y la punta de un dardo de cerbatana todavía colocados en el lugar exacto donde los había dejado el indio. Tragó saliva. No era el momento adecuado para asustarse o enfadarse. Tenía una misión que cumplir. No iba a seguir jugando al escondite con el indio, pues sospechaba que tenía todas las de perder. Había llegado el momento de sacar a los Broadbent por la fuerza de su escondite.

Se volvió y bordeó la colonia de trepadoras, plantó los pies en el suelo y apuntó la Steyr AUG. Primero un disparo, luego otro, y siguió andando, abriendo fuego hacia la tupida vegetación. Tuvo exactamente el efecto esperado: obligó a salir a los Broadbent. Los oyó huir asustados y ruidosamente como perdices. Por fin sabía dónde estaban. Corrió a lo largo de la masa de vegetación para cerrarles el paso cuando salieran y los oyó encaminarse hacia el puente.

Detrás de él se oyó un ruido repentino y se volvió hacia el peligro mayor, apretó el gatillo y dirigió una ráfaga de disparos a la densa cobertura de la que había llegado el sonido. De las ramas se desprendieron hojas, lianas y ramas que salieron volando en todas direcciones, y oyó el ruido de las balas golpeando madera por todas partes. Vio cierto movimiento y volvió a barrer con fuego la vegetación..., y entonces oyó un grito y varias sacudidas.

¡Un coatí! ¡Maldita sea, había alcanzando un coatí!

Se volvió para concentrar su atención al frente, bajó el arma y disparó en dirección a los Broadbent que huían. Oyó detrás de él los gemidos de dolor del coatí, crujidos de ramas, y luego se dio cuenta, justo a tiempo, de que no era el coatí herido... sino el indio.

Se tiró al suelo, rodó y disparó, no a matar, porque el indio había desaparecido entre las lianas, sino con la intención de obligarlo a dirigirse a su derecha, hacia la zona al descubierto que había frente al puente. Le haría desplazarse en la misma dirección que los Broadbent. Había hecho huir al indio, lo había obligado a reunirse con los demás. El secreto estaba en hacerlos avanzar sin parar y no dejar de dispararles para impedir que se separaran y lo rodearan por detrás. Corrió, agachado y disparando a izquierda y derecha, eliminando toda posibilidad de que escaparan y se adentraran en la ciudad en ruinas. Al dispararles por la izquierda los hacía acercarse cada vez más al abismo, acorralándolos y empujándolos hacia la zona al descubierto. Vació el cargador y se detuvo para cambiarlo. Cuando echó a correr de nuevo, oyó a través del follaje a los Broadbent que huían exactamente en la dirección que había previsto.

Ya eran suyos.

77

Tom ya había cruzado la mitad de la meseta cuando oyó el fuego entrecortado del arma de Hauser. Corrió instintivamente hacia el sonido, temiendo lo que podía significar, apartando helechos y lianas, saltando troncos caídos, trepando muros derruidos. Oyó la segunda y la tercera ráfagas de disparos, más cerca y más hacia su derecha. Giró hacia ellas, esperando de algún modo defender a sus hermanos y a su padre. Tenía un machete, con él había matado un jaguar y una anaconda, ¿por qué no a Hauser?

Salió inesperadamente del follaje a la luz del sol: a cincuenta pasos estaba el borde del precipicio, una caída a pico de más de kilómetro y medio que desaparecía en un oscuro remolino de niebla y sombras. Se detuvo al borde del gran abismo. Miró a la derecha y vio la curva catenaria del puente colgante suspendido sobre el cañón, que se balanceaba con suavidad en las corrientes ascendentes de aire.

Oyó más disparos a su espalda y entrevió movimiento. Vernon y Philip salieron de los árboles que había más allá del puente, sosteniendo a su padre y corriendo con toda su alma. Borabay apareció un poco más atrás y los alcanzó. Una ráfaga de fuego pasó junto a ellos, arrancando las cabezas de los helechos que tenían a sus espaldas, y Tom se dio cuenta demasiado tarde de que él también estaba atrapado. Corrió hacia ellos cuando salió otra ráfaga de disparos de los árboles. Vio a Hauser varios cientos de metros más atrás, disparando a la izquierda de ellos para obligarlos a dirigirse al borde del precipicio y al puente. Siguió corriendo y llegó a la cabeza del puente al mismo tiempo que los demás. Se detuvieron y se agacharon. Tom vio que los soldados del otro lado del puente, advertidos por el fuego, ya habían ocupado sus puestos y les impedían huir.

—Hauser está *tratando* de hacernos salir por el puente —gritó Philip.

Otra ráfaga de disparos arrancó varias hojas de una rama sobre sus cabezas.

—¡No nos queda otra elección! —exclamó Tom.

Al cabo de un momento corrían por el oscilante puente, medio llevando medio arrastrando a su padre. Los soldados del otro extremo se arrodillaron y, apuntando sus armas, les bloquearon la salida.

—Seguid andando —gritó Tom.

Habían recorrido una tercera parte del puente cuando los soldados que tenían ante ellos dispararon una cerrada descarga de advertencia sobre sus cabezas. En ese momento sonó una voz a sus espaldas. Tom se volvió. En el otro extremo del puente Hauser y varios soldados les bloqueaban la retirada.

Estaban atrapados entre unos y otros, los cinco.

Los soldados dispararon una segunda ráfaga, esta vez más baja. Tom alcanzó a oír el silbido de las balas sobre sus cabezas. Habían llegado a la mitad del puente, y este empezaba a balancearse y zangolotearse con su movimiento. Tom miró hacia atrás y hacia delante. Se detuvieron. No podían hacer nada más. Estaban acabados.

—No os mováis —gritó Hauser, acercándose por el puente sonriente.

Tom miró a su padre. Miraba a Hauser con miedo y odio. Su expresión le asustó aún más que la situación en la que se encontraban.

Hauser se detuvo a cien pasos de ellos y recuperó el equilibrio en el puente que se balanceaba.

—Vaya, vaya —dijo—. Pero si son el viejo Max y sus tres hijos. Una bonita reunión familiar.

78

En las doce horas que Sally había permanecido tumbada detrás del tronco, había pensado por alguna razón en su padre. El último verano de su vida le había enseñado a disparar. Después de su muerte, ella había seguido bajando a los riscos para practicar con manzanas y naranjas, y más tarde con monedas de diez centavos y de centavo. Se había convertido en una tiradora excelente, pero era una habilidad inútil: no le interesaban ni los concursos ni la caza. Sencillamente le había divertido. A algunas personas les gustaban los bolos, a otros el ping-pong..., a ella disparar. Por supuesto, en New Haven era una afición de lo más políticamente incorrecta. Julian se quedó horrorizado cuando se enteró. Le hizo prometer que renunciaría a ella y la mantendría en secreto; no porque estuviera en contra de las armas sino porque estaba mal visto. Julian. Lo apartó de la mente.

Movió sus muslos acalambrados y flexionó los dedos de los pies, tratando de hacer entrar en calor los músculos agarrotados. Dio otro puñado de nueces a Mamón Peludo, que seguía sentado malhumoradamente en su jaula hecha de lianas. Se alegraba de haberlo tenido allí para que le hiciera compañía esas pasadas horas, aunque hubiera estado de tan mal humor. El pobrecillo amaba su libertad.

Mamón Peludo soltó un gritito de advertencia y Sally se puso al instante en guardia. Luego los oyó: disparos lejanos en la Ciudad Blanca, una débil ráfaga de un arma automática, luego otra. Con los prismáticos recorrió la selva del otro lado del cañón. Hubo disparos y aún más disparos, cada vez más fuertes. Pasaron unos minutos y luego vio movimiento.

Era Tom. Había aparecido en el borde del precipicio. Philip y Vernon salieron de la selva más adelante, sosteniendo entre ambos a un hombre herido: un anciano harapiento. Broadbent. Borabay fue el último en aparecer, más cerca del puente.

Hubo más disparos, y de los árboles que había detrás de ellos vio salir a Hauser, quien los conducía como presas de caza hacia el puente.

Dejó los prismáticos y levantó el rifle, y observó el drama a través del visor. La situación no podía ser peor. Los Broadbent y Borabay iban a quedar atrapados en el puente. Pero no tenían alternativa, con Hauser detrás de ellos y el abismo al otro lado. Al llegar a la cabeza del puente titubearon, luego empezaron a cruzarlo a todo correr. Hauser salió de los árboles y gritó a los soldados del otro extremo del puente, quienes se arrodillaron y dispararon balas de advertencia.

Al cabo de un momento los cinco Broadbent, incluido Borabay, estaban acorralados en mitad del puente, con Hauser y los cuatro soldados en un extremo y otros cuatro en el otro. Totalmente atrapados. Los disparos cesaron y todo quedó en silencio.

Hauser, sonriente, echó a andar hacia ellos por el inestable puente, apuntándolos con su arma.

Sally sintió cómo el corazón le palpitaba con fuerza. Había llegado el momento. Tenía las manos sudadas y le temblaban. Recordó a su padre. «Acompasa la respiración. Deja que se detenga el flujo de aire. Búscate el pulso y dispara entre latido y latido.»

Apuntó a Hauser mientras este se acercaba a ellos. El puente se balanceaba, pero ella creía que sus posibilidades de dar en el blanco eran superiores a un cincuenta por ciento. Serían aún mayores cuando dejara de andar.

Hauser se detuvo a cien pasos de los Broadbent. Podía matarlo; lo mataría. Encuadró el torso en la mira, pero no apretó el gatillo. En lugar de ello se preguntó: «¿Qué pasará cuando haya matado a Hauser?».

No era difícil adivinarlo. Eso no era *El mago de Oz*, y los soldados hondureños apostados a cada lado del puente no bajarían las armas y gritarían: «¡Alto, Dorothy!». Eran mercenarios crueles. Si disparaba a Hauser, los soldados seguramente abrirían fuego y matarían a todos los Broadbent en el puente. Había diez soldados —cuatro en un extremo y ahora seis en el otro—, y ella no podía esperar matarlos a todos, sobre todo a los seis del otro extremo, que estaban prácticamente fuera del alcance de su arma. En la cámara del Springfield solo había cinco balas, y cuando se le terminaran tendría que echar hacia atrás el cerrojo y cargar manualmente otras cinco, un largo proceso. Y solo tenía diez balas, de todos modos.

Hiciera lo que hiciese, tendría que lograrlo en cinco disparos.

Sintió una oleada de pánico. Tenía que concebir un plan, una forma de conseguir que todos salieran con vida. Hauser avanzaba tambaleante hacia ellos con la clara intención de matarlos. Sí, tendría que matarlo, y entonces habría terminado todo para los Broadbent.

Las ideas se le agolpaban en la mente. No podía cometer ningún error, no tendría una segunda oportunidad. Tenía que hacerlo bien. Desarrolló mentalmente cada opción que se le ocurrió, pero todas terminaban igual, con los Broadbent muertos. Le tembló la mano: la figura de Hauser se movió en la mira. «Si mato a Hauser, están muertos. Si no lo mato, también están muertos.»

Observó con impotencia cómo Hauser apuntaba su arma. Sonreía. Parecía un hombre que estaba a punto de disfrutar.

79

Tom observaba cómo Hauser se acercaba por el puente con una arrogante sonrisa de triunfo. Se detuvo a unos cien metros de ellos y apuntó hacia él la boca del arma.

—Quítate la mochila y déjala en el suelo.

Tom se quitó con cuidado la mochila, pero en lugar de dejarla en el suelo, la sostuvo por la correa sobre el cañón.

—Es el códice.

Hauser disparó una bala que arrancó un trozo de la barandilla de bambú a menos de un palmo de Tom.

—¡Déjala en el suelo!

Tom no se movió. Siguió sosteniendo el libro sobre el cañón.

—Dispárame y caerá.

Hubo un silencio. Hauser apuntó el arma hacia Broadbent.

—Está bien. Déjala en el suelo o papi morirá. Última advertencia.

—Déjale que me mate —gruñó Broadbent.

—Y después de tu padre están tus dos hermanos. No seas estúpido y déjala en el suelo.

Al cabo de un momento Tom obedeció. No tenía otra elección.

—Ahora el machete.

Tom lo desenfundó y lo dejó caer.

—Vaya, vaya —dijo Hauser, relajando la cara. Clavó la mirada en su padre—. Nos volvemos a ver, Max.

El anciano, sostenido por sus hijos, levantó la cabeza y habló:

—No tienes nada en contra de ellos. Déjales marchar.

La sonrisa de Hauser se volvió más gélida.

—Al contrario, vas a tener el placer de verlos morir antes que tú.

Broadbent se sacudió ligeramente la cabeza. Tom lo asió con más fuerza aún. El puente se balanceaba ligeramente, la fría niebla se elevaba. Borabay dio un paso al frente pero Philip lo detuvo.

—Bien, ¿quién quiere ser el primero? ¿El indio? No, lo dejaremos para después. Iremos por orden de edad. ¿Philip? Apártate de los demás para que no tenga que mataros a todos a la vez.

Tras un breve titubeo Philip se hizo a un lado. Vernon le cogió el brazo para hacerle retroceder. Él se soltó y dio otro paso.

—Arderás en el infierno, Hauser —bramó Broadbent.

Hauser sonrió con simpatía y levantó la boca de su rifle. Tom desvió la mirada.

80

Pero el disparo no llegó. Tom levantó la vista. La atención de Hauser se había desviado de pronto hacia algo detrás de ellos. Tom se volvió y vio un destello negro: un animal se acercaba dando saltos por los cables del puente, un mono que corría con la cola levantada: Mamón Peludo.

Con un gritito de alegría el mono saltó a los brazos de Tom, y este vio que llevaba atado al estómago un bote casi tan grande como él. Era el bote de gasolina sin plomo para su hornillo de cámping. Había algo garabateado en él...

«PUEDO ALCANZAR ESTO. S.»

Tom se preguntó qué demonios quería decir eso, en qué estaba pensando Sally.

Hauser alzó el arma.

—Está bien, todos tranquilos. Que no se mueva nadie. Enséñame lo que acaba de traer el mono. Despacio.

Tom comprendió de repente el plan de Sally. Desató el bote.

—Sostenlo con el brazo extendido. Deja que lo vea.

Tom le tendió el bote.

—Es un litro de gasolina sin plomo.

—Tíralo por el borde.

Tom habló despacio.

—Tenemos a un excelente tirador apuntando este bote mientas hablamos. Como sabes, la gasolina es explosiva e inflamable.

La cara de Hauser no reveló ninguna emoción o reacción. Se limitó a elevar el arma.

—Hauser, si alcanza este bote, el puente arderá. Te quedarás aislado. Estarás atrapado para siempre en la Ciudad Blanca.

Pasaron diez segundos cargados de electricidad y Hauser por fin habló.

—Si el puente arde vosotros también moriréis.

—Nos vas a matar de todos modos.

—Es un farol —dijo Hauser.

Tom no respondió. Los segundos pasaban. La cara de Hauser no revelaba nada.

—Hauser, podría meterte un tiro en el pecho.

Hauser levantó el arma y en ese preciso momento una bala alcanzó la superficie de bambú a medio metro de sus botas, arrojándole astillas a la cara. El estallido llegó un momento después, resonando a través del cañón.

Hauser se apresuró a bajar el morro del rifle.

—Ahora que ha quedado claro que va en serio, dile a tus soldados que nos dejen pasar.

—¿Y? —dijo Hauser.

—Puedes quedarte con el puente, la tumba y el códice. Solo queremos salir con vida.

Esta vez Hauser se puso el arma al hombro.

—Mi enhorabuena —dijo.

Tom, con movimientos lentos, ató el bote a uno de los cables principales del puente con un trozo suelto de cuerda.

—Dile a tus hombres que nos dejen pasar. Tú quédate donde estás. Si nos pasa algo, nuestra tiradora disparará el bote y tu precioso puente arderá contigo en él. ¿Entendido?

Hauser asintió.

—No he oído la orden, Hauser.

Hauser hizo bocina con las manos.

—¡Hombres! —gritó en español—. ¡Dejadlos marchar! ¡No los molestéis! ¡Los dejo ir!

Hubo una pausa.

—¡Quiero oíros responder esa orden! —gritó Hauser.

—*Sí, señor* —llegó la respuesta.

Los Broadbent empezaron a andar por el puente.

81

Hauser se quedó en el centro del puente, habiendo aceptado el hecho de que una tiradora de primera —sin duda la mujer rubia que había venido con Tom Broadbent— lo tenía en su punto de mira. Un viejo rifle de caza inútil, había dicho el soldado. Estupendo. Había colocado una bala a sus pies desde una distancia de trescientos cincuenta metros. Pensar que estaba en esos momentos en su punto de mira era una sensación desagradable y al mismo tiempo curiosamente emocionante.

Miró el bote atado al cable. Entre él y el bote había menos de treinta pasos. La tiradora se encontraba a más de trescientos metros de distancia. El puente se balanceaba con las corrientes ascendentes de aire. No sería fácil alcanzar un blanco que se movía en tres dimensiones. Era, de hecho, un tiro casi imposible. En diez segundos él podría alcanzar el bote, arrancarlo del cable y arrojarlo al precipicio. Si a continuación se volvía y echaba a correr de nuevo hacia el otro extremo del puente, sería un blanco en movimiento que enseguida dejaría de estar a tiro. ¿Que probabilidades tenía ella de alcanzarlo? Él correría deprisa por un puente que se balanceaba: de nuevo se movería en tres dimensiones con respecto a la línea de fuego. Ella no podría apuntarlo. Además, era mujer. Era evidente que sabía disparar, pero ninguna mujer tenía tanta puntería.

Sí, era posible hacerlo rápidamente, antes de que los Broadbent escaparan, y ella nunca lo alcanzaría a él ni al bote. Nunca.

Se agachó y echó a correr hacia el bote de gasolina.

Casi al instante oyó frente a él el silbido de una bala seguido del estallido. Siguió corriendo y alcanzó el bote en el preciso momento en que llegaba a sus oídos un segundo disparo. La mujer había vuelto a fallar. Era demasiado fácil. Había puesto una mano en el bote cuando oyó un golpe seco y vio ante sí un fogonazo seguido de un calor abrasador. Retrocedió tambaleándose, agitando el brazo, y se sorprendió al ver cómo unas llamas azules le recorrían todo el cuerpo, los brazos, el pecho, las piernas. Cayó y rodó por el puente, retorciéndose, golpeándose el brazo, pero era un Midas en llamas y todo lo que tocaba parecía convertirse en fuego. Dio patadas, gritó, rodó, y de pronto era un ángel que se elevaba en el aire. Cerró los ojos y permitió que sobreviniera la larga, refrescante y deliciosa caída.

82

Tom se volvió justo a tiempo para ver cómo un ardiente meteoro humano que era Hauser se precipitaba en el abismo insondable, titilando débilmente y en silencio mientras caía a través de capas de niebla antes de desaparecer, dejando solo una débil estela de humo tras de sí.

Toda la sección central del puente donde había estado Hauser ardía.

—¡Salid del puente! —gritó Tom, al tiempo que agarraba la mochila con el códice—. ¡Deprisa!

Corrieron lo más deprisa que pudieron, sosteniendo a su padre, avanzando hacia los cuatro soldados que se retiraron rápidamente pero siguieron bloqueando el extremo del puente. Los soldados parecían confusos, titubeantes, con las armas alzadas, capaces de cualquier cosa. La última orden de Hauser había sido dejar pasar a los Broadbent, pero ¿lo harían?

El líder del grupo, un teniente, apuntó su arma y gritó:

—¡Alto!

—¡Déjennos pasar! —gritó Tom en español. Siguieron avanzando.

—No. Retrocedan.

—¡Hauser les ha dado órdenes de dejarnos pasar! —Tom sentía cómo temblaba el puente. El cable en llamas iba a ceder en cualquier momento.

—Hauser está muerto —dijo el teniente—. Ahora estoy yo al mando.

—¡El puente está ardiendo, por el amor de Dios!

En los labios del teniente se dibujó una sonrisa.

—Sí.

En ese preciso momento todo el puente se estremeció, y Tom, su padre y sus hermanos cayeron de rodillas. Uno de los cables se había partido y arrojó una lluvia de chispas al abismo mientras el puente se ondulaba bajo la tensión repentinamente liberada.

Tom trató de ponerse de pie y ayudó a sus hermanos a levantar a su padre.

—¡Tiene que dejarnos pasar!

El soldado respondió con una ráfaga de disparos por encima de sus cabezas.

—Morirán en el puente. ¡Esa es mi orden! ¡La Ciudad Blanca es nuestra ahora!

Tom se volvió; del centro del puente se elevaban humo y llamas avivadas por las corrientes ascendente de aire. Tom vio cómo un segundo cable empezaba a deshilacharse, arrojando trozos de fibra al aire.

—¡Esperad! —gritó, sujetando a su padre.

El cable se partió con un violento chasquido, y toda la superficie del puente cayó como un telón. Se aferraron a los dos cables que quedaban, luchando por sujetar a su debilitado padre. El puente se ondulaba de un lado a otro, como un muelle.

—Me da igual si son soldados o no —dijo Tom—, apártense de este puente.

Empezaron a avanzar por los dos cables que quedaban, apoyando los pies en el inferior y asiéndose con ambas manos al superior, ayudando a Broadbent a moverse.

El teniente y sus tres soldados dieron dos pasos hacia delante.

—¡Prepárense para disparar! —Se colocaron en posición y apuntaron.

Tom y su familia se encontraban a menos de ocho metros de

ellos, de modo que los soldados los dispararían casi a bocajarro. Sabía que no tenían más alternativa que seguir avanzando hacia los hombres que estaban a punto de disparar.

El tercer cable se partió como un muelle, y el puente se sacudió con tanta violencia que casi los derribó. De pronto colgaba de un solo cable que se balanceaba de un lado para otro.

El teniente los apuntó con su arma.

—Van a morir —dijo en inglés.

Se oyó un golpe seco, pero no de su arma. Una expresión de sorpresa se traslució en su cara, y fue como si se inclinara de pronto ante ellos con una larga flecha saliéndole de la nuca. Eso provocó un instante de confusión en los demás soldados, y en ese preciso momento se elevó del borde de la selva un grito desgarrador, seguido de una lluvia de flechas. Los guerreros tara salieron en tropel de la selva y cruzaron la extensión llana, saltando, gritando y disparando flechas al aire. Los soldados que quedaban, cogidos desprevenidos en esa zona expuesta, arrojaron las armas en su aterrada prisa por huir y se vieron convertidos al instante en alfileteros humanos, alcanzados simultáneamente por docenas de flechas; se tambalearon como puercoespines ebrios antes de caer al suelo.

Poco después Tom y sus hermanos llegaron al final del puente, justo cuando el último cable se partía en una gran nube de chispas. Los dos extremos en llamas cayeron lentamente hacia las paredes del cañón y se estrellaron contra ellas con una sacudida y una cascada de restos ardiendo.

Era el fin. El puente había desaparecido.

Tom miró hacia delante, y vio a Sally levantarse en la maleza y correr hacia ellos. Ellos se acercaron a ella, sosteniendo a su padre con ayuda de los guerreros tara. Al cabo de unos momentos se habían reunido. Tom la estrechó en sus brazos mientras Mamón Peludo, de nuevo a salvo en su bolsillo, gritaba enfadado al verse aplastado entre ambos.

Tom miró atrás. Las dos mitades del puente colgaban sobre el abismo, todavía en llamas. Media docena de hombres había quedado atrapada en la Ciudad Blanca. Estaban de pie en el borde del precipicio, contemplando los restos del puente. Empezó a levantarse la niebla y poco a poco las silenciosas figuras anonadadas se esfumaron.

83

En la cabaña hacía calor y flotaba un débil olor a humo y hierbas medicinales. Tom entró, seguido de Vernon, Philip y Sally. Maxwell Broadbent estaba tumbado en una hamaca con los ojos cerrados. Fuera croaban las ranas en la noche tranquila. Un joven curandero tara molía hierbas en una esquina bajo la mirada vigilante de Borabay.

Tom puso una mano en la frente de su padre. Le estaba subiendo la fiebre. El gesto hizo abrir los ojos a su padre. Tenía el rostro demacrado, y le brillaban los ojos de la fiebre y el resplandor del fuego. Logró sonreír.

—En cuanto me ponga bien, Borabay me va a enseñar a pescar con arpón al estilo tara.

Borabay asintió.

Los ojos inquietos de Broadbent se desplazaron sobre los reunidos, buscando una expresión alentadora.

—¿Eh, Tom? ¿Qué dices?

Tom trató de decir algo pero no brotó ningún sonido de su boca.

El joven curandero se levantó y ofreció a Broadbent una taza de barro llena de un líquido marronáceo.

—Otra no —murmuró Broadbent—. Es peor que el aceite de hígado de bacalao que me obligaba a beber mi madre cada mañana.

—Bebe, padre —dijo Borabay—. Bueno para ti.

—¿Qué es? —preguntó Broadbent.

—Medicina.

—Eso ya lo sé, pero ¿qué clase de medicina? No puedes esperar que trague algo sin saber qué es.

Maxwell Broadbent estaba resultando ser un enfermo difícil.

—Es *uña de gavilán. Uncaria tomentosa* —dijo Sally—. La raíz seca es un antibiótico.

—Supongo que no me hará daño. —Broadbent cogió la taza, bebió un trago—. Parece ser que tenemos demasiados médicos aquí. Sally, Tom, Borabay, y ahora este joven hechicero. Cualquiera diría que estoy grave.

Tom miró a Sally.

—¡La de cosas que vamos a hacer juntos cuando me recobre! —exclamó Broadbent.

Tom tragó saliva. Su padre, al ver su incomodidad —nunca se le escapaba nada—, se volvió hacia él.

—¿Y bien, Tom? Tú eres el único médico de verdad aquí. ¿Cuál es tu pronóstico?

Tom trató de sonreír. Su padre lo miró largo rato, luego se recostó con un suspiro.

—¿A quién estoy engañando?

Siguió un largo silencio.

—¿Tom? Ya me estoy muriendo de cáncer. No puedes decirme nada peor que eso.

—Bueno —empezó Tom—, la bala te perforó la cavidad peritonea. Tienes una infección y por eso tienes fiebre.

—¿Y el pronóstico?

Tom volvió a tragar saliva. Sus tres hermanos y Sally lo miraban con atención. Tom sabía que su padre no se conformaría con nada más que la verdad pura y simple.

—No es alentador.

—Continúa.

Tom no se atrevía a hablar.

—¿Tan malo es? —dijo su padre.

Tom asintió.

—Pero ¿qué hay de los antibióticos que me está dando este curandero? ¿Y qué hay de todos esos remedios maravillosos que aparecen en ese códigoque acabas de rescatar?

—Padre, la clase de infección que tienes, sepsis, no puede tratarse con antibióticos. Solo la cirugía puede eliminarla, y ahora es probablemente demasiado tarde para eso. Las medicinas no pueden hacerlo todo.

Se produjo un silencio. Broadbent se volvió y miró hacia el techo.

—Maldita sea —dijo por fin.

—Impediste que nos alcanzara esa bala —dijo Philip—. Nos salvaste la vida.

—Es lo mejor que he hecho nunca.

Tom puso una mano en el brazo de su padre. Era como un palo ardiendo.

—Lo siento.

—¿Cuánto tiempo me queda?

—Dos o tres días.

—Dios. ¿Tan poco?

Tom asintió.

Se recostó suspirando.

—El cáncer habría acabado conmigo dentro de unos meses de todos modos. Aunque habría sido bonito pasar esos meses con mis hijos. O incluso una semana.

Borabay se acercó y puso una mano en el pecho de su padre.

—Lo siento, padre.

Broadbent se la cubrió con la suya.

—Yo también lo siento. —Se volvió y miró a sus hijos—. Y ni siquiera puedo contemplar por última vez la Madonna de Lippi. Cuando estaba en esa tumba no paraba de pensar que si pudiera contemplar de nuevo esa Madonna, todo se arreglaría.

Pasaron toda la noche en la cabaña cuidando de su padre moribundo. Estaba agitado, pero los antibióticos, al menos de momento, mantenían a raya la infección. Cuando amaneció el anciano seguía lúcido.

—Quiero agua —dijo con voz ronca.

Tom salió de la cabaña con una jarra y se dirigió al arroyo más próximo. El pueblo tara despertaba. Encendían los fuegos, y no tardaron en aparecer las bonitas cazuelas, sartenes y soperas francesas de cobre y níquel. El humo se elevaba en volutas hacia el cielo de la mañana. Los pollos picoteaban por la plaza de tierra apisonada y muchos perros deambulaban en busca de sobras de comida. De una cabaña salió un niño con una camiseta de Harry Potter e hizo pipí. Incluso a una tribu tan remota como esa llegaba el mundo, pensó Tom. ¿Cuánto tiempo tardaría la Ciudad Blanca en revelar sus tesoros y secretos al mundo?

Regresaba con el agua cuando oyó una voz áspera. La vieja arpía, la esposa de Cah, había salido de su cabaña y le hacía gestos con el puño cerrado.

—*Wakha!* —gritó gesticulando.

Tom se detuvo cansinamente.

—*Wakha!*

Se acercó un paso a ella, medio esperando que le tirara del pelo o le palpara los testículos.

En lugar de ello la mujer le cogió la mano y le hizo entrar en su cabaña.

—*Wakha!*

Él siguió de mala gana la figura encorvada hasta el interior de la cabaña llena de humo.

Y allí, a la tenue luz, apoyada contra un poste, estaba la *Madonna de las uvas* de Fra Filippo Lippi. Se quedó mirando la obra maestra del Renacimiento y dio un paso vacilante hacia ella petrificado, sin poder creer que fuera de verdad. El contraste entre la cabaña destartalada y el cuadro era demasiado grande. Aun en la oscuridad casi brillaba con una luz interior, la Madonna de pelo dorado, apenas una adolescente, sosteniendo en brazos a su bebé que se llevaba una uva a la boca con dos dedos rosados. Por encima de sus cabezas había una paloma de la que irradiaba pan de oro.

Se volvió hacia la anciana atónito. Ella lo miraba con una gran sonrisa en su cara arrugada, dejando ver sus encías rosas brillantes. Se acercó al cuadro, lo cogió y se lo puso en los brazos.

—*Wakha!* —Le indicó por señas que lo llevara a la cabaña de su padre y lo siguió, empujándolo ligeramente con las manos—. *Teh! Teh!*

Tom se adentró en el húmedo claro con el cuadro en los brazos. Cah debía de habérselo quedado. Era un milagro. Entró en la cabaña y lo sostuvo en alto. Philip lo miró, soltó y retrocedió. Broadbent se quedó mirándolo con los ojos muy abiertos. Al principio no dijo nada, luego se recostó en la hamaca con una expresión asustada.

—¡Maldita sea, Tom! ¡Empiezan las alucinaciones!

—No, padre. —Tom acercó el cuadro—. Es de verdad. Tócalo.

—¡No, no lo toques! —gritó Philip.

Broadbent alargó una mano temblorosa y tocó la superficie del cuadro de todos modos.

—Hola —murmuró. Se volvió hacia Tom—. No estoy soñando.

—No, no estás soñando.

—¿De dónde demonios lo has sacado?

—Lo tenía ella. —Tom se volvió hacia la anciana, que estaba de pie en el umbral con una sonrisa desdentada.

Borabay empezó a hacerle preguntas y ella habló largo y tendido. Borabay la escuchó, asintiendo. Luego se volvió hacia su padre.

—Dice: su marido codicioso guarda muchas cosas de tumba. Las esconde en cueva detrás de pueblo.

—¿Qué cosas? —preguntó Broadbent con brusquedad.

Hablaron un poco más.

—Ella no sabe. Dice: Cah roba casi todo el tesoro de tumba.

Llena cajas de piedras. Dice no quiere poner tesoro de hombre blanco en tumba tara.

—¿Podéis creerlo? —dijo Broadbent—. Cuando estaba en la tumba, me pareció que algunas de las cajas estaban más huecas, casi vacías. No pude abrirlas en la oscuridad. Eso es lo que estaba haciendo en la tumba justo antes de que apareciera Hauser, echarles un vistazo para ver si podía resolver el misterio. Ese maldito Cah tramposo. Debería habérmelo imaginado. Lo había planeado todo de antemano. ¡Cielos, era tan avaricioso como yo!

Se volvió de nuevo hacia el cuadro. En él se reflejaba la luz del fuego y el parpadeante resplandor jugueteaba sobre la joven cara de la Virgen. Se produjo un largo silencio mientras lo miraba. Luego cerró los ojos y dijo:

—Traedme papel y un bolígrafo. Ahora que tengo algo que dejaros voy a hacer un nuevo testamento.

84

Llevaron un bolígrafo y un rollo de papel amate a Maxwell Broadbent.

—¿Te dejamos solo? —preguntó Vernon.

—No. Os necesito aquí. A ti también, Sally. Venid. Acercaos.

Se acercaron y rodearon la hamaca. Entonces él se aclaró la voz.

—Bueno, hijos míos. Y... —miró a Sally— futura nuera. Estamos aquí reunidos. —Hizo una pausa—. Y qué hijos más maravillosos tengo. Lástima que haya tardado tanto en darme cuenta. —Carraspeó—. No me queda mucho aliento y siento la cabeza como una calabaza, de modo que abreviaré.

Recorrió con la mirada, todavía lúcida, la habitación.

—Felicidades. Lo habéis conseguido. Os habéis ganado la herencia y me habéis salvado la vida. Me habéis hecho ver qué padre más estúpido he sido...

—Padre...

—¡No me interrumpáis! Tengo varios consejos de despedida que daros. —Resolló—. Estoy en mi lecho de muerte, ¿cómo voy a resistirme? —Respiró hondo—. Philip, de todos mis hijos tú siempre has sido el más parecido a mí. He visto, en estos pasados años, cómo la expectativa de una gran herencia ha afectado tu vida. No eres avaricioso por naturaleza, pero cuando esperas quinientos millones de dólares, eso tiene un efecto corrosivo. Te he visto vivir por encima de tus posibilidades, tratando de pasar por un rico y refinado entendido en tu círculo de Nueva York. Tienes la misma enfermedad que tuve yo: la necesidad de poseer objetos bellos. Olvídalo. Para eso están los museos. Lleva una vida más sencilla. Sabes apreciar profundamente el arte y eso debería ser un premio en sí mismo, y no el reconocimiento y la fama. Y he oído decir que eres un profesor nefasto.

Philip asintió bruscamente, nada satisfecho.

Broadbent tomó dos bocanadas desiguales de aire. Luego se volvió hacia Vernon.

—Vernon, tú eres un buscador, y ahora veo por fin lo importante que es para ti la elección que has tomado. Tu problema es que te dejas embaucar. Eres ingenuo. Hay una regla general: si quieren dinero, la religión son pamplinas. Rezar en una iglesia no cuesta nada.

Vernon asintió.

—Y ahora Tom. De todos mis hijos eres el más distinto a mí. Nunca te he entendido realmente. Eres el menos materialista de mis hijos. Me rechazaste hace mucho, tal vez por motivos justificados...

—Padre...

—¡Silencio! A diferencia de mí, eres disciplinado en tu forma de vivir la vida. Sé que lo que realmente querías era ser paleontólogo y buscar fósiles de dinosaurios. Como un estúpido, te empujé hacia la medicina. Me consta que eres un buen veterinario, aunque nunca he comprendido por qué pierdes tu enorme talento curando caballos cruzados en la reserva de los indios navajos. Lo que por fin he comprendido es que debo respetar y aceptar lo que has escogido en la vida. Dinosaurios, caballos, lo que sea. Haz lo que quieras, tienes mi bendición. Lo que también he llegado a ver es tu *integridad*. Eso es algo que yo nunca he tenido, y me conmueve encontrarlo con tanta solidez en uno de mis hijos. No sé qué habrías hecho con una gran herencia y espero que tú tampoco lo sepas. No necesitas el dinero y no lo quieres en realidad.

—Sí, padre.

—Y ahora, Borabay..., tú eres mi hijo mayor y el más reciente. Solo te he conocido brevemente, pero por extraño que parezca tengo la sensación de que te conozco mejor que a ninguno. Te he observado y me he dado cuenta de que eres un poco avaricioso como yo. Estás impaciente por marcharte de aquí e ir a Estados Unidos para darte la buena vida. No encajas realmente con los tara. Bueno, eso está bien. Aprenderás deprisa. Tienes ventaja, porque te crió una buena madre y no me has tenido a mí como padre para estropearte.

Borabay estaba a punto de decir algo, pero Broadbent levantó una mano.

—¿No puede un hombre pronunciar un discurso en su lecho de muerte sin que lo interrumpan? Borabay, tus hermanos te ayudarán a ir a Estados Unidos y conseguir la nacionalidad. Una vez allí te volverás más americano que los nativos, estoy seguro.

—Sí, padre.

Broadbent suspiró y miró a Sally.

—Tom, esta es la mujer que nunca he conocido pero me habría gustado conocer. Serás estúpido si la dejas escapar.

—No soy un pez —dijo Sally cortante.

—¡Ja! ¡A eso me refiero! Un poco irritable tal vez, pero una mujer asombrosa.

—Tienes razón, padre.

Broadbent hizo una pausa, respirando pesadamente. Empezaba a costarle hablar: tenía la frente cubierta de sudor.

—Estoy a punto de poner por escrito mi última voluntad. Quiero que cada uno escoja una sola cosa de la colección de la cueva. El resto podéis sacarlo del país. Me gustaría donarlo al museo o museos que vosotros escojáis. Iremos del mayor al menor. Borabay, empiezas tú.

—Yo el último. Lo que yo quiero no está en cueva —dijo Borabay.

Broadbent asintió.

—De acuerdo. ¿Philip? Como si no lo supiera. —Vio que tenía la mirada clavada en la Madonna—. El Lippi es tuyo.

Philip trató de decir algo pero no pudo.

—Y ahora Vernon.

Hubo un silencio, luego Vernon dijo:

—Me gustaría el Monet.

—Sabía que lo dirías. Calculo que podrías sacar cincuenta millones o más por él. Espero que lo vendas bien. Pero, Vernon, nada de fundaciones, por favor. No regales el dinero. Cuando por fin encuentres lo que buscas, tal vez seas lo bastante juicioso para dar parte de tu dinero, una *pequeña* parte.

—Gracias, padre.

—También voy a enviaros de vuelta con una bolsa llena de piedras preciosas y monedas para que podáis pagar a Tío Sam.

—De acuerdo.

—Te toca a ti, Tom. ¿Qué quieres?

Tom miró a Sally.

—Nos gustaría el códice.

Broadbent asintió.

—Una elección interesante. Es todo vuestro. Y ahora Borabay, el último pero no el menos importante. ¿Qué es eso tan misterioso que quieres y no está en la cueva?

Borabay se acercó a la hamaca y susurró algo al oído de Broadbent.

El anciano asintió.

—Estupendo. Eso está hecho. —Hizo una floritura con el bolígrafo. Tenía la cara cubierta de gotas de sudor, y su respiración era rápida y superficial. Tom vio que no le quedaba mucho tiempo de lucidez. Y sabía cómo era la muerte de sepsis.

»Ahora dejadme solo diez minutos para que escriba mi última voluntad, y luego reuniremos a testigos y la ejecutaremos.

85

Tom se encontraba con sus hermanos y Sally en un bosquecillo semejante a una catedral, observando cómo el gran cortejo fúnebre subía el sendero hacia la tumba, que había sido recientemente excavada en el precipicio de piedra arenisca por encima del pueblo. Era un espectáculo asombroso. El cuerpo de Max Broadbent iba a la cabeza del cortejo, transportado en una litera por cuatro guerreros. Había sido embalsamado siguiendo un antiguo procedimiento maya. Durante la ceremonia del funeral el nuevo jefe del pueblo había transformado el cadáver en El Dorado de la leyenda india, tal como los mayas habían enterrado en otro tiempo a sus emperadores. Habían embadurnado el cadáver de miel y habían espolvoreado sobre él oro en polvo hasta cubrirlo totalmente, para transformarlo en la forma inmortal que adoptaría en la otra vida.

Detrás de la litera de su padre había una larga procesión de indios que llevaban objetos funerarios a la tumba: cestas de frutas pasas y verduras, frutos secos, ollas de aceite y agua, y un montón de artefactos mayas tradicionales como estatuas de jade, vasijas pintadas, platos y jarras de oro batido, armas, aljabas llenas de flechas, redes, lanzas, todo lo que Maxwell Broadbent podía necesitar en la otra vida.

A continuación tomó renqueando la curva un indio con un cuadro de Picasso de una mujer desnuda de tres ojos, cabeza cuadrada y cuernos. Lo seguían una enorme escena de la Anunciación de Pontorno llevada por otros dos indios sudorosos, el retrato de Bronzino de Bia de' Medici, un par de estatuas romanas, unos cuantos Picasso más, un Braque, dos Modigliani, un Cezanne, más estatuas... objetos funerarios del siglo xx. El extraño cortejo subía lentamente la serpenteante ladera de la colina y se adentraba en el bosquecillo.

Y por último la banda, si podía llamarse así: un grupo de hombres tocando flautas de calabaza, haciendo sonar trompetas de madera y golpeando palos, con un chico que cerraba la procesión tocando con toda su alma un destartalado bombo estilo occidental.

Tom sintió una profunda mezcla de tristeza y catarsis. Era el fin de una época. Su padre había muerto. Era el último adiós a su niñez. Ante sus ojos desfilaban todas las cosas que conocía y amaba, las cosas con las que había crecido. También las cosas que su padre había amado. A medida que la procesión entraba en la tumba la oscuridad lo engullía todo, hombres y objetos, y acto seguido los hombres salían, parpadeando y con las manos vacías. Allí la colección de su padre permanecería encerrada, segura, protegida y custodiada, hasta el día en que él y sus hermanos pudieran volver para reclamar lo que era suyo. Los tesoros mayas, por supuesto, permanecerían siempre en la tumba, para asegurar que Max Broadbent disfrutaba de una bonita y feliz vida en el más allá. Pero los tesoros occidentales les pertenecían a ellos, y permanecerían bajo la custodia de la tribu tara. Fue un funeral para poner fin a todos los funerales. Solo los emperadores mayas habían sido enterrados así, hacía un millar de años por lo menos.

Tres días después de firmar su testamento, Maxwell había muerto. Había estado lúcido solo un día más antes de sumirse en el delirio, caer en coma y morir. Ninguna muerte era bonita, pensó Tom, pero esa había tenido cierta nobleza, si podía emplearse esa palabra.

No fue tanto la muerte como el último día de lucidez de su

padre lo que Tom nunca olvidaría. Los cuatro hijos habían permanecido a su lado. No hablaron mucho, y cuando lo hicieron fue sobre cosas sin importancia: recuerdos insignificantes, anécdotas, lugares olvidados, risas, gente que había muerto hacía tiempo. Y sin embargo la charla trivial de ese día había sido mucho más valiosa que todas las décadas de conversación seria sobre temas importantes, los sermones, las exhortaciones de padre a hijo, los consejos, las elucubraciones filosóficas y las discusiones durante las comidas. Después de toda una vida manteniendo un diálogo de sordos, Maxwell por fin los comprendía y ellos le comprendían a él. Y podían limitarse a charlar por el placer de charlar. Fue tan simple y tan sencillo como eso.

Tom sonrió. A su padre le habría encantado su funeral. Le habría encantado ver ese gran cortejo a través del bosque, las gigantes trompetas de madera bramando, los tambores redoblando, las flautas de calabaza sonando, las mujeres y los hombres tan pronto cantando como aplaudiendo. Habían excavado una tumba en la roca, inaugurando una nueva necrópolis para la tribu tara. La Ciudad Blanca había quedado aislada al arder el puente, dejando atrás a seis de los mercenarios de Hauser. A lo largo de las seis semanas que tardaron en construir la tumba el pueblo fue cada día un hervidero de rumores sobre los soldados atrapados. Estos se habían acercado de vez en cuando a la cabeza del puente y habían disparado sus armas gritando, suplicando, amenazando. A medida que pasaban los días y las semanas, los seis se habían reducido a cuatro, tres, dos. Ahora solo quedaba uno, y ya no gritaba ni hacía señales ni disparaba. Estaba allí, una pequeña figura demacrada, sin decir nada, esperando la muerte. Tom había tratado de convencer a los tara para que lo rescataran, pero se habían mostrado inflexibles: solo los dioses podían reconstruir el puente. Si los dioses querían salvarlos, lo harían.

Pero, por supuesto, no lo hicieron.

El sonido del bombo hizo volver a Tom al espectáculo que tenía ante sí. Todos los objetos funerarios habían sido amontonados en el interior de la tumba y era el momento de cerrarla. Los hombres y las mujeres se quedaron en el bosque, cantando una melodía melancólica y evocadora, mientras un sacerdote agitaba un manojo de hierbas sagradas, envolviéndolos de humo fragante. La ceremonia prosiguió hasta que el sol rozó el horizonte por el oeste, y entonces cesó. El jefe introdujo el extremo de la llave de madera y la gran puerta de piedra de la tumba se cerró con gran estruendo en el preciso momento en que desaparecían los últimos rayos.

Todo quedó en silencio.

Mientras regresaban al pueblo, Tom dijo:

—Ojalá hubiera visto padre la ceremonia.

Vernon lo rodeó con un brazo.

—Lo ha hecho, Tom. No te quepa duda de que lo ha hecho.

86

Lewis Skiba estaba sentado en la mecedora del torcido porche de su casa de madera, contemplando el lago. Las colinas estaban envueltas en un manto de esplendor otoñal, y el agua era un espejo oscuro en el que se reflejaba la curva del cielo vespertino. Era exactamente tal como lo recordaba. El muelle se extendía torcido hacia el agua, con la canoa atada en un extremo. El tibio olor a pino flotaba en el aire. En la otra orilla chilló un somorgujo, un sonido melancólico que murió entre las colinas y fue respondido por otro somorgujo a gran distancia, con una voz tan débil como la luz de las estrellas.

Bebió un sorbo de agua fresca de manantial y se recostó despacio; la mecedora y el porche gimieron bajo su peso. Lo había perdido todo. Había presidido el hundimiento de la novena compañía farmacéutica mayor del mundo. Había visto caer las acciones a cincuenta centavos antes de suspender definitivamente las operaciones. Se había visto obligado a presentar una declaración de quiebra y veinte mil empleados habían visto esfumarse sus pensiones y los ahorros de toda su vida. La junta directiva lo había despedido, los accionistas y los congresistas lo habían vilipendiado, había sido objeto de las burlas de los programas nocturnos de televisión. Estaba bajo investigación criminal, acusado de fraude, manipulación del precio de las acciones, abuso de información privilegiada y ventas privadas de patrimonio. Había perdido su casa y a su mujer, y los abogados casi habían acabado de engullir su fortuna. Ya nadie lo quería salvo sus hijos.

Sin embargo, era un hombre feliz. Nadie podía comprender esa felicidad. Creían que había perdido la razón o que sufría una especie de crisis nerviosa. No sabían lo que era que te sacaran de las mismas llamas del infierno.

¿Qué era lo que le había contenido hacía tres meses en esa oscura oficina? ¿O los tres meses que habían seguido? Esos tres meses sin saber nada de Hauser habían sido los más siniestros de toda su vida. Cuando creía que la pesadilla nunca se acabaría, de pronto leyó una noticia. El *New York Times* había publicado un breve artículo, escondido en la sección B, en el que se anunciaba la creación de la Fundación Alfonso Boswas, una organización no lucrativa consagrada a la traducción y publicación de cierto códice maya del siglo IX procedente de las colecciones del difunto Maxwell Broadbent. Según la presidenta de la fundación, la doctora Sally Colorado, el códice era un libro de medicina maya que tendría una enorme utilidad en la investigación de nuevos fármacos. La fundación había sido creada y financiada por los cuatro hijos del difunto Maxwell Broadbent. El artículo señalaba que este había muerto inesperadamente en el curso de unas vacaciones familiares por Centroamérica.

Eso era todo. No mencionaban a Hauser, ni la Ciudad Blanca, ni la tumba perdida, ni el padre loco que se había enterrado con su dinero..., nada.

Skiba se había sentido como si le hubieran quitado de encima un enorme peso. Los Broadbent estaban vivos. No los habían asesinado. Hauser no había conseguido el códice, y, aún más importante, no había logrado matarlos. Skiba nunca sabría lo que había ocurrido, y era demasiado peligroso indagar. Lo único que sabía era que no era culpable de ascsinato. Sí, era culpable de delitos terribles que tendría que expiar, pero entre ellos no estaba el haber quitado irrevocablemente la vida a un ser humano (ni siquiera a sí mismo).

Había algo más. Al verse despojado de todo —dinero, bienes, reputación— podía volver a ver por fin. Se le había caído la venda de los ojos. Veía con tanta claridad como si volviera a ser niño: todas las malas acciones que había hecho, los delitos que había cometido, el egoísmo y la avaricia. Podía seguir con total nitidez el descenso en espiral de la ética en su triunfante carrera profesional. Era muy fácil enredarse y confundir prestigio con honestidad, poder con responsabilidad, adulación con lealtad, provecho con mérito. Tenía que poseerse una clarividencia excepcional para conservar la integridad en semejante sistema.

Sonrió mientras contemplaba la superficie reflectante del lago, observando cómo desaparecía a la luz crepuscular todo, todo por lo que había trabajado, todo lo que había sido importante hasta entonces para él. Al final le arrebatarían hasta la cabaña de madera y nunca volvería a ver ese lago.

No importaba. Había muerto y resucitado. Ahora podría empezar una nueva vida.

87

El agente Jimmy Martinez del Departamento de Policía de Santa Fe se recostó en su silla. Acababa de colgar el teléfono. Las hojas del álamo de Virginia del otro lado de la ventana habían adquirido un intenso color dorado y soplaba un viento frío procedente de las montañas. Miró a su compañero, Willson.

—¿Otra vez la casa Broadbent? —preguntó Willson.

Martinez asintió.

—Sí. Uno hubiera pensado que a estas alturas los vecinos ya se habrían acostumbrado.

—Esa gente rica..., quién la entiende.

Martinez resopló dándole la razón.

—¿Quién crees que es realmente ese tipo? ¿Has visto cosa igual? ¿Un indio tatuado de Centroamérica, paseándose con la ropa del viejo, fumando su pipa, montando sus caballos por ese rancho de cuarenta hectáreas, dando órdenes a los criados, dándoselas de hacendado e insistiendo en que todos le llamen señor?

—Es el propietario de la casa —dijo Martinez—. Lo comprobamos y todo es legal.

—¡Desde luego que lo es! Lo que me gustaría saber es cómo demonios ha caído en sus manos. Esa finca vale veinte o treinta millones. Y solo mantenerla, mierda, debe de costar un par de millones al año. ¿Crees realmente que un tipo así tiene tanto dinero?

Martinez sonrió.

—Sí.

—¿Qué quieres decir, eh? Jimmy, ese tipo tiene los dientes afilados. Es un salvaje de mierda.

—No, no lo es. Es un Broadbent.

—¿Estás loco? ¿Crees que ese indio que arrastra los lóbulos de la oreja por el suelo es un Broadbent? Vamos, Jimmy, ¿qué has estado fumando?

—Se parece a ellos físicamente.

—¿Los conoces?

—He visto a dos de los hijos. Te lo digo, es uno de los hijos del viejo.

Willson se quedó mirándolo, estupefacto.

—El hombre tenía cierta reputación en ese sentido —continuó Martinez—. Los otros hijos se quedaron con las obras de arte, y él heredó la casa y un montón de pasta. Así de sencillo.

—¿Un *indio* hijo de Broadbent?

—Sí. Apuesto a que el viejo dejó preñada a una mujer de Centroamérica en una de sus expediciones.

Willson se recostó en su silla, profundamente impresionado.

—Algún día llegarás a teniente detective, lo sabes, ¿verdad?

Martinez asintió con modestia.

—Lo sé.

Nos gustaría mantenerle informado periódicamente de nuestras novedades. Para ello le rogamos que nos facilite los datos solicitados y remita su respuesta a la siguiente dirección, o si lo desea, puede cumplimentar los datos en nuestra web:

www.randomhousemondadori.com

RANDOM HOUSE MONDADORI
Dpto. Marketing • Travessera de Gràcia, 47-49 • 08021 BARCELONA

Nombre : ______________________________

Apellidos: ______________________________

Dirección: ______________________________

Población: ______________________________

Código postal: ______________________________

Provincia: ______________________________

Tel.: ______________________________

E-mail: ______________________________

Fecha de nacimiento: ______________________________

RANDOM HOUSE MONDADORI

www.randomhousemondadori.com

Marque con un X las temáticas que le interesan

☐ Narrativa femenina
☐ Narrativa clásica
☐ Novela histórica
☐ Novela romántica
☐ Novela de intriga
☐ Literatura de viajes
☐ Narrativas de tendencias
☐ Memorias y biografías
☐ Ensayo científico
☐ Ensayo histórico
☐ Ensayo literario
☐ Poesía
☐ Ensayo sociológico-político
☐ Autoayuda y libro práctico
☐ Otras temáticas

¿Cuántos libros suele comprar al año?

☐ 1-3 ☐ 4-8 ☐ 9 o más

¿Cuáles de estos factores le ha influido más a la hora de adquirir el libro?

☐ Precio
☐ Autor
☐ Portada
☐ Colección
☐ Contenido
☐ Recomendación
☐ Otros:

¿Ha comprado otros títulos de esta colección?

☐ Sí ☐ No

Hijos

N.º hijos en edad escolar: N.º hijos de otras edades: